시의 타자 수용과 비평

김병택 지음

새미

■책머리에

10년 전에 「그림의 공간과 시의 공간」이라는 글을 쓴 일이 있다. 그 이후에도, 나는 '시의 타자 수용'에 대한 글을 적잖게 써 왔는데, 헤아려 보면 그러한 글은 10년 전반의 6편, 후반의 6편을 합해 모두 12편이나 된다. 이 책에서는 아직 저서에 수록하지 않은, 후반의 6편 글을 제1부로 묶었다. 이 6편의 글 역시 모두 분명한 의도와 근거에 따라 쓴 글임은 물론이다.

지금까지 나는 지역시인들의 시에 대한 비평적인 글을, 내 저서들에 수차례 걸쳐 수록한 바 있다. 이 책에서는 제2부가 그에 해당한다. 그것은 내가 기회 있을 때마다 지역문학의 중요성을 강조해왔고, 지금까지도 그러한 글쓰기를 일종의 문학적 사명으로 생각하고 있는 점과 무관하지 않다. 여기서 한마디 덧붙이면, 제2부에서 논의대상으로 삼은 시들은 각기 현실에 대한 심오한 사유를 보여 주는 시, 강렬한 아름다움을 지닌 시, 풍부한 상상력을 발휘한 시, 일상의 서정을 섬세하게 드러낸 시 중 어느 하나에 속한다.

제3부는 비교적 최근에 쓴 세 편의 글로 구성했다. 나는 이 세 편의 글을 아주 귀한 보석처럼 치부하면서 피시의 깊숙한 곳에 보관해 오던 터

였다. 그러나 「양창보론」이 구체적으로는 화가론이라는 점, 그리고 「이공 · 삼공본풀이의 의식시간과 의식공간」 · 「일제강점기 친일문인의 내면 풍경」의 도처에 철학적 개념들 또는 정신분석학적 개념들이 빈번하게 등장한다는 점 때문에 제3부를 마련하는 것이 문학을 전공한 나로서는 매우 조심스러웠다.

끝으로, 이 책의 출판을 맡아주신 정구형 사장께, 또한 정확하고 섬세한 편집을 위해 애쓰신 편집부 여러분께 두루 감사의 말씀을 드린다.

정년을 3개월 앞둔 2014. 5.
아라 연구실에서 저자 식

▪차례

시의 철학 수용

시의 역사 수용

시의 정치 수용

시의 종교 수용

╔ 제2부 시의 비평 ╗

⌈제3부 이삭 세 편⌉

제1부

시의 타자 수용

리얼리즘 시의 연극적 요소

Ⅰ. 프롤로그

리얼리즘 시는 문예사조와의 관련 속에서 볼 때는 당연히 리얼리즘이라는 사조와 무관하지 않지만, 다른 한편으로 보면 리얼리즘 창작 방법과도 불가분의 관계에 놓인다. 그것은, 리얼리즘이란 말이 한 시대를 풍미했던 유행사조를 의미하는 데서 그치지 않고 범시대적으로 어느 시대에나 통용되는 창작방법을 의미하는 데서 기인한다.

이 글에서 사용하는 '리얼리즘 시'라는 말은 과거에 유행했던 리얼리즘이라는 사조와 분명하게 구별되는 바 시대를 고정시키지 않은 상태에서 쓰이는 범시대적인 '리얼리즘' 시와 밀접하게 관련된다고 할 수 있다.

리얼리즘 시에 연극적 요소가 적지 않게 내재해 있으리라는 것은 결코 터무니없는 추측이 아니다. 시인은 그가 쓴 리얼리즘 시에서 갈등 중심의 이야기를 제시하고 주인공을 등장시키며 대사를 사용하고 사건을 전개시킨다. 이와 함께 리얼리즘 시에는 전형적 인물이 주인공으로 등장하고 시적 리듬을 구현하는 대사가 시의 중요한 부분을 이루기도 하며 소설이나 희곡과는 또 다른 차원의 사건이 전개된다. 이러한 점들만으로도 리얼리즘 시는 이의를 제기할 수 없을 정도의 연극적 요소를 지니고 있다고 말하기에 충분하다.

이 글은 평자들 사이에서 객관적인 평가가 일치하는 한국의 리얼리즘 시 8편의 연극적 요소를 분석하는 데에 의도를 둔다.

II. 이야기의 제시

보다 전문적인 의미로, 이야기는, 언술을 통한 사건의 모방이라는 아리스토텔레스의 고전적 정의로 축소될 수 있다. 아리스토텔레스에 의하면, 우리는 이야기를 통해서 사건을 모방할 수도 있고, 혹은 모든 인물들을 직접 움직이고 '행동하는' 모습으로 보여줄 수도 있다.[1] 아리스토텔레스는 전자를 이야기(diegesis, 서술적인 것, 말하기)라고, 후자를 직접적 재현이라고 부른다. 그리고 그는 이 두 가지를 시적 모방(mimesis)의 두 가지 양식으로 설명한다. 직접적 재현의 경우, 사건들은 대중이 보는 눈앞에서 배우들에 의해 직접 연출된다(연극, 무언극, 무용). 반면 서술적 방식의 경우는 내레이터가 사건의 내용을 이야기한다. 이때 내레이터는 작가 자신일 수도 있고 작가의 대변자 노릇을 하는 어떤 인물일 수도 있다. 하여간 이 경우에 있어서 사건들은 우리가 직접적으로 지각할 수 있는 몸짓, 행동, 말 그 자체가 아니라 서술적 시나 서사시나, 소설의(운문이건 산문이건) 이야기라는 형태를 취한다.

---

1) 이에 대한 논의는 한용환, 『소설학사전』(고려원, 1992), 344쪽에 의거.

리얼리즘 극에 들어 있는 이야기의 그 특징은 상황이 기이하거나 특수하지 않다는 데에 있다.[2] 그러나 인간의 내부는 특수하다. 체홉도 입센도 똑같다. 상황은 점점 일상에 가까워져가는 데 반비례하여, 그 일상 속에서 인간의 심리는 점점 심리적으로 복잡해 가는 것이다. 결국 평범한 현실 속에서 인간의 심리적 욕구는 불안정해지고, 그래서 말이 필요하게 된다. 거짓말을 하거나 자기를 속이기 위해 말이 필요하게 되는 것이다. 현실과 직면하여 그 욕망이 생각대로 충족되지 않기 때문에 인간의 행위와 말, 그 말에 이끌려 나온 내면은 일치되지 않고 갈등을 일으킬 수밖에 없게 된다. 사람들은 이 갈등 때문에 극을 본다. 인간의 욕망과 그 대상이 직접적으로 접촉할 수 없다는 것을 실감하는 것이다. 그래서 인간의 여러 행동은 우회할 수밖에 없다. 이때에, 우회로를 통과하는 일을 정당화하는 것이 참을 수 없거나, 우회로를 통과하는 순간에 참을 수 없어서 신경질적인 말을 재잘거리고, 더 나아가 그것이 불가능함에도 불구하고, 현실과 직접 접촉하고 싶다는 욕망에 갈등을 느껴 몸부림치지만, 결국은 환상을 보는 것만으로 그 욕구를 해소한다. 이러한 욕망의 대상과 그것에 직접 접촉할 수 없다고 느끼는 인간의 갈등적 내부가 근대 리얼리즘이 취급한 이야기의 내용이다.

다음에 제시하는 두 편의 시는 물론 서사시 혹은 서술적 시에 해당한다.

> ① 눈보라는 하루 종일 북쪽 철창을 때리고 갔다
> 우리들이 그날－회사 뒷문에서 '피케'를 모든 그 밤 같이……
>
> ② 몇 번 몇 번 그것은 왔다 팔 다리 코구멍 손가락에－
> 그러나 나는 그것이 아프고 쓰린 것보다도 그 뒤의 일이 알고 싶어 정말 견딜 수가 없었다

---

2) 이에 대한 논의는 스즈키 타다시, 김의경 역, 『스즈키 연극론』(현대미학사, 1993), 36쪽 참조.

③ 늙은 어머니들 굶은 아내들이
우리들의 마음을 풀리게 하지나 않았는가 하고

④ 그러나 모두들 다－사나이 자식들이다
언제나 우리는 말하지 않았니
늙은 어메나 아베를 가진 게 아니고
너만이 사랑하는 계집을 가진 게 아니라고

⑤ 어메 아베가 다 무어야 계집 자식이 다 무어야
세상에 사나이 자식이 어떻게 ××이 보기 좋게 패배하는 것을 눈깔로 보느냐

⑥ 올해같이 오는 눈도 없었고 올해같이 추운 겨울도 없었다
그래도 우리들은－계집애 어린애까지가
다－기계들을 내던지고 일어나지 않았니

⑦ 동해바다를 거쳐 오는 모질은 바람, 회사의 펌프, 징박은 구두발,
휘몰아치는 눈보라－

⑧ 그 속에서도 우리는 20일이나 꿋꿋이 뻗대오지를 않았니

⑨ 해고가 다 무어야 끌려가는 게 무어야 그냥 그대로 황소같이 대이고 나가자
보아라! 이 추운 날, 이 바람 부는 날－비누 궤짝 짚신짝을 실고
우리들의 이것을 이기기 위하여
구루마를 끌고 나가는 저－어린 행상대의 소년을……
그리고 기숙사란 문 잠근 방에서 밥도 안먹고 이불도 못덮고
이것을 이것을 이기려고 울고 부르짖는 저－귀여운 너희들

의 계집애들을……

⑩ 감방은 차다 바람과 함께 눈이 들이친다
그러나 감방이 찬 것이 지금 새삼스럽게 시작된 것이 아니다
그래도 우리들의 선수들은 몇 번째나 몇 번째나 이 추운 어두운 속에서
다-그들의 쇠의 뜻을 달구었다

⑪ 참자! 눈보라야 마음대로 미쳐라 나는 나대로 뻗대리라
기쁘다 ××도 ×××군도 아직 다 무사하다고?
그렇다 깊이깊이 다-땅속에 들여들 박혀라

⑫ 응 아무런 때 아무런 놈의 것이 와도 뻗대자- 나도 이냥 이대로
돌멩이 부처같이 뻗대리라

-임화, 「양말 속의 편지」-1930. 1. 15 남쪽 항구의 일

하나의 이야기는 예술의 장르에서 여러 방식으로 구현된다. 예컨대, 이야기는 소설, 무용, 영화, 발레, 뮤지컬, 오페라 등에서 각자의 방식으로 나타나며 시에 적용되면 그것은 대부분 리얼리즘 시의 유형을 낳게 된다.[3] 이른바 이야기시란 리얼리즘 시의 대표적인 속성을 의미하는 말로 받아들여도 무방하다.

임화의 「양말 속의 편지」는 파업투쟁과 관련된 이야기를 제시하고 있다. 파업주동자이며, 현재 철창에 갇혀 있는 화자는 동료들에게 파업투쟁의 의지를 독려하는 역할을 수행한다. 그런데 그 파업투쟁의 의지는 그것을 약화시키는 요소들과 충돌한다. 그 요소들은 다름 아닌 가족이다. 간단히 말해, 가족 때문에 파업투쟁의 의지가 약화될 수도 있는 상황

3) 한용환, 앞의 책, 343쪽 참조.

에 처해 있는 것이다. 구체적으로, 그 가족들은 ③의 '늙은 아버지,' '굶은 아내들,' ⑤의 '어메 아배,' '계집 자식' 등으로 대표된다. ③의 그것은 가족이 지니고 있는 최악의 상태를 보여 주는 표현들이며, ⑤의 그것은 ③의 그것을 포괄하는 호칭들이다. 화자에게는 일단 가족들이 중요하지만, 독자의 예상대로 그러한 화자의 인식으로 모든 것이 종식되는 것은 아니다. 화자는 더 중요한 것을 찾아나서는 것이다.

우리가 이 시에서 간과하지 말아야 할 것은 상반되는 의지의 충돌을 강화하는 배경이 날씨라는 점이다. 그것은 "북쪽 철창을 때리고" 눈보라, "추운 겨울," "동해바다를 거쳐 오는 모질은 바람," "바람 부는 날," "바람과 함께" 들이치는 눈 등이다. 이들은 한결같이 이 시에서 화자의 의지를 강화시키는 데에 큰 역할을 담당한다.

리얼리즘 시가 갈등 중심의 이야기를 담고 있는 점은 필연적으로 시의 분량을 길게 만든다. 임화의 「양말 속의 편지」뿐만 아니라 거의 모든 리얼리즘 시가 전통적인 서정시에 비해 훨씬 더 분량이 긴 것은 그러한 점 때문이다. 그렇다고 해서 리얼리즘 시가 반드시 길어야 갈등 중심의 이야기를 담을 수 있는 것은 아니다. 백석의 「女僧」은 그러한 경우의 좋은 예이다.

① 女僧은 合掌하고 절을 했다
② 가지취의 내음새가 났다
③ 쓸쓸한 낯이 녯날같이 늙었다
④ 나는 佛經처럼 서러워졌다

⑤ 平安道의 어늬 山 깊은 금덤판
⑥ 나는 파리한 女人에게서 옥수수를 샀다
⑦ 女人은 나어린 딸아이를 따리며 가을밤같이 차게 울었다

⑧ 섶벌같이 나아간 지아비 기다려 十年이 갔다
⑨ 지아비는 돌아오지 않고
⑩ 어린 딸은 도라지꽃이 좋아 돌무덤으로 갔다

⑪ 山꿩도 설게 울은 슬픈 날이 있었다
⑫ 山절의 마당귀에 여인의 머리오리가 눈물방울과 같이 떨어진 날
이 있었다

—백석, 「女僧」

백석의 「女僧」은 인물의 자아와 환경의 갈등을 다루고 있다. 그런데 그 갈등은 역순행의 시간, 즉 회고적 시간에 존재하며 그를 통해 주인공의 현재가 해명된다(바로 이 지점에서 이 시의 연극적 요소는 빛을 발한다고 보아도 무리가 없을 것이다). 회고적 이야기는 맨 먼저 여승의 현재 모습이 제시된 후 이어서 남편의 가출, 아이를 데리고 금광에서 옥수수를 파는 여인, 여인의 딸의 죽음, 삭발 등을 중심으로 전개된다.

이야기를 진지하게 만드는 갈등의 양상은 퍽 섬세한 편이다. 자아와 환경의 갈등은 무려 일곱 개의 문장이 모여서 이루어지는데, 그것들은 이 시에서 ③, ⑦, ⑧, ⑨, ⑩, ⑪, ⑫ 등으로 나타난다. 그것들은 거의 예외 없이 인물의 자아를 손상시키거나 변하게 하는 환경을 수반한다. 그리고 그러한 방식으로 만들어진 세부 이야기는 자아와 환경의 갈등을 야기하며 결국은 명제에 대한 부정으로 이어진다. 여기서 그 명제들을 명제 이전의 상태로 환원시켜 보면 다음과 같다.

③ 과거에는 젊고 아름다웠다.
⑦ 여인은 나이 어린 딸과 행복하게 살았다.
⑧ 지아비는 항상 여인의 튼튼한 반려자였다.

⑨ 지아비는 가정을 지켰다.
⑩ 어린 딸은 아무 탈 없이 잘 자랐다.
⑪ 즐겁고 행복한 생활이었다.
⑫ 여인은 가정의 행복을 만끽하며 평온한 삶을 살았다.

이 경우, 우리가 유의해야 할 것은 앞에서도 잠시 언급한 것처럼 복잡하고 긴 리얼리즘 시만이 갈등 중심의 이야기를 담을 수 있는 것은 아니라는 점이다. 이 시는 바로 그러한 점을 증명한다. 「양말 속의 편지」와 「女僧」에서 보듯 리얼리즘 시의 가치는 시가 분량에 크게 의존하지 않고도 갈등 중심의 이야기를 통해 시대의 현실과 삶을 얼마만큼 반영하느냐에 달려 있다고 할 수 있다.

Ⅲ. 주인공의 등장

리얼리즘 시에 등장하는 인물은 대체로 전형적 인물에 속한다. 즉, 그 전형적 인물이 리얼리즘 시에서 주인공으로 등장하는 것이다. 전형적 인물이란 처음부터 정해진 범주의 속성을 지니고 있는 인물이므로 그가 속한 집단을 대표하며 성격에 있어서도 충분히 보편성을 내포한다.[4]

전형적 인물은 작품의 처음에서부터 끝까지 일관적인 언어와 행동을 보여 주기 마련이다. 전형적 인물의 이러한 점은 바로 그 시의 성격을 해명하거나 내용을 이해하게 하는 데에 근거를 제공하지만, 작품의 모든 것을 좌지우지하지는 않는다. 전형적 인물은 개성적 인물과의 충돌을 통

4) 한용환, 앞의 책, 348~349쪽.

해 목표하는 지점에 아주 힘들게 도달하기도 하고, 복잡한 과정을 거쳐 많은 사람들이 수긍하는 보편성을 획득하기도 한다는 것을 이해하는 것은 매우 중요하다.

> 돌담으로 튼튼히 가려 놓은 집안엔 검은 기와집 종가가 살고 있었다. 충충한 울 속에서 거미알 터지듯 흩어져 나가는 이 집의 지손支孫들. 모두 다 싸우고 찢고 헤어져 나가도 오래인 동안 이 집의 광영을 지키어 주는 신주神主들 들은 대머리에 곰팡이가 나도록 알리어지지는 않아도 종가에서는 무기처럼 아끼며 제삿날이면 갑자기 높아 제상 위에 날름히 올라앉는다. 큰집에는 큰아들의 식구만 살고 있어도 제삿날이면 제사를 지내러 오는 사람들 오조할머니와 아들 며느리 손자 손주며느리칠촌도 팔촌도 한데 얼리어 닝닝거린다. 시집 갔다 쫓겨 온 작은 딸 과부가 되어 온 큰고모 손가락을 빨며 구경하는 이종언니 이종오빠. 한참 쩡쩡 울리던 옛날에는 오조할머니 집에서 동원 뒷밥을 먹어 왔다고 오조할머니 시아버니도 남편도 동네 백성들을 곧잘 잡아들여다 모말굴림도 시키고 주릿대를 앵기었다고. 지금도 종가 뒤란에는 중복사나무 밑에서 대구리가 빤들빤들한 달걀귀신이 융융거린다는 마을의 풍설. 종가에 사는 사람들은 아무 일을 안 해도 지내 왔었고 대대손손이 아무런 재주도 물리어받지는 못하여 종가집 영감님은 근시안경을 쓰고 눈을 찝찝거리며 먹을 궁리를 한다고 작인들에게 고리대금을 하여 살아나간다.
>
> —오장환, 「종가」

오장환의 「종가」의 등장인물인 종갓집 영감님은 다른 종갓집 영감들과 마찬가지로 자신의 신분에 대한 확고한 의식을 소유하고 있지만 개별적으로는 생활을 위해 노력을 하지 않는다는 공통점을 지니고 있다. 또한 그는 재주를 물려받지 못한 무능한 인물이기도 하다. 그의 윗대인 '오조할머니 시아버니,' '남편' 등은 동네 백성들을 "곧잘 잡아들여다 모말굴림도 시키고 주릿대를 앵기었"던 터였다. 이러한 의미에서 그는 악덕 지주를 대표하는 인물이다.

오장환의 「종가」에는 오장환의 개인사가 고스란히 반영되어 있다. 그것은 그가 과거에서부터 이어져 오던 폐습을 얼마나 증오했는가를 짐작할 수 있게 해준다. 그에게 가족제도는 그야말로 큰 억압으로 작용했고 그에 수반되는 고루한 생활 방식은, 언젠가는 반드시 붕괴되어야 할 유산으로 인식된다.

오장환은 1918년 충청북도 보은의 부유한 집 삼남으로 태어났지만 서자였다. 게다가 그는 가족과 떨어져 오랜 기간 동안 서울에서 혼자 살았다. 그러한 점은 그로 하여금 유교적 관습과 전통을 비판하고 부정적으로 바라보게 하는 데에 기여한다.

한편, 이와는 약간 다르게 시대의 정치적 억압 때문에 격심한 고난을 겪어야 하는 주인공도 있다. 이용악의 「낡은 집」에 등장하는 '털보네'가 바로 그러한 주인공이다. '털보네'가 겪은 고난은 순전히 일제의 수탈정책으로 인해 초래된 것이다.

> 날로 밤으로
> 왕거미 줄치기에 분주한 집
> 마을서 흉집이라고 꺼리는 낡은 집
> 이 집에 살았다는 백성들은
> 대대손손에 물려줄
> 은동곳도 산호관자도 갖지 못했니라
>
> 재를 넘어 무곡을 다니던 당나귀
> 항구로 가는 콩실이에 늙은 둥글소
> 모두 없어진 지 오랜
> 외양간엔 아직 초라한 내음새 그윽하다만

털보네 간 곳은 아무도 모른다

찻길이 놓이기 전
노루 멧돼지 쪽제비 이러한 것들이
앞 뒤 산을 마음놓고 뛰어다니던 시절
털보의 셋째아들은
나의 싸리말 동무는
이 집 안방 짓두광주리 옆에서
첫울음을 울었다고 한다

"털보네는 또 아들을 봤다우
송아지래두 붙었으면 팔아나 먹지"
마을 아낙네들은 무심코
차거운 이야기를 가을 냇물에 실어보냈다는
그날 밤
저릎등이 시름시름 타들어가고
소주에 취한 털보의 눈도 일층 붉더란다

갓주지 이야기와
무서운 전설 가운데서 가난 속에서
나의 동무는 늘 마음 졸이며 자랐다
당나귀 몰고 간 애비 돌아오지 않는 밤
노랑고양이 울어 울어
종시 잠 이루지 못하는 밤이면
어미 분주히 일하는 방앗간 한구석에서
나의 동무는
도토리의 꿈을 키웠다.

그가 아홉살 되던 해
사냥개 꿩을 쫓아다니는 겨울

이 집에 살던 일곱 식솔이
어데론지 사라지고 이튿날 아침
북쪽을 향한 발자욱만 눈 위에 떨고 있었다

더러는 오랑캐령 쪽으로 갔으리라고
더러는 아라사로 갔으리라고
이웃 늙은이들은
모두 무서운 곳을 짚었다

지금은 아무도 살지 않는 집
마을서 흉집이라고 꺼리는 낡은 집
제철마다 먹음직한 열매
탐스럽게 열던 살구
살구나무도 글거리만 남았길래
꽃피는 철이 와도 가도 뒤울안에
꿀벌 하나 날아들지 않는다

—이용악, 「낡은 집」

이용악의 「낡은 집」에 등장하는 '털보네'는 최소한 다음의 두 가지 성격을 지니고 있다. 그것의 하나는 털보네가 시대적 변화와 깊이 관련된 주인공이라는 점인데, 그 점은 2연, 3연에서 두드러지게 나타난다. 과거에는 당나귀가 고개를 넘어 곡식을 싣고 다녔고 황소가 콩을 싣고 항구까지 갔지만, '이제'는 시대가 바뀌어 기차가 예전의 일들을 수행하게 되었다. 이처럼 이용악은 이 시에서 일제강점기에 나타난 근대사의 한 단면을 잘 보여준다. 그 한복판에 일제의 수탈과 조선 민중의 궁핍이 자리하고 있음은 물론이다.

다른 하나는 털보네가 수난의 상징으로 등장하고 있다는 점이다. 아들을 또 낳은 털보네의 생활에는 어려움이 가중되고 이 시에서 그것은 "소주에 취한 털보의 눈도 일층 붉더란다"로 대표된다. '털보네'는 가족 단위에 머무르지 않고 일제강점기의 조선의 농촌사회, 더 나아가서 조선 사회 전체로 확대될 수 있는 개연성을 충분히 내포하고 있다. 그래서 털보네가 간 곳을 묻는 물음에 대한 답은 쉽게 나올 수가 없다.

이용악 시의 대부분이 이야기 구조를 갖추고 있음은 많은 연구자들이 공통적으로 지적하고 있는 사항이다. 그런데 그 중에서도 「낡은 집」은 그 이야기 구조를 가장 명료하게 드러내는 시이다.

이야기는 낡은 집으로 상징되는 피폐한 삶의 현장을 중심으로 펼쳐진다. 그 낡은 집은 '날로 밤으로/왕거미 줄치기에 분주한 집'이다. 그 낡은 집에 살았던 이웃 털보네는 마을에서 사라져버린다. 털보네가 사라진 이유는, 셋째 아들이 태어나도 축복을 받지 못할 정도의 가난 때문이었다. 그것은 아낙네들이 '털보네는 또 아들을 봤다우/송아지래두 붙었으면 팔아나 먹지'라고 말할 정도였다. 털보네가 '나의 동무'였던 아홉 살 셋째 아들은 물론 모든 식구들이 함께 그 낡은 집을 떠나 간 곳은 오랑캐령인지, 아라사인지 아무도 모른다. 오로지 마을에서 흉집이라 꺼리는 낡은 집만이 있을 뿐이다. 「낡은 집」은 이웃인 털보네를 통해 민족의 고난을 명료하게 보여주고 있다.[5]

주인공이 등장하여 이야기를 구체화시키는 과정이 「종가」와 「낡은 집」에서는 다르게 나타난다. 전자의 주인공이 유교적 관습과 전통이라는 구질서를 비판적으로 바라보고 있다면 후자의 주인공은 일제강점기에 수난 받는 민중을 대표한다.

---

5) 김병택, 『한국 현대시인의 현실인식』(새미, 2003), 162~163쪽.

IV. 대사의 사용

시에 있어서의 대사도 연극적 요소로 작용한다. 대사의 시적 리듬과 풍부한 상상력을 내포하는 어휘, 경구, 재담 등은 그 자체가 연극의 경우에서처럼 독자를 매혹시킨다. 일반회화는 목전의 사건이나 당장 필요한 일에 대한 관심을 표명하며 그 접속성이 없는 즉흥적 경우가 많지만 대사는 뚜렷한 목적과 방향을 설정하고 그것을 위해 표현을 통제한다. 그러므로 시의 경우든 연극의 경우든 훌륭한 대사는 작품의 방향과 내용에 상부해야 하고 그 표현에는 일차적으로 문학성이 짙어야 하며 낭비가 없이 통제되어 있는 대사를 말한다.[6] 그런데 대사의 이러한 점만으로는 진정한 대사를 성립시킬 수 없다. 진정한 대사를 성립시키기 위해서는 내용면에서 현실에 대한 통찰을 담고 있어야 하는 것이다.

리얼리즘 시에서의 대사도 이와 다르지 않다. 리얼리즘 시도 문학이 현실의 반영이라는 명제를 아무런 저항 없이 수용하고 있기 때문이다. 이러한 의미에서 볼 때, 오장환의 「목욕간」의 대사들은 일제강점기의 현실을 반영하고 있다.

> 내가 수업료를 바치지 못하고 정학을 받아 귀향하였을 때 달포가 넘도록 청결을 하지 못한 내 몸을 씻어보려고 나는 욕탕엘 갔었지
> 뜨거운 물속에 왼몸을 잠그고 잠시 아른거리는 정신에 도취할 것을 그리어 보며
> 나는 아저씨와 함께 욕탕엘 갔었지
> 아저씨의 말씀은 ① "내가 돈 주고 때 씻기는 생전 처음인걸" 하시었네
> 아저씨는 오늘 할 수 없이 허리 굽은 늙은 밤나무를 베어 장작을 만

6) 이근삼, 『연극개론』(문학사상사, 2010), 79쪽.

들어 가지고 팔러 나오신 길이었네

이 고목은 할아버지 열 두 살적에 심으신 세전지물(世傳之物)이라고 언제나 ② "이 집은 팔아도 밤나무만은 못 팔겠다" 하시더니 그것을 베어 가지고 오셨네그려

아저씨는 오늘 아침에 오시어 이곳에 한 개밖에 없는 목욕탕에 이 밤나무 장작을 팔으시었지

그리하여 이 나무로 데운 물이라도 좀 몸을 대이고 싶으셔서 할아버님의 유물의 유품이라도 좀더 가차이 하시려고 아저씨의 목적은 때 씻는 것이 아니었던 것일세

세시쯤 해서 아저씨와 나는 욕탕엘 갔었지

그러나 문이 닫혀 있네그려

③ "어째 오늘은 열지 않으시우" 내가 이렇게 물을 때에 ④ "네 나무가 떨어져서" 이렇게 주인은 얼버무렸네

⑤ "아니 내가 아까 두 시쯤해서 판 장작을 다 때었단 말이오?" 하고 아저씨는 의심스러이 뒷담을 쳐다보시었네

⑥ "へ, 實は 今日が市日で あかたらけの田舍つぺーが群たなして來ますからねえ하고 뿔떡같이 생긴 주인은 구격이 맞지도 않게 피시시 웃으며 아저씨를 바라다 보았네

⑦ "가자"

⑧ "가지오" 거의 한때 이러한 말이 숙질의 입에서 흘러나왔지

아저씨도 야학에 다니셔서 그따위 말마디는 알으시네 우리는 괘씸해서 그곳을 나왔네

그 이튿날일세 아저씨는 나보고 다시 목욕탕엘 가자고 하시었네

⑨ "못 하겠습니다 그러한 더러운 모욕을 당하고……"

⑩ "음 네 말도 그럴 듯하지만 그래두 가자" 하시고 강제로 나를 끌고 가셨지

—오장환, 「목욕간」

오장환의 「목욕간」에 나오는 대사의 성격은 대체로 세 가지로 구분될

수 있다. 그것은 판단과 의지, 물음과 대답, 행위와 대응 등인데, 그것들은 모두 연극에 나오는 대사와 같다.

먼저, 판단과 의지는 ①, ②에 나타난다. ①은 판단이지만 단순한 판단이 아니다. 그것은 일제강점기의 궁핍한 생활상을 드러내는 판단이며, ②는 의지이지만 ①에 배반하는 의지이다. 결국 화자의 이 의지는 이 시에서 중요한 뼈대의 역할을 담당한다. 다음으로, 물음과 대답은 ③, ④, ⑤, ⑥에서 전개된다. 이 중 ③과 ④, ⑤와 ⑥ 사에에는 갈등의 뿌리가 내재되어 있다. 더 진전시켜 말하면 그것은 내재되어 있는 데서 그치지 않고 나중에는 배타적 감정으로 표면화한다. 마지막으로, 행위와 내용은 ⑦, ⑧, ⑨, ⑩ 등에서 발견된다. ⑦과 ⑧에서의 행위는 온건함을 보여주다가 ⑨에 이르러서는 그것을 부정하게 되고 ⑩에 와서는 일제강점기의 지식인상을 상징하는 내용으로 굳어진다. 대사의 이러한 세 가지 성격은 서로를 조화시키고 때로는 상충함으로써 이 시의 존재성을 나름대로 확립한다.

대사가 반드시 직접적이어야만 하는 것은 아니다. 백석의 「고향」은 일단 고향의 발견을 주제로 삼고 있지만, 그 주제를 효과적으로 구현하기 위해서는 대사의 어떤 표현 방식을 사용해야 하는지를 생각하게 하는 시이다.

> 나는 北關에 혼자 앓어 누워서
> 어느 아침 醫員을 뵈이었다.
> 의원은 如來 같은 상을 하고 關公의 수염을 드리워서
> 먼 옛적 어느 나라 신선 같은데
> 새끼손톱 길게 돋은 손을 내어
> 묵묵하니 한참 맥을 짚더니
> 문득 물어 ① 故鄕이 어데냐 한다

② 平安道 定州라는 곳이라 한즉
③ 그러면 아무개氏 고향이란다.
④ 그러면 아무개氏ㄹ 아느냐 한즉
醫員은 빙긋이 웃음을 띠고
⑤ 莫逆之間이라며 수염을 쓴다.
나는 ⑥ 아버지로 섬기는 이라 한즉
醫員은 또다시 넌지시 웃고
말없이 팔을 잡아 맥을 보는데 손길이 따스하고 부드러워
故鄕도 아버지도 아버지의 친구도 다 있었다.

—백석, 「고향」

백석의 「고향」의 주제는 '고향의 발견'인데, 우리는 그것을 주제로 삼기 위해 시인이 이 시에서 의도적으로 가한 표현의 통제를 쉽게 파악할 수 있다. 그것은 두 가지로 나타나는데, 하나는 무엇보다도 대사가 간결하다는 점이다. 대사의 간결함은 ①에서부터 ⑥까지 일관되게 나타나는 특징이기도 하다. 그것은 더 나아가 이 시의 주제를 더욱더 강화시키는 역할을 수행한다. ①, ②, ④, ⑤에서 보듯 짧은 물음과 대답 속에 들어 있는 의미들은 쉴 새 없이 표면에 드러나려는 작용을 멈추지 않는다.

다른 하나는 대사가 부사어로 연결되고 있다는 점이다. 대사의 간접적 표현도 마찬가지로 ①에서부터 ⑥까지 일관되게 나타나는 특징인데, 그것은 화자의 대사에다 덧붙여진 부사어 '한즉'으로 초래된 결과이다. '한즉'이란 '그렇게 하니까'를 의미하는 부사이다. 그것은 문장의 맨 앞에 위치하면서 앞 문장의 내용을 이어받을 수도 있고 문장의 중간에 위치하면서 앞뒤 문장을 연결할 수도 있다. 이 시에에서는 후자의 경우로 사용되었다.

대사는 원래 희곡 속에서 제 기능이 발휘되는 것이지만 앞의 두 편 시

에서처럼 시에서도 얼마든지 기능이 발휘될 수 있다. 그 경우, 대사의 내용은 아주 강렬한 의미를 드러낸다.

V. 사건의 전개

모든 인간의 행동에는 뚜렷한 목표가 있고 모든 행동은 '무엇을 하는가,' '왜 하는가' 그리고 '어떻게 하는가'라는 물음에 답한다. 그래서 배우는 자신이 무대에 나온 이유가 주어진 순간에 자신이 무엇을 하며 왜 하는가를 전달하는 것이라는 사실을 명심해야 한다. 스타니슬라브스키는 사건을 결정하는 것, 그의 표현에 따르면 행동을 지배하는 '적극적인 사실들'(active facts)을 결정하는 데서부터 희곡 분석을 시작하라고 권하고 있다. 희곡에는 부차적인 것과 함께 가장 중요한 사건이 있는데, 배우가 그것을 이해하는 것은 필수적이다. 중요한 사건은 훌륭한 희곡의 뿌리에 놓여 있으며 등장인물의 행동뿐만 아니라 희곡의 행동을 움직여나간다. 그러한 사건을 결정하는 것은 상황에 몰입하는 것이며 희곡을 이해하는 지름길이다.[7)]

채트먼에 의하면, 사건에는 대안적 선택의 길을 열어 행동을 진전시키는 핵사건(kernel)과 그 행동을 확대, 확장, 지속 또는 지연시키는 기능을 하는 주변 사건이 있다. 가령 작품 내에서 전화벨이 울린다면 작중 인물은 전화를 받거나 전화를 받지 않아야 할 행동을 선택하므로 이것은 핵사건이다. 그러나 이 인물이 전화를 받을 때마다 머리를 긁거나, 담배를 피워 물거나 하는 것 등은 핵사건에 동반되면서 그것을 보조해 주는 할

7) 김석만, 『스타니슬라브스키 연극론』(이론과 실천, 1994), 195쪽.

뿐이므로 주변 사건이 된다.[8)]

임화의 「우리 오빠와 화로」에서 다루어진 사건은 구체적으로 말해서 네 개다. 그런데 그것들은 조금씩 다르다. 그 사건들은 보고, 해석, 설명, 예측 등 각기 다른 형식으로 전개되고 있기 때문이다.

> ① 사랑하는 우리 오빠 어저께 그렇게 위하시던 오빠의 거북 무늬 질화로가 깨어졌어요
> 언제나 오빠가 우리들의 '피오닐' 조그만 기수라 부르는 영남이가
> 지구에 해가 비친 하루의 모든 시간을 담배의 독기 속에다
> 어린 몸을 잠그고 사온 그 거북 무늬 화로가 깨어졌어요
>
> 그리하여 지금은 화(火)젓가락만이 불쌍한 영남이하구 저하구처럼
> 똑 우리 사랑하는 오빠를 잃은 남매와 같이 외롭게 벽에 가 나란히 걸렸어요
>
> 오빠……
> 저는요 저는요 잘 알았어요
> ② 왜－그날 오빠가 우리 두 동생을 떠나 그리로 들어가실 그날 밤에
> 연거푸 말은 궐련을 세 개씩이나 피우시고 계셨는지
> 저는요 잘 알았어요 오빠
> 언제나 철없는 제가 오빠가 공장에서 돌아와서 고단한 저녁을 잡수실 때 오빠 몸에서 신문지 냄새가 난다고 하면
> 오빠는 파란 얼굴에 피곤한 웃음을 웃으시며
> ……네 몸에선 누에 똥내가 나지 않니－하시던 세상에 위대하고 용감한 우리 오빠가 왜 그 날만
> 말 한 마디 없이 담배 연기로 방 속을 메워 버리시는 우리 우리 용감한 오빠의 마음을 저는 잘 알았어요

---

8) 한용환, 앞의 책, 200～201쪽.

천정을 향하여 기어올라가던 외줄기 담배 연기 속에서—오빠의 강철 가슴 속에 박힌 위대한 결정과 성스러운 각오를 저는 분명히 보았어요

그리하여 제가 영남이의 버선 하나도 채 못 기웠을 동안에

문지방을 때리는 쇳소리 마루를 밟는 거치른 구두소리와 함께—가버리지 않으셨어요

그러면서도 사랑하는 우리 위대한 오빠는 불쌍한 저의 남매의 근심을 담배 연기에 싸 두고 가지 않으셨어요

오빠—그래서 저도 영남이도

③ 오빠와 또 가장 위대한 용감한 오빠 친구들의 이야기가 세상을 뒤집을 때

저는 제사기를 떠나서 백 장에 일 전짜리 封筒에 손톱을 뚫어트리고

영남이도 담배 냄새 구렁을 내쫓겨 봉통 꽁무니를 뭅니다

지금—만국 지도 같은 누더기 밑에서 코를 고을고 있습니다

오빠—그러나 염려는 마세요

저는 용감한 이 나라 청년인 우리 오빠와 핏줄을 같이 한 계집애이고

영남이도 오빠도 늘 칭찬하던 쇠 같은 거북 무늬 화로를 사온 오빠의 동생이 아니예요

④ 그리고 참 오빠 아까 그 젊은 나머지 오빠의 친구들이 왔다 갔습니다

눈물 나는 우리 오빠 동무의 소식을 전해 주고 갔어요

사랑스런 용감한 청년들이었습니다

세상에 가장 위대한 청년들이었습니다

화로는 깨어져도 화(火)젓갈은 깃대처럼 남지 않았어요

우리 오빠는 가셨어도 귀여운 '피오닐' 영남이가 있고

그리고 모든 어린 '피오닐'의 따뜻한 누이 품 제 가슴이 아직도 더웁습니다

그리고 오빠……

저뿐이 사랑하는 오빠를 잃고 영남이뿐이 굳센 형님을 보낸 것이겠습니까

싫지도 않고 외롭지도 않습니다

세상에 고마운 청년 오빠의 무수한 위대한 친구가 있고 오빠와 형님을 잃은 수없는 계집아이와 동생

저희들의 귀한 동무가 있습니다

그리하여 이 다음 일은 지금 섭섭한 분한 사건을 안고 있는 우리 동무 손에서 싸워질 것입니다

오빠 오늘 밤을 새워 이만 장을 붙이면 사흘 뒤엔 새 솜옷이 오빠의 떨리는 몸에 입혀질 것입니다

이렇게 세상의 누이동생과 아우는 건강히 오늘 날마다를 싸움에서 보냅니다

영남이는 여태 잡니다 밤이 늦었어요

―누이동생

―임화, 「우리 오빠와 화로」

①의 '오빠의 거북무늬 질화로'가 깨어졌다는 사건은 자세한 경위를 곁들인 보고의 형식을 취한다. '지금은 화(火)젓가락만'이 벽에 걸려 있는 상황은 비장하기까지 하다. ②에 이르러서 이 시는 오빠가 "문지방을 때리는 쇳소리 마루를 밟는 거치른 구두소리와 함께" 간 그날 밤 오빠가 "연거푸 말은 궐련을 세 개씩이나 피"운 것에 대해 해석하고 있다. 그것은 물론 누이동생의 입장에서 이루어진 것이다. ③에서는 두 동생이 공장에서 쫓겨나 "백 장에 일 전짜리 封筒에 손톱을 뚫어트리"는 현재에 대해 설명한다. ④에서 누이동생은 "젊은 나머지 오빠의 친구들이 왔다" 간

후 "세상에 고마운 청년 오빠의 무수한 위대한 친구가 있고 오빠와 형님을 잃은 수없는 계집아이와 동생/저희들의 귀한 동무가 있"는 것을 근거로 앞으로 다가올 날들에 대해 전망한다.

이용악의 「전라도 가시내」는 「우리 오빠와 화로」와 비교해 보면 창작 연대와 배경부터가 다르다. 1929년에 쓰인 임화의 「우리 오빠와 화로」와 달리 이 시는 1947년에 발표되었고 취하고 있는 소재도 만주 유이민의 삶이다. 그러나 사건이 전개되고 있는 점은 공통적이다.

알룩조개에 입맞추며 자랐나
눈이 바다처럼 푸를뿐더러 까무스레한 네 얼굴
가시내야
① 나는 발을 얼구며
무쇠다리를 건너온 함경도 사내
② 바람소리도 호개도 인전 무섭지 않다만
어드운 등불 밑 안개처럼 자욱한 시름을 달게 마시련다만
어디서 흉참한 기별이 뛰어들 것만 같애
두터운 벽도 이웃도 못 미더운 북간도 술막

③ 온갖 방자의 말을 품고 왔다
눈포래를 뚫고 왔다
가시내야
너의 가슴 그늘진 숲속을 기어간 오솔길을 나는 헤매이자
술을 부어 남실남실 술을 따르어
가난한 이야기에 고이 잠거다오

④ 네 두만강을 건너왔다는 석 달 전이면
단풍이 물들어 천리 천리 또 천리 산마다 불탔을 겐데
그래도 외로워서 슬퍼서 초마폭으로 얼굴을 가렸더냐

두 낮 두 밤을 두루미처럼 울어 울어
불술기 구름 속을 달리는 양 유리창이 흐리더냐

차알삭 부서지는 파도소리에 취한 듯
때로 싸늘한 웃음이 소리 없이 새기는 보조개
가시내야
울 듯 울 듯 울지 않는 전라도 가시내야
두어 마디 너의 사투리로 때아닌 봄을 불러줄게
손때 수집은 분홍 댕기 휘 휘 날리며
잠깐 너의 나라로 돌아가거라

이윽고 얼음길이 밝으면
⑤ 나는 눈포래 휘감아치는 벌판에 우줄우줄 나설 게다
노래도 없이 사라질 게다
자욱도 없이 사라질 게다

—이용악, 「전라도 가시내」

이용악의 「전라도 가시내」는 다섯 개의 사건으로 구성되어 있다. 그것들은 주제인 유이민들의 애환을 더욱더 구체화한다.

①에는 '가시내'와 '함경도 사내'라는 두 주인공이 등장한다. 여기에서 간과해서는 안 될 것은 주인공의 외모에 대한 묘사만으로도 주인공의 삶의 이력을 어느 정도 보여 주고 있다는 점이다. 그것이 북간도 유이민의 삶으로 즉시 확대될 수 있는 성격의 것임은 말할 필요도 없다. ②에서는 화자의 내면이 강조된다. 화자는, 이제는 북간도의 바람소리나 '호개'가 예전처럼 무섭지는 않다고 말하면서도 북간도를 "어디서 흉참한 기별이 뛰어들 것만 같"고 "두터운 벽도 이웃도 못 미더운" '술막'처럼 느낀다. ③에서도 그런 느낌은 계속 이어진다. "너의 가슴 그늘진 숲속을 기어간

오솔길을 나는 헤매이자/술을 부어 남실남실 술을 따르어/가난한 이야기에 고이 잠거다오"가 그것의 좋은 예이다. ④에 이르면 그것은 더욱더 구체화된다. 이를테면, "네 두만강을 건너왔다는 석 달 전"처럼 두만강을 건너온 때가 밝혀지고 "두 낮 두 밤을 두루미처럼 울어 울어/불술기 구름 속을 달리는 양 유리창이 흐리더냐"처럼 고난의 정도가 뚜렷해진다. ⑤에서는 이별의 방식이 표명된다. "노래도 없이 사라질 게다/자욱도 없이 사라질 게다"처럼 그것은 쓸쓸하고 외로운 방식이다.

면밀하게 들여다보면, 이 시의 특징은 청자에 대한 화자의 호칭에 따라 사건이 제시된다는 점에서 찾을 수 있다. 그 경우, 청자에 대한 화자의 호칭은 항상 '가시내야'로 나타난다.

「우리 오빠와 화로」와 「전라도 가시내」에는 공통적으로 핵사건과 주변사건의 구분이 없다. 굳이 밝히자면, 두 편 시에서 전개되는 사건은 공히 핵사건이다. 그것은 리얼리즘이라는 기법적 환경 때문에 초래된 결과라고 할 수 있다.

VI. 에필로그

지금까지 논의한 내용을 요약, 정리하면 다음과 같다.

1) 파업투쟁과 관련된 이야기를 제시하고 있는 임화의 「양말 속의 편지」에서 파업주동자이며, 현재 철창에 갇혀 있는 화자는 동료들에게 파업투쟁의 의지를 독려하는 역할을 담당한다. 화자의 파업투쟁의 의지는 그것을 약화시키는 요소들과 충돌하는데, 그 요소들은 다름 아닌 가족이다. 간단히 말해, 화자가 지니고 있는 파업투쟁의 의지는 가족 때문에 약화될 수도 있는 상황에 처해 있는 것이다. 그 가족들이란, 구체적으로 '늙

은 아버지,' '굶은 아내들,' '어메 아배,' '계집 자식' 등을 가리킨다. 그것은 가족이 지니고 있는 최악의 상태를 보여 주거나 또는 포괄적인 호칭들이다. 화자에게는 일단 가족들이 중요하다. 그러나 독자의 예상하는 것처럼, 모든 것이 그러한 화자의 그러한 인식으로 종식되지는 않는다. 화자는 더 중요한 것을 추구하는 것이다. 우리가 이 시에서 유의해야 할 것은 상반되는 의지의 충돌을 강화하는 배경이 바로 날씨라는 점이다. 그것은 "북쪽 철창을 때리고" 눈보라, "추운 겨울," "동해바다를 거쳐 오는 모질은 바람," "바람 부는 날," "바람과 함께" 들이치는 눈 등인데, 이 시에서는 한결같이 이 시에서 화자의 의지를 강화시키는 데에 큰 역할을 수행한다.

리얼리즘 시는 갈등 중심의 이야기를 담고 있어서 필연적으로 시의 분량이 길 수밖에 없다. 임화의 「양말 속의 편지」 등 대부분의 모든 리얼리즘 시가 전통적인 서정시에 비해 훨씬 더 분량이 긴 것은 그러한 점에서 기인한다. 그렇다고 해서, 리얼리즘 시가 반드시 길어야 하는 것이 갈등 중심의 이야기를 담을 수 있는 전제 조건은 아니다. 백석의 「女僧」은 그러한 경우에 해당한다. 이 시는 인물의 자아와 환경의 갈등을 다루고 있다. 그런데 그 갈등은 역순행의 시간, 즉 회고적 시간에 존재하며 그를 통해 주인공의 현재는 해명된다(바로 이 지점에서, 이 시의 연극적 요소는 빛을 발한다). 회고적 이야기는 맨 먼저 여승의 현재 모습을 제시된 후 이어서 남편의 가출, 아이를 데리고 금광에서 옥수수를 파는 여인, 여인의 딸의 죽음, 삭발 등을 중심으로 이어진다. 이야기를 진지하게 만드는 갈등의 양상은 매우 섬세하다. 자아와 환경의 갈등에는 무려 일곱 개의 문장이 동원된다. 그것은 대부분 없이 인물의 자아를 손상시키거나 변하게 하는 환경을 수반한다. 그리고 그러한 세부 이야기는 자아와 환경의 갈등을 일으키며 결국은 명제에 대한 부정으로 연결된다.

「양말 속의 편지」와 「女僧」에서 보듯, 리얼리즘 시의 가치는 시가 분량에 크게 의존하지 않고도 갈등 중심의 이야기를 통해 시대의 현실과 시대의 삶을 얼마만큼 반영하느냐에 좌우된다고 할 수 있다.

2) 오장환의 「종가」에 등장하는 인물인 종갓집 영감님은 다른 종갓집 영감들과 마찬가지로 자신의 신분에 대한 확고한 의식의 소유자이다. 그리고 개별적으로는 생활을 위해 노력을 하지 않는다는 공통점이 있다. 또한 그는 재주를 물려받지 못한 무능한 인물이다. 그래서 그의 윗대인 '오조할머니 시아버니,' '남편' 등은 동네 백성들을 "곧잘 잡아들여다 모말굴림도 시키고 주릿대를 앵기"기도 했다. 이러한 의미에서, 그는 악덕지주를 대표한다. 이 시에는 오장환의 개인사를 고스란히 반영한다. 그것은 그가 폐습을 얼마나 증오했는가를 짐작하게 한다. 그에게 있어서 가족제도는 큰 억압이며 그에 수반되는 고루한 생활 방식은, 붕괴되어야 할 유산이다.

한편, 이와는 약간 다르게 시대의 정치적 억압으로 인해 고난을 겪어야 하는 주인공도 있다. 이용악의 「낡은 집」에 등장하는 '털보네'가 겪은 고난은 순전히 일제의 수탈정책으로 인해 초래된 것이다. 이 시에 등장하는 '털보네'는 최소한 다음의 두 가지 성격을 보여준다. 그것의 하나는 털보네가 시대적 변화과 깊이 관련된 주인공이라는 점이다. 그 점은 2연, 3연에서 쉽게 확인된다. 과거에는 당나귀가 고개를 넘어 곡식을 싣고 다녔고, 황소가 콩을 싣고 항구까지 갔다. 그러나 '이제'는 기차가 예전의 일들을 수행하게 되었다. 이처럼 이 시는 일제강점기에 나타난 근대사의 한 단면을 잘 드러난다. 그 한가운데에 일제의 수탈과 조선 민중의 궁핍이 자리하고 있음은 물론이다. 다른 하나는 털보네가 수난의 상징으로 등장한다는 점이다. 아들을 또 낳은 털보네는 더 큰 생활의 어려움을 겪게 되는데, 이 시에서 그것은 "소주에 취한 털보의 눈도 일충 붉더란다"

로 표현된다. 그래서 '털보네'라는 복수적 명칭은 가족 단위에 머무르지 않고 일제강점기의 조선의 농촌사회, 더 나아가서 조선 사회 전체로 확대될 수 있는 개연성을 충분히 내포한다. 따라서 털보네가 간 곳을 묻는 물음에 대한 답은 쉽게 도출될 수 없다. 이용악 시의 대부분은 이야기 구조를 갖추고 있다. 그 중에서도 「낡은 집」은 그 이야기 구조를 가장 명료하게 보여준다. 이야기는 낡은 집으로 상징되는 피폐한 삶의 현장을 중심으로 전개된다. 그 집은 '날로 밤으로/왕거미 줄치기에 분주한 집'이다. 그 집에 살았던 이웃 털보네는 마을에서 사라져버린다. 털보네가 사라진 이유는, 셋째 아들이 태어나도 축복을 받지 못할 정도의 가난 때문이었다. 그것은 아낙네들이 '털보네는 또 아들을 봤다우/송아지래두 붙었으면 팔아나 먹지'라고 말할 정도였다. 털보네가 '나의 동무'였던 아홉 살 셋째 아들은 물론 모든 식구들이 함께 그 낡은 집을 떠나 간 곳은 아무도 모른다. 「낡은 집」은 이웃인 털보네를 통해 민족의 고난을 명료하게 보여준다.

주인공이 등장하여 이야기를 구체화시키는 과정이 「종가」와 「낡은 집」에서는 다르다. 전자의 주인공이 유교적 관습과 전통이라는 구질서를 비판하는 인물이라면 후자의 주인공은 일제강점기에 수난 받는 민중을 대표하는 인물이다.

3) 리얼리즘 시에서의 대사와 연극의 대사는 다르지 않다. 그리고 리얼리즘 시는 문학이 현실의 반영이라는 명제를 아무런 저항 없이 수용한다. 이러한 의미에서 볼 때, 오장환의 「목욕간」의 대사들은 일제강점기의 현실을 반영한다. 이 시에 나오는 대사의 성격은 대체로 세 가지로 나뉜다. 그것은 판단과 의지, 물음과 대답, 행위와 내용 등이다. 그것은 모두 연극에 나오는 대사와 동일하다. 먼저, 판단과 의지가 나타난다. 판단은 일제강점기의 궁핍한 생활상을 드러내는 판단이고, 의지는 배반하는

의지이다. 결국 화자의 이 의지는 이 시에서 중요한 뼈대의 역할을 맡는다. 다음으로, 물음과 대답 사이에는 갈등의 뿌리가 내재되어 있다. 더 나아가면, 그것은 나중에 배타적 감정으로 표면화한다. 마지막으로, 행위와 내용인데, 행위는 온건함을 보여주거나 부정하기도 하고, 최후에는 일제강점기의 지식인상을 상징하는 내용을 구축한다. 대사의 이러한 세 가지 성격은 조화를 이루고 때로는 상충된다. 그러한 방식으로 이 시는 나름대로의 존재성을 강화한다.

대사가 반드시 직접적이어야 할 필요는 없다. 백석의 「고향」은 독자로 하여금 그 주제를 효과적으로 구현하기 위해서는 대사의 어떤 표현 방식을 선택해야 하는지를 생각하게 한다. 이 시의 주제는 '고향의 발견'이다. 이 시에서는 그것을 주제로 삼기 위해 시인이 의도적으로 가한 표현의 통제가 쉽게 발견된다. 그것은 두 가지이다. 그것의 하나는 대사가 간결하다는 점이다. 이것은 이 시를 일관하는 특징인 동시에 이 시의 주제를 더욱더 강화시키는 역할을 담당한다. 그리고 짧은 물음과 대답 속에 들어 있는 의미들은 쉴 새 없이 표면에 드러나려는 작용을 계속한다. 다른 하나는 대사가 부사어로 연결되고 있다는 점이다. 이것 또한 대사의 간접적 표현도 이 시에서 일관되게 나타나는 특징인 바, 화자의 대사에다 덧붙여진 부사어 '한즉'으로 해서 초래된 결과이다. 부사인 '한즉'은 '그렇게 하니까'를 의미하는 말이다. 그것은 문장의 맨 앞에서 앞 문장의 내용을 이어받을 수도 있고, 문장의 중간에서 앞뒤 문장을 연결할 수도 있다. 이 시에서 사용된 '한즉'은 물론 후자의 경우이다.

대사는 원래 희곡 속에서 제 기능이 발휘된다. 그러나 그것은 앞의 두 편 시에서처럼 시에서도 얼마든지 기능이 발휘된다. 그 경우, 대사는 아주 강렬한 의미를 드러내는 내용으로 전환된다.

4) 「우리 오빠와 화로」는 네 개의 사건을 다루고 있다. 그 사건들은 보

고, 해석, 설명, 예측 등 각기 다른 형식으로 전개되고 있어서 조금씩 다르다. '오빠의 거북무늬 질화로'가 깨어졌다는 첫째 사건은 자세한 경위를 곁들인 보고의 형식을 취하고 있다. '지금은 화(火)젓가락만'이 벽에 걸려 있는 상황은 비장하다. 둘째 사건은 오빠가 "문지방을 때리는 쇳소리 마루를 밟는 거치른 구두소리와 함께" 간 것을 가리키는데, 이 시는 그날 밤 오빠가 "연거푸 말은 궐련을 세 개씩이나 피"운 것에 대해 해석하고 있다. 이 시는 두 동생이 공장에서 쫓겨나는 셋째 사건을 제시한 뒤에 "백 장에 일 전짜리 封筒에 손톱을 뚫어트리"는 현재에 대해 설명한다. 또한 이 시는 "젊은 나머지 오빠의 친구들이 왔다" 간 넷째 사건을 제시한 뒤 "세상에 고마운 청년 오빠의 무수한 위대한 친구가 있고 오빠와 형님을 잃은 수없는 계집아이와 동생/저희들의 귀한 동무가 있"는 것을 근거로 앞으로의 상황을 전망한다.

임화의 「우리 오빠와 화로」와 이용악의 「전라도 가시내」는 창작 연대와 배경부터가 다르다. 1929년에 쓰인 「우리 오빠와 화로」가 노동자의 삶을 배경으로 취하고 있는 것과 달리, 「전라도 가시내」는 1947년에 발표되었고 취하고 있는 소재도 만주 유이민의 삶이다. 그러나 사건은 공통적으로 전개된다. 「전라도 가시내」에는 '가시내'와 '함경도 사내'라는 두 주인공이 등장한다. 여기에서 주인공의 외모에 대한 묘사만으로도 주인공의 삶의 이력을 보여주고 있는 점은 주목할 만한 점이다. 그것은 북간도 유이민의 삶으로 즉시 확대될 수 있는 성격의 것이기 때문이다. 또한 이 시에는 화자의 내면이 강조된다. 화자는, 이제 북간도의 바람소리나 '호개'가 예전처럼 무섭지는 않다고 말하면서도, 북간도를 "어디서 흉참한 기별이 뛰어들 것만 같"고 "두터운 벽도 이웃도 못 미더운" '술막'처럼 느낀다. 그 다음에서도 그것은 계속된다. "너의 가슴 그늘진 숲속을 기어간 오솔길을 나는 헤매이자/술을 부어 남실남실 술을 따르어/가난한 이야기에 고이 잠거다오"가 그것을 예증하는 좋은 예이다. 내용이 진전되면서, 그것은 더욱더 구체화되는데, 이를테면, "네 두만강을 건너왔다는 석 달 전"처럼 두만강을 건너온 때가 밝혀지고 "두 낮 두 밤을 두루미처럼 울어 울어/불술기 구름 속을 달리는 양 유리창이 흐리더냐"처럼 고난의 정도가 뚜렷해진다. 마지막에서는 이별의 방식이 나타난다. "노래도 없이 사라질 게다/자욱도 없이 사라질 게다"처럼 그것은 외로운 방식이다. 자세히 보면, 이 시의 특징은 청자에 대한 화자의 호칭에 따라 사건이 제시된다는 점에서 찾을 수 있다. 그 경우, 이 시는 청자에 대한 화자의 호칭을 항상 '가시내야'로 고정한다.

「우리 오빠와 화로」와 「전라도 가시내」에는 핵사건과 주변사건의 존재하지 않는다. 두 편 시에서 전개되는 사건은 공히 핵사건이다. 그것은 리얼리즘이라는 기법적 환경 때문에 초래된 결과라고 할 수 있다.

시의 사진 수용

Ⅰ. 프롤로그

우리가 영상언어로서의 사진을 일상생활에서 쓰고 있는 자연언어에 비해 완벽한 언어라고 부르는 것은 전달의 직접성, 대상의 구체성, 시간·공간의 초월성 때문이다. 그래서 결국 영상언어로서의 사진은 다음의 세 경우로 구분된다.

먼저, 자연언어나 다른 매체들을 통해서도 표현이 가능한 메시지를 영상화한 경우이다. 이를테면 서울에는 자동차가 퍽 많음을, 어린이들은 천진난만함을 보여주는 내용의 사진이나 픽토리얼리즘을 추구한 사진에서 보듯 단순히 아름다운 풍경을 아름답게 찍어 놓은 사진 등이 이에 해당한다. 사람들은 흔히 이런 사진을 어떤 사실의 구체적 증거자료로 삼는다. 자연언어의 보조적 구실로 사용하는 것이다.

다음으로, 자연언어나 다른 매체로는 표현의 효과를 충분히 거둘 수 없는 메시지를 영상화한 경우이다. 이를테면 장미 송이에 매달린 영롱한 이슬방울이라든지, 핏빛 노을로 물든 저물녘의 하늘 등은 시각적으로 전달되었을 때 최대의 효과를 발휘할 수 있다.

마지막으로, 분명히 보이고 느끼지만 다른 매체로 표현하면 그 메시지 자체가 왜곡되기 때문에 도저히 다른 매체를 사용할 수 없고, 오로지 사진으로만 표현하고 전달하는 것이 가능한 메시지를 영상화한 경우이다. 이는 '언어 밖의 세계'를 시각화한 것인데, '언어 밖의 세계'란 언어가 미치지 못하는 세계, 언어로는 도저히 표현하거나 설명할 수 없는 메시지를 가리킨다.

이 세 경우는 물론 영상언어로서의 사진의 역할을 전제로 한 것이다. 그러나 자연언어나 기타 매체로도 표현이 가능한 메시지를 영상화한 경우에서는 영상언어로서의 독자성을 발견하기 어렵다. 자연언어나 다른 매체로는 표현의 효과를 거둘 수 없는 메시지의 영상화는, 엄밀하게 말해 다른 매체를 통해서도 표현하는 것은 가능하지만 완벽한 효과를 얻을 수는 없는 결과를 초래한다. 그런데 마지막 경우는 앞의 두 경우와는 확연히 다르다. 다른 매체를 통해서는 도저히 표현의 효과를 얻을 수 없다. 만일 다른 매체가 그것을 다루면 그 메시지 자체가 왜곡되어 전혀 다른 내용이 되고 말기 때문이다. 따라서 영상이 그것의 독자적 언어성을 가장 명료하게 드러내는 것은 마지막 경우이다. 영상언어의 참뜻은 이에 이르러 비로소 확보된다.

일반적으로 '영상언어'는 이 세 경우 모두를 일컫는 말로 쓰이지만[1] 시가 사진에 수용될 가능성을 찾을 수 있는 경우는 앞에서 잠시 살펴본 대로 세 경우 중에서 마지막 경우를 제외한 두 경우로 한정된다.

이 글의 의도는 사진과 시의 이러한 유사성을 바탕으로 구체적인 시작

---

1) 이에 대한 내용은 한정식, 『사진예술 개론』(눈빛출판사, 2011), 15~22쪽에 의거.

품을 통해 '시의 사진 수용' 양상을 밝히는 데에 있다. 이를 실천하기 위해 이 글에서 논의의 방향으로 설정한 것은 전통적 시 형식의 파괴, 메시지 전달의 수단, 형상화의 대상 등이다.

II. 이론적 논의

시의 사진 수용에 대한 이론적 논의의 거점은 무엇보다도 사진과 시의 유사점이다. 물론 시와 다른 분야의 유사점을 시의 다른 분야 수용에 있어서의 절대적 조건이라고 할 수는 없다. 그렇기는 하지만, 이론적으로 논의할 때는 다른 것에 앞서 유사점을 우선적인 논의의 대상으로 삼을 수밖에 없다.

사진과 시의 유사점은 네 가지로 요약된다.[2] 첫째, 둘 다 애초에 예술 형식으로 출발하지 않았다는 점이다. 사진은 화가들에 의해 발명되고 이용되기는 했지만 바탕에 깔린 사진술은 애초에 예술과는 아무런 관련이 없는, 차라리 과학임을 상기할 필요가 있다. 그것은 마치 시의 매체인 언어가 그 근본에서 예술과는 아무런 관련이 없었던 것과 같다. 사진술이나 언어는 현재도 예술적 목적보다는 실용적 목적으로 더 많이 쓰인다. 그러나 미술, 무용 등은 대부분 예술적 목적 이외에 달리 제작되는 일이 없다. 언어나 사진술은 다 같이 의사 전달, 곧 커뮤니케이션 기능의 일부가 승화, 발전되어 예술 형태로 굳어진 것이라는 점에서 공통점을 지닌다.

둘째, 서술적 기능을 발휘하고 있다는 점이다. 사진은 다른 어느 예술보다 '언어적'인 측면이 있음을 인정하지 않을 수 없다. 이러한 서술성으

2) 이 내용은 한정식, 『사진예술 개론』(눈빛출판사, 2011), 263~269쪽, 271쪽에 의거.

로 인해 사진은 시와 상당히 유사한 특성을 지닌다. 말이나 해학은 언어적 서술 기능을 바탕으로 삼을 때 가능하거니와, 그것은 사진과 시에서 가장 큰 효과를 거둔다. 제1차, 제2차 세계대전을 통해 전쟁을 고발한 것은 시만이 아니었다. 작가인 레마르크나 헤밍웨이에 못지않게 사진가인 로버트 카파나 유진 스미스는 몸으로 전선을 누볐다. 카파는 결국 전쟁터에서 목숨을 잃었고, 스미스는 노년에 이른 후에도 일본에 건너가 산업공해를 고발하기도 했다. 음악이나 미술이라고 해서 고발할 수 없는 것은 아니다. 무용에 고발적 기능을 부여한다고 해서 예술이 아니라고는 할 수 없다. 그러나 그들 예술 양식에서의 고발은 간접적 · 추상적이어서 막연함을 지니고 있다. 이에 비해 사진이나 시의 그것은 직접적 · 구체적이다. 「게르니카」는 나치를 고발한 피카소의 걸작으로 알려져 있지만, 그 그림을 통해 우리가 볼 수 있는 것은 피카소의 고발정신과 그의 예술성이지 나치에 의해 파괴된 마을 현장의 모습은 아니다. 생생한 현장을 그대로 보여주는 한 장의 사진을, 자세한 전말을 속속들이 파헤쳐 내는 한 편의 소설과 비교해 보면 그 차이는 금방 드러난다.

해학에 있어서도 사진이나 시는 특출하다. 소설이나 사진을 보면서 분노하기도 하고 배를 잡고 웃기도 하는 것은 흔히 볼 수 있는 일이지만, 그림이나 무용의 경우는 그 작품이 얼토당토않거나 실수를 저질렀을 때가 아니고서는 감상자를 웃길 수가 없다. 외설과 예술의 그 아슬아슬한 경계선을 넘나들다가 시비를 일으키는 것도 주로 사진과 시의 경우이다.

셋째는 주제의식을 지닌다는 점이다. 사진이 다루는 주제는 시와 바탕을 함께한다. 사진이 다루는 대부분의 주제, 내용은 인간의 생활이다. 인간 존재의 문제, 생활의 문제, 환경의 문제 등은 한마디로 인간의 역사와 동궤에 놓인다. 따라서 사진이 다루어 온 것은 실제로 인간의 역사였다. 사진을 모아 놓고 보면 거기에는 저절로 인간의 역사 기록이 펼쳐진다.

사진이 역사라는 사실은 너무나도 분명하다. 사실상 사진이 찍어내는 모든 사진영상이 그대로 역사일 수밖에 없는 것은 사진의 대상이 현실이라는 점에 근거를 둔다. 현실은 역사상의 한순간이다. 순간순간의 사건이 모여 하나의 역사를 이룬다.

사진과 시(문학)는 이렇게 역사를 정면에서 다룰 수 있다. 연극이나 영화가 역시 역사를 다루지만, 이들 연극이나 영화의 바탕은 문학이다. 그리고 역사를 다루지 않는 사진도 있을 수 있는 것은 역사를 다루지 않는 문학이 있는 것과 같다.

넷째는 사진과 시는 둘 다 현실을 해석한다는 점이다. 해석이 가해지지 않은 예술작품은 없다. 그런데 사진과 시는 이미 만들어진 것만을 대상으로 의미를 찾고 해석한다. 사진을 '인식의 예술'이라고 했거니와, 이를 쉽게 풀어서 말한다면, 사진은 이 세상의 모든 현상에 대한 작가의 인식을 시각화해 발표하는 예술이라고 할 수 있다. 사진가는 만들지 않는다. 그는 이미 만들어진 것만을 대상으로 그것에 대해 해석할 뿐이다. 시(문학) 또한 그렇다. 소설가나 시인 역시 아무것도 만들지 않는다. 이 세상의 온갖 현상에 대한 작가의 인식을 형상화하여 발표할 뿐이다. 인간과 자연에 대해 해석하고 의미를 부여하는 분야가 소설이요 시임은 말할 필요도 없다.

사진이 회화처럼 사물의 형태를 바탕으로 하고 있다고 해서 회화 쪽으로 보는 것은 너무나 피상적 관찰이다. 그 형태가 무엇을 표현하기 위해서인지, 다루고 있는 주제(내용)가 어디에 뿌리를 박고 있는가를 살펴보면 사진은 회화보다 오히려 시 쪽에 더 가깝다.

사진영상이 독자성을 확보함으로써 회화나 시에서도 벗어날 수 있게 된 것은 1960년대에 들어서였다. 오늘날의 사진영상은 탈기록성의 경향에 따라 시각성을 바탕으로 독자성을 확보하려는 의식에서 이루어진 예술의 한 분야이다. 그러나 의식면에서, 아직도 많은 사진가들은 시에 의지한다. 이는 사진에 국한하지 않고, 미술이나 음악, 무용 등 비문자 예술 전반에 걸친 현상의 하나로 보인다. 시적인 제목을 붙임으로써 자기 작품에 철학적 · 추상적 근거를 불어넣고자 하는 의식이 그것의 한 예이다. 이러한 열등의식은 앞으로 사진가들이, 사진은 오히려 '시적'인 데에서 벗어남으로써 보다 사진다운 사진으로 접근할 수 있다는 사실을 자각할 때에 비로소 사라질 수 있다.

사진은 회화도 시도 아닌 독자적 영상예술이다. 때문에 회화적일 것도, 시적일 것도 다 거부한다. 그러나 동시에 회화적인 것도, 시적인 것도 다 수용할 수 있다. 그러한 회화성과 시성을 수용하여 새로운 영상예술로 지향하는 것이 오늘의 사진예술이며 바람직한 모습이기도 하다.

Ⅲ. 시의 사진 수용

여기에서의 논의 방향은 '전통적 시 형식의 파괴,' '메시지 전달의 수단,' '형상화의 대상' 등이다. 먼저 '전통적 시 형식의 파괴'에서의 기교는 다다이즘, 벌레스크Burlesque · 패러디Parody · 트래비스티travesty, 흉내 내기(mimicry)[3]로 나타난다. 다다이즘은 모더니즘 중에서도 과격 모더니즘에 해당하는 것으로 한국에서는 李箱이 이를 구체적으로 보여 준 바 있다. 다음으로 '메시지 전달의 수단'에서는 사진을 제재로 쓰인 시 두 편을 다룬다. 두 편 모두 사진을 계기로 우리의 삶을 철학적으로 통찰한 내용을 검토한다. 끝으로 '형상화의 대상'에서는 엄밀하게 말해 조각 작품

3) 이 용어들에 대한 내용은 이명섭 편, 앞의 책, 173~176쪽에 의거.

을 찍은 사진과 그것을 형상화한 시들을 논의의 대상으로 삼는다.

1. 전통적 시 형식의 파괴

시에서 전통적 형식의 파괴가 중시되는 것은 세계를 바라보는 시인의 시선이 단순한 변화와는 분명히 구별되는 새로운 시 형식을 지향하고 있기 때문이다. 새로운 시 형식은 대체로 새로운 가치를 수반하기 마련이며, 그로 인해 새로운 시 형식은 생명력을 확보하면서 결국 시의 중요성을 증가시킨다.

전통적 시 형식의 파괴는 모더니즘을 규정짓는 데 사용되는 가장 중요한 특징이다. 정확히 말해서, 그것은 20세기 이전에는 좀처럼 시도할 수 없었던 형식의 파괴(혁명)를 지향하는 것으로, 모더니즘이 지니고 있는 새로운 시대의 가치를 상징하는 말이기도 하다. 시의 사진 수용을 논의하는 자리에 전통적 시 형식의 파괴가 중시되는 것은 그 과정의 일부에 사진이 결부되는 데에서 그 원인을 찾을 수 있다.

神이여 이 아이를 지켜 주소서,
神이여 이 아이를 지켜 주소서,
神이여 이 아이를 지켜 주소서,

손바닥만한 이 나라,

분단된 방바닥 위에 못 박혀 있는 이 아이를

註: 이 아이의 이름은 '헤미르'다. 물[미르]과 불[해]의 온전한 결합. 즉 진정한 태극의 형성을 기원하는 뜻에서 붙여본 이름이다. 그 옛날 해부루 · 해모수의 신화, 북만주를 호령했던 우리의 기상은 이제 다 어디로 가버렸단 말인가.[4)]

—박남철, 「헤미르 III－1」

신에게 아이의 안전과 행복을 기원하는 것이 이 시의 주제이다. 비교적 단순하지만 시 형식의 파괴라는 관점으로 바라보면 결코 단순하지 않다. 이 시의 맨 앞에는 사진이 배치됨으로써 전통적 시 형식의 파괴를 예고하고 있는데 그것은 모더니즘 중에서도 다다이즘의 특징과 크게 관련된다.

다다이즘Dadaism의 본질은 다음과 같다. 첫째는 '합리적 · 이성적인 것에 대한 부정'이다. '다다'가 고정적으로는 아무 것도 의미하지 않는다는 것은 다다이즘이 종래의 모럴 · 철학 · 경험 · 과학을 부정하는 것임을 말해준다. 왜냐하면 종래의 것들은 합리적 · 이성적인 의미구조를 지녔던 것들이기 때문이다. 둘째는 자발성, 우연성을 지닌다. 다다이즘은 논리와 결합한 예술을 부정하고 유연함, 불의의 기쁨, 열광을 추구한다. 논리의 폐기, 예언의 폐기, 미래의 폐기를 주장하는 것이다. 그 자발성과 우연성은 예술에서 매우 중요한 요소인데, 그에 따라 어떤 의미도 없는 소

4) 박남철, 「헤미르 III－1」, 『반시대적 고찰』(한겨레, 1988), 25~26쪽.

리, 소음의 연속으로 이루어지는 음향시(sound poem) · 콜라주collage · 몽타주montage 등의 수법이 나타난다. 셋째는 전쟁을 혐오한다. 이와 관련해서 다다이스트들은 파괴, 무정부주의, 반항을 표현하기도 한다.

도덕 · 종교, 그리고 문학 자체에까지 불만을 느낀 나머지, 다다이스트들은 당대의 성공적인 시인들과 예술가들 중에 유명했던 모든 이념들과 규칙들을 깨끗이 쓸어버린다.[5] 문명에 대한 경멸을 보여 주기 위하여, 그들은 충격적인 그림을 그리고, 아무 뜻도 없는 시를 쓰며, 극장과 카바레에서 괴상한 연극을 상연한다. 다다이스트 중의 한 사람인 마르셀 뒤샹은 파리에서 열리는 조각 전시회의 전시 작품으로 도기로 만든 변기를 보내지만 곧 반송된다. 후고 발은 음향시를 지어서 하늘색 마분지를 두 다리에 감고, 움직일 수 있는 주홍색 칼라를 목에 두르며, 하늘색과 흰색 줄무늬가 있는 실크햇을 쓰고 낭독한다.[6] 논리에 반항하는 다다이스트들은 아무렇게나 골라 논리적인 단위로 연결시킨, 상호 관련이 없는 사물들이나 단어들의 병치로 구성된 콜라주collage를 만든다. 그들은 또한 상투적인 이미지群, 표준 구문과 싸우고 은유에 부조리성과 아이러니를 부여한다.

시 형식의 파괴는 콜라주로 구현된다. 콜라주란 원래 '풀칠,' '바르기' 등의 의미로 사용되었다. 그래서 그것은 화면에 인쇄물, 천, 쇠붙이, 나뭇조각, 모래, 나뭇잎 등 여러 가지를 붙여 구성하는 회화기법을 의미한다. 1911년 입체파 시에 피카소와 브라크는 화면의 효과를 높이고 구체감을 강조하기 위해 화면에 그림물감으로 그리는 대신, 신문지, 우표, 벽지 등의 實物을 붙여 화면을 구성하는 기법, 즉 파피에 콜레papier coll'e를 개발한다.

---

5) 다다이즘에 대한 내용은 이명섭 편, 『세계 문학비평 용어 사전』(을유문화사, 1985), 83~84쪽에 의거.

6) 그것은 "gadji beri bimba/glandridi lauli lonni cadori"로 시작된다.

콜라주는 이 기법이 발전한 것으로 제일차 세계대전 후 다다이즘 시대에는 스페인 화가 피카비아의 작품에서 보듯 실꾸러미, 모발, 철사, 모래 등 캔버스와는 이질적인 재료, 또는 신문, 잡지의 사진이나 기사를 오려 붙임으로써 보는 사람에게 부조리한 충동이나 아이러니컬한 연쇄반응을 느끼게 하는 기법이다. 파피에 콜레가 단순히 화면의 미적 구성을 위한 조형상의 한 수단이라면 콜라주는 화면에 붙여지는 물체에 관심이 놓이며, 사회 풍자적인 몽타주는 바로 여기에서 나타난다. 시의 경우, 특히 현대시에서는 시 속에 신문, 잡지의 사진이나 기사를 삽입하여 아이러니컬한 효과를 낳는다.

박남철 시집 『반시대적 고찰』을 읽은 사람들은 누구나 시 형식의 파괴가 이 시집의 간과할 수 없는 특징으로 자리 잡고 있다는 데에 전적으로 동의하게 된다. 그만큼 시집 도처에는 전통적인 서정시에서는 좀처럼 볼 수 없었던 시 형식의 파괴가 두드러진다.

박남철의 「헤미르 Ⅲ-1」에 나타난, 전통적 시 형식의 파괴를 다다이즘의 기교를 중심으로 살펴보았거니와 다음 시에서는 그것이 두 가지의 형식으로 나타난다. 구체적으로 그것은 벌레스크 · 패러디 · 트래비스티, 흉내 내기이다.

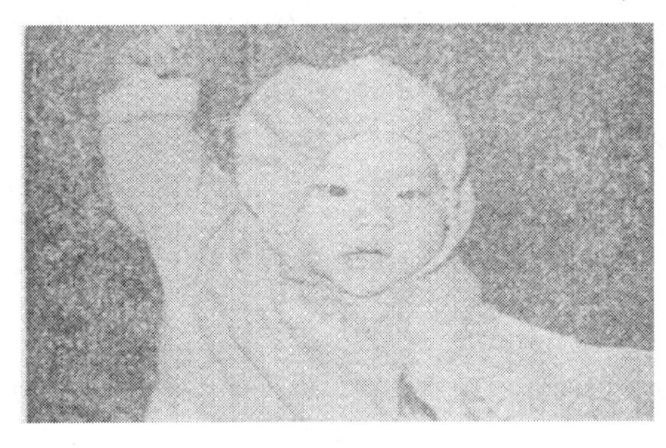

으하이……

사월은 가장 잔인한 달
죽은 땅에서 라일락을 키워 내고
기억과 욕망을 뒤섞으며,
봄비로 잠든 뿌리를 뒤흔든다.

오월은 가장 잔인한 달,
자네가 작년에 심었던 시체에선
싹이 트기 시작했던가? 올해엔 꽃이 필까?
올해엔 꽃이 필까?
(**올해엔 꽃이 피고야 말 것이다**!)
아니면 갑자기 서리가 내려 그 꽃밭이 망쳐졌는지?
아, 인간의 친구지만, 개를 가까이해선 안 되네.
또 발톱으로 파헤칠 것이니
그대! 위선의 독자여! ──나의 동포여,
──나의 형제여!

**[T. S. 엘리어트, 李昌培 譯, '1. 死者의 埋葬', 「荒蕪地」,
『T. S. 엘리어트』(서울, 探求堂, 1980)]**

—박남철, 「박헤미르 XI—9」[7)]

「박헤미르 XI—9」의 제1연은 T. S. 엘리엇의 장시인 「황무지」 제1부 '死者의 埋葬' 중 맨 앞부분이다. 그것은 이 시에서 시의 전통적 형식을 파괴하게 만드는 단초의 역할을 수행한다.

'두 가지의 형식' 중의 하나인, 흔히 '우스꽝스러운 모방작'으로 정의되는 벌레스크는 진지한 문학작품이나 문학 장르의 내용이나 양식을 흉내내지만, 그 형식과 문체 그리고 내용은 서로 우스꽝스럽게 어울리지 않도록 함으로써 그 모방을 재미있게 만든다. 작가는 벌레스크를 순전히

7) 박남철, 「박헤미르 XI—9」, 『반시대적 고찰』(한겨레, 1988), 64~65쪽.

재미로 쓸 수 있다. 그렇지만 벌레스크는 보통 일종의 풍자로 쓰인다. 풍자적 조소의 대상은 흉내 내고 있는 문학작품이나 장르일 수도 있고 그 모방이 어울리지 않게 적응되는 내용일 수도 있으며, 흔히 이 둘을 합친 것일 수도 있다. 패러디는 어떤 특정 작품의 진지한 소재와 형식, 또는 어떤 특정 작가의 특징적인 문체를 흉내 내어 그것을, 시시하거나 전혀 어울리지 않는 내용에 적용시킨다. 트래비스티는 패러디처럼 어떤 특정 작품을 조롱한다. 그러나 그것은 익살맞고 위엄 있는 양식과 문체로 다룸으로써 그렇게 한다. 이 시에서, 그런 기교들은 어린이의 사진, 그리고 1연, 2연의 내용 사이에서 구사된다.

다른 하나는 흉내 내기[8])이다. 이것은 최근 수년 동안 페미니즘과 포스트식민주의 이론에서 중요한 역할을 수행한 개념이다. 그 개념의 중요한 유용성은 명백히 민족 문화이든 젠더gender 정치학이든 지배적 권위의 양식 혹은 관습들을 억지로 수용하는 것에 포함된 전복적 가능성에 있다. 그 개념은 '은밀한 조소,' 즉 패러디와 유사한 몸짓 언어의 연상들을 모두 포괄한다. 이 시에서, 흉내 내기는 앞부분의 경우와 마찬가지로 어린이의 사진과 1연, 2연의 내용 사이에서 나타난다.

전통적 시형식의 파괴는 궁극적으로 시의 외관을 새롭게 꾸미고 시의 형식적 요소들을 새롭게 배열하며 시에 끼친 사회적 · 문화적 영향을 새롭게 수용하는 것이다. 그것들은 시의 내용을 충실하게 하는 데에 기여하며 더 나아가 시의 생명을 오랫동안 유지하게 하는 데에 필수적으로 작용한다.

---

8) 이 용어에 대한 내용은 제레미 M. 호손, 정정호 외 옮김, 『현대 문학이론 용어 사전』(도서출판 동인, 2003), 430~431쪽에 의거.

2. 메시지 전달의 수단

품사 중의 하나인 명사로서의 사진은 여행과 기억의 이미지를 동시에 환기시킨다. 거꾸로 사진은 여행과 기억을 재생시킨다. 사진이 여행과 기억을 재생시키는 것은 그 사진이 여행이나 기억해야 할 필요에 따른 여러 내용을 담고 있기 때문이다. 이때, 여행의 내용을 담은 사진은 대부분 '찍은' 사진이며, 기억해야 할 내용을 담은 내용은 '찍힌' 사진이다.

다음 시는 사진을 '찍는' 행위로 시작된다. 그리고 두 번 등장하는 서술어 '찍었다'뿐만 아니라, 무려 다섯 번 등장하는 서술어 '있었다'는 시인이 이 시에서 전달하고자 하는 메시지가 과거에 벌어진 일에 바탕을 두고 있음을 분명하게 말해준다.

> 또 이곳에 왔다
> 흐림도 비 오다 그침도 눈마냥 내림도 아닌
> 십이월 저녁 하늘의 이곳다움
> 걸어가며 우리는 사진을 찍었다
> 네거리와 골목을 찍고
> 입 다물고 胴體로 남은 집들을 찍었다
> 사람들은 모두 한 곳을 향해 서 있었다
> 동네 개들도
> 개 곁에 붙어 선 아이들도
> 한 곳을 향해 서 있었다
> 그들이 향한 곳
> 사진의 윤곽 밖으로
> 간척지가 널려 있고 그 속에
> 바다 놓친 돛배가 서 있었다
> 긴 돛대가

배의 한 가운데를 찍고 갯벌에 박혀 있었다
마른 게껍질들이 거품처럼 묻어 있었다
문질러도 문질러도 지워지지 않는

막 얼 순간 물의
가슴 철렁함.

—황동규, 「여행」[9)]

「여행」은 여행지에서 찍은 사진 속의 풍경과 사진 밖의 풍경을 보여 준 뒤에 우리의 삶을 통찰한다. 이 시에는 저녁 하늘을 배경으로 찍은 사진 속의 풍경들, 예를 들면 '네거리,' '골목,' '입 다물고 胴體로 남은 낡은 집,' '동네 개,' '개 곁에 붙어 선 아이들' 등이 제시된다. 1행의 "또 이곳에 왔다"는 화자의 진술에 주목한다면 이러한 것들은 낯선 풍경이 아니다. 그것은 오히려 화자에게 익숙한 것일 뿐만 아니라 그런 마을에서 생활해 본 경험을 지니고 있는 사람들로 하여금 추억의 대상으로 자리 잡고 있는 풍경이다. 그래서 그 풍경은 타인에게는 보잘것없는 풍경일 수 있지만 화자에게는 각별한 풍경인 동시에 매우 의미 있는 풍경이 될 수밖에 없다.

사진 밖의 풍경은 사진 속의 아이들이 향한 곳에 있는 간척지, '배의 한 가운데를 찍고 갯벌에 박혀 있'는 '긴 돛대,' 긴 돛대에 거품처럼 묻어 있는 '게껍질' 등이다. 이러한 풍경이 이 시의 화자에게 각별하고 의미 있는 것임은 사진 속의 풍경의 경우와 별반 다르지 않다. 경우에 따라서는, 사진 밖의 풍경 쪽에 더 큰 의미를 둘 수 있다. 그러나 '사진 속의 풍경'과 '사진 밖의 풍경'의 차이를 따지는 것은 그렇게 중요한 일이 아니다. 정작 우리가 관심을 기울여야 할 부분은 마지막 연에 있다. 그것은 '배의 한 가

---

9) 황동규, 「여행」, 『나는 바퀴를 보면 굴리고 싶어진다』(문학과지성사, 1978), 25쪽.

운데를 찍고 갯벌에 박혀 있'는 '긴 돛대'와 '거품처럼 묻'어 있으며 '문질러도 문질러도 지워지지 않는,' '마른 게껍질'을 통해 다다른 삶에 대한 통찰의 순간을 담고 있기 때문이다.

결국, '막 얼 순간 물의/가슴 철렁함'이란 우리 삶에 대한 통찰의 순간에 일렁였던 심리적 움직임의 언표라 할 수 있다. 이 시에서는 최소한 거기에 덧붙여지는 언어가 불필요하다. 만일 여기에 더 이상의 언어가 첨가된다면, 그것은 참으로 답답한 췌사가 될 것임이 분명하다.

다음 시는 사진을 '찍는' 행위로 시작된다. 그러나 시인이 이 시에서 전달하고자 하는 메시지는 현재에 벌어진 일에 바탕을 두고 있다. 「여행」의 경우와는 현저하게 다르게, 이 시는 '있다,' '보인다' 등의 현재진행형 서술어가 구조적 받침대의 역할을 수행한다.

> 아파트 앞 중학교 졸업식,
> 사람들이 사진을 찍고 있다
> 저 즐거운, 쓸쓸한 기념
> 사진이란 무엇이던가
> 세월은 한때보다 빨라서
> 돌아서면 쉬 바래는 기억,
> 저 웃음소리 너머로 뭉텅뭉텅
> 지나가는 세월이 다 보인다
> 그 세월 장농 속 사진첩에 있다
> 동백나무 잎으로 받친 꽃다발을 들고
> 어머니와 찍은 사진 한 장,
> 평면 속에 갇힌 영겁의 찰나를
> 나를 닮은 누가
> 뚫어지게 보고 있다
>
> ―정병근, 「누대(累代)의 사진」[10]

10) 정병근, 「누대(累代)의 사진」, 『작가세계』 통권 제69호, 2006년 여름호, 298쪽.

이 시도 바로 앞에서 논의한 「여행」과 마찬가지로 사진을 소재로 삼고 있는데, 「여행」이 사진의 안과 밖 풍경을 통해 우리의 삶을 통찰하고 있다면, 이 시는 사진 속에 존재하는 물상들을 통해 피동과 능동의 형식으로 세월을 인식한다. 그래서 세월은 보이는 대상이기도 하고 보는 대상이기도 하다.

'보인다'의 대상인 세월은 구체적으로 "한때보다 빨라서/돌아서면 쉬 바래는 기억"인 세월이 "저 웃음소리 너머로 뭉텅뭉텅/지나가는" 세월인데, 그것이 독자에게 주는 공감은 시인의 상상력에 힘입은 바 크다. 만일, 시인이 사진 속의 내용이 무미건조하게 묘사하는 것으로 끝났다면 깊이 있는 설득력을 기대하기는 어렵다.

깊이 있는 설득력은 "평면 속에 갇힌 영겁의 찰나를/나를 닮은 누가/뚫어지게 보고 있다"에서도 마찬가지로 나타난다. 시인은 피동사 '보인다'와는 상반되는 능동사 '보다'의 활용형 '보고'를 사용함으로써 사진 속의 물상이 '뭉텅뭉텅/지나가는 세월'에서 알 수 있는 것처럼 한편으로는 세월의 흐름을 환기하기도 하지만, 다른 한편으로는 세월 속에서 정지한 시간인 현재를 지칭하는 것임을 의미한다.

이처럼 이 시에서의 사진은 우리에게 사진 자체를 넘어서는 세월의 두 측면, 즉 세월은 흐르기도 하지만 정지하기도 한다는 사실을 두루 알려준다.

3. 형상화의 대상

시인이 대상을 언어로 형상화할 때, 그 대상이 시인이 직접 빚은 조각 작품인 경우는 흔하지 않다. 이런 판단은 실제로 시인이 형상화하는 대상은 사진이 아니라 조각 작품일 가능성이 매우 높기 때문에 가능하다.

그러나 아무리 그렇다 하더라도 그 조각 작품이 사진으로 바뀌어 시와 함께 독자에게 제시된다면 이에 대한 논의는 시의 사진 수용이라야 마땅할 터이다.

대상을 형상화하기 위해 선택하는 기교가 대상에 대한 접근임은 말할 나위도 없다. 화자가 대상에 접근하면 접근할수록 그에 대한 정비례로 형상화하는 대상의 모습은 더 뚜렷해진다. 다음 시는 화자가 대상에 접근하여 그 대상에게서 '미완성'의 국면을 발생한 후, 그로 인해 야기되는 심리적 움직임을 진술한다.

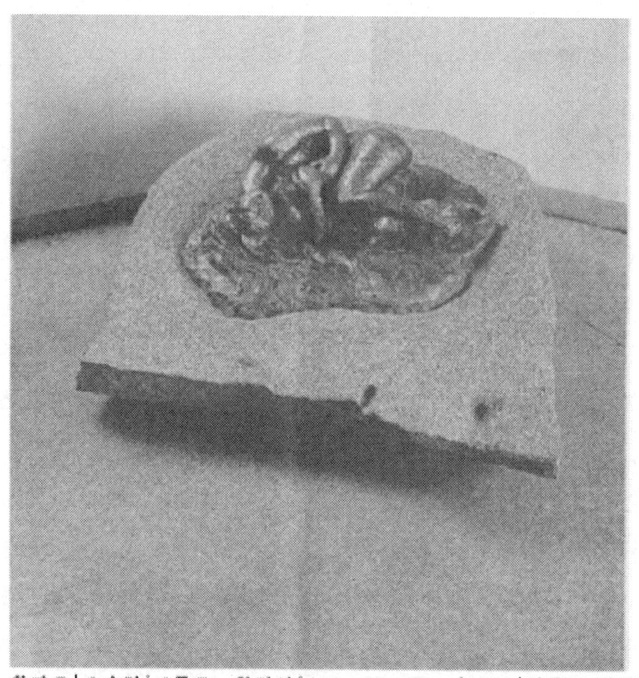

황지우|초승달|브론즈 · 화강암|100×76×70cm|1993|강운구 사진

멀리 있는, 어쩌면 이 세상에 없을지도 모를 당신을
생각하며 생시처럼 껴안으면 두 팔 가득
즙 같은 공허; 당신은 따뜻한 체온이 있는 부재입니다.
사실은 당신을 껴안았을 때도 당신이 볼 수 없는
당신 등 뒤의 영원한 바깥인 하늘을 나는 보고 있었지요.
당신은 윤곽 안에 '가득 찬' 공허였어요.
그러므로 윤곽이란 얼마나 아슬아슬하고 안타까운 것인지요.

—황지우, 「초승달」[11)]

「초승달」에서 시인이 드러내고자 한 주제는 미완성에 따른 허무주의이다. 아리스토텔레스에 의하면, 'entelecheia'는 완성된 활동, 완성에 수반되는 완전성 또는 완성의 형상이나 이유를 의미했다. 완성태가 그렇다면, 미완성태는 완성태에 이르는 단계라 할 것이다. 미완성태는 이처럼 완성되지 않았기 때문에 완성태에 이르기 전까지는 항상 상실과 공허의 늪에서 허우적거릴 수밖에 없을 터이다.

화자는 "멀리 있는, 어쩌면 이 세상에 없을지도 모를 당신을/생각하며 생시처럼 껴안으면 두 팔 가득/즙 같은 공허"를 느끼고, "당신은 윤곽 안에 '가득 찬' 공허"였음을 인식한다. 그러다 마침내 화자는 시선을 윤곽으로 돌려 그것이 '아슬아슬하고 안타까운 것'이라는, 미완성태의 실체임을 감지한다.

다음 시는 외관에 대한 인식을 거쳐 자신에 대한 성찰의 단계에 이르는 과정을 진술한다. 원래, 외관이라는 말은 일상적으로나 철학적으로나 경멸의 의미로 사용되곤 했다. 외관은 실재와 일치하지 않는다. 예를 들어, 광학적인 허상에서 드러나는 외관의 기만적 특성은 진리와는 거리가 멀다.

---

11) 황지우, 「초승달」, 『저물면서 빛나는 바다』(학고재, 1995), 26쪽.

황지우|유리창에 머문 붉은 구름|
석고|커피착색|30×30×66cm|1994|강운구 사진

쌍꺼풀이 없는 눈, 약간 위로 치켜진 눈꼬리, 강조된 광대뼈,
고양이 턱. 점잖지 못한 입술: 이런 것이 나의 취미라는 걸
작업을 하다 보니까 알겠다. 덧없음과 가련한 것에 대한
음탕한 동경. 그러다 보니
마음은 그러고 싶지 않은데 내 손이 닿으면 어딘가 괴기스럽고
魔가 끼어 있다. 나는 이 찌꺼기가 싫다.
왜 그럴까? 이놈의 마음을 얼마나
더 걸러내야 할지!

—황지우, 「유리창에 머문 붉은 구름」[12)]

플라톤의 『공화국』에 의하면, 우리가 살고 있는 감각적 세계는 '가지

12) 황지우, 「유리창에 머문 붉은 구름」, 『저물면서 빛나는 바다』(학고재, 1995), 28쪽.

적 세계'의 진정한 실재인 형상에 훨씬 못 미치는 그림자일 뿐이다. 데카르트도 『성찰』에서, 사물의 본질에 이르기 위해서는 이성을 믿어야 한다고 강조한다. 이성이야말로 감각적인 외관을 넘어 사물의 진정한 본성을 형성하는 것을 인식할 수 있기 때문이다. 이와 같은 주장들 속에는 우리가 실재를 '그 자체'로서 인식할 수 있다는 생각이 깔려 있다. 비판철학자인 칸트는 감각과 이성 사이, 인식 주체와 대상 사이의 관계에 대해 다른 생각을 제시한다. '물자체'(본체계)가 존재한다면, 그것은 정의상 인식할 수 없다.

합리적인 인식은 '실재의 드러난 모습'(현상)에 뿌리를 두어야 한다. 이제 문제는 어느 정도까지 외관을 불신해야 하는가가 아니다. 기만적이든 그렇지 않든 간에 우리가 외관에 대해 가지는 경험은 사실상 사물을 인식하기 위해 가야 할 최초의 길이다. 현상학의 경우, 경험이 가능한 것은 의식이 보이는 그대로의 세계를 겨냥하기 때문이며, 주체를 객관 세계의 구조에 대한 인식으로 인도할 수 있기 때문이다.

이 시에서 "쌍꺼풀이 없는 눈, 약간 위로 치켜진 눈꼬리, 강조된 광대뼈,/고양이 턱. 점잖지 못한 입술"은 외관에 해당한다. 화자는 이 외관이 실재와 일치하지도 않고 사물의 진정한 본성도 아니라는 것을 알고 있다. 이와 함께 화자는 또한 외관에 대한 합리적인 인식은 '실재의 드러난 모습'(현상)에 뿌리를 두어야 한다고 생각하는 듯하다. 그러나 "마음은 그러고 싶지 않은데 내 손이 닿으면 어딘가 괴기스럽고/魔가 끼어 있다. 나는 이 찌꺼기가 싫다"에서 보듯 '실재의 드러난 모습'(현상)을 받아들이는 데는 어려움을 느낀다. "왜 그럴까? 이놈의 마음을 얼마나/더 걸러내야 할지!"와 같은 성찰이 이루어지는 것은 바로 이 지점이다.

Ⅳ. 에필로그

지금까지 논의한 내용을 요약, 정리하면 다음과 같다.

1) 박남철의 시 「헤미르 Ⅲ-1」의 주제는 신에게 아이의 안전과 행복을 기원하는 비교적 단순한 주제이지만 시 형식의 파괴라는 관점으로 바라보면 결코 단순하지 않다. 이 시의 맨 앞에는 사진이 배치됨으로써 전통적 시 형식의 파괴가 두드러지게 나타나는데 그것은 모더니즘 중에서도 다다이즘에 속하는 것이다. 그의 다른 시 「박헤미르 Ⅺ-9」에서 발견되는 전통적 시 형식의 파괴는 사진이 배치되는 다다이즘의 그것이지만 사진은 그것 말고도 최소한 다음의 두 가지 측면을 거느린다. 그것의 하나는 벌레스크, 패러디, 트래비스티 등이고 다른 하나는 흉내 내기이다.

2) 황동규의 「여행」은 사진을 '찍는' 행위로 시작한다. 그리고 두 번 등장하는 서술어 '찍었다'뿐만 아니라, 무려 다섯 번이나 등장하는 서술어 "있었다"는 시인이 이 시에서 전달하고자 하는 메시지가 과거에 벌어진 일에 바탕을 두고 있음을 분명하게 말해준다. 이 시는 여행지에서 찍은 사진 속의 풍경과 사진 밖의 풍경을 보여준 뒤에 우리의 삶을 통찰한다. 이 시에는 저녁 하늘을 배경으로 찍은 사진 속의 풍경들, 예를 들면 네거리, 골목, 입 다물고 胴體로 남은 낡은 집, 동네 개, 개 곁에 붙어 선 아이들 등이 제시된다. 정병근의 「누대(累代)의 사진」은 사진을 '찍는' 행위로 시작된다. 그러나 시인이 이 시에서 전달하고자 하는 메시지는 현재에 벌어진 일에 바탕을 두고 있다. 앞의 「여행」의 경우와는 현저하게 다르게 이 시는 '있다,' '보인다' 등의 현재진행형 서술어가 구조적 받침대의 역할을 수행한다. 또한 이 시도 앞의 「여행」과 마찬가지로 사진을 소재로 삼고 있는데, 「여행」이 사진의 안과 밖 풍경을 통해 우리의 삶을 통찰한면, 이 시는 사진 속에 존재하는 물상들을 통해 피동과 능동의 형식으

로 세월을 인식한다. 그래서 세월은 보이는 대상이 되기도 하고 보는 대상이 되기도 한다.

3) 황지우의 「초승달」에서 사진 촬영의 대상은 조각이다. 어떤 면에서, 이 시는 조각 작품을 소재로 쓰인 시라고 해야 할 것이다. 이 시에서 시인이 드러내고자 한 주제는 미완성에 따른 허무주의이다. 완성태(entelecheia)가 완성된 활동, 완성에 수반되는 완전성 또는 완성의 형상이나 이유를 의미한다면 미완성태는 완성태에 이르는 단계라 할 것이다. 미완성태는 이처럼 완성되지 않았기 때문에 완성태에 이르기 전까지는 항상 상실과 공허의 늪에서 허우적거릴 수밖에 없을 터이다. 그의 다른 시 「유리창에 머문 붉은 구름」은 외관에 대한 인식을 거쳐 자신에 대한 성찰의 단계에 이르는 과정을 진술한다. 원래, 외관이라는 말은 일상적으로나 철학적으로나 경멸의 의미로 사용되곤 했다. 외관은 실재와 일치하지 않는다. 예를 들어, 광학적인 허상에서 드러나는 외관의 기만적 특성은 진리와는 거리가 멀다. 합리적인 인식은 '실재의 드러난 모습'(현상)에 뿌리를 두어야 한다. 이제 문제는 어느 정도까지 외관을 불신해야 하는가에 있지 않다. 기만적이든 그렇지 않든 간에 우리가 외관에 대해 가지는 경험은 사실상 사물을 인식하기 위해 가야 할 최초의 길이다. 현상학의 경우, 경험이 가능한 것은 의식이 보이는 그대로의 세계를 겨냥하는 데에서, 주체를 객관 세계의 구조에 대한 인식으로 인도할 수 있는 데에서 각각 비롯된다.

시의 철학 수용

Ⅰ. 프롤로그

플라톤의 시인추방론은 유럽 최초의 예술부정론이라 할 만하다. 플라톤이 살았던 당시에는 시인이 곧 문학인이었으므로 시인추방론은 바로 문학인추방론이라고 해도 틀리지 않는다. 그가 시인을 그의 이상국가에서 추방시킨 이유는, 시가 이데아로부터 두 단계나 떨어져 있고, 시는 감정에 탐닉하는 것을 조장함으로써 사람의 이성적 판단을 방해한다는 점 때문이었다. 그런데 그의 시인추방론을 자세히 들여다보면, 거기에는 호머나 비극시인들이 수레 만들기와 같은 기술에 통달하고 삶의 종교적 · 도덕적 인도자로 인식되고 있는 시대의 일반적 인식에 반기를 들고 철학의 우위를 주장하고자 하는 플라톤의 의도가 들어 있음을 알 수 있다. 시인추방론은 그래서 문학 · 역사학 · 철학의 세 영역 사이에서 벌어졌던, 우위를 차지하기 위한 싸움의 일단이기도 하다. "시와 철학이 오랫동안 싸움을 벌이고 있다"는 플라톤의 주장, 시가 역사보다 '더 철학적'이라는 아리스토텔레스의 주장은 그에 대한 명백한 증거들로 꼽힌다. 그러나 유럽의 르네상스 이후, 문학과 철학 사이의 싸움과 반목은 종식되고, 서로 수용의 주체와 객체가 되는 화해의 단계에 이르게 된다.

동서양의 시 전통을 중심으로 말할 때에도, 시와 철학이 불가분리의 관계를 맺고 있다는 단정은 결코 지나치지 않다. 그런데도 지금까지 이에 대한 연구가 시작품을 중심으로 세밀하게 이루어진 경우는 거의 없었다.

이 글의 의도는 먼저 시의 철학 수용의 근거가 되는 시와 철학의 공통점과 차이점을 살펴 본 후, 신석초 · 송욱 · 박이문 · 오규원 등 네 시인의 시들이 철학을 어떤 방식으로 수용하고 있는지를 고찰하는 데에 있다.

II. 일반적 논의

박이문에 의하면, 인식과 진리의 측면에서 시와 철학은 다음과 같은 공통점을 지닌다. 시나 철학은 공리적 목적과는 상관없이 그러한 인식 대상을 조작 · 변형하지 않고 있는 그대로의 개체로서 파악한다.[1] 과학적 인식이 공리적이고 과학적 진리가 전략적 의미를 가졌다면, 시나 철학적 인식은 무상적이고 그것들의 진리는 관조적이다. '진리'의 가장 원초적 의미는 '존재 자체의 구현'에서 찾을 수 있다. 과학적 지식은 공리적 목적에 비추어 조작된 과학적 방법의 틀에 맞는 신념이다. 그렇다면 과학적 지식은 진리와는 원천적으로 멀다. 오히려 시나 철학적 지식이 원래적 의미로서 진리일 수 있다. 그런데도 과학적 지식은 벌써 오랫동안

1) 이에 대한 논의는 박이문, 『문학과 철학』(민음사, 1995), 118~119쪽에 의거.

진리의 모델로 통해 오고 있으며 이러한 진리의 개념은 나름대로 유용하게 통용된다. '과학적 인식이나 진리'의 개념을 거부할 수 없는 상황에서 중요한 것은 똑같은 '진리'라는 말이 과학적 맥락과 시나 철학적 맥락에서 어떻게 다른 뜻으로 사용되는지를 명확히 의식하는 일이다. 이 두 가지 진리는 세계 · 존재에 대한 인간의 두 가지 다른 인식적 태도에서 연유한다. 그것을 각기 편의상 '이성적,' '사유적'이라 부르기로 한다. 다 같은 정신의 지적 활동이면서도 이성이 전략적이며 개별적인 존재를 배타적으로 획일화하는 정신 활동을 지칭한다면, 사유는 관조적이고 개별적인 것들을 포괄적으로 존중하는 정신 활동을 지칭한다. 과학적 진리가 '이성적' 인식 · 진리를 대표한다면 시나 철학적 진리는 '사유적' 인식, 진리의 표본이다.

한편, 의도의 측면에서 시와 철학은 차이점을 지닌다. 존재와 의식, 인식과 언어 사이의 역설적 구조에 비추어 볼 때 그것은 시와 철학의 차이와 관계를 통해 설명된다.2)

시가 의도하는 것은 진리의 발견과 표상이 동반하는 관념화 · 추상화 · 의미화를 극복하고 원초적 존재 자체라고 부를 수 있는 진리의 고향으로의 귀향이다. 말하자면 존재의 순수성에 대한 잃어버린 동경이라 할 수 있다. 시는 우리의 인식을 초월해 있는 존재의 타자적 목소리라고 할 수 있다. 시적 언어가 철학적 언어만이 아니라 어떠한 인어보다도 애매모호하고 난해한 경향을 띠게 되는 것은 그것이 '사물적'이고자 하는 몸부림에서 기인한다. 그러나 그러한 동경은 마치 사랑의 순수성을 지키기 위해 자신의 동정童貞을 잃지 않고 사랑하려는 기획과 똑같이 불가능하다. 왜냐하면 동정의 포기를 전제하지 않는 사랑은 존재할 수 없기 때문이다.

철학이 의도하는 것은 존재에 대한 인식과 표상을 가능한 투명하게 하

2) 이에 대한 논의는 위의 책, 121~122쪽에 의거.

는 데 있다. 진리를 확보하는 것이다. 철학적 언어가 특히 시적 언어에 비추어 볼 때 의미의 투명성을 더 요청하며 실제로 그렇게 나타내고 있는 까닭이 바로 여기에 있다. 철학이 논리와 의미의 투명성을 강조하는 것은 우연이 아니다. 그러나 이러한 철학적 의도가 성공하면 할수록 철학의 원래 목적은 그만큼 실패한다. 인식 · 표상의 투명성은 존재의 관념화 · 추상화 · 의미화를 전제한다. 그러나 그러한 목적의 달성은 상대적으로 그것이 지칭하는 존재의 구체성 · 사물성의 희생, 즉 진리의 자기희생을 요구한다. 그렇다면 철학적 진리 추구의 의도는 모순을 내포한다. 시나 철학의 궁극적 목적인 진리의 구현은 그것에 내포된 모순이 극복되지 않는 한 좌절할 수밖에 없다. 그러나 이러한 모순은 존재와 진리 사이의 형이상학적 구조 때문에 발생하는 것이므로 그것의 근본적 극복은 불가능하다. 그런데도 불구하고 인간의 본질적 속성이라는 점에서 시나 철학적 정열에 나타난 진리에 대한 이상은 지울 수 없다.

이러한 상황에서 남아 있는 가장 바람직한 작업은 시적 철학인 동시에 철학적 시라고 부를 수 있는, 언어의 부단한 재창조를 거듭하는 일이다. 시와 철학, 그리고 그것들 사이의 관계에 대한 확인은 자칭 '시'라거나 '철학'이라고 불리는 것들이 다 같이 그러한 본연의 기능을 다 하는 데서 가능하다는 말이다. 엄격히 검토해 보면 그렇게도 허다하게 쓰이는 시적 텍스트들과 철학적 텍스트들 가운데서는 극히 소수만이 '시'와 '철학의 이름이 붙을 자격이 있다.

시와 철학의 공통점과 차이점은 바로 시의 철학 수용의 근거이기도 하다. 철학시는 그것을 구체화한 시의 장르이기 때문이다. 좁은 의미에서의 철학시는 같은 목적시인 축시나 조시에 비해 많은 공감을 준다고 할 수 없다. 그것은 일단 철학시가 철학에 대하여 이야기하는 시라는 선입견에서 비롯하는 것이지만 더 본질적인 이유는 그 '철학'의 난해함 때문이다. 그러한 문제는 대부분 이류의 철학시에서 발생한다. 훌륭한 철학시는 철학에 대하여 이야기한다는 느낌을 전혀 주지 않으면서 철학에 대하여 이야기한다. 그래서 훌륭한 철학시는 차원 높은 철학과 시인의 섬세한 기교가 만날 때에만 가능하다.

Ⅲ. 시의 철학 수용

1. 신석초 시의 무위자연

현재 우리가 사용하고 있는 자연이란 말은 대체로 인간에 의해서 변형되지 않는 인간 이외의 모든 현상을 의미한다.[3] 그래서 '자연'이라고 말할 때 우리는 우선 산 · 들 · 나무 등을 연상하게 된다. 달리 말해서 자연은 인간이 인간의 힘으로 가공되기 이전의 모든 주어진 원래적 현상을 총괄적으로 지칭한다. 우리가 산이나 들, 나무나 짐승, 하다못해 돌멩이 · 사막 등을 자연이라고 부를 때 거기에는 그것들이 인위적으로 변화되거나 왜곡되지 않았다는 전제가 필요하다. 그렇기 때문에 자연이라는 말은 어떤 대상을 가리키는 개념이기 이전에 한 대상이 존재하는 형태를 강조해서 쓰이는 말이다. 따라서 자연이라는 개념은 고정된 사물뿐만 아니라 사건과 동작에도 적용될 수 있다. 물을 자연이라고 부를 수 있지만, 물의 흐름 혹은 생물의 생성 과정, 그리고 사람의 동작도 경우에 따라 자연이라고 부를 수 있다.

---

3) 이에 대한 논의는 박이문, 『노장 사상』(문학과지성사, 2012), 48~49쪽에 의거.

1) 무위자연의 발견

'무위자연의 발견'이란 글자 그대로 전혀 손대지 않은, 있는 그대로의 자연을 발견하는 것을 의미한다. 그러나 그 자연은 시에서 시인에 의해 조명된 자연일 수밖에 없다. 시는 언어에 의해 이루어진 것이므로 그것은 피할 수 없는 숙명이다. 다음 시의 둘째 연 "나뭇잎 이리도 찬란한/골짜기에/서릿바람은 불어와/쓸쓸한 夕陽 물기슭에 갈꽃 허연 물/銀실 머리를 흔드누나"는 그러한 점을 잘 보여준다.

온 山 붉은 나뭇잎
세월도 늙어
찬란한 익음으로 물들어
꽃 같은 노을이 내리는
나뭇잎.

나뭇잎 이리도 찬란한
골짜기에
서릿바람은 불어와
쓸쓸한 夕陽 물기슭에
갈꽃 허연 물
銀실 머리를 흔드누나

어데서
자지러지게도 고운 것이
불어와서
날 나뭇잎 지는 오솔길로
이끌어 냄이여.

흰 달빛 같은 서릿발
서걱이며 밟고 지나감이여.

세월이 늙는 조용한 이 山속에
내 혼자 구름이나 보며
나뭇잎이나 보며
살려 했더니만,

어데서
남몰래 서릿바람은 불어와서
내 가슴을 뒤설레고 가는 것이여.
뒤설레고 가는 것이여

—「履霜曲」4)

「履霜曲」의 '履霜'은 "서리를 밟는다"는 의미를 지니고 있지만, 「履霜曲」에서는 그러한 의미를 드러내고 있지 않다. 정작 핵심적 역할을 수행하는 낱말은 '서릿바람'이다. 그 서릿바람이 불어와서 '銀실 머리'를 흔들고 시인을 나뭇잎이 지는 오솔길로 이끌어낸다. '서릿발'을 밟는 것도, 마음을 뒤설레게 하는 것도 모두 서릿바람이다.

「履霜曲」에 등장하는 표현들은 모두 자연 그대로의 모습을 자연스럽게 재현하는 데에 기여한다. 설령, 시인이 그 표현들을 조종했다 하더라도 그것은 아주 미미한 수준에 불과하다. 시인이 무위자연을 발견하는 자세를 지니고 있는 점을 감안하면 그것은 지극히 정상적인 결과라 할 것이다. 그런데 무위자연을 발견하는 시인의 자세는 그의 모든 시에서 똑같은 방식으로 나타나지 않는다. 무엇을 진술하기보다는 묘사에 치우치는 경우도 있는 것이다. 다음의 두 편 시가 그러한 예에 해당한다.

---

4) 나민애 엮음, 『신석초 시선』(지식을만드는지식, 2013), 112~113쪽.

달도 희고 눈도 희고
꽃잎도 희노메라

天地가 모두 희어
白玉같이 맑았으니
네가 이 높은 境에
홀로 피어 어이리…….

―「梅花의 章」[5]

손대면 꽃물 들 듯한 나뭇잎들

연사와 같은 태양의
눈부시게 쏟아지는 金가루
千山에 가을은 짙어가고

―「深秋」[6]

전체적으로 보면, 「梅花의 章」과 「深秋」가 있는 그대로의 자연을 강조하고 있는 점은 「履霜曲」과 다르지 않다. 그러나 세부적으로 보면, 「梅花의 章」에 나오는 '달,' '눈,' '꽃잎,' '天地,' '白玉' 등은 매화의 고고한 모습을 묘사하기 위한 시어들이다. 물론 「梅花의 章」이 묘사만으로 이루어졌다고 단정할 수는 없다. "네가 이 높은 境에/홀로 피어 어이리"에서는 시인의 생각이 시 전체의 귀결을 담당하고 있기 때문이다. 그렇다 하더라도 무위자연의 발견이 묘사에 기여하는 낱말들을 통해 수행되고 있는 사실은 변하지 않는다. 「深秋」에서도 마찬가지이다. 이 시에서의 '나뭇잎들,' '태양,' '金가루' 등이 풍경을 묘사하기 위해 사용되고 있는 점은 「梅

5) 신석초, 『바라춤』(융성출판, 1985), 106쪽.
6) 나민애 엮음, 『신석초 시선』(지식을만드는지식, 2013), 172쪽.

花의 章」과 같다.

2) 무위자연의 지향

시인은 사물의 배경과 관련된 상상력을 발휘하여 무위자연을 찾아내기도 하지만, 이와 더불어 무위자연을 지향하기도 한다. 다음 시에는 무위자연 자체가 아닌, 무위자연을 지향하는 시인의 마음이 담겨 있다. 그것은 얼핏 지나치게 추상적인 것으로 보이기도 하지만, 잘 살펴보면 그와 반대로 매우 구체적이다. 다음 시의 "아아, 어리하리! 내 홀로,/다만 내 홀로 지닐 즐거운/무상한 열반(涅槃)을/나는 꿈꾸었노라"는 그것의 예로 들 수 있다.

青山 깊은 절에 울어 끊인
종소리는 하마 이슷도 하여이다.
耿耿히 밝은 달은
뷘 절을 덧없이 비초이고
뒤안, 이슷한 꽃가지에
잠 못 이루는 杜鵑조차,
저리 슬피 우는다.
아아, 어리하리! 내 홀로,
다만 내 홀로 지닐 즐거운
무상한 열반(涅槃)을
나는 꿈꾸었노라
그러나 나도 모르는 어지러운 티끌이
내 맘의 맑은 거울을 흐레노라.

—「바라춤」 부분[7)]

---

7) 위의 책, 60~61쪽.

무위자연을 지향하는 것은 시인의 마음이 무위자연의 한 요소로 작용하고 있음을 의미한다. 무위자연을 지향하는 마음을 지니고 있는 시인은 당연히 무위자연의 언어적 환경을 조성하고 그 환경 속으로의 잠입을 시도한다. 「바라춤」에도 그러한 점은 분명히 나타난다. 청산 깊은 절의 '종소리,' '밝은 달,' '꽃가지,' '잠 못 이루는 두견' 등이 모두 시인이 조성한 언어적 환경의 요소들이다. 그러한 환경을 조성하고 나서야 시인은 "나는 꿈꾸었노라"고 독백한다. 이때, 세속의 '어지러운 티끌'이 시인의 마음을 흐리게 하지만, 시인의 마음은 무위자연을 포기하지 않는다.

무위자연을 지향하는 시인의 마음이 반드시 순수의 바탕 위에서만 구현된다고 할 수는 없다. 때로, 그것은 다른 사물이나 정신적 토대에 의존하여 이루어지기도 한다. 그때 무위자연을 지향하는 시인의 마음은 한층 더 강해지고 집요해질 가능성이 많다.

> 袈裟 어러메어, 가사를 어러메어,
> 바라(鉢鑼)를 치며 춤을 출까나.
> 袈裟 어러메어, 袈裟를 어러메어,
> 헐은 가슴에 축 늘어진 장삼에
> 空泉 風月을 안아 누워,
> 괴론 이 밤을 고이 새우고져,
> 괴론 이 밤을 고이 새우고져,
> 지루한 한평생을 짧게 사러여지이다
> 수유에 지는 꿈이 이리도 소중하여이다.
> 다디단 잊음의 領域으로 이끌어 가는 육신의 발원이여!
> 게으름에 풀어지는 寶石 다래여!
> 천 길 후미진 구름 샘에 폭포가 쏟아져 내리느이다
>
> —「바라춤 其二」 부분[8)]

---

8) 위의 책, 73~74쪽.

「바라춤 其二」에서 '바라,' '가사,' '장삼' 등은 시인의 정신세계를 형성하는 데에 필수적인 사물들이다. 그 사물들은 우리가 생각하는 것보다 훨씬 더 깊은 의미를 지니고 있다. 그것은 무위자연을 지향하는 시인의 마음에 정당성을 부여하기도 하고 시인의 마음이 끝 간 데 없는 곳으로 치다를 때에는 그것을 통제하기도 한다. 그때 시인이 사용하는 수단은 정확히 말해 언어 구사이다. 그러한 의미에서, 특히 「바라춤 其二」의 종결어미는 눈여겨볼 만하다.

무위자연을 지향하는 시인의 마음이 소멸하지 않고 계속 시인의 마음에 머물러 있다면 우리는 그것을 시인의 특징 혹은 시의 특징으로 삼아도 될 것이다. 다음 시는 그러한 점을 확인시켜 준다.

> 북소리, 염불소리!
> 염불소리, 물소리!
> 물소리, 바라소리!
> 바라소리, 물소리!
> 물소리 흘러,
> 鍾소리도 우노메라.
> 萬山 깊은 골 울어 예는 山울림!
> 구름은 둥실 저 嶺을 넘는다
> 微風은 참으로 내 젖가슴을 티이고,
> 첩첩한 산허리에 장미 빛 숲을 건느노라.
> 내, 늘어진 장삼에 소매를 떨쳐
> 그윽한 저 절을 내린다.
> 無爲한 슬픈 계곡을 나는 내리는다…….
>
> —「바라춤 其三」 부분[9]

9) 위의 책, 80쪽.

「바라춤 其三」에서 무위자연을 지향하는 마음이 절정에 다다른다. 그것은 '소리'로 표현되는 청각의 나열로 시작되어 자연 묘사를 거쳐 마지막에는 행동으로 끝을 맺는다. 독자에게, 이 모든 것은 현실적인 삶과는 동떨어진 것처럼 보인다. 오로지 시인의 마음을 중심으로 한 커다란 울림만이 존재할 뿐이다.

「바라춤 其三」에서 '넘는다,' '건느노라,' '내린다' 등의 동사 활용은 무위자연을 지향하는 시인의 마음을 강화시킨다. 그것은 여전히 추상적이어서 구체적인 내용을 짐작하게 하는 데에 어려움을 주기는 하지만, 무위자연을 지향하는 분명한 징후일 뿐만 아니라 시인의 행동을 보여주는 것들임이 확실하다. 신석초 시의 특징으로 불리어도 될 정도로 이러한 경향은 그의 시 세계를 규정하는 중요한 항목으로 내세울 수도 있을 것이다.

2. 송욱 시의 '몸의 세계'

새로운 조망들은 언제나 대상에 대하여 대상 자신의 영속성을 표시하는 단순한 기회가 아니며, 대상을 우리에게 제시하는 우연적 방식이 아니다.[10] 대상은 관찰될 수 있기 때문인 경우에만, 말하자면 우리의 손과 시선의 끝에 위치해 있고 그 운동의 하나하나에 의해서 불가분리하게 뒤엎어지고 되찾아지기 때문인 경우에만 대상, 말하자면 우리 앞에 있는 대상이다. 그렇지 않으면 그것은 관념으로서는 참되지만 사물로서는 현존하지 않을 것이다. 특히, 대상은 멀리 떨어져 있을 수 있고, 그래서 결국 '나'의 시각 장에서 사라질 수 있는 한에서 대상이다. 대상의 현존은 가능한 부재가 으레 따르기 마련인 그러한 종류의 것에 속한다. 그런데

10) 모리스 메를로 퐁티, 류의근 옮김, 『지각의 현상학』(문학과지성사, 2003).

고유한 몸의 영속성은 전적으로 다른 종류의 것에 해당한다. 그것은 무한한 설명의 끝에 있지 않고, 설명을 거부하며 동일한 시각 아래에서 언제나 '나'에게 자신을 제시한다. 그러한 영속성은 세계 속의 영속성이 아니라 '내' 쪽에서의 영속성이다.

1) 몸의 경험

몸이 언제나 '나'의 곁에 있다고 말하는 것은 역설적으로 몸이 언제나 '나'의 곁에 없다고 말하는 것과 다르지 않다. 왜냐하면 몸의 경험은 항상 이중성을 지니고 있기 때문이다. 같은 방식으로 말하면, 몸은 항상 '나'와 함께 있어서 '나'의 모든 것을 보여주는 것이지만, 동시에 몸은 '나'와 멀리 떨어져 있어서 '나'의 모든 것을 보여주는 것이기도 하다.

살아가는 두 몸이라
나란히 간다.

티끌이 되면
하늘과 땅이
다할 때까지.
그 뒤라면
모두가 다할 때까지.

하늘 밖에 하늘을
열어주면서
비좁은 이 가슴은
왜 닫는가.

불 속에 불씨를

심고 숨으며
바닷속에 바다는
왜 설레고.

해가 되는
해바라기.

죽어가는 두 몸이라
나란히 간다.

―「살아가는 두 몸이라」[11]

"살아가는 두 몸이라/나란히 간다"는 '살아가는' 몸이 하나였음을 전제로 한 진술이다. 이런저런 경험을 거친 후에 시인은 그 몸이 하나가 아닌 둘임을 알게 된다. 그러므로 "살아가는 두 몸이라/나란히 간다"는 진술은 경험의 소산이다. 그러한 경험의 토대 위에서 시인은 하나의 명제를 진술했는데, "티끌이 되면/하늘과 땅이/다할 때까지./그 뒤라면/모두가 다 할 때까지"에서 보듯이 그것을 이해하기 위해서는 우리가 보통 생각한 것보다 훨씬 더 긴 시간을 필요로 한다.

그렇기는 해도 그것이 우리의 정신세계를 혼란하게 할 정도는 아니다. 무제한의 시간을 강조하고 있기는 하지만 거기에서 그 이상의 다른 주장은 찾아볼 수 없다. 거기에는 오로지 시인의 의지만이 존재할 뿐이다. 그것은 시인의 개성이라고 해도 크게 틀리지 않는다.

급기야 시인의 자아는 그냥 그 단계에만 머물러 있지 않고 더 높은 단계로 나아간다. 특이한 점은 이 과정에서 대상, 즉 몸에 대한 부정적 측면이 한층 더 강조되고 있다는 점이다. 그것은 시인이 사용하는 어휘에서,

11) 정영진 엮음, 『송욱시 선집』(현대문학, 2013), 69~70쪽.

그리고 진술 방법에서 모두 그러하다.

얼굴이 수수께끼처럼 굳어가는데,
눈초리가 야속하게 빛나고 있다면은
솜덩이 같은
쇳덩이 같은
이 몸뚱아리며
게딱지 같은 집을
사람이 될 터이니
사람 살려라.
모두가 죄(罪)를 먹고 시치미를 떼는데
개처럼 살아가니
사람 살려라.
허울이 좋고 붉은 두 볼로
철면피(鐵面皮)를 탈피(脫皮)하고
새살 같은 마음으로,
세상이 들창처럼 떨어져 닫히면은,
땅꾼처럼 뱀을 감고
내일이 등극(登極)한다.

—「하여지향(何如之鄕) 1」 부분[12)]

「하여지향(何如之鄕) 1」에서의 몸의 경험은 상당히 부정적이다. 그것은 애초부터 존재하는 운명의 한 단면으로 보이기도 한다. 물론 시인이 의도하는 것은 따로 있을 수 있다. 그래도 「하여지향(何如之鄕) 1」에 나타난 몸의 경험이 부정적인 측면을 지니고 있는 점은 여전하다. '솜덩이' 같고 '쇳덩이' 같은 몸뚱아리는 우아하고 품위 있는 몸의 경험과는 아주 동떨어진 모습이다. 우리는 그것을, 몸을 통해 시인의 의식을 구체적으

12) 위의 책, 107~108쪽.

로 보여주는 예로 꼽아도 좋을 것이다. 그러한 의미에서, 시인은 사회 속의 개인이 겪은 고난을 드러내고 있다고 할 수 있다.

시인의 시적 자아와 몸의 경험의 이동은 서로 매우 밀접한 관련을 맺는다. 그것은 「하여지향(何如之鄕) 1」에 그대로 표출되면서 독자의 부정적 의식을 불러일으키는 효과를 발휘한다. "개처럼 살아가니/사람 살려라." 또는 "세상이 들창처럼 떨어져 닫히면은" 등의 표현들은 그러한 점을 잘 보여준다.

> 내리는 하얀 눈을
> 꿈을 밟는데
> 구공탄 장수도 소복(素服)을 하고
> 여인들 입술은 꿀 먹은 붉은 꽃판!
> 숨 가쁘게 옥(玉)실을 마구 입고
> 굽어 오른 가로수 팔목마다
> 백옥경(白屋京)을 잉태하며 떨리는 맥박이여!
> 도시 이게 무슨 잔친데—
> 구두창 밑까지 하늘이 되는—
> 이런 다짐으로 너는 쌓인다
>
> —「육화잉태(六花孕胎)」[13]

「육화잉태(六花孕胎)」에서 몸의 경험은 '눈'으로 이동된다. 이 경우의 '눈'은 하나의 단순한 대상으로만 존재하지 않는다. 시인의 '몸의 경험'을 진술하는 유력한 대상으로 존재하는 것이다. 이와 함께 '눈'은 몸의 경험과 관련된 풍부한 상상력을 유도하기도 한다.

원래 눈송이는 여섯 모의 결정으로 이루어져 있다. 제목 「육화잉태(六

---

13) 위의 책, 209쪽.

花孕胎)」의 '육화'는 '눈'을 다르게 이르는 말이다. 몸의 경험이 '눈으로 이동되었으므로 '구공탄 장수'가 '소복'을 하고 '여인들 입술은 꿀 먹은 붉은 꽃판'이 되며 '숨 가쁘게 옥(玉)실을 마구 입고/굽어 오른 가로수 팔목마다/백옥경(白屋京)을 잉태하며 떨리는 맥박'을 느끼는 것은 매우 자연스럽다. 이 모두가 몸의 경험이 눈으로 이동되어야 가능한 상황임은 말할 필요도 없다.

얼핏 보면, 「육화잉태(六花孕胎)」는 눈내리는 모습을 의인화한 시로 치부하기 쉽지만 실제로는 그렇지 않다. 몸의 경험이 내리는 '눈'의 움직임에 맞추어 철저히 적용되고 있어서 '눈 내리는 모습'의 정경을 뛰어 넘고 있는 것이다. 물론 앞서 살펴본 두 편의 시와도 같은 맥락을 유지하고 있다.

2) 몸의 인식

'나'는 그들이 '나'에게 보여주는 측면을 적어도 '내' 마음대로 선택할 수 있다. 그들은 조망에서만 '나'에게 나타날 뿐이다.[14] 그러나 '내'가 매 순간 그들로부터 획득하는 특정한 조망은 물리적 필연성, 말하자면 '내'가 이용할 수 있고 '나'를 구속하지 않는 필연성에서 나온 것이 아니다. 사람들은 '나'의 창문을 통해 교회의 탑을 볼 수 있을 뿐이지만, 이러한 제약은 동시에 사람들이 다른 곳에서 교회 전체를 볼 수 있다는 것을 '나'에게 약속하는 것과 다를 바 없다.

몸이 움직이면
마디마다 「네」「네」.

14) 이에 대한 논의는 모리스 메를로 퐁티, 류의근 옮김, 『지각의 현상학』(문학과지성사, 2003)에 의거.

살 속에 살이
뼛속에 뼈가
신(神)인가 서슬인가
휘휘 도는 불꽃인가.
아내여 아내여
꽃다발처럼
뱀을 두루루 머리에 이고
이 몸으로 더불어 한몸이 되려는가.
목숨을 주는
얼씬 못할 나무여,
땅도 배앝을 피가
잠자리에 싹트면
선(善)이 죽이고
악(惡)이 장사지내고
신(神)이 부르면
배를 깔고 가다가
흙으로 요기하고—
다만 염통을 도려내어
해에 바칠 뿐,
해처럼 뛰놀며
반짝이라고.
땀이 흐르면
방울마다 「네」「네」.

—「<아담>의 노래」[15]

몸의 경험이 언어를 통해 구현되듯이 몸의 인식도 언어를 통해 구현된다. 그러나 똑같이 언어를 통해 구현되는데도 방식은 약간 다르다. 전자

---

15) 정영진 엮음, 앞의 책, 93~94쪽.

의 언어가 직접적이라면 후자의 언어는 간접적이다. 물론 거기에는 시인이 세상을 살아가는 방식에 따라 다를 수 있다는 전제가 깔려 있다. 그런데 「<아담>의 노래」에 나타난 방식에는 쾌락적인 기운이 감돈다. "아내여 아내여/꽃다발처럼/뱀을 두루루 머리에 이고/이 몸으로 더불어 한몸이 되려는가"가 그러한 점을 보여준다.

「<아담>의 노래」가 몸의 인식을 잘 보여 주는 것은 용언의 활용과 체언의 곡용에 힘입은 바 크다. 시인은 그것을 '휘휘 도는 불꽃인가,' '이 몸으로 더불어 한몸이 되려는가'처럼 종결어미로 처리하기도 하지만 "아내여 아내여," "얼씬 못할 나무여"처럼 감탄을 나타내는 격조사로 처리되기도 한다. 게다가 이 시에서는 '네'와 같은 긍정적 감탄사도 몸의 인식을 보여 주는 데에 기여한다.

시인은 이처럼 언어의 문법적 기능뿐만 아니라 기교에도 마찬가지로 의존한다. 원래, 시에 있어서의 기교는 불가결의 요소로서 시의 성패를 좌우하는데 다음 시는 우리에게 그것을 확신시킨다.

발이 디딘 곳은 같은 자린데,
눈이 겁쟁이라 물러만 가면,
허우적거리는 팔을 꺾어라.
슬기로운 무화과 나뭇잎
치마를 벗고,
하늘이 물구나무
선 땅이라,
은하가 흐르는 넓적다리며,
골수(骨髓)에서 솟아오는
붉은 태양이여! 부끄럼이여!
언제고 한번만은
우레처럼 우르릉

울 건축이
한숨에도 가볍게 사라진다.
불멸이냐 너의 침묵!
허허 허탈이냐 해탈이냐
무장공지(無腸公子)냐
만화경(漫畵鏡) 화장세계(華藏世界)여!
<관>이나 <자>를 탈 수 있으면,
우리가 둘이서 사랑을 할걸,
암만해도 작은 시민들이여!
거간(居間)같은 작부(酌婦)같은 중용(中庸)이라,

—「하여지향(何如之鄕) 2」 부분[16]

시인은 몸의 인식을 드러내려는 데에 사용하는 기교로 의인화를 택한다. 그래서 그는 사물 속으로 들어가 처음부터 사물의 부분들을 사람과 결부시킨다. 그는 의인화로 수행되는 의미작용에는 크게 관심이 없어 보인다. 의인화 자체가 최후의 목적인 듯하다. 그러한 이유로, 「하여지향(何如之鄕) 2」이 '몸의 인식'에는 어느 정도 성공했지만 그에 수반되어야 할 의미 구축에는 실패했다고 볼 수 있다. 그것은 통찰력의 결핍과도 크게 관련된다.

「하여지향(何如之鄕) 2」에서 의인화 대상은 수시로 바뀐다. 앞의 인용 시만을 놓고 말할 때에도 그것은 바로 확인된다. '무화과 나뭇잎,' '하늘,' '땅' 등이 의인화의 여러 대상으로 등장하는 것이다. 그것은 시인의 몸의 인식이 그만큼 다양한 것임을 말해준다.

의인화 기교를 벗어날 때 시인이 취할 수 있는 것은 주어와 서술어의 결합 형식으로 나타나는 명제적 진술이다. 그것은 당연한 귀결이기도 하

---

16) 정영진 엮음, 앞의 책, 110~111쪽.

다. 항용, 명제식 진술은 시에서 처음에 나타나기도 하고 맨 마지막에 나타나기도 하는데 다음 시는 물론 후자 쪽이다.

> 내 몸은 명산(名山)이다
> 그대 몸은 대천(大川)이다
> 우리 몸의 살아가는 이치(理致)다
> 우리 몸은 도리(道理)를 이룬다!
> 우리 몸은 죽어가는 이치다
> 이치는 깨알처럼 쏟아진다
> 이치는 잠처럼 쏟아진다
> 그리고도 이치는 햇살처럼 쏟아진다
>
> —「내 몸은」[17)]

「내 몸은」에 이르러 비로소 시인은 '몸'에 관한 움직임에 구체성을 부여한다. 몸의 인식은 우리의 현실적 삶과 밀접하게 관련되며 그 과정에서 사용된 언어들도 간명하고 함축적이다. 시인은 우리 몸을 통해 상당히 계율적이고 도덕적인 인식에 도달한 것처럼 보인다. 언어에 의한 것이기는 하지만 그것은 아주 신선하다. "이치는 깨알처럼 쏟아진다/이치는 잠처럼 쏟아진다/그리고도 이치는 햇살처럼 쏟아진다"가 특히 그러하다.

「내 몸은」에서 간과할 수 없는 것은 몸의 인식의 주체 범위가 크게 확산되고 있다는 점이다. 처음에 그것은 '내'로 시작해서 차츰 '그대'로 이어지고 마침내는 '우리'에까지 이른다. 그것은 시인의 '몸의 인식'이 그러한 과정을 통해 사회성을 획득했음을 말해준다. 그러한 단정은 송욱 시 전체를 놓고 말할 때에도 무리 없이 적용될 수 있다.

---

17) 정영진 엮음, 앞의 책, 294쪽.

3. 박이문 시의 실존의식

스스로를 결정하는 '자기'일 뿐만 아니라 자아와 동시에 전 인류를 선택하는 입법자라는 것을 이해하는 인간은 자신의 전적인, 그리고 심각한 책임의식에서 벗어날 수 없을 것이다. 물론 많은 사람들은 불안해하지 않는다.[18] 그러나 우리는 그들이 불안을 감추고 그것을 피하고 있다고 주장한다. 확실히 많은 사람들은 행동하면서 그들 자신 이외의 다른 사람들은 불안에 저당잡히지(engage) 않는다고 믿는다. 우리가 그들에게 "그렇지만 모든 사람들이 그렇게 한다면?" 하고 물을 때 그들은 어깨를 으쓱거리며 "모든 사람이 그렇게 하지는 않을 것"이라고 대답한다. 그러나 우리는 항상, 만일 모든 사람이 그렇게 하고 있다면 어떻게 될 것인가를 자문해 보아야 할 것이다. 그래서 우리는 일종의 자기기만이 아니고서는 이 불안한 생각에서 벗어나지 못한다.

1) 실존의 자각

'무의미'에서 의미를 찾는 것은, 그것은 무의미에서 의미를 찾으려는 생각을 실천하는 것으로 해석될 수 있다. 그러나 의미를 도외시한 채 오로지 무의미만을 찾는 것은 사실상 인간으로서의 생활을 포기하는 것과 다름이 없다. '불안'의 인접 개념인 어두움 · 부산함 · 괴로움 등이 모두 의미를 통해서 발생한다는 점을 떠올리면 그것은 더욱더 그렇다.

> 하늘은 뜻이
> 없어

---

18) 이에 대한 논의는 장 폴 사르트르, 방곤 옮김, 『실존주의는 휴머니즘이다』(문예출판사, 2012), 21쪽에 의거.

맑고

산들은 말이
없어 푸르고
꽃들은 생각이
없어
곱고

그냥 맑고
그냥 푸르고
그냥 곱고

사람들은 생각이 있어
어둡고
생각은
있어
부산하고

사랑에 의미가
있어
괴롭고

ㅡ「무의미의 의미」[19)]

「무의미의 의미」에는 자연과 인간의 대립구도가 형성되어 있다. 구체적으로 말해서, '하늘,' '산,' '꽃' 등과 같은 자연은 아무런 외부적 요소의 개입 없이 그냥 존재한다. "그냥 맑고/그냥 푸르고/그냥 곱고"에서 보듯이 자연에는 뜻, 말, 생각 따위가 전혀 스며있지 않다. 그야말로 순수 그

---

19) 박이문, 『공백의 그림자』(문학동네, 2006), 70~71쪽.

자체이다. 그러나 사람들에게는 그러한 상태를 전혀 기대할 수 없다. 생각과 의미가 있어서 '어둡고,' '부산하고,' '괴로운' 것이다. 그래서 시인은 궁극적으로 뜻, 말, 생각이 없는 자연의 상태를 지향한다. 시인이 말하는 이른바 '무의미'는 그러한 의미를 담고 있다. 거꾸로 그것은 실존에 대한 자각이기도 하다.

시인에게 있어서 '무의미'는 현재의 상태를 진술하기 위한 도구로서의 역할을 수행한다. 그것은 '의미'와 대조되며 사람들에게 쉽게 부여될 수 없는 것임을 시인은 잘 알고 있다. 「무의미의 의미」에서는 '무의미'한 것들이 '하늘,' '산,' '꽃' 등으로 나타나지만 사람들에게는 결국 무의미가 적용되고 있는 것은 그 때문이다. 그런데 그 의미는 단독으로 해명되어서는 안 되고 여러 심리적 배경과 함께 해명되어야 할 것으로 보인다.

시인이 자신에 대하여, 그리고 자신이 하고 있는 일에 대하여 심각한 물음을 던지는 것도 '의미'와 관련된 행위의 일단이다. 그러나 그러한 물음에 대한 답을 쉽게 얻을 수 없는 것임은 시인 자신도 잘 알고 있다.

> 형이상학이 대체 뭐란 말인가
> '나'란 대체 무엇인가
>
> 자 우리 가 볼까, 당신과 나
> 모든 것의 무존재에 대해
> 그 무엇도 말하지 않으며
> 한잔의 술을 마시며
> 지금 내가 기억하는 미래의
> 앞으로 다가올 과거의
> 허기든 분노든
> 실망이든 절망이든
> 잊기 위해, 후회하지 않기 위해

우리가 암흑 속에 가라앉기 전에

(……)

자 우리 가 볼까, 당신과 나
모든 것의 무존재에 대해
그 무엇도 말하지 않으며
침대 위에 드러누워
우리가 너무 늙어 버리기 전에

지금 내가 기억하는 내 죽음의
앞으로 다가올 탄생의
희망이든 주검이든
열정이든 환영이든
놀라워하기 위해, 고뇌하지 않기 위해

내가 환영의 기만이라면
내가 환영을 기만하고 있다면
내가 기만을 기만하고 있다면
상관없다, 아무 상관도
당신의 하늘에 시를 쓰는 동안에는

—「철학을 고찰함」 부분[20)]

시인은 자신에게 본질적인 물음을 던진다. 그것은 형이상학이란 무엇이며, '나'란 대체 무엇인가 하는 세부적인 형식으로 나타난다. 그러나 시인은 그러한 물음에 대한 해답을 기대하고 있지 않다. 그러한 물음은 시인이 자신의 내부에서 끊임없이 제기되어 왔고 앞으로도 계속 제기될 물

20) 박이문, 『부서진 말들』(민음사, 2001), 52~54쪽.

음일 뿐이다. 또한 그러한 물음들은 지금까지 오랫동안 경험한 현실과 사고로부터 도출된 것이기도 하다. 마침내 시인은 대답 대신에 '발화의 금지'를 선택하기에 이른다. 그래서 "자 우리 가볼까, 당신과 나/모든 것의 무존재에 대해/그 무엇도 말하지 않으며"가 드러내는 것은 그래서 의미심장하다.

시인은 또한 우리에게 우리의 삶 속에 내재되어 있는 온갖 요소들을 "잊기 위해, 후회하지 않기 위해," 그리고 "놀라워하기 위해, 고뇌하지 않기 위해" 함께 어디로 가자고 권유한다. 그것은 시인이 폐쇄된 심리 상태를 고집하지 않고 개방된 심리 상태를 지향하고 있음을 말해 주는 것이다. 이와 함께 「철학을 고찰함」에서 주목해야 할 것은 시인의 그러한 내면세계가 "시를 쓰는 동안"이라는 조건에서 유지되고 있다는 점이다. 거기에서 우리는 현실과 거리를 두고 있는 시인의 태도를 감지하게 된다.

그렇다고 해서 시인의 진술이 그것으로 끝나는 것은 아니다. 시인은 방식을 변경하면서 진술하는 것을 멈추지 않는다. 그가 다음 시에서 진술하는 것은 '부조리'와 '공허'에 대해서이다. 시인은 그러한 진술을 통해 자신의 실존을 의식한다.

이 모든 게 끝났다고 보면
만물이 곧 부조리다
나는 부조리다

신과도 같은
거대한 공허
바보 같은

우리는 모두 어딘가로 향한다

어디에도 없는 그곳으로
아무것도 이해할 수 없는

반드시 불행한 것은 아니지만
여전히 밀짚처럼 속은 텅 빈 채
우리는 그저 보이지도 않는 어떤 의미를 무의미하게 만
들고자 애쓸 뿐이다

—「공허」21)

시인의 내면을 지배하는 것은 부조리, 공허, 무의미 등이다. 이들 중 부조리와 공허는 근본적으로 객관화될 수 있는 것들이 아닌데도 불구하고 시인의 내면에서는 객관화된다. 그것들이 중요한 배경의 역할을 수행하는 것이 그것의 증거이다. 그 역할의 범위도 커서 부조리는 만물과, 공허는 산과 각각 동일시된다. 시인에 의하면, '우리'는 존재하지 않고 이해할 수도 없는 어딘가로 향하고 있고 "저 보이지도 않는 어떤 의미를 무의미하게 만들고자 애쓸 뿐"이다. 그러한 점에서, 시인의 실존에 대한 자각은 내부에서 출발하고 내부에서 종식되는 특징을 지닌다.

일반화될 수는 없는 시인의 태도가 많은 독자에게 공감을 불러 일으켰다면, 그것은 시인이 사용하는 부조리, 공허, 무의미 등의 낱말이 많은 독자에게도 공통적으로 똑같은 중요성을 지니는 것들이기 때문일 것이다.

2) 실존의식의 양상

시인의 의식은 항상 실존적인 단계에 놓여 있다. 그 단계가 보여 주는 것들 중에서 가장 두드러진 것은 부조리다. 시인은 우리의 삶도 부조리

21) 위의 책, 74쪽.

하다고 생각하지만, 그에 못지않게 우리를 둘러싼 자연도 부조리하다고 생각한다. 시인에게 있어서 부조리는 이처럼 우리의 실생활을 가능하게 하는 행동이나 사고방식과의 관련 속에서만 사용되는 말은 아니다.

소리없는
무엇
의미의 강물이
희게 흐르고

환히 밝은 어둠
밝은 밤
존재의 바람이
부르는 묵은 이야기

보이지 않는
것

깨어진 그림자만이
아물아물 흔들리고
알 수 없는 묵은 뜻

보이는 것의
의미

—「보이지 않는 것의 그림자」[22)]

언어를 단순한 의사소통의 도구로만 사용한다면, 「보이지 않는 것의 그림자」에 대한 진정한 이해를 기대하기는 어렵다. 시의 언어는 사고를

---

22) 박이문, 『공백의 그림자』(문학동네, 2006), 78~79쪽.

표출하는 수단인 동시에 시 존재의 차원을 가능하게 하는 중요한 요소이기 때문이다. 「보이지 않는 것의 그림자」에서의 실존 양상은 언어적 매개물로 나타나는 자연의 은유에서 발견된다. "의미의 강물," "존재의 바람," "깨어진 그림자" 등이 그러한 경우의 적절한 예들이다. 그런데 그것은 마치 풀기 어려운 수수께끼를 풀기 위해 타인의 힘을 빌리는 행위와도 같다. 시인은 그러한 시적 방법으로 그 자신이 제시한 많은 과제를 해결하고자 하는 것이다.

한 편의 시가 많은 연구자나 비평가에 의해 해석되고 앞으로도 그렇게 될 가능성이 많은 것은 시어가 지니고 있는 의미의 풍부함에서 비롯된다. 다음 시는 그러한 점을 잘 보여준다.

나의 존재, 나의 고민, 나의 행복
다 같이
단 한가지 유전자의
에피소드

생물과 돌은
단 한 가지 물질
물질과 정신이
하나의 존재로 연결된다

지구와
우주 간의 역사는
단 한 가지 미립자의
알 수 없는
의미 없는
에피소드

그리고 그것은 무의미의 무의미
무의미의 단 한 가지
크나큰 의미
단 하나의 삶

—「하나의 삶」[23]

「하나의 삶」의 네 연에 공통적으로 들어 있는 '단 한 가지'를, 시인이 대상에 대하여 지니고 있는 단일한 사유의 결과로 생각하기는 어렵다. 오히려 그것은 대상을 단일화할 때 그에 수반하는 전체성을 의식한 전략으로 보인다. 그런데 그것은 대상에 대한 통찰이 전제될 때에만 가능하다.

겉으로 볼 때,「하나의 삶」은 의미를 노래하는 것 같지만 실상은 그와 다르다.「하나의 삶」은 무의미를 노래한다. 시인은 먼저 '나'를 단 한 가지 유전자의 에피소드로 단정한 후 물질과 정신은 하나의 존재로 연결되는 것임을 지적한다. 시인에 의하면 "지구와/우주 간의 역사"도 "단 한 가지 미립자의/알 수 없는, 의미 없는/에피소드"에 불과하다. 결국, 시인은 "그것은 무의미의 무의미/무의미의 단 한 가지/크나큰 의미/단 하나의 삶"이라는 결말에 이른다.

시인은 자연을 관찰하지 않고 해석한다. 그 해석은 다분히 추상적이다. 거기에서 우리가 주목하는 것은 시인 자신의 내면에 세워놓은 사유의 체계인데,「하나의 삶」에서의 그것은 불가해한 모습을 지니고 있다. 시인의 실존이 내재해 있는 것이다.

가을이 지나면 겨울이 오고
겨울이 오면 눈이 쌓이고
눈이 쌓이면 자연은 잠에 들어가고

23) 위의 책, 124~125쪽.

자연이 잠에 들면

자연과 인간은 다시 하나가 되어
자연은 말이 없고
시인은 깨어
난해한 시를 쓰고

자연은 말없는 쉬운 시를 쓰고
자연의 시는 그 겉의 뜻은 알 수 없으나
그것의 숨은 뜻은 분명하고
자연은 그 자체가 시이고

우주의 진리는 곧 우주이고
삼라만상은 의미를 띠고
우주의 의미는 무의미가 되고
존재의 무의미는 의미로 탄생하고

—「우주의 가득 찬 공백」 부분[24)]

「우주의 가득 찬 공백」에는 자연과 인간의 대립적 의미가 분명히 드러나 있다. 시인이 여러 편의 시에서 계속 진술하고 있는 '무의미'의 의미에 대해서는 이제 더 이상 해석이 필요하지 않다. 간단히 말해서, 시인에 의하면 자연, 우주와 달리 인간에게는 '의미'가 있고 그로 인해 인간에게는 슬픔, 괴로움 등의 감정이 발생하는데, 마지막에 이르러 그것은 무의미로 귀결된다.

---

24) 박이문, 『고아로 자라난 코끼리의 분노』(미다스북스, 2010), 108~109쪽.

4. 오규원 시의 해체 정신

니체는 서구 철학과 그 전제들에 대해서도 비판했는데, 그 비판은 아직도 환기력과 교란력攪亂力을 온전히 유지하고 있다.[25] 니체 사상의 이러한 면이야말로 디컨스트럭션의 이론과 실천에 남긴 흔적이라 할 수 있다. 여기서 '영향'에 대하여 말하는 것은 오해를 불러일으킬지도 모른다. '영향'이란 말은 마치 권위 중심의 전통 내부에서 후세로 전해지는 것 같은 함축을 지니고 있기 때문이다. 데리다가 분명히 한 것은, 결국 전통적인 '사상사'가 주장해 온 다양한 구분들을 에크리튀르가 어떻게 극복하고 있는가 하는 점이었다.

텍스트가 작가의 의도에 얽매이지 않고 철저한 해체를 수용하는 상태에 있다면, 데리다가 니체의 영향을 그대로 흡수하고, 현대의 포스트 구조주의 문맥 안에서 그의 관념을 살리도록 한 것은 의심할 여지가 없다. 반면에 니체가 제출한 것은 진리를 주장하는 모든 것들-자신의 주장까지도 포함해서-에 대하여 계속 강하게 회의함으로써 그 해묵은 개념적 한계로부터 사고를 해방시킬 수 있는 가능성을 열어주는 철학적 에크리튀르의 한 스타일이었다.

1) 행위의 해체

해체의 대상은 말할 필요도 없이 지금까지 지켜온 전통이다. 시에서 그것은 기존의 시작법으로 구체화되며 이 경우, 기존의 시작법이 아무렇게나 해체되지 않는다는 점을 기억하는 것은 매우 중요하다. 그것이 바로 해체의 가치를 유지하게 해주는 역할을 수행하기 때문이다. 오규원

25) 크리스토퍼 노리스, 이기우 옮김, 『해체비평』(한국문화사, 1996).

시에서도 기존의 시작법은 해체의 대상으로 존재한다. 그것이 바로 다른 시인들의 시와 오규원의 시가 다른 점이다.

한 쌍의 남녀(얼굴은
대한민국 사람이다)가
사막을 걸어가고 있다

한 쌍의 남녀(카우보이
스타일의 모자를 쓴 남자는
곧장 앞을 보고—역시
남자다, 요염한 자태의 여자는
카메라 정면을 보고—역시
여자다)가 사막을 걸어가고 있다

이렇게만 씌어 있다
동일레나운의 광고
IT'S MY LIFE—Simple Life

(심플하다!)

Simple Life, 오, 이 상징이
넓은 사막이여
사막에는 生의 마팍에 집어던질
돌멩이 하나 없으니—

—「그것은 나의 삶」[26)]

사람은 보통 자신의 삶을 보편적 행위로 구성한다. 그 보편적 행위들

---

26) 이연승 엮음, 『오규원 시선』(지식을만드는지식, 2012), 90~91쪽.

은 서로 긴밀하게 연관되어 있으며, 그렇지 못할 때에 그것은 사회적 질서에 어긋나는 것으로 치부된다. 여기에서, 그 보편적 행위들이 마땅히 추구해야 할 가치를 지니고 있는가 하는 것은 그러한 점과 무관하다. 오로지 일종의 습관으로서의 의미만이 중시될 뿐이다. 시인에게 있어서 삶은 체계적이지도 않고 규범적이지도 않다. 개인의 삶을 아주 자연스럽게 이끄는 습관은 간과되지만 '한 쌍의 남녀'가 사막을 걸어가는 것은 우리의 삶에 대한 상징이 된다.

「그것은 나의 삶」의 주제에는 광고가 모티프로 작용한다. 시인은 그것을 통해 우리 삶의 한 측면을 제시하고자 하는 의도를 지니고 있다. 광고에 등장하는 한 쌍의 남녀는 일상적인 삶을 영위하는 '우리'의 다른 이름이며, '우리'의 삶은 결국 '나'의 삶으로 대치된다.

다음 시에 이르러 시인이 관심을 가지고 있는 시적 대상의 외연은 한결 좁아진다. 즉, '우리의 삶'에서 '나의 일상'으로 바뀌는 것이다. 다음 시의 주제도 앞에서 살펴본 「그것은 나의 삶」과 동일한 맥락에서 드러난다.

2月 6日, 일요일 10時 5分 前 起床. 커튼을 걷고 창밖을 내다봄. 거리는 오늘도 安寧함. 安寧한 거리에 하품 나옴.

便所 2번(처음에는 大便, 다음에는 小便) 왕복함. 小便 후 내려다보인 男根 새삼스러워 한 번 들었다 놓음. TV스위치 1번 누름. 재미없음. ≪오늘의 스타≫란 册 1분 만에 다 봄. FM 라디오 스위치를 누를까 하다 그만둠. 심심해서 시계를 보았더니 시간이 엿가락처럼 늘어져 누운 채 '이 病身, 일요일이야!' 함.

生界엔 별일 없음. 文協 選擧엔 未堂이 당선한 모양이고, 내 사랑 서울은 오늘도 安寧함. 서울 s계기의 미스 千은 17살(꿈이 많지요), 데브콘에이 中毒. 평화시장 미 싱工 4년생 미스 洪은 22살(가슴이 부풀었지요), 폐결핵. 모두 安寧함.

亡界의 洙暎은 金禹昌의 농사가 잘되어 술맛이 좀 풀린다고 히죽 웃음. 오후 3時. 엿가락처럼 늘어져 누워 있는 나에세 亡界의 쥘르 兄으로부터 便紙 옴

오, 정말 쓸모없는 시인이구나
너무 들어박혀 있으면 病들지
이렇게 좋은 날씨에 房구석에 박혀 있는 사람은 없지
약방에 가서 싸구려 해열제라도 사와라
그것도 좀 운동이 될 테니까.
좀 운동이 될까 하고 하품 다시 함.

—「나의 데카메론」27)

시인에게는 노력과 성취와 같은 일들이 무의미하게 보이며 보통 사람들의 정형화된 삶에는 관심이 거의 없어 보인다. 그래서 시인은 욕망을 추구하거나 경제활동에 매달리기보다는 일상적 삶의 질서를 파괴하는 하찮은 것과 사소한 것들을 존중하는 태도를 취한다. 스스로도 "오, 정말 쓸모없는 시인이구나/너무 들어박혀 있으면 病들지/이렇게 좋은 날씨에 房구석에 박혀 있는 사람은 없지"라는 탄식이 나오는 것은 그 때문이다.

시의 제목으로 쓰인 '데카메론'은 물론 보카치오의 작품을 의미하지 않는다. 그것은 '이야기'를 의미할 뿐이다. 그러므로 '나의 데카메론'은 '나의 이야기'를 의미한다. 더 구체적으로 말하면, 그 이야기는 '2月 6日, 일요일 10時 5分 前'에 기상한 후의 시인의 일상에 대한 기록이다. 그런데 지금까지 대부분의 시인들은 우리의 일상을 오규원처럼 기록하지 않는다.

27) 위의 책, 43쪽.

'사물에 대한 전통적 시선'의 해체는 그러한 배경에서 나온 표현이다. 다음 시에서도 그러한 점은 뚜렷이 나타난다. 그것이 쓸 데 없는 기록이 결코 아님은 물론이다.

1. '양쪽 모서리를
함께 눌러주세요'

나는 극좌와 극우의
양쪽 모서리를
함께 꾸욱 누른다.

2. 따르는 곳
⇩
극좌와 극우의 흰
고름이 쭈르르 쏟아진다

3. 빙그레!
-나는 지금 빙그레 우유
200ml 패키지를 들고 있다
빙그레 속으로 오월의 라일락이
서툴게 떨어진다

—「빙그레 우유 200ml 패키지」[28)]

「빙그레 우유 200ml 패키지」에는 현실의 제도에 대한 풍자가 두드러진다. '⇩, ⇨, ⇧' 등의 기호는 그것을 강화시키는 역할을 수행한다. 대체로 많은 사람은 현실의 제도를 신성시하지만, 시인은 그들과 아주 판

---

28) 위의 책, 85쪽.

이하다. 그는 현실의 제도를 신성시하지 않는 데에 그치지 않고 단호히 거부하기까지 한다. 시인이 '빙그레 우유/200ml 패키지'의 양쪽 모서리를 눌렀을 때, 더 나아가 "극좌와 극우의/양쪽 모서리를/함께 꾸욱' 눌렀을 때 '따르는 곳'에서는 '극좌와 극우의 흰/고름이 쭈르르 쏟아진다"에 숨어 있는 시인의 풍자는 '따르는 곳을 따르지 않고/거부한다'라는 진술에서 나타나 있듯이 현실의 제도를 거부하는 것으로 귀결된다.

「빙그레 우유 200ml 패키지」의 특징으로 꼽을 수 있는 것으로는 기호를 사용하고 있는 점을 들 수 있다, 우리나라에서는 이미 1930년대의 李箱이 미래파 기교를 사용했다. 그러데 오규원은 李箱과는 다른 방식으로 그것을 사용한다. 다시 말하면, 「빙그레 우유 200ml 패키지」에서 시인은 화살표의 사용을 통해 언어의 절약을 시도한다. 화살표들은 그러므로 다른 낱말에 못지않은 시적 의미를 드러내는 데에 기여한다.

2) 관념의 해체

해체의 대상에는 행위 말고도 관념도 있다. 앞에서 살펴본 시의 「빙그레 우유 200ml 패키지」의 "양쪽 모서리를/함께 꾸욱 누른다"는 해체의 대상이 행위인 경우이고, 다음 시의 "내가 이렇게 자유를 사랑하므로, 世上의 모든 자유도 나의 품속에서 나를 사랑합니다"는 해체의 대상이 관념인 경우이다.

> 자유에 관해서라면 나는 칸트主義者입니다. 아시겠지만, 서로의 자유를 방해하지 않는 한도 안에서 나의 자유를 확장하는, 남의 자유를 방해하지 않기 위해 남몰래(이 점이 중요합니다) 나의 자유를 확장하는 방법을 나는 사랑합니다. 世上의 모든 것을 얻게 하는 사랑, 그 사랑의 이름으로.

내가 이렇게 자유를 사랑하므로, 世上의 모든 자유도 나의 품속에서 나를 사랑합니다. 사랑으로 얻는 나의 자유. 나는 사랑을 많이 했으므로 참 많은 자유를 가지고 있읍니다. 매주 주택복권을 사는 自由, 주택복권에 미래를 거는 自由, 금주의 運勢를 믿는 自由. 運勢가 나쁘면 안 믿는 自由, 사기를 치고는 술 먹는 自由, 술 먹고 웃어 버리는 自由, 오입하고 빨리 잊어버리는 自由.

(…중략…)

自由에는 사랑스런 自由가 참 많습니다. 당신도 혹 自由를 사랑하신다면 좀 드릴 수는 있읍니다만.

밖에는 비가 옵니다.
이 시대의 純粹詩가 음흉하게 不純해지듯
우리의 장난, 우리의 언어가 음흉하게 不純해지듯
저 음흉함이 드러나는 의미의 迷妄, 무의미한 純潔의
몸뚱이, 비의 몸뚱이들……
조심하기를
무식하지도 못한 저 수많은 純潔의 몸뚱이들.

—「이 시대의 純粹詩」 부분[29)]

시인이 「이 시대의 純粹詩」에서 말하고자 한 것은, 자유는 신성하거나 가치가 있는 것만이 아니라는 점이다. 그는 일반적 개념을 벗어난 자유도 많이 있고 그것이 일상생활의 중심부를 차지하고 있다고 말한다. 시인은 "서로의 자유를 방해하지 않는 한도 안에서 나의 자유를 확장하는, 남의 자유를 방해하지 않기 위해 남몰래 나의 자유를 확장하는 방법"을 사랑하고 있다. 그래서 일반적 개념을 벗어난 자유는 일반적 개념이 해

---

29) 위의 책, 45~47쪽.

체된 자유일 수밖에 없다.

이전에 통용되던 자유의 개념은 「이 시대의 純粹詩」에서 여지없이 붕괴된다. 이제 자유는 더 이상 정형화하고 상투화한 가치가 아니다. 시인이 '이 시대의 순수시'로 비유하는, 일반적 개념이 해체된 자유는 적나라한 모습을 드러낸다.

시인이 의도하는 개념의 해체, 관념의 해체는 다음 시에서도 여전히 중요한 특징으로 자리 잡는다. 그것은 물론 심리적 · 관념적인 배경에서 기인한 것인데 마지막에는 우리의 일상적 삶을 해체하기에 이른다.

선언 또는 광고 문안
단조로운 것은 生의 노래를 잠들게 한다.
머무르는 것은 生의 언어를 침묵하게 한다.
人生이란 그저 살아가는 짧은 무엇이 아닌 것.
문득-스쳐 지나가는 눈길에도 기쁨이 넘치나니
가끔은 주목받는 生이고 싶다-CHEVALIER

개인 또는 초상화
벽과 벽 사이 한 女人이 있다. 살아 있는 몸이 절반쯤만
세상에 노출되고, 눌러쓴 모자 깊숙이 감춘 눈빛을 허리를
받쳐 들고 있는 한 손이 끄을고 가고.

빛 또는 물질
짝짝이 여자 구두 한 켤레가 놓여 있다
짝짝이 코끝에 영롱한 스포트라이트의
구두 발자국.

-「가끔은 주목받는 生이고 싶다」[30]

---

30) 위의 책, 87쪽.

거듭 말하면, 시인은 관념도 해체되어야 한다고 생각한다. 관념의 해체는 이성적인 정신세계를 와해시켜 가끔은 '주목받는 生'을 가능하게 한다. 시인은 그러한 점을 잘 알고 있다. 물론 그 관념 자체도 철저히 객관적인 것이라고 할 수는 없지만 그렇다고 모두 주관적인 것도 아니다. 시인은 그 관념을 비일상적인 시각의 결과로 인식한다. 그래서 그것은 에피그램의 측면을 지니고 있기도 하지만 다른 면으로는 다소 엉뚱한 의미로 해석될 여지도 존재한다.

시인이 자신의 욕구를 직접적으로 드러내지 않고 메타포를 구사하고 있다는 점에서 「가끔은 주목받는 生이고 싶다」는 전통적 시의 영역에 놓인다. 그러나 이 시는, 광고 문안에 철저히 의존하는 시적 전략을 구사하고 있다는 점에서 전통적 시의 영역 밖에 위치한다.

오규원 시에서의 數詞 사용은 주목할 만하다. 그러나 그 자체가 관념의 해체를 바로 의미하지는 않는다. 다음 시에서 관념의 해체는 수사의 사용을 통해 형성된 새로운 관념의 출현으로 완성된다.

작은 돌들이 있습니다

하나와 둘
그리고
셋
넷
……

아니

하나와

둘
셋
그리고
넷
……

아니

하나
둘
셋
넷
……

—「하나와 둘 그리고 셋」[31] 부분

누구나 인정할 수 있는 타당한 방법으로 존재하는 것, 그것이 바로 질서이다. 타당하지 않은 방법으로 존재하는 것은 무질서로 명명된다. 질서의 해체는 그러한 배경에서 출발한 것이다. 그러나 우리는 무질서가 타당한 해석을 낳을 수도 있다는 점을 인정하지 않을 수 없다. 그것은 잠시 동안의 생각에 머무르지 않고 실제로 구체화할 때에 비로소 의미를 드러낼 수 있다. 「하나와 둘 그리고 셋」이 바로 그러하다.

아울러 「하나와 둘 그리고 셋」에 대해서는 다음과 같은 해명도 가능하다. 독자는 대부분의 시가 그러한 것처럼 낱말의 조합으로 이루어진 문장의 의미를 캐내기 위해 애를 쓸 필요가 없다. 대신 독자는 수사들이 어떤 방식으로 사용되고 있는가에 대하여 관심을 기울일 필요가 있다. 그때, 독자는 그러한 방식으로 사용한 수사들이 사실은 우리의 분열하는

31) 위의 책, 129~130쪽.

삶과 동일한 것임을 깨닫게 된다.

IV. 에필로그

지금까지 논의한 내용을 결론 삼아 요약, 정리하면 다음과 같다.

첫째, 신석초의 시에는 무위자연을 발견하고 지향하는 시인의 자세가 뚜렷하게 나타난다. '무위자연의 발견'이란 있는 그대로의 자연을 발견하는 것을 의미한다. 그러나 그 자연은 시에서 시인에 의해 조명된 자연일 수밖에 없다. 시는 언어에 의해 이루어진 것이므로 그것은 피할 수 없는 숙명이다. 무위자연을 발견하는 시인의 자세가 그의 모든 시에서 똑같은 방식으로 나타나는 것은 아니다. 무엇을 진술하기보다는 묘사에 치우치는 경우도 있다.

무위자연을 지향하는 것은 시인의 마음이 무위자연의 한 요소로 작용하는 것을 의미한다. 무위자연을 지향하는 시인은 시에 무위자연의 언어적 환경을 조성하고 그 환경 속으로의 잠입을 시도한다. 무위자연을 지향하는 시인의 마음은 반드시 순수의 바탕 위에서만 구현되지 않고 다른 사물이나 정신적 토대에 의존하여 이루어지기도 한다. 무위자연을 지향하는 시인의 마음이 계속 시인의 마음에 머물러 있다면 우리는 그것을 시인의 특징 혹은 시의 특징으로 삼아도 될 것이다.

둘째 송욱의 시에는 몸의 경험과 인식의 과정이 적나라하게 펼쳐진다. 몸이 언제나 '나'의 곁에 있다고 말하는 것은 역설적으로 몸이 언제나 '나'의 곁에 없다는 것과 다르지 않다. 왜냐하면 몸의 경험은 항상 이중적인 것이기 때문이다. 같은 방식으로 말하면, 몸은 항상 '나'와 함께 있어서 '나'의 모든 것을 보여주는 것이지만, 동시에 몸은 '나'와 멀리 떨어져 있어서 '나'의 모든 것을 보여주는 것이기도 하다.

몸의 경험이 언어를 통해 구현되듯이 몸의 인식도 언어를 통해 구현된다. 그러나 똑같이 언어를 통해 구현되는데도 방식은 약간 다르다. 전자의 언어가 직접적이라면 후자의 언어는 간접적이다. 물론 거기에는 시인이 세상을 살아가는 방식에 따라 다를 수 있다는 전제가 깔려 있다. 시인은 이처럼 언어의 문법적 기능뿐만 아니라 기교에서도 마찬가지로 의존한다. 원래, 시에 있어서의 기교는 불가결의 요소로서 시의 성패를 좌우한다. 시인은 몸의 인식을 드러내려는 데에 사용하는 기교로 의인화를 택한다. 사물 속으로 들어가 처음부터 사물의 부분들을 사람과 결부시킨다. 그는 의인화에 의해 수행되는 의미작용에는 크게 관심이 없어 보인다. 의인화 자체가 최후의 목적인 듯하다.

셋째, 박이문의 시에는 실존의 자각과 실존의 양상을 보여주는 시들이 적지 않다. '무의미'에서 의미를 찾는다면, 그것은 무의미에서 의미를 찾으려는 생각을 실천하는 것으로 해석될 수 있다. 그러나 무의미만을 추구하는 것은 사실상 인간으로서의 생활을 포기하는 것과 다름이 없다. '불안'의 인접 개념인 어두움 · 부산함 · 괴로움 등이 모두 의미를 통해서만 발생하는 점을 상기하면 그것은 더욱더 그렇다.

시인이 자신에 대하여, 그리고 자신이 하고 있는 일에 대하여 심각한 물음을 던지는 것도 '의미'와 관련된 행위의 일단이다. 그러나 그 물음에 대한 답을 쉽게 얻을 수 없는 것임은 시인 자신도 잘 알고 있다. 시인의 내면을 지배하는 것은 부조리, 공허, 무의미 등이다. 이들 중 부조리와 공허는 근본적으로 객관화될 수 있는 것들이 아닌데도 시인의 내면에서는 객관화된다. 일반화될 수는 없는 시인의 태도가 많은 독자에게 공감을 불러 일으켰다면, 그것은 시인이 사용하는 부조리 · 공허 · 무의미 등의 낱말이 많은 독자에게도 공통적으로 똑같은 중요성을 지니는 것들이기 때문일 것이다.

넷째, 오규원 시에는 행위의 해체와 관념의 해체가 두드러진다. 행위의 해체라고 할 때, 그 대상은 기존의 시작법으로 구체화된다. 이 경우, 기존의 시작법이 아무렇게나 해체되지 않는다는 점을 기억하는 것은 매우 중요하다.

사람은 대부분 자신의 삶을 보편적 행위로 구성한다. 그 보편적 행위들은 서로 긴밀하게 연관되어 있으며, 그렇지 못하면 사회적 질서에 어긋나는 것으로 치부된다. 여기에서, 그 보편적 행위들이 마땅히 추구해야 할 가치를 지니고 있는가 하는 것은 그러한 점과 무관하다. 오로지 일종의 습관으로서의 의미만을 중시할 뿐이다. 시인에게 있어서 삶은 체계적이지도 않고 규범적이지도 않다.

관념의 해체는 이성적인 정신세계를 와해시켜 가끔은 '주목받는 生'을 가능하게 한다. 시인은 그러한 점을 잘 알고 있다. 물론 그 관념 자체도 철저히 객관적인 것이라고 할 수 없다. 시인은 그 관념을 비일상적인 시각의 결과로 인식한다. 그래서 그것은 에피그램의 측면을 지니고 있기도 하지만 다른 한편으로는 다소 엉뚱한 의미로 해석될 여지도 존재한다.

시의 역사 수용

Ⅰ. 프롤로그

얼핏, 시와 역사는 서로 무관하거나, 관계가 있다 하더라도 그것은 아주 작은 범주에 그칠 것이라는 생각이 있을 수 있다. 단언하건대, 그것은 터무니없는 생각이다. 서사시나 극시에는 공통적으로 과거의 이야기, 즉 역사가 담겨 있고, 서사시가 아닌 서정시도 나름대로의 이야기를 거느리고 있기 때문이다. 물론 정서만으로 이루어진 것처럼 보이는 시가 없지는 않다. 그러나 그런 시에도 과거의 이야기는 극시나 서사시의 경우와는 다른 방식으로 참여하게 마련이다.

시에 내포된 역사는, 시각을 달리 해서 말할 때, 시에 수용된 역사와 별반 다르지 않다. 그래서 우리의 관심을 시의 역사 수용 쪽으로 옮기는 것은 매우 자연스러워 보인다. 그럴 때에 비로소, 우리는 시가 역사를 수용한다는 사실을 밝히는 데에서 그치지 않고, 좀 더 원리적인 차원에서 제기되는, 시와 역사의 관련 양상에 대한 구체적인 물음에 대해서도 명쾌한 답을 제시할 수 있을 터이다. 그런데 알다시피, 이런 분야에 대한 연구는 지금까지도 미진한 상태에 놓여 있다.

이 글의 의도는 한국의 서정시가 역사의 어떤 성격을 어떤 방식으로 수용하고 있는가를 밝히는 데에 있다. 이를 점검하고 논의하기 위해 필자가 세부적으로 설정한 항목은 역사적 저항성의 수용, 역사적 사실성의 수용, 역사적 상상력의 수용 등이다.

II. 이론적 논의

시는 정서나 사상을 상상력을 통해 문자로 구현한 예술이다. 구체적으로, 그것은 소설 · 희곡 · 수필 · 평론 따위의 장르로 나타난다. 반면에, 역사는 과거로부터의 생활의 변천과 지역 · 국가 · 세계가 지금까지 지속하는 과정에서 발생한 여러 사건들 자체와 그것들에 대한 記述이다. 그것은 시간을 통해 매개되는 연대기적인 이야기들이며 궁극적으로는 인간의 행위와 사회적 · 정치적 사실들로 구체화된다.

시와 역사에 대해서는 다음과 같은 세 측면에서의 논의가 가능하다. 첫째의 측면은 이야기의 발생 과정이다.[1] 아리스토텔레스는 시를 비판한 플라톤과는 반대로, 시는 사람의 감정을 순화시킬 뿐 아니라 역사보다 더 철학적이라고 주장한다. 시가 사람의 감정에 좋든 나쁘든 큰 영향을 미친다는 것은 누구나 시인할 터이지만(플라톤은 시가 나쁜 감정적 영향을 미친다는 이유로 반대한다), 시가 역사보다 더 철학적이라는 주

1) 플라톤과 아리스토텔레스의 주장을 중심으로 하는 '시(문학)와 역사'에 대한 이하의 논의는 이상섭, 「문학의 역사」, 『역사에 대한 불만과 문학』(문학동네, 2002), 37~39쪽에 의거.

장은 논쟁거리가 되기에 충분한 것이었다. 아리스토텔레스는 시와 역사가 사람의 행위를 모방하는 데 있어서(즉, "누가 무슨 일을 했다"는 이야기를 할 때) 서로 비슷한 일을 한다고 판단한다. 여기서 그가 말하는 '시'란 개인의 감정을 표현하는 서정시가 아니라 서사시와 연극과 같은 이야기문학을 의미한다.

시의 내용을 서사성에 귀착시키면, 바로 역사와의 관계가 문제로 대두된다. 플라톤은 사람이 감각으로 지각할 수 있는 일체의 사물을 무가치한 것으로 여긴다. 그가 보기에, 역사는 그러한 사물들이 빚는 사건들의 연속이므로 무가치할 수밖에 없다. 그에 의하면, 오직 변함없는 관념의 세계만이 진실인 바, 사물들은 그런 관념의 희미한 그림자에 불과하지만, 그 관념을 희미하게나마 반영하는 그림자이므로 그런 사물들을 그려놓은 그림보다는 훨씬 가치가 있다고 할 수 있다. 그래서 그는 사건들을 있는 그대로 서술한 역사가, 전적으로 꾸며낸 사건이거나 실제 사건에다 가필하여 만들어낸 사건을 서술한 시보다는 관념적 진실에 훨씬 더 가까운 분야로 생각한다. 그는 역사와 시 둘 다를 긍정적으로 보지는 않았지만, 그래도 둘의 우열을 가리는 경우, 역사가 시보다 훨씬 가치 있는 것으로 판단했을 것 같다. 즉, 그는 호메로스의 「일리아스」보다 헤로도토스의 『역사』가 더 진실을 내포할 가능성이 높다고 생각했을 가능성이 크다.

아리스토텔레스는 구체적인 사물들을 관찰하는 데에서 출발하여 자연의 보편적 법칙을 찾고자 했다. 그가 단 한 번 발생한 사건들의 나열인 역사에서 어떤 보편성을 찾을 수 없었던 것은 당연한 귀결이다. 그가, 꾸며낸 사건이라 할지라도 사람의 행동에 관한 보편적인 이치를 드러내거나 암시하는 시(연극 또는 서사시)가 역사보다 더 심각하다고 말했던 데에는 이런 점이 작용했다. 그런데 여기서 우리가 확실히 알아야 할 것은, 철학자인 그는 역사보다 시가 상대적으로 철학이 하는 일에 더 가깝다고 말했을 뿐이지, 시와 철학이 같다든가 시가 철학보다 우위에 있다고는 절대로 생각하지 않았다는 사실이다.

이런 과정을 거쳐, 시와 역사는 철학이라는 심판자의 눈 밑에서 서로 누가 더 철학에 가까운지를 경쟁하게 되는 처지에 놓이게 된 시인은, 시가 꾸며낸 이야기이기는 하지만 충분히 인간적인 사실에 기초한 이야기를 통하여 보편적 진실을 드러낸다고 주장한다. 반면에 역사가는, 역사가 사실에 대한 정확한 진실을 말함으로써 과장과 축소가 없는, 있는 그대로의 사람을 보여준다고 주장한다. 이 상충되는 주장이 서양문학론의 주요 쟁점인 것은 우리가 다 알고 있는 바와 같다.

플라톤 사상이 우세했던 르네상스 시대의 문학론자들은, 역사에 대해서는 완전성의 관념에 비추어볼 때 무척이나 불완전한 인간의 행위를 있는 그대로 전달할 수밖에 없는 필연적 결함을 지적하고, 문학에 대해서는 절대적 진실에 부합되도록 불완전한 인간의 사실(역사)을 수정한다고 옹호한다. 즉, 미운 현실을 예쁜 이상적 형상으로 변화시킨다는 것이다. 더 나아가 그들은, 역사에 대해서는 완벽한 영웅을 생산하지 못하는 무능력을, 문학에 대해서는 그것을 생산하여 불완전한 사람들에게 완벽한 영웅의 모습을 실감 있게 보여주는 능력을 각각 강조한다.

사실주의 시대에 이르러서는, 있는 그대로의 사실을 자세하게 보여주는 것이 인간에 대한 진실을 보여주는 것이며, 이상화된 인간상은 허위일 뿐이라는 사상이 우세하게 되었고, 결과적으로 문학과 역사는 또 다른 차원의 영역 다툼을 벌이게 된다. 이상주의 문학관은 역사를 경멸했지만, 사실주의 문학관은 스스로를 역사보다도 더 진실하게 역사적이라고 자처했던 것이다. 이것이 사실주의 문학관의 흥성과 더불어 문학과 역사의 관계가 복잡하게 뒤얽히게 된 배경이다.

둘째의 측면은 진실에 대한 관점이다. 역사적 진실은 객관적 사실을 지식의 대상으로 삼고, 시적 진실은 주관적 사실을 대상으로 삼는다. 주관적 사실은 퍽 역설적이다. 주관적 사실의 '사실'은 늘 객관적이기 때문이다. 그렇다면 주관적 사실이란 무엇인가를 구명하는 것은 시적 진실을 구명하는 것과 관계가 깊다.[2)]

시는 사실을 기록하는 데에 목적이 있지 않고, 사실을 어떻게 체험했는가를 기록하는 데에 목적이 있다. '주관적 사실'이란 말은 바로 이런 맥락에서 사용된다. 그런데 체험은 늘 주관적이고 개별적인 것이다. 그냥 방치되는 체험은 시가 될 수 없다. 시가 되려면, 체험은 언어를 통해 객관화되어야 한다. 이렇게 객관화되었을 때 비로소 체험은 독자의 공통적 인식의 대상이 될 수 있다. 체험의 객관화야말로 보편성의 획득에 이르는 길이다. 만일, 그 보편성이 지금까지 잘 인식되지 않았던 것이라면, 우리는 이런 경우를 지목해 독창성이 있다고 말한다.

시의 언어는 시적 진실을 강하게 내포한다.

> 사랑하는 나의 하나님, 당신은/늙은 悲哀다./푸줏간에 걸린 커다란 살점이다./詩人 릴케가 만난 슬라브女子의 마음속에 갈앉은/놋쇠항아리다.
>
> —김춘수, 「나의 하나님」 전반부

문자 그대로 이해하면, 위의 표현들은 난센스에 불과하다. 그런데 그 난센스에는 과학적 · 철학적으로 표현할 수 없는 인간 체험이 들어 있다. 만일, 위의 표현들이 독자의 共感(sympathy)을 일으킨다면, 그것은 위의 표현들이 진실을 내포하고 있는 데에서 기인한다. 우리는 이런 진실을

---

2) '진실에 대한 관점'에 대한 이하의 논의는 박이문, 『시와 과학』(일조각, 1976), 113~114쪽 참조.

논리적 진실과 구별해서 시적 진실이라 부른다. 정도의 차이는 있지만, 모든 시는 난센스로 가득 차 있다. 그런 난센스, 즉 흐리멍덩한 진술은 시적 진실의 외적 구조에 해당한다.

인간의 체험은 과학적 혹은 철학적 언어로 표현될 수 없다. 그 이유는, 체험이라고 불리는 인식의 대상이 복잡하고 미묘해서 과학이나 철학의 언어로 표현될 수 없는 성질을 지니고 있는 데에서 찾을 수 있다. 시는 어떠한 학문으로도 표현되고 인식될 수 없는 인간 체험에 대한 진리를 나타내는 유일하고 소중한 기능을 지닌다.

셋째의 측면은 언어의 속성이다.[3] 시언어는 인식언어가 아니지만, 역사언어는 인식언어이다. 앞에서 잠시 언급했듯이, 시는 예술작품으로서 어떤 객관적 사실, 사건을 기록하는 데에 목적이 있지 않지만, 역사는 어떤 객관적 사실 · 사건을 기록하는 데에 목적이 있다. 그런데 이런 주장에도 한 번 생각해 볼 만한 여지는 있어 보인다. 한 시작품에는(소설작품도 마찬가지이다) 시인 자신의, 혹은 화자의 입을 통해서 표현된 어떤 사실이나 사건을 기술하는 부분이 허다하고, 시인이나 주인공을 통해서 어떤 주장이나 이론을 전개하는 철학적 부분이 얼마든지 발견된다. 김지하의 「오적」은 그런 경우의 좋은 예이다. 그러나 우리는 시작품 전체를 하나의 유기체, 즉 살아 있는 예술품으로 보는 경우와, 그런 문제를 도외시하고 그 속에 나타나는 단편적 성분을 예술성과 무관하게 생각하는 경우를 구별할 필요가 있다. 시언어라고 할 때, 우리는 언제나 단편적 부분의 언어가 아닌, 언어를 매개로 한 통일된 유기체로서의 전체 작품을 상정한다. 따라서 작품 속의 인식언어는 유기체로서의 문학작품 전체에 어떤 기여를 하는 한에서만 의미가 있다.

시언어는 비인식언어로서의 행위언어도 될 수 없다. 물론 하나의 시작

---

3) '언어의 속성'에 대한 이하의 논의는 위의 책, 90~94쪽에 의거.

품이 독자로 하여금 애국심을 일으키게 하거나 정의감에 불타게 해서 독자의 어떤 행동을 유도하는 경우가 많고 작가 자신이 실제로 그런 효과를 노리는 경우도 없지 않겠지만, 그것은 하나의 예술작품이라는 의미에서는 본질적인 것이 아닌, 부차적인 것일 뿐이다. 시의 기능이 그런 기능을 유발하는 데에 있다면, 그런 기능을 극대화하는 데는 선전문이나 설명서, 법령 등을 만드는 것이 훨씬 효과적일 듯하다.

인식언어도 아니고 비인식언어도 아닌 시언어는 평가언어일 수밖에 없다. 한 예술작품으로서의 시는 어떤 지식의 전달이나 이론의 전개에 목적이 있는 것도 아니요, 어떤 행동을 유발시키는 동력이 되는 것도 아니다. 시는 한 작가가 자기의 체험 · 교육을 통해서 얻은 교양을 바탕으로 해서 인생과 그가 보고 느끼고 알고 있는 세계의 다양한 현실에 대해서 느끼는 바, 그가 현실에 대해서 취하는 태도임과 동시에 여러 경험에 대한 그의 평가의 구체적 표현이다. 간단히 말하면, 시는 한 언어를 통한 인생의 재체험에 다름 아니다. 그래서 시에 대해서는 옳다든가 그르다든가 하는 판단을 내리는 것이 가능하지 않다. 문학비평이 언제나 애매할 수밖에 없는 운명을 가진 까닭이 여기에 있다. 모든 가치평가는 항상 완전한 객관성을 지닐 수 없기 때문이다. 가치란 인간의 욕망을 충족시켜주는 모든 사물, 모든 행동과 크게 관련된다. 더 정확히 말하면 가치란 인간의 욕망과 그것을 채워주는 것과의 관계 속에서 나타난다.

문학가는 있을 수 있는 일을 쓰고 역사가는 있었던 일을 쓴다. 이로 인해 우리는 문학을 fiction이라 부른다. 있을 수 있는 일을 쓴 문학은 창조물이지만, 있었던 일을 쓴 역사는 순수한 의미의 창조물이 아니다. 문학가에게 기교와 상상력이 요구되는 것은 문학이 개연성에 의존하는 예술이라는 점에서 기인한다.

그렇다면 시와 역사의 공통점은 무엇인가. 그것은 역사와 시가 다 같이 인간이나 사건을 함께 다룬다는 점과 둘 다 언어로 기술한다는 점에서 찾을 수 있다. 그런데 언어로 기술된다는 점에 대해서는 약간의 설명이 더 필요하다. 같은 언어로 기술되지만 시에서의 기술은 상상력의 발휘에, 역사에서의 기술은 과학적 자료의 접근에 각각 더 기울어져 있다. 그러나 그렇다 하더라도 그것이 시와 역사의 근본적인 경계선이라고 할 수는 없다. 시인과 역사가가 동일한 방법으로 역사를 파악하는 것은 사실이기 때문이다.

Ⅲ. 시의 역사 수용

1. 역사적 저항성

'역사적 저항성'의 수용 주체는 말할 필요도 없이 직접적이든 간접적이든 역사적 저항성을 경험한 시인이 살았던 시대이다. 그런데 이 글에서 그 시대는 일제강점기와 조선시대로 한정된다. 시에 따라서는 얼마든지 그 시대가 다른 시대로 바뀌어 등장할 수 있음은 물론이다. 모든 시인의 시가 다 '역사적 저항성'을 수용하고 있는 것은 아니지만, 대체로 모든 시인의 시가 '역사적 저항성'을 수용할 수 있는 가능성은 항상 존재한다.

저항이란 시대의 힘이나 여러 조건에 순응하지 않는 것을 뜻한다. 그런데 여기에는 늘 국가에 대한 애국심과 정의가 전제되기 마련이다. 이런 전제를 방기하면, '저항'이란 말의 의미는 우리가 생각하는 것과는 달리 순조롭게 적용되지 않는다.

저항적 성격의 시를 쓰는 시인에게도 그런 전제는 당연히 요구된다. 화자의 행동과 생각이 곧 시인의 그것과 일치한다고 보는 입장이라면 그것은 더욱더 그러하다. 역사적 저항성의 수용을 논의하는 데는 무엇보다도 먼저 이런 점들이 강조되어야 마땅하다.

다음 시는 시인이 그가 살고 있는 시대의 억압과 횡포에 결코 순응하지 않을 뿐만 아니라 그것을 불교적인 차원으로 바라본 후의 심리적 저항을 담고 있다.

당신이 가신 뒤로 나는 당신을 잊을 수가 없습니다.
까닭은 당신을 위하나니보다 나를 위함이 많습니다.

나는 갈고 심을 땅이 없음으로 秋收가 없습니다.
저녁거리가 없어서 조나 감자를 꾸러 이웃집에 갔더니, 主人은 "거지는 人格이 없다. 人格이 없는 사람은 生命이 없다. 너를 도와주는 것은 罪惡이다"고 말하얐읍니다.
그 말을 듣고 돌어 나올 때에, 쏟아지는 눈물 속에서 당신을 보았읍니다.

나는 집도 없고 다른 까닭을 겸하야 民籍이 없읍니다.
"民籍 없는 者는 人權이 없다. 人權이 없는 너에게 무슨 貞操냐" 하고 능욕하랴는 將軍이 있었읍니다.
그를 抗拒한 뒤에, 남에게 대한 激憤이 스스로의 슬픔으로 化하는 찰나에 당신을 보았읍니다.
아아 왼갖 倫理, 道德, 法律은 칼과 黃金을 제사 지내는 烟氣인 줄을 알었읍니다.
永遠의 사랑을 받을까, 人間歷史의 첫 페이지에 잉크칠을 할까, 술을 마실까 망서릴 때에 당신을 보았읍니다.

—한용운, 「당신을 보았읍니다」[4)]

4) 송욱, 『全篇解說(韓龍雲詩集, 님의 沈黙)』(일조각, 1980), 167~168쪽.

이 시에서 '당신'은 無心의 경지, 즉 속세에 전혀 관심이 없는 경지에 존재하며, 화자는 "당신이 가신 뒤로" 당신을 잊을 수가 없다고 말한다. 이를 통해 우리가 쉽게 유추할 수 있는 것은 '당신'은 국권을 상실한 조국의 의미를 지니고 있다는 점이다. 따라서 이 시의 제목과 본문에 등장하는 "나는 당신을 잊을 수가 없습니다"라는 언술은 국권을 상실한 조국을 항상 생각한다는 뜻으로 해석된다. 이와 함께 "당신을 보았습니다"도 미래에 실현될 조국의 독립을 의미한다. 다만 "나는 당신을 잊을 수가 없습니다"와 "당신을 보았습니다"를 비교해 볼 때, 전자가 현재적 시간의 바탕 위에서 발화되고 있다면 후자는 미래적 시간의 바탕 위에서 전개되고 있다는 점이 다를 뿐이다. 그것은 경험적 역사를, 여성 화자가 비장한 어조로 진술하고 있다는 점에서 흔하지 않은 경우에 속한다.

桂月香이여, 그대는 아리따웁고 무서운 最後의 微笑를 거두지 아니한채로 大地의 寢臺에 잠들었읍니다.
나는 그대의 多情을 슬퍼하고, 그대의 無情을 사랑합니다.

大同江에 낚시질하는 사람은 그대의 노래를 듣고 모란봉에 밤놀이하는 사람은 그대의 얼굴을 봅니다.
아이들은 그대의 산 이름을 외우고, 詩人은 그대의 죽은 그림자를 노래합니다.

사람은 반드시 다하지 못한 恨을 끼치고 가게 되는 것이다.
그대는 남은 恨이 있는가 없는가, 있다면 그 恨은 무엇인가.
그대는 하고 싶은 말을 하지 않습니다.
그대의 붉은 恨은 현란(絢爛)한 저녁놀이 되야서, 하늘길을 가로막고 荒凉한 떨어지는 날을 도리키고자 합니다.
그대의 푸른 근심은 드리고 드린 버들실이 되야서, 꽃다운 무리를 뒤에 두고 運命의 길을 떠나는 저문 봄을 잡어매랴 합니다.

나는 黃金의 소반에 아침볏을 받치고 梅花가지에 새봄을 걸어서, 그대의 잠자는 곁에 가만히 놓아드리겠읍니다.

자 그러면 속하면 하룻밤, 더디면 한겨울, 사랑하는 桂月香이여.

—한용운, 「桂月香에게」[5)]

조선 중기의 평양 명기로 논개와 자주 비견되는 계월향은 임진왜란 때 왜장 고니시 유키나가[小西行長]의 副將에게 몸을 더럽히게 되자 敵將을 속여 당시 평안도병마절도사였던 金應瑞로 하여금 적장의 머리를 베게 한 뒤 자신은 자결했던 義妓이다.

한용운의 「桂月香에게」는 계월향이라는 제목 자체가 저항성을 드러내는 경우이다. 그렇다고 해서 계월향을 중심으로 한 이 시의 역사적 배경 자체만으로 이 시가 빛나는 것은 아니다. 이 시가 빛나는 것은 역사적 배경과 연결되는 표현들이 수시로 저항성을 환기시키고 있는 데에서 비롯된다.

한용운의 「桂月香에게」의 "아리따웁고 무서운 最後의 微笑"는 아름다움이 아름다움으로 끝나지 않고 어떤 목적을 위해서라면 강해질 수 있음을 보여 주는 표현이다. 여기서 '무서움'은 계월향의, 여인으로서의 심리적 움직임을 나타낸다. 그것은 강한 의지와 표리의 관계에 놓여 있다. 그리고 강한 의지는 정당한 것이었으므로 '최후의 모습'으로 구현되는 것은 매우 자연스러운 일이라 할 것이다.

이와 함께 "나는 그대의 多情을 슬퍼하고, 그대의 無情을 사랑합니다"에서의 '多情'과 '無情'에 대해서도 눈여겨볼 여지는 충분히 있다. 특히 낱말의 선택 방법이 그러하다. '多情'이 '정이 많은 것'의 의미로 쓰였다면,

5) 송욱, 『全篇解說(韓龍雲詩集, 님의 沈黙)』(일조각, 1980), 262~263쪽.

'無情'은 '정이 없는 것'의 의미로 쓰였다. 한편, '多情'을 슬퍼하는 데에는 온갖 인간사가 펼쳐지는 속세 안의 세계가, '無情'을 사랑하는 데에는 속세 밖의 세계가 각각 전제된다. 전자가 세속적 전제라면 후자는 탈세속적 전제인 셈이다.

2. 역사적 사실성

사실성이란 실재하거나 실재했던 존재 또는 사건에서 발견된다. 따라서 사실성은 관념성, 환상성, 허구성, 가능성 등과 대립한다. 사실성을 수용하는 데에는 감각이 동원되고 사고 작용이 더해져서 이루어지는 인식의 단계가 필요하다.

더 나아가 역사적 사실성을 시에 수용하는 데는 두 가지를 확인해야 하는데, 그것의 하나는 역사적 사실성이 실제의 역사적 사실에 기반을 둔 것인가에 대한 확인이고, 다른 하나는 역사적 사실성이 인간의 삶과 밀접하게 관련되는 것인가에 대한 확인이다. 이런 확인이 요구되는 것은 전적으로 역사적 사실이 실제로는 가공된 것일 가능성을, 그리고 역사적 사실이라 하더라도 인간의 삶과 무관한 것일 가능성을 피하기 위해서이다.

날로 밤으로
왕거미 줄치기에 분주한 집
마을서 흉집이라고 꺼리는 낡은 집
이 집에 살았다는 백성들은
대대손손에 물려줄
은동곳도 산호관자도 갖지 못했니라.

재를 넘어 무곡을 다니던 당나귀
항구로 가는 콩실이에 늙은 둥글소
모두 없어진 지 오래
외양간엔 아직 초라한 내음새 그윽하다만
털보네 간 곳은 아모도 모른다.

찻길이 뇌이기 전
노루 멧돼지 쪽제비 이런 것들이
앞뒤 산을 마음 놓고 뛰어다니던 시절
털보의 세째아들은
나의 싸리말 동무는
이 집 안방 짓두광주리 옆에서
첫울음을 울었다고 한다.

"털보네는 또 아들을 봤다우
송아지래도 불었으면 팔아나 먹지."
마을 아낙네들은 무심코
차그운 이야기를 가을 냇물에 실어보냈다는
그날 밤
저릎등이 시름시름 타들어가고
소주에 취한 털보의 눈도 한층 붉더란다.

갓주지 이야기와
무서운 전설 가운데서 가난 속에서
나의 동무는 늘 마음졸이며 자랐다.
당나귀 몰고 간 애비 돌아오지 않는 밤.
노랑고양이 울어 울어
종시 잠 이루지 못한 밤이면,
어미 분주히 일하는 방앗간 한 구석에서
나의 동무는

도토리의 꿈을 키웠다.

그가 아홉살 되던 해
사냥개 꿩을 쫓아다니는 겨울
이 집에 살던 일곱 식솔이
어데론지 사라지고 이튿날 아침
북쪽을 향한 발자옥만 눈 우에 떨고 있었다.

더러는 오랑캐령 쪽으로 갔으리라고
더러는 아라사로 갔으리라고
이웃 늙은이들은
모두 무서운 곳을 짚었다.

지금은 아무도 살지 않는 집
마을서 흉집이라고 꺼리는 낡은 집
제철마다 먹음직한 열매
탐스럽게 열던 살구
살구나무도 글거리만 남았길래
꽃피는 철이 와도 가도 뒤울안에
꿀벌 하나 날아들지 않는다.

—이용악, 「낡은 집」[6]

이용악 시의 대부분이 이야기 구조를 갖추고 있음은 많은 연구자들이 공통적으로 지적하고 있는 사항이다. 그런데 그 중에서도 「낡은 집」은 그 이야기 구조를 가장 명료하게 드러낸다.[7]

이야기는 낡은 집으로 상징되는 피폐한 삶의 현장을 중심으로 전개된

6) 이용악, 『이용악전집』(창작과비평사, 1988), 70~72쪽.
7) 「낡은 집」에 대한 논의는 김병택, 『한국 현대시인의 현실인식』(새미, 2003), 161~163쪽에 의거.

다. 그 '낡은 집'은 '날로 밤으로/왕거미 줄치기에 분주한 집'이다. 그 낡은 집에 살았던 이웃 털보네는 마을에서 사라져버린다. 털보네가 사라진 것은, 셋째 아들이 태어나도 축복을 받지 못할 정도의 가난 때문이다. 그 가난은 아낙네들이 '털보네는 또 아들을 봤다우/송아지래두 붙었으면 팔아나 먹지'라고 말할 정도였다. 털보네가 '나의 동무'였던 아홉 살짜리 셋째 아들은 물론 모든 식구들이 함께 그 낡은 집을 떠나 간 곳은 오랑캐령인지, 아라사인지 아무도 모른다. 오로지 마을에서 흉집이라 꺼리는 낡은 집만이 있을 뿐이다. 「낡은 집」은 이웃인 털보네를 통해 민족의 고난을 명료하게 보여준다.

—긴 세월을 오랑캐와의 싸움에 살았다는 우리의 머언 조상들이 너를 불러 '오랑캐꽃'이라고 했으니 어찌 보면 너의 뒷모양이 머리태를 드리인 오랑캐의 뒷머리와도 같은 까닭이라 전한다—

아낙도 우두머리도 돌볼 새 없이 갔단다
도래샘도 띳집도 버리고 강 건너로 쫓겨 갔단다
고려 장군님 무지무지 쳐들어 와
오랑캐는 가랑잎처럼 굴러갔단다

구름이 모여 골짝 골짝을 구름이 흘러
백 년이 몇백년이 뒤를 이어 흘러갔나

너는 오랑캐의 피 한 방울 받지 않았건만
오랑캐꽃
너는 돌가마도 털메투리도 모르는 오랑캐꽃
두 팔로 햇빛을 막아 줄게
울어보렴 목놓아 울어나 보렴 오랑캐꽃

—이용악, 「오랑캐꽃」[8)]

일제의 무단정치 시대의 경제정책은 기초적 정책을 넘어서 우리나라 경제를 완전히 일본경제에 종속시키려는 식민지경제의 확립에 그 특징이 있었다.[9] 그 두드러진 시책이 이른바 增産米計劃으로, 이 계획은 결과적으로 실패하지만 제1차 세계대전 이래 일본에 자본주의가 급속히 발전하여 국내에서 식량 문제가 일어나게 되자, 우리나라의 식량 사정을 무시하고 쌀의 증산분보다도 훨씬 더 많은 양을 일본에 수출한다. 우리나라의 부족한 식량은 만주로부터 사들인 잡곡으로 보충했으므로 농민은 쌀을 팔아서 잡곡을 사먹는 비참한 백성이 되고 만다. 여하간 이 증산미 계획은 우리나라의 농업 형태 내지 경제계에 큰 변화를 주어 우리나라 경제는 單作型 경제로 옮아가게 된다. 한편 우리나라를, 일본에 식량을 공급하는 나라로 영구히 반봉건적인 농업국 상태에 머물게 하려던 일본은 제1차 세계대전의 전쟁 景氣가 지나가자 조선을 유리한 자본 투자 장소로 주목하게 되어 反工業 정책을 지양하고 1920년 會社令을 철폐, 관세제도를 개정하여 일본 자본의 우리나라 진출을 자유롭게 하는 일면, 주로 북한지역을 중심으로 한 대규모의 공업화가 시도된다. 이와 같은 일본의 자원 독점과 자본 진출은 우리나라 노동자를 급속도로 증가하게 만들어 이에 따른 비참한 노동조건은 '일제의 타도'라는 정치적 목표를 가진 노동쟁의로 발전하고, 한편 어느 정도의 완화된 타협을 계기로 대두된 사상적 정열은 총독정치를 비판하는 항일운동으로 전개된다.

또한 일제는 우리나라에 대한 지배권을 확립하자 식민지경제의 본원적 자본 축적을 위하여 무엇보다도 먼저 토지조사사업을 필요로 하였다.[10] 이는 아직 근대적 토지소유의 개념이 없는 우리나라에서 조세수입

---

8) 이용악, 『이용악전집』(창작과비평사, 1988), 75쪽.
9) 이에 대한 이하의 논의는 이홍직 편저, 『국사대사전』(일중당, 1978), 1,262쪽에 의거.
10) 위의 책, 1,263~1,264쪽.

의 대상을 확고히 하고 부유한 지주층과 과거의 귀족을 보호하여 그들과의 타협에 의해 한국인의 불평 · 불만을 감쇠시키고 농민으로부터 토지를 강탈하기 위해 실시한 것이다. 그리하여 이 토지조사 사업은 1905년 통감부의 출현과 더불어 시작되다가 한일합방 직후부터는 더욱 본격적으로 진행되어 9년간의 세월과 2천만 원圓의 비용을 들여 1918년에 완료한다. 그 결과로 대다수의 농민은 토지를 상실하고, 반면에 일본인의 토지 취득은 보증을 받게 된다. 이로써, 토지를 잃은 농민은 소작인이나 유랑민으로 몰락하여 새로운 지주와 소작 관계를 맺거나 고향을 버리고 방랑하는 처지에 놓인다. 국유지로 편입된 토지의 일부는 동양척식회사나 移民에게 헐값으로 불하되며, 이에 따라 일제의 강력한 보호를 받는 일본인의 대농장도 생긴다.

이용악의 「오랑캐꽃」에서의 오랑캐꽃은 서정적 묘사의 대상으로 존재하는 자연의 꽃이 아니다. 이 시는 오랑캐꽃을 통해 민족의 고난을 서술하고 있다. 첫째 연에서는 오랑캐꽃의 유래담이, 둘째 연에서는 우리 민족과 유랑과 고난의 흐름이, 셋째 연에서는 그야말로 무력하고 아무런 일도 해낼 수 없는 조선 민중의 암울한 모습이 각각 제시된다.[11]

3. 역사적 상상력

상상작용[12]은 단순히 이미지를 사용해 현실을 모방하는 게 아니다. 상상작용은 표상을 생산해내는 과정이며, 정신의 활동을 전제로 한다. 상상작용은 단지 어떤 대상이나 부재하는 존재만을 표상하지 않는다. 상상

---

11) 김병택, 앞의 책, 167쪽.
12) 이에 대한 내용은 엘리자베스 클레망 외 3인, 이정우 역, 『철학사전』(동녘, 1996), 153~154쪽.

작용은 관념들을 조합할 수 있거나 사건들을 기대할 수 있는 가능성, 더 나아가 현존하지 않는 것을 표상하고 상상의 세계를 생각할 수 있는 능력이기도 하다.

상상작용에 대한 또 다른 긍정적 평가는 예술세계나 기술적 발명의 세계에서 이루어진다. 이 두 경우에 상상작용은, 현실에 대한 더 나은 이해라는 의미에서건, 아니면 바슐라르의 말처럼 현실 못지않게 유용한 '비현실의 기능'에서건 창조적이다. 상상작용은 정신의 자유를 보여준다. 상상작용은 적극적인 잠재력이다.

歷史여 歷史여 한국 역사여
흙 속에 파묻힌 李朝白磁 빛깔의
새벽 두 時 흙 속의 李朝白磁 빛깔의
歷史여 歷史여 한국 歷史여.

새벽 비가 개이어 아침 해가 뜨거든
가야금 소리로 걸어 나와서
春香이 걸음으로 걸어 나와서
全羅道 石榴꽃이라도 한번 돼 봐라.

시집을 가든지, 안上客을 가든지,
해 뜨건 꽃가마나 한번 타 봐라.
내 이제는 차라리 네 婚行 뒤를 따르는
한 마리 나무 기러기나 되려 하노니,

歷史여 歷史여 한국 歷史여,
외씨버선 신고
다홍치마 입고 나와서
울타릿가 石榴꽃이라도 한번 돼 봐라.

—서정주, 「歷史여 한국 歷史여」[13]

서정주의 「歷史여 한국 歷史여」가 상정하고 있는 한국의 역사는 순수하고 가치 있는 역사인데, 시인에 의하면 그 역사의 순수함과 가치는 아직껏 표면에 잘 드러나지 않고 있다. 그래서 그 역사는 "새벽 두 時 흙 속의 李朝白磁 빛깔의 歷史"이다. 시인은 그 역사가 마침내 표면에 드러나 꽃이 피어난 것처럼 한국의 발전을, 한국의 번영을 바라는 마음이 큰 만큼 한국의 역사에 기대하는 바도 마찬가지로 크다. 이 시에서 전개되는 상상력이 매우 역동적인 것은 이런 배경에서 기인한 것이다. 예를 들면, 그것은 "가야금 소리로 걸어 나와서/春香이 걸음으로 걸어 나와서/全羅道 石榴꽃이라도 한번 돼 봐라"에서, "시집을 가든지, 안上客을 가든지,/해 뜨건 꽃가마나 한번 타 봐라"에서 구체적으로 확인된다.

이와 함께, 서정주의 「歷史여 한국 歷史여」에서 전개된 상상력의 다른 특징은 여성적이라는 점이다. "시집을 가든지, 안上客을 가든지" 말고도 "春香이 걸음으로 걸어 나와서," "외씨버선 신고/다홍치마 입고 나와서" 등이 모두 그것의 구체적인 예가 되는 표현들이다.

이런 점들로 미루어, 우리는 서정주의 「歷史여 한국 歷史여」를 지배하고 있는 역사적 상상력이 역동성과 여성성에 기초를 둔 것임을 알 수 있다. 시인은 그런 상상력을 통해 한국의 역사 발전을 소망했던 것이다.

> 千五百年 乃至 一千年 前에는
> 金剛山에 오르는 젊은이들을 위해
> 별은, 그 발밑에 내려와서 길을 쓸고 있었다.
> 그러나 宋學 이후, 그것은 다시 올라가서
> 치켜든 손보다 더 높은 데 자리하더니,
> 開化 日本人들이 와서 이 손과 별 사이를 虛無로 塗壁해 놓았다.

---

13) 황동규 편, 「歷史여 한국 歷史여」, 『서정주』(한국 현대 시문학 대계 16)(지식산업사, 1981), 174쪽.

그것을 나는 單身으로 側近하여
내 體內의 鑛脈을 通해, 十二指腸까지 이끌어 갔으나
거기 끊어진 곳이 있었던가,
오늘 새벽에도 별은 또 거기서 逸脫했다. 逸脫했다가는 또 내려와
貫流하고, 貫流하다간 또 거기 가서 逸脫한다.
腸을 또 꿰매야겠다.

—서정주, 「韓國星史略」[14]

서정주의 「韓國星史略」 전편에 흐르고 있는 것은 불교 · 유교, 그리고 일제치하의 일본식 교육이념으로 이어지는 역사에 대한 감각이다. 이것은 다른 말로 해서 역사에 근거를 둔 상상력인데, 이 상상력의 배후는 비극적인 공간이다. "千五百年 乃至 一千年 前에는/金剛山에 오르는 젊은이들을 위해/별은, 그 발밑에 내려와서 길을 쓸고 있었다"에서 우리는 상징으로 나타난 불교정신을 금방 머리에 떠올린다. "별이 발밑에 내려와서 길을 쓸고 있었다"는 것은 의인화한 시적 경험으로서 상상력과 연결될 수 있는 근거이기도 하다. "그러나 宋學 이후, 그것은 다시 올라가서/치켜든 손보다 더 높은 데 자리하더니"는 그가 스스로 말하고 있는 대로, 고려시대에 들어와서 유교의 송학이 융성해졌다는 사실과 그 유교가 불교와는 달리 천체나 신위를 인간보다 높은 걸로 삼았다는 사실에 기초를 둔 것이다. 그리고 "開化 日本人들이 와서 이 손과 별 사이를 虛無로 塗壁해 놓았다"는 일본인에 의해 우리의 지혜가 한꺼번에 소멸해 버린 것에 대한 진술로 판단된다. 이런 점에서 보면 서정주의 「韓國星史略」은 추상적 사변의 범주에서 멀리 벗어나 있는 것으로 보인다. 한 시대의 역사가 이처럼 비극으로 점철될 때, 그 역사 속에서 살아온 인간에 대한 파악은 당연히 역사에 대한 그것과 동일한 방법으로 이루어져야 한다. 그것은 인

14) 서정주, 『서정주 전집 1』(일지사, 1972), 189쪽.

간이 가장 구체적인 역사의 실체라는 점에서 그러하다. 역사에 대한 이러한 자각은 인간의 의미를, 인간의 능력에 대한 한계를 분명히 우리에게 일깨워 준다.[15]

"그것을 나는 單身으로 側近하여/내 體內의 鑛脈을 通해, 十二指腸까지 이끌어갔으나/거기 끊어진 곳이 있었던가"에서 나타난 지향성은 매우 역설적이다. 원래, 인간의 의식은 외부세계의 객체를 지향한다. 그런데 여기서는 그것이 정반대이다. 그러나 우리는 이 외부세계가 의식이 스며들어 본 적이 없는 내부 속의 외부세계라는 점을 간과해서는 안 된다. 그 외부세계는 다름 아닌 의식과 동화되기를 거부했던 외부세계이다. 그런데, 거기에 바로 인간의 처참한 비극을 지속시키는 요인이 있었다. 그래서 화자는 "오늘 새벽에도 별은 또 거기서 逸脫했다. 逸脫했다가는 또 내려와 貫流하고, 貫流했다간 또 거기 가서 逸脫한다"고 말한다. 개인이 정신을 부흥시키는 일은 도로일 수도 있다. 그런데도 시인은 최후까지 포기하지 않는다. '腸을 또 꿰매야겠다'와 같은 결의가 바로 그것의 직접적 표현이다.

Ⅳ. 에필로그

지금까지 위에서 논의한 내용 중에서 시작품에서의 역사 수용에 대한 내용을 결론삼아 요약해 보면 다음과 같다.

첫째, 한용운의 「당신을 보았읍니다」는 불교적인 차원에서의 심리적 저항을 담고 있다. 이 시에서 '당신'은 無心의 경지, 즉 속세에 전혀 관심

15) 「韓國星史略」에 대한 논의는 김병택, 앞의 책, 127~128쪽.

이 없는 경지에 존재하는데, 화자는 "당신이 가신 뒤로" '당신'을 잊을 수 가 없다고 말한다. 이를 통해, 우리는 '당신'이 국권을 상실한 조국을 의미하고 있음을 알 수 있다. 그래서 "나는 당신을 잊을 수가 없읍니다"라는 언술은 국권을 상실한 조국을 항상 생각한다는 뜻으로 해석된다. "당신을 보았읍니다"도 미래에 실현될 조국의 독립을 의미한다. 다만 두 언술 중에서 전자가 현재적 시간의 바탕 위에서 발화되고 있다면, 후자는 미래적 시간의 바탕 위에서 전개되고 있다는 점이 다를 뿐이다. 그것은 경험적 역사를, 여성 화자가 비장한 어조로 진술하고 있다는 점에서 흔하지 않은 경우이다. 한용운의 다른 시 「桂月香에게」는 역사적 배경과 연결되는 표현들이 수시로 저항성을 환기시킨다. 이 시의 "아리따웁고 무서운 最後의 微笑"는 아름다움이 아름다움으로 끝나지 않고 어떤 목적을 위해서라면 강해질 수 있음을 보여준다. 여기서 '무서움'은 계월향의, 여인으로서의 심리적 움직임을 나타낸 것으로 그녀의 강한 의지와 표리의 관계에 놓인다. "나는 그대의 多情을 슬퍼하고, 그대의 無情을 사랑합니다"에서의 낱말 선택 방법도 주목할 필요가 있다. '多情'이 '정이 많은 것'의 의미로 쓰였다면, '無情'은 '정이 없는 것'의 의미로 각각 쓰였다. 한편, '多情'을 슬퍼하는 데에는 온갖 인간사가 펼쳐지는 속세 안의 세계가, '無情'을 사랑하는 데에는 속세 밖의 세계가 각각 전제된다. 전자가 세속적 전제라면, 후자는 탈세속적 전제이다.

둘째, 이용악 시의 대부분은 이야기 구조를 갖추고 있다. 그런데 그 중에서도 「낡은 집」의 이야기 구조는 더욱더 명료하다. 이야기는 낡은 집으로 상징되는 피폐한 삶의 현장을 중심으로 전개된다. 그 낡은 집에 살았던 이웃 털보네는 어느 날 마을에서 사라져버린다. 털보네가 간 곳을 아무도 모른다. 털보네가 사라진 이유는, 셋째 아들이 태어나도 축복을 받지 못할 정도의 가난에서 찾을 수 있다. 이 시는 이웃인 털보네를 통해 민족의 고난을 극명하게 보여준다. 이용악의 다른 시 「오랑캐꽃」의 오랑캐꽃은 서정적 묘사의 대상으로 존재하지 않는다. 이 시의 1연은 오랑캐꽃의 유래담을, 2연은 우리 민족과 유랑과 고난의 흐름을, 3연은 무력하고 아무런 일도 해낼 수 없는 조선 민중의 암울한 모습을 각각 제시한다.

셋째, 서정주의 「歷史여 한국 歷史여」에서의 한국 역사는 순수하고 가치 있는 역사이다. 시인에 의하면, 그 역사의 순수함과 가치는 아직껏 표면에 잘 드러나지 않은 "새벽 두 時 흙 속의 李朝白磁 빛깔의 歷史"이다. 시인은 그 역사가 표면에 드러나 꽃이 피어난 것처럼 한국의 발전과 번영이 이루어지기를 기대한다. 이 시의 상상력이 매우 역동적인 것은 이런 배경에서 기인한 것이다. 이와 함께, 우리는 이 시에서 전개된 상상력의 특징이 여성적이라는 점에도 주목할 필요가 있다. "시집을 가든지, 안上客을 가든지," "春香이 걸음으로 걸어 나와서," "외씨버선 신고/다홍치마 입고 나와서" 등은 모두 그것의 구체적인 예들이다. 그것은 이 시를 지배하고 있는 역사적 상상력이 역동성과 여성성에 기초를 둔 것임을 증명한다. 서정주의 다른 시 「韓國星史略」 전편에는 불교 · 유교, 그리고 일제치하의 일본식 교육이념으로 이어지는 역사에 대한 감각이 흐르고 있다. 그것은 역사에 근거를 둔 상상력으로서, 배후가 비극적인 공간임은 말할 필요도 없다. 이 시에서 상징으로 나타난 불교정신을 발견하는 것은 쉬운 일이다. 이 시는 추상적 사변의 범주에서 멀리 떨어져 있다. 한 시대의 역사가 비극으로 점철된 것일 때, 그 역사 속에서 살아온 인간과 역사는 동일한 방법으로 파악될 수밖에 없다. 인간은 가장 구체적인 역사의 실체이기 때문이다. 역사에 대한 이러한 인식은 인간의 의미를, 인간의 능력에 대한 한계를 일깨운다.

시의 정치 수용

Ⅰ. 프롤로그

문학을 다른 분야와의 관련 속에서 논의하는 것을 낯설게 여기는 사람들이 결코 적지 않았다. 문학을 문학의 테두리 속에서 논의해야 한다거나 문학을 오로지 문학으로만 다루어야 한다는 생각이 그만큼 많은 사람들의 뇌리에 뿌리 깊게 내리고 있었기 때문일 것이다. 그러나 이제는 그것이 아주 낡은 생각이라는 데에 동의하는 사람이 훨씬 더 많다.

진전시켜 말하면, 애초부터 시에는 정치가 자리 잡고 있었다. 정치를 "국가의 권력을 획득하고 유지하며 행사하는 활동으로, 국민들이 인간다운 삶을 영위하게 하고 상호간의 이해를 조정하며, 사회 질서를 바로잡는 따위의 역할을 하는 것"으로 받아들이면서도 동시에 그것이 시(문학)와 동떨어져 있다고 생각하는 사람은 없을 터이다. 설령, 정치가 제도적이고 도식적인 외양에서 벗어나 시적 요소들과 결합할 때도 정치적 측면은 고스란히 그대로 유지된다.

순수문학을 중시하는 태도를 반드시 나쁘다고 매도할 수는 없다. 문제는 고집스럽게 순수문학만을 중시하는 태도를 유지하고자 하는 경우에 발생한다. 잘 생각해 보면, 그것은, 문학이 사회의 반영으로서 더 나아가 효용적 기능을 수행한다는 사실을 전면적으로 부인하는 것이라기보다는, 문학이 사회를 반영한다는 사실을 인정하면서도 문학의 순수를 더 큰 가치로 내세우고자 하는 생각에서 비롯된 것일 가능성이 크다.

논의 대상으로 삼은 시들은 '통일'이나 '혁명'을 소재로 쓴 김수영 · 신동엽 · 신경림 등 세 시인의 시들로 제한했다. 굳이 그 이유를 밝히자면, 그들의 시야말로 이 글의 주제를 명확히 하고자 할 때 선택할 수 있는 가장 적절한 대상으로 판단되었기 때문이다. 그것은 그들의 시에 비교적 예술성과 정치성이 균형 있게 내재되어 있음을 의미한다.

정치는 그 자체부터가 우리 사회와, 그리고 우리의 생활과 불가분리의 관계에 놓여 있다. 이 글은 이런 점에 착목하여 정치 영역에서도 가장 큰 범주를 형성하는 '통일'과 '혁명'이 시 속에서 구체적으로 어떻게 수용되고 있는가를 살펴보는 데에 의도를 둔다.

II. 이론적 논의

플라톤의 대화 『이온』, 『국가론』과 아리스토텔레스의 『시학』은 시와 정치가 논의의 중심 대상으로 등장하면서 '배제에서 포괄로'의 이동 과정을 여실히 보여준다. 여기서는 이 두 텍스트를 중심으로 배제와 포괄의 논리를 살펴보기로 한다.[1]

『이온』에서, 소크라테스는 시 낭송자인 이온에게, 시인의 능력에 대한 자신의 견해를 피력한다. 그에 따르면, 이온으로 하여금 호메로스에 대하여 칭찬의 말을 할 수 있게 하는 능력은 하나의 기술(techne)이 아니라, 이온의 내면에서 작용하는 '거룩한 힘'이다. 그것은 에우리피데스가 '자석'이라 부르고 일반인들이 '헤라클레스의 돌'이라 부르는 저 이상한 돌 속에 들어 있는 힘과도 같다. 돌(당시 사람들은 자석의 힘을 신비롭게 여겼다)은 쇠고리를 끌어당길 뿐 아니라 그 고리에 달린 다른 고리들까지도 그런 힘을 발휘하게 한다. 어떤 경우에는 아주 긴 쇠사슬을 이루는데 모두 그 돌에서 힘을 얻어 그렇게 되는 것이다. 그와 마찬가지로 시신詩神도 사람들을 접신시킨다. 그 접신한 사람에게는 다른 사람들이 줄줄이 매달리며 그들도 똑같이 접신 상태에 들게 된다. 모든 우수한 서사 시인들은 아름다운 시를 '기술'에 의해서가 아니라 영감을 받아 접신 상태에서 만드는 것이다. 우수한 서정 시인도 마찬가지다. 코뤼반테스Korybantes 제식(열광적 음악과 춤의 광란적인 종교의식으로 정신병 치료에 도움이 되었다 함)에서 춤꾼들이 제정신이 아닌 상태에서 멋진 춤을 추듯, 서정 시인들 역시 제정신이 아닌 상태에서 그 아름다운 노래들을 지어낸다. 일단 음악과 리듬에 휩싸이면 접신한 상태에 빠져들어 그 순간에—마치 부인네들이 바쿠스(술의 신)에 접신하여 강물에서 꿀과 우유를 뽑아오지만 정신이 들었을 때는 그러지 못하듯—서정 시인들이 말하는 그 기이한 체험을 하게 되는 것이다. 그들이 하는 말을 그대로 옮기자면, 꿀이 흐르는 샘물에서, 또는 시신의 동산과 정원에서 벌처럼 노래를 모아 우리에게 제공한다는 것이다. 또한 벌처럼 하늘을 날면서 그렇게 한다는 것이다. 이것은 전적으로 진실이다.

또한 소크라테스에 의하면, 시인이란 가볍고, 날개 돋친 거룩한 존재

---

1) 이 글에서 논의 대상으로 삼은 텍스트는 플라톤, 「이온」, 이상섭, 『아리스토텔레스의 「시학」 연구』(문학과지성사, 2002), 221~222쪽이다.

로서, 접신하여 제정신을 잃고 이성이 빠져버리기 전에는 시를 지을 수 없다. 자기의 이성을 가지고 있는 한 아무도 시를 지을 수 없고 예언도 할 수 없다. 그러니까 시를 짓게 하고 이온이 호메로스에 관하여 말하듯 세상에 관한 여러 가지 멋진 말을 할 수 있게 하는 것은 기술이 아니라 신이 부여하는 능력이니 모든 시인은 각자 시신이 시키는 것만 잘 지을 수 있을 뿐이다. 한 편의 디튀람보스, 한 편의 송가, 한 편의 춤노래, 한 편의 서사시, 한 편의 이암보스 신 따위가 시신이 시켜 잘 지을 수 있는 것들이다. 그 밖의 것은 전혀 할 수 없는데, 그것은 그들의 말이 기술의 결과가 아니라 신이 넣어준 힘의 결과인 까닭이다. 만일 기술을 발휘하여 한 주제에 관하여 시적으로 말을 할 수 있다면 다른 모든 주제에 관해서도 말을 할 수 있을 터이다. 그래서 신은 시인들의 지각을 앗아가 버리고 그들을 하인처럼 부리는 것이다. 이는 신이 예언자나 선견자들을 부리는 것과 같다. 그래서 그들의 말을 듣는 우리는 그런 훌륭한 말을 하는 존재가 이성이 빠져버린 그들 자신이 아니라 그들을 통하여 우리에게 말하고 자기를 나타내는 신이라는 사실을 안다. 이에 관하여는 칼키스의 튄니코스가 아주 좋은 증거가 된다. 그는 모든 사람이 부르는 아폴론 찬가 이외에는 쓸 만한 시를 지은 적이 없는데 그 노래는 아마도 모든 서정시 중 최고일 것이다. 그 자신도 그것을 진짜 '시신의 노다지'라고 했다. 바로 이 사실로써, 신은 그런 아름다운 시들이 인간적이거나 인간에게서 나온 것이 아니라 거룩한 것이며 신에게서 나온 것이라는 사실을 조금도 의심하지 않도록 보여주었다고 생각된다. 시인이란 단지 신의 '통역관'으로서 각자 자신의 신에게 접신해 있다는 말이다. 이 사실을 알려주려고 그의 신은 일부러 가장 못난 시인의 입을 통하여 가장 아름다운 노래를 부른 것이다.

이처럼 시인의 능력은 오로지 시신에 의해 관장된다. 그렇다면, 시는 아예 처음부터 정치를 배제하고 있는 셈이다. 더욱이 그 시가 근본적으로 아름다운 서정시 또는 서사시를 의미하고 시의 근거가 시신에 있다면 시가 정치를 수용할 가능성은 처음부터 존재하지 않는 셈이 된다.

『국가론』[2]에 따르면, 우리 도시에서 허용할 수 있는 유일한 종류의 시는 신들에 대한 찬송과 훌륭한 사람들에 대한 찬양시뿐임을 분명히 의식해야 한다. 그는 "만일 당신(플라톤의 형인 글라우콘임－필자)이 서정시나 서사시의 '달콤한 시신'을 받아들인다면 시민 공동체가 모든 상황에 두루 가장 좋은 것으로 인정하는 법과 원칙 대신에 쾌감과 고통이 당신의 도시를 주장하게 될 것"이라고 말한다.

플라톤에 따르면, 예컨대 세상에는 많은 침대와 식탁이 있다. 그리고 그것들의 배후에는 관념이 있다. 두 개의 관념이 그것인데, 하나는 침대의 관념이고 다른 하나는 식탁의 관념이다. 목수는 침대나 식탁을 만들 때 관념(이데아)을 늘 염두에 두고 있으면서 우리가 그 용도에 따라 사용하는 침대나 식탁을 만든다. 그 밖에 다른 물건들도 마찬가지다. 그런데 목수는 관념 자체를 만들지는 않는다.

또한 플라톤에 따르면, 화가 · 목수 · 신 등 세 종류의 침대에 대한 감독자는 셋이다. 그러니까 신은, 그것이 그의 뜻이었든 또는 사물의 본질상 하나 이외에는 더 완성하지 않는다는 무슨 필연성 때문이었든 단지 하나만 만들었다. 바로 모든 침대들의 본이 되는 관념으로서의 '침대' 말이다. 둘 또는 그 이상의 그런 침대는 신이 만들지 않았고 영원히 만들지도 않을 것이다. 왜냐하면 설사 신이 둘만 만들었다 하여도 그 둘의 공통의 관념이 되는 하나의 침대가 분명히 전제될 것이기 때문이다. 바로 그것이 진짜 침대 원형이 될 것이다. 신은 이 사실을 알아서 개별적인 침대

---

2) 이 글에서 논의 대상으로 삼은 텍스트는 이상섭, 「플라톤: 국가론」, 『아리스토텔레스의 「시학」 연구』(문학과지성사, 2002), 224~254쪽.

가 아니라 진짜 침대의 관념을 만든 자가 되고자 한 것이라 생각된다. 단지 침대 제작자가 되고자 하지는 않았다. 따라서 그는 사물들의 본질상 오직 하나인 침대를 창조한 것이다.

플라톤은 '이데아'야말로 실재며 진리라고 주장했고 그것을 아주 설득력 있게 설명한다. 이데아에 접근하는 자로는 오직 철저한 철학자가 있을 뿐이고 시인은 그러한 능력도 없고 훈련도 받지 못하였으므로 단지 '흉내쟁이'일 뿐이다. 그러나 아리스토텔레스는 실재와 진리가 이데아처럼 초월적인 것이 아니라 사람이 경험하는 사물과 사실들에서 발견할 수 있는 보편적 성질이라고 전제한다. 사람이 경험하는 사물과 사실들은 엄연히 실재하는 것들이며 보편성을 내포한다. 그것들에서 얻은 지식은 보편성을 띨 수 있으며 따라서 생산성이 매우 높을 수 있다. 수사학 · 시 · 음악 등 인간이 열심히 구하고 즐기는 행동은 물론이고, 일상적인 물질세계까지도 플라톤이 생각했던 것처럼 경멸스러운 것이 아니라 철학적 사고에 의해 그 본질을 드러낼 수 있는 중요한 대상이라고 본 것이다.[3]

플라톤에 따르면, 침대와의 관계 속에서 화가에게 붙일 수 있는 가장 공평할 이름은, 다른 장인들이 만든 물건의 '모방자'이다. 즉, 그를 자연으로부터 세 단계 물러선 모방자라고 부르는 것이다. 모방적 기술은 진실로부터 아주 멀리 떨어져 있다. 그는 모든 사물의 작은 부분만을 다루고 무엇이나 다 재현한다. 그런데 그는 그림자만 제시할 뿐이다. 예를 들면, 화가는 신기료장수나 목수나 그 밖의 어떤 장인의 그림을 그릴 터이지만 그런 기술에 관해서는 전혀 이해하지 못한다. 그러나 그에 개의치 않고 능란한 화가는 아이들이나 멍청한 사람에게 멀리서 목수의 그림을 보여주면 그들을 속일 수 있다. 그게 진짜 목수라고 생각하게 할 수가 있는 것이다. 우리는 이런 경우에 기억해야 할 것이 있다. 만일 누가 우리더

3) 위의 책, 160~161쪽.

러 자기가 장인들처럼 그런 여러 가지 기술들을 모두 다 아는 온 세상 사람들보다 더 잘 아는 사람을 만났다고 한다면 우리는 그에게 참 단순한 사람이라 대꾸하고 뭐든지 다 아는 사람이라 믿게끔 속인 요술쟁이 모방자를 만난 것 같다고 일러주어야 한다. 지식과 무식의 차이를 알지 못하고 모방이 무엇인지 모르는 자 자신에게 잘못이 있는 것이 사실인데도 말이다.

다음은 『국가론』에서 소크라테스와 플라톤의 형 글라우콘이 나누는 대화 내용이다.

> "잠깐. 이제 곧 알게 되리다. 이 대단한 존재는 가구뿐 아니라 땅에 자라는 만물을 만들고 모든 생물을 지으며 자기 자신을 포함하여 땅과 하늘과 신들과 저 위의 하늘에 있는 것, 땅 아래 하데스에 있는 것까지 모두 만든다오."
>
> "신기하네요. 진짜 만물 박사군요."
>
> (……)
>
> "쉬운 일이오. 어디서든지 또 아주 빠르게 기술적으로 만들 수 있소. 거울을 들고 사방으로 비추고 다니면 아주 빨리 만들 수 있다는 말이오. 그렇게 하면 태양도 만들 수 있고 하늘에 있는 모든 것도 만들며 당장에 땅덩이를 만들 수 있고 당신 자신과 짐승과 가구와 식물과 기타 모든 것을 만들 수 있소."
>
> "아, 물론. 겉모양 말이군요. 하지만 그런 것들은 정말로 존재하는 것들은 아니오."
>
> "잘 맞췄소. 우리의 논의에 필요한 게 바로 그거요! 화가가 그런 장인 중의 하나요, 안 그렇소?"[4]

바로 이 관점에서 문학이 사실에 대한 '거울'이라는 서양의 사실주의

---

4) 이상섭, 「플라톤: 국가론」, 『아리스토텔레스의 「시학」 연구』, 37~238쪽.

문학관이 생겨난 것이다. 셰익스피어가 햄릿의 입을 통하여 "시는 마치 자연에 거울을 들이대는 것"이라는 말을 한 배경도 그 문맥에서 찾을 수 있다. 화가는 만물을 '만드는' 사람인데 그것은 만물의 겉모양을 거울에 비춰 보이듯 흉내 낼 뿐이고 '정말로 존재하는 것', 즉 실재 자체를 만드는 일과는 전혀 관계가 없다. 그것은 신만이 할 수 있는 일이며 그에 대한 설명은 이성적인 철학자만이 할 수 있다. 그만큼 화가의 흉내는 오로지 사람의 감각에만 호소하는 것으로 무가치하다. 그러나 위의 글라우콘의 첫 반응처럼 사람들은 만물을 그렇게 만든다는 장인을 신, 또는 신기한 만물박사로 여길 수 있으니 사람을 속이는 해악이 되는 것이다.[5]

이처럼, 플라톤은 사물이 아닌 그림을 만드는 일을, 사물을 거울로 비춰 그림자를 만드는 일로 폄하하려는 의도에서 그림과 시를 자주 한데 아울러 거론했다. 시인이나 화가나 모두 모방의 손재간을 익힌 '장인'들, 심하게 말하면 '쟁이'들이었다.[6] 단순한 손재간이 아닌 '기술'이란 실제적으로 어떤 일을 하는 기능과 그 일에 대한 체계적 지식을 뜻한다. 특정한 지식이므로 가르치고 배울 수 있고, 기능이므로 거듭되는 경험에 의해 익힐 수 있는 것이다. 그런데 플라톤은 시적 모방의 '쟁이'가 기능은 가지고 있을지 모르나(그것조차 의심쩍게 보았지만) '지식'은 가지고 있지 못하므로 남에게 자기 일거리를 논리적으로 설명할 수도, 배워줄 수도 없다고 했다. 그게 『이온』의 요지이다. 그는 비아냥거리는 말투로 시인은 자기가 다루는 여러 주제에 대한 합리적 지식에 근거하는 것이 아니라 정체불명의 신이 넣어준 '영감'이란 것의 힘으로 자기가 전혀 알지도 못하는 소리를 지껄일 뿐이라고 했다. 시인은 신의 꼭두각시일 뿐이

---

5) 이상섭, 「'테크네'와 미메시스」, 『아리스토텔레스의 「시학」 연구』, 167~168쪽.
6) 이상섭, 「플라톤: 국가론」, 『아리스토텔레스의 「시학」 연구』, 167~168쪽. 이하의 논의도 이에 의거.

다. 그는 『국가론』에서는 이렇게 노골적인 야유는 퍼붓지 않았지만 모방의 허위성과 해악을 그 나름대로 물샐틈없이 이론적으로 파헤친 것은 그런 야유보다 훨씬 더 가혹하다.

플라톤은, 그러나 즐거움과 모방의 시가 좋은 정치가 실현되는 도시에 존재하는 것이 옳다는 논리를 펼 수 있다면 우리는 시를 기쁘게 다시 환영해 들이겠다는 사실을 분명히 해두자고 말한다. 다시 말하면, 서정시가 서정시나 기타 운율로 자기를 변호할 수 있다면 추방으로부터 돌아올 자격이 있다는 것이다. 그러면서 그는 그의 주장을, 서정시의 옹호자들, 즉 시를 사랑하지만 지을 줄은 모르는 사람들로 하여금 서정시를 위하여 서정시가 즐거움을 줄 뿐 아니라 정치와 인생에 유용하다는 것을 증명하는 산문 연설을 하라고 할 수 있다고까지 구체화한다. 그에 의하면, 그 산문 연설을 우리가 기꺼이 경청하는 것은 서정시가 즐거움을 주는 동시에 유익하다는 것이 판명된다면 우리에게 이득이 되기 때문이다. 그러나 우리가 알다시피 플라톤이 한 이 말 속에는 시가 정치와 인생에 유용하다는 것을 증명하는 산문 연설을 할 수 없을 것이라는 뜻이 내포되어 있다.

시인추방론에서 보듯이, 플라톤은 이데아를 절대적 진리로 상정하고 이데아로부터 두 단계나 떨어진 시의 가치를 부정한다. 그러나 아리스토텔레스의 생각은 그와 다르다. 아리스토텔레스는 플라톤의 이데아론을 인정하지 않았을 뿐 아니라 시를 '사람의 행위를 모방한 것'으로 파악함으로써 시의 가치를 긍정한다.

우리가 여기에서 주목해야 할 것은, 플라톤이 논의의 대상으로 삼은 시는 그렇지 않았지만 아리스토텔레스가 상정하는 시의 제재에는 이 세상의 모든 것이 포함되어 있다는 사실이다. 물론 정치도 거기에 포함된다. 그래서 연역적으로든 귀납적으로든, 우리가 그것을 분명한 결론으로 도출하는 것은 그렇게 어려운 일이 아니다.

시의 정치 수용 여부를 직접적으로 표명한 아리스토텔레스의 언급은 어디에도 없다. 그런데도 플라톤의 『이온』, 『국가론』와 함께 아리스토텔레스의 『시학』을 통해 시의 정치 수용 문제를 살펴보는 것은, 거기에도 시의 정치 수용에 대한 논의들이 담겨 있기 때문이다. 다음에 소개하는 『시학』의 주장은 어디까지나 시의 정치 수용을 분명한 결론으로 도출하기 위해 제시하는 것들임을 밝혀 둔다.

① 일반적으로 시는 사람의 본성에 내재하는 두 가지 원인에서 태어난다고 말할 수 있다. 사람은 어릴 때부터 모방하려는 성향과—사람은 유난히 무엇인가를 모방하려는 성향이 있으며, 모방을 통해 배움을 시작한다는 점에서 다른 동물과 다르다—모방된 것들에서 쾌감을 느끼는 성향을 동시에 타고난다.[7]

② 모방행위는 우리에게 아주 자연스러운 성향이고, 선율과 리듬도 자연스러운 것이므로(운율은 확실히 리듬의 일종이다), 초창기에 천부적으로 뛰어난 품격을 타고난 사람들이 조금씩 발전시켜 나갔으며 즉흥적인 창작으로부터 시를 탄생시켰다. 이어 시인들 각자의 성격에 따라 시는 두 가지 형태로 갈라졌다. 엄숙한 시인은 고상한 사람들의 고상한 행동을 재현의 대상으로 삼았고, 보다 경박한 시인들은 찬가와 송가를 지었듯이, 경박한 작가들은 처음에는 대상을 헐뜯는 내용의 시를 썼다.[8]

③ 비극은 행동의 재현이고 그 행동의 주체는 행동하는 등장인물이며, 이들은 반드시 성격과 사상의 측면에서 일정한 특징을 지니고 있으므로(실제로 우리는 성격과 사상을 통해 그들의 행동의 품격을 판단하며, 그렇기 때문에 사람들이 성공하거나 실패하는 것도 바로 그들의 행동을 통

7) 로즐린 뒤퐁록 · 장 랄로, 김한식 옮김, 「4장」, 『아리스토텔레스 시학』(웅진씽크빅, 2010), 88쪽.
8) 위의 책, 89쪽.

해서이다), 줄거리는 바로 행동의 모방이며(나는 여기서 "줄거리"를 사건들의 조직이라고 말한다), 성격은 행동하는 등장인물들의 품격을 판단하게 해주고, 사상은 말을 통해 어떤 주장을 내세우든지 준칙을 진술하면서 드러나는 모든 것이다.[9)]

④ 시인의 역할은 실제로 일어난 일을 이야기하는 것이 아니라 개연성과 필연성의 질서에 따라 일어날 수 있는 일을 이야기하는 것이다. 연대기 작가와 시인을 구분 짓는 것은 운문으로 표현했느냐 산문으로 표현했느냐 하는 것이 아니라(헤로도토스의 작품을 운문으로 쓸 수도 있겠지만, 운율이 있든 없든 그것은 여전히 연대기일 것이다), 연대기 작가는 실제로 일어난 일을 이야기하고 시인은 일어날 수 있는 일을 이야기한다는 사실에 차이가 있는 것이다. 바로 이 까닭에 시는 연대기보다 더 철학적이고 더 고귀하다. 시는 보편적인 것을 다루는 데 반해 연대기는 특수한 것을 다루기 때문이다. "보편"이라 함은 어떤 유형의 인물이 개연성이나 필연성에 따라 하는 말이나 행동의 유형을 말한다. 시는 등장인물들에게 이름을 붙이면서도 바로 이러한 보편성을 목표로 삼고 있다. 반면에 "특수"라 함은 예컨대 알키비아데스가 실제로 무슨 일을 했고 무슨 일을 겪었는지를 말하는 것이다.[10)]

아리스토텔레스의 주장, 즉 ① 모방과 즐거움, ② 모방 행위와 대상, ③ 비극과 행동하는 인물, ④ 시인의 역할과 개연성의 등의 내용이 모두 '정치'의 영역을 포괄하고 있는 점은 시의 정치 수용을 합리화한다. 그것은 말할 필요도 없이 아리스토텔레스보다 먼저 소개된 플라톤의 주장과 반대 편에 놓인다. 이를 통해, 우리는 시의 정치 수용에 관한 한 '배제'에서 '포괄'로의 이동을 쉽게 확인할 수 있다.

---

9) 로즐린 뒤퐁록 · 장 랄로, 「6장」, 『아리스토텔레스 시학』, 132~133쪽.
10) 로즐린 뒤퐁록 · 장 랄로, 「9장」, 『아리스토텔레스 시학』, 196쪽.

Ⅲ. '통일' 지향

1. 외세의 배척

외세의 관여는 크게 두 가지로 나타난다. 그것의 하나는 간섭이고 다른 하나는 침략이다. 간섭과 침략은 대부분 정치적 이유와 맞닿아 있지만 때로는 종교적 이유를 지니고 있음도 부인할 수 없다. 시대상황에 따라 약간씩 다르지만, 외세에 맞서 싸웠던 사람들은 투사나 운동가로 불린다. 그래서 그들의 주장은 다분히 행동적이었다. 그런 주장이 문학, 특히 시에서 어떤 방식으로 나타나는가를 살펴보는 것은 시를 바르게 이해하기 위해서도 필요한 일이다.

동일성은 유사성과 명백히 다르다. 동일성은 두 개의 사물을 구별할 수 없을 때에, 유사성은 두 개의 사물 사이에 다른 측면들이 존재할 때에 각각 드러난다. 한편, 타자성이란 '나'에 대한 타자의 특수한 차이를 뜻한다. 타자성의 한 형태인 외세는 동일성이나 유사성을 유지해야 하는 입장에서는 항상 배척의 대상이 될 수밖에 없다.

대부분의 '배척의 대상'은 시대의 정치적 · 사회적 환경과 항상 밀접하게 관련된다. 이런 점을 망각하면, 시의 해석은 엉뚱하게 다른 방향에서 이루어질 가능성이 많다. 그래서 우리가 항상 상기해야 할 것은, 모든 시는 언어로 이루어져 있고 결국은 시적 요소들에 의해 완성된다는 점이다.

> 이유는 없다—
> 나가다오 너희들 다 나가다오
> 너희들 美國人과 蘇聯人은 하루바삐 나가다오
> 말갛게 행주질한 비어홀의 카운터에

돈을 거둬들인 카운터 위에
寂寞이 오듯이
革命이 끝나고 또 시작되고
혁명이 끝나고 또 시작되는 것은
돈을 내면 또 거둬들이고
돈을 내면 또 거둬들이고 돈을 내면
또 거둬들이는
夕陽에 비쳐 눈부신 카운터 같기도 한 것이니

이유는 없다—
가다오 너희들의 고장으로 소박하게 가다오
너희들 美國人과 蘇聯人은 하루바삐 가다오
美國人과 蘇聯人은 「나가다오」와 「가다오」의 差異가 있을 뿐
말갛게 개인 글 모르는 백성들의 마음에는
「美國人」과 「蘇聯人」도 똑같은 놈들
가다오 가다오
「四月革命」이 끝나고 또 시작되고
끝나고 또 시작되고 끝나고 또 시작되는 것은
잿님이할아버지가 상추씨, 아욱씨, 근대씨를 뿌린 다음에
호박씨, 배추씩, 무씨를 또 뿌리고
호박씨, 배추씨를 뿌린 다음에
시금치씨, 파씨를 또 뿌리는
夕陽에 비쳐 눈부신
일년 열두달 쉬는 법이 없는
걸찍한 강변밭 같기도 할 것이니

지금 참외와 수박을
지나치게 풍년이 들어
오이, 호박의 손자며느리값도 안되게

헐값으로 넘겨버려 울화가 치받쳐서
고요해진 명수할버이의
잿물거리는 눈이
비둘기 울음소리를 듣고 있을 동안에
나쁜 말은 안하니
가다오 가다오

지금 명수할아버이가 명석 위에 넘어져 자고 있는 동안에
가다오 가다오
명수할버이
잿님이할아버지
경복이할아버지
두붓집할아버지는
너희들이 피지島를 침략했을 당시에는
그의 아버지들은 아직 젖도 떨어지기 전이었다니까
명수할버이가 불쌍하지 않으냐
잿님이할아버지가 불쌍하지 않으냐
두붓집할아버지가 불쌍하지 않으냐
가다오 가다오

선잠이 들어서
그가 모르는 동안에
조용히 가다오 나가다오
서푼어치값도 안되는 美·蘇人은
초콜렛, 커피, 페치코오트, 軍服, 手榴彈
따발총……을 가지고
寂寞이 오듯이
寂寞이 오듯이
소리없이 가다오 나가다오

다녀오는 사람처럼 아주 가다오!

―김수영, 「가다오 나가다오」(1960. 8. 4)[11]

김수영의 「가다오 나가다오」에서 빈번하게 사용된 불완전 보조동사 '―다오'는 동사 어미 '―아,' '―어' 뒤에 쓰여 상대편에서 그 일을 해줄 것을 요구하거나 간곡히 바라는 뜻을 나타낸다. '가다오'와 '나가다오' 등의 요구 대상은 미국인과 소련인이다. 그런데 '―다오'는 수식어에 따라 미세한 의미의 차이를 보여준다. 마지막 연을 제외한 모든 연이 공통적으로 외세 배척의 당위성을 말하고 있으면서도, '나가다오/다 나가다오/하루 바삐 나가다오/소박하게 가다오/가다오 가다오/조용히 가다오/아주 가다오' 등이 미세한 의미 차이를 드러내는 것은 수식어가 각각 다른 데서, 혹은 수식어의 유무에서 기인한다.

외세를 배척하는 김수영의 태도가 직접적이라면 신동엽의 그것은 다분히 상징적이다. 두 시인의 시적 태도가 다른 것은 어떻게 보면 당연한 일이기도 하다. 그것은 각자 시인이 지니고 있던 '통일'의 의미나 가치 · 신념 · 경험 · 느낌 등과 관련된 개인적 사유의 내용이 시인의 판단에 따라 표출되기 때문이다. 이처럼, 시는 각자 시인의 방식으로 전개된다. 그것은 다음 시에서 '알맹이'와 대립하는 '껍데기'의 의미를 살펴보면 확연히 드러난다.

껍데기는 가라.
사월도 알맹이만 남고
껍데기는 가라.

껍데기는 가라.

---

11) 김수영, 『김수영 전집 1 시』(민음사, 1982), 153~155쪽.

동학년(東學年) 곰나루의, 그 아우성만 살고
껍데기는 가라.

그리하여, 다시
껍데기는 가라.
이곳에선, 두 가슴과 그곳까지 내논
아사달 아사녀가
중립(中立)의 초례청 앞에 서서
부끄럼 빛내며
맞절할지니

껍데기는 가라.
한라에서 백두까지
향그러운 흙 가슴만 남고
그 모오든 쇠붙이는 가라.

—신동엽, 「껍데기는 가라」(1967)[12)]

김수영의 「가다오 나가다오」가 그러했던 것처럼, 신동엽의 「껍데기는 가라」의 행들도 서술형 종결어미에 의존하고 있지 않다. 어떤 의미에서 그것은 문학적 장치의 하나라고 할 만하다. '껍데기'가 쇠붙이와 같은 비본질적인 것임을 염두에 두면서 '껍데기는 가라'고 단호하게 여러 번 외치는 것은 확실히 일상적인 언어로 말하는 것과는 구별된다. 왜 그럴까? 그것은 우리가 일상적으로 사용하는 언어와는 대조되는 특별한 언어이기 때문이다.

시의 화자가 3인칭인 경우, 그 메시지의 내용이 복잡한 과정을 거치지 않고도 손쉽게 독자로부터 신뢰를 얻는 경우가 종종 있는데, 다음 시가

12) 신동엽, 『신동엽 시전집』(창비, 2013), 378쪽.

바로 그런 경우에 해당한다. 수운 최재우의 입을 빌려 한반도의 평화를 희망하는 것은 마치 위대한 선인이 후대인들에게 적지 않은 안정을 주는 것과 같은 착각을 불러일으키기도 한다. 메시지의 내용과 독자 사이에 간격이 거의 없는 것이다.

수운이 말하기를,
슬기로운 가슴은 노래하리라
맨발로 삼천리 누비며
감꽃 피는 마을
원추리 피는 산길
맨주먹 맨발로
밀알을 심으리라.

수운이 말하기를
한울님은 콩밭과 가난
땀흘리는 사색 속에 자라리라.
바다에서 조개 따는 소녀
비개인 오후 미도파 앞 지나가는
쓰레기 줍는 소년
아프리카 매 맞으며
노동하는 검둥이 아이,
오늘의 논밭 속에 심거진
그대들의 눈동자여, 높고 높은
한울님이어라.

수운이 말하기를
강아기를 한울님으로 섬기는 자는
개에 의해

은행(銀行)을 한울님으로 섬기는 자는
은행에 의해
미움을 한울님으로 섬기는 자는
미움에 의해 멸망하리니,
총 쥔 자를 불쌍히 여기는 자는
그, 사랑에 의해 구원 받으리라.

수운이 말하기를
한반도에 와 있는 쇠붙이는
한반도의 쇠붙이가 아니어라
한반도에 와 있는 미움은
한반도의 미움이 아니어라
한반도에 와 있는 가시줄은
한반도의 가시줄이 아니어라.

수운이 말하기를,
한반도에서는
세계의 밀알이 썩었느니라.

—신동엽, 「수운이 말하기를」(1968년 6월 27일)[13]

신동엽의 「수운이 말하기를」은 수운 최재우의 말을 항상 앞에 내세우고 있기 때문에 시인의 생각이 틈입할 가능성이 전혀 없는 것으로 착각하기 쉽다. 그러나 실제로는 그렇지 않다. 그것은 시인이 의도적으로 만들어 놓은 시적 장치 때문에 그러한 것이며, 수운 최재우의 말은 곧 시인의 말이라고 보아 틀림이 없다. 그리고 이때 최재우 또는 시인의 생각이 훌륭하다든가, 혹은 훌륭하지 않다든가 하는 것은 차원이 다른 이야기이다.

---

13) 신동엽, 『신동엽 시전집』(창비, 2013), 386~387쪽.

이상에서 살펴 본 것처럼, 김수영이 미국인과 소련인을 겨냥해 '가다오 나가다오'를 외치고 있다면, 신동엽은 본질적인 것과 비본질적인 것을 설정한 후, 비본질적인 것에 해당하는 '껍데기'를 향해 '가라'고 외치고 있다. 두 시인의 외침은 물론 정치적 · 사회적 상황에서의 실제 외침과 성격이 다르기는 해도 효과는 오히려 훨씬 더 클 수 있는 가능성을 지닌다.

2. 꿈과 상상의 현실화

정신분석학적인 의미에서가 아니라 하더라도, 꿈은 현실화하고 싶어하는 욕망의 대상으로 해석된다. 꿈은 프로이트에게 있어서는 무의식적 욕망의 상징적 달성이다. 꿈이 이렇게 상징적 형태로 제시된다는 사실은 해명의 필요성을 증대시키는 요인이 된다. 이와 함께 염두에 두어야 할 것은, 꿈은 우리의 실제 상황과 긴밀한 관계를 맺고 있다는 사실이다. 꿈이 아무리 상징적 형태로 제시되어도, 구체적 삶과의 관련성은 여전히 존재한다는 점에 대해서는 아무도 이의를 제기할 수 없다.

꿈은 사람이 수면을 취할 때 경험하는 일련의 정신현상이다. 꿈에서 벌어지는 일들은 물론 현실에서는 벌어지기 어려운 것들이며, 꿈을 꾸는 사람이 그것을 제어하기는 어렵다. 시에 나타나는 꿈의 내용이 현실과 일치하지 않는데도 불구하고 그것은 꿈을 꾸는 사람의 생각과 밀접하게 결부된다.

그렇다면 시에 나타나는 꿈의 내용을 분석하는 작업은 필수적이다. 물론 꿈을 무조건 실제 생활 또는 현실과 결부시키거나, 거기에 터무니없이 과도한 의미를 부여하는 것은 삼가야 할 터이지만, 그렇다고 해서 의미 있는 부분까지를 간과할 수는 없다.

술을 많이 마시고 잔
어젯밤은
자다가 재미난 꿈을 꾸었지.

나비를 타고
하늘을 날아가다가
발 아래 아시아의 반도
삼면에 흰 물거품 철썩이는
아름다운 반도를 보았지.

그 반도의 허리, 개성에서
금강산 이르는 중심부엔 폭 십리의
완충지대, 이른바 북쪽 권력도
남쪽 권력도 아니 미친다는
평화로운 논밭.

술을 많이 마시고 잔 어젯밤은
자다가 참
재미난 꿈을 꾸었어.

그 중립지대가
요술을 부리데.
너구리 새끼 사람 새끼 곰 새끼 노루 새끼들
발가벗고 뛰어노는 폭 십리의 중립지대가
점점 팽창되는데,
그 평화지대 양쪽에서
총부리 마주 겨누고 있던
탱크들이 일백팔십도 뒤로 돌데.

하더니, 눈 깜박할 사이
물방개처럼
한 떼는 서귀포 밖
한 떼는 두만강 밖
거기서 제각기 바깥 하늘 향해
총칼들 내던져 버리데.

꽃피는 반도는
남에서 북쪽 끝까지
완충지대,
그 모오든 쇠붙이는 말끔이 씻겨가고
사랑 뜨는 반도,
황금이삭 타작하는 순이네 마을 돌이네 마을마다
높이높이 중립의 분수는
나부끼데.

술을 많이 마시고 잔
어젯밤은 자면서 허망하게 우스운 꿈만 꾸었지.
—신동엽, 「술을 많이 마시고 잔 어젯밤은」(1968)[14)]

신동엽의 「술을 많이 마시고 잔 어젯밤은」에는 꿈의 성격을 지시하는 두 개의 수식어가 등장한다. 그것의 하나는 '재미난'인데 수식을 받는 꿈의 내용은 시인이 평소 소망하던 바 그대로이다. 특히 이 경우, 우리가 유의해야 할 것은 시인이 '중립지대'를 한반도의 가장 이상적인 공간으로 생각하고 있다는 점이다. 다른 하나는 '허망하게 우스운 꿈'인데, 수식을 받는 꿈은 그 중립지대가 총부리와 탱크로 인해 붕괴되고 만다. 그러나 시인은 끝까지 희망을 포기하지 않는다. 거듭 말해서, '중립지대'가 그가

14) 신동엽, 『신동엽 시전집』(창비, 2013), 388~390쪽.

생각하는 가장 이상적인 공간이기 때문이다.

「술을 많이 마시고 잔 어젯밤」에서처럼 꿈과 현실이 밀접하게 관련되는 것은 사실이지만, 현실이 시인에게 가장 중시되는 현실화의 유일한 대상은 아니다. 상상도 현실화의 대상으로 얼마든지 등장할 수 있는 것이다. 그리고 그 상상은 다음 시에서 '들린다'라는 청각적 이미지와 결부되어 있어서 시의 유장한 흐름을 견인하는 한편 역사성의 뿌리까지도 함께 보여 주는 역할을 수행한다.

이 짙푸른 물속에는
말발굽소리 말울음소리가 들린다
만주벌 넓은 땅을 가르던
아우성소리 창칼소리가 들린다

저 높은 바위에서는
노랫소리 웃음소리가 들린다
달밤에 무리지어 하늘 땅을 찌르던
큰 몸짓 큰 웃음소리가 들린다
옛 조선 적 고구려 적 다시 발해 적
우리네 조상님네의 사랑얘기가 들린다

저 하늘은 우리 것이다 저 벌판
저 산 저 물은 우리 것이다
말발굽소리 아우성소리 노랫소리
저 큰 웃음소리는 우리 것이다
정겨운 저 사랑얘기는 우리 것이다

석달 열흘 몰아치는 모래바람도 재우고
높은 산 깊은 골 나무 풀도 떨게 하던

저 억센 기상은 우리 것이다
찬 서릿발 단숨에 녹이고
언 땅에 새파란 풀 돋게 하던
저 따스운 숨결도 우리 것이다

저 짙푸른 물속에서는
한숨소리가 들린다
그 아우성 그 큰 웃음 다 버리고
여기 반도의 한구석에 나앉아 웅크린
어느새 우리는 못난 후손이 되었구나

저 높은 바위에서는 울음소리가 들린다
찢고 째고 갈라져서 어리석게도
남의 총들고 서로 눈 흘기는
어느새 우리는 미욱한 후손이 되었구나

언제부터 우리는 저 하늘을 버렸는가
저 산 저 물 저 바위를 버렸는가
내 조상님네의 피와 땀이 밴
저 넓은 땅을 버렸는가

언제부터 우리는 이토록 작아졌는가
이토록 약해졌는가 이토록 어리석어졌는가
언제부터 우리는 이토록 비겁해졌는가

조상님네 말발굽 아래 기를 못펴던
이웃들의 눈치를 오히려 살피면서
형제끼리 오히려 서로 총 겨누고
친구끼리 서로 주먹질하며

돌아서서 원통한 눈물만 흘리는가

살아남기 위해서는 어쩔 수 없다고
우리가 가진 것은 한과 눈물뿐이라고
비겁한 한숨으로 스스로를 달래며
돌아서서 분노의 주먹만 떠는가

저 넓은 땅 저 가없는 하늘
저 높은 산 큰 바위가 모두 네 것이라는
조상님네의 자랑스런 타이름에
귀를 막게 되었는가

하나가 되라 하나가 되라
옛날 그 옛날의 고구려 적으로 돌아가
하나가 되어 손잡고 춤추라는
서로 부둥켜안고 큰 울음 울라는
피맺힌 한 말씀에 귀막게 되었는가
언제부터 이토록 작아졌는가

저 짙푸른 물속에서는
울음소리가 들린다
저 큰 바위에서는 통곡소리가 들린다
말발굽소리 아우성소리 노랫소리
큰 웃음소리가 들린다.

하나가 되라 하나가 되라
다시 하나가 되어 손잡고 춤추라는
조상님네의 간곡한 한 말씀이 울린다
몸에 붙은 때와 얼룩 다 씻어내고

몸에 걸친 누더기 다 벗어던지고
알몸으로 다시 하나가 되라는
조상님네의 간곡한 큰 말씀이 들린다

—신경림, 「하나가 되라, 다시 하나가 되라—
백두산 천지의 푸른 물을 보면서」[15)]

'들리다'의 객체는 한결같이 상상 속에 존재하는 역사적 현장에서의 소리이다. 그것은 가령 말발굽소리, 말울음소리, 만주벌 넓은 땅을 가르던 아우성소리, 창칼소리이기도 하고 노랫소리, 웃음소리, 한숨소리, 울음소리, 통곡소리로 구체화된다. 이 소리들은 모두 우리의 장쾌했던 과거와 분열된 현재를 수반한다. 시인이 독자에게 전하고자 하는 것은 '하나가 되라'이다. 그것의 의미가 '통일'임을 말할 필요도 없다.

한편, 신경림의 「하나가 되라, 다시 하나가 되라—백두산 천지의 푸른 물을 보면서」가 지니고 있는 특이한 점은 우리를 역사와의 관계 속에서 생각하도록 만들고 있다는 점이다. 따라서 '현재'에 대한 직접적인 검토나 미래의 꿈에 대한 내용은 전혀 언급되지 않는다. 시인은 오로지 '조상님네의 간곡한 큰 말씀'을 현실화시키려는 노력을 기울이고 있을 뿐이다. 우리를 역사와의 관계 속에서 생각하고자 하는 시인의 의도는 이 시에서 굳건히 유지되고 있다.

신동엽이 꿈속에서, 외세가 말끔히 물러나고 이루어지기를 원하는 국가는 중립체제의 국가이다. 잘 생각해 보면, 그것 또한 통일의 한 형식임을 알 수 있다. 아울러 우리는 신동엽이 이 시에서, 꿈속에서 벌어지는 일들이 현실에서도 이루어지도록 끊임없이 염원하고 있음을 발견한다. 그것은, 신경림이 백두산 천지의 푸른 물을 보면서 험난한 과정을 거쳐 오

---

15) 신경림, 『신경림 시전집 1』(창비, 2004), 243~246쪽.

늘에 이른 우리가 이제는 하나로 합해져야 한다는 '조상네'의 말씀을 듣는 것과 맥을 같이 한다. 다르게 말해서, 그것은 시인이 상상의 현실화를 도모하고 있음을 의미한다. 시적 논리로 볼 때도, 시인이 화자를 통해 상상의 현실화를 도모해서는 안 될 이유가 어디에도 없다.

IV. 혁명의 방법론

1. 현실 인식의 확인

인식은 그 자체로서 하나의 이론적이고 순수한 활동, 즉 실용성에 관계없이 지식에 대한 순수한 욕구를 만족시키고자 하는 활동이다. 그래서 인식을 행위와 구분하는 것이 일반적이다. 그런데도 사람들은 인식이 설사 순수한 것이라 해도 일종의 효율적인 행위라고 생각한다.

모든 혁명은 넓은 의미에서 볼 때 체제변동의 한 형태이다. 그것은 수십 년에 걸쳐 다양하게 이루어질 수도 있고 급격하게 이루어질 수도 있다. 이루어지는 기간이야 어떻든 혁명이 국민에게 끼치는 영향은 실로 막대하다. 혁명은 대중의 지지를 기반으로 할 때만 성공한다. 그리고 그 방법은 기존의 법률이나 제도, 그리고 권위를 초월한 단계에서만 적용된다.

> 旣成六法全書를 基準으로 하고
> 革命을 바라는 者는 바보다
> 革命이란
> 方法부터가 革命的이어야 할 터인데

이게 도대체 무슨 개수작이냐
불쌍한 백성들아
불쌍한 것은 그대들 뿐이다
天國이 온다고 바라고 있는 그대들 뿐이다
최소한도로
自由黨이 감행한 정도의 不法을
革命政府가 舊六法全書를 떠나서
合法的으로 불법을 해도 될까 말까 한
革命을—
불쌍한 것은 이래저래 그대들 뿐이다
그놈들이 배불리 먹고 있을 때도
고생한 것은 그대들이고
그놈들이 망하고 난 후에도 진짜 곯고 있는 것은
그대들인데
불쌍한 그대들은 天國이 온다고 바라고 있다

그놈들은 털끝만치도 다치지 않고 있다
보라 巷間에 금값이 오르고 있는 것을
그놈들은 털끝만치도 다치지 않으려고
버둥거리고 있다
보라 금값이 갑자기 八千九百환이다
달걀값은 여전히 零下 二八환인데

이래도
그대들은 悠久한 公序良俗精神으로
爲政者가 다 잘해줄 줄 알고만 있다
순진한 학생들
점잖은 학자님들
체면을 세우는 文人들
너무나 鬪爭的인 新聞들의 補佐를 받고

아아 새까맣게 손때 묻은 六法全書가
標準이 되는 한
나의 손등에 장을 지져라
四 · 二六혁명은 革命이 될 수 없다
차라리
革命이란 말을 걷어치워라
하기야
革命이란 단자는 학생들의 宣言文하고
新聞하고
열에 뜬 詩人들이 속이 허해서
쓰는 말밖에는 아니되지만
그보다도 창자에 더 메마른 저들은
더 이상 속이지 말아라
革命의 六法全書는 「革命」밖에는 없으니까

—김수영, 「六法全書와 革命」(1960. 5. 25)[16]

김수영의 「六法全書와 革命」에서, 혁명 이후의 민중은 '불쌍한 백성'으로 묘사된다. 혁명 이후의 민중은 고생하고 '진짜 곯고 있'으면서도 천국이 온다고 바라고 있기 때문이다. 시인에 의하면, 그렇게 된 원인은 따로 존재한다. 기존의 육법전서, 즉 기존의 법률 · 제도 · 관행을 기준으로 혁명을 한 것부터가 잘못인데 아무도 그것을 깨닫지 못하고 있는 게 그것이다. 위정자들이 온갖 방법을 동원해 다치지 않으려고 해도 그저 백성들은 다 잘해줄 것으로만 믿는다. 학생 · 학자 · 문인들도 그와 별로 다르지 않다. 그래서 시인은 단호하게 기존의 육법전서가 아닌, 그것을 해체한 새로운 법률 · 제도 · 관행으로 이루어지는 혁명이 필요하다고 말한다. 김수영의 「六法全書와 革命」에는 4 · 19혁명을 중심으로 한 현실인식이

16) 김수영, 『김수영 전집 1 시』(민음사, 1982), 145~146쪽.

두드러지다. 이미 살펴본 것처럼, 그것은 혁명 이후의 민중의 모습과 위정자들, 지식인들의 모습을 스케치한 뒤에 시인의 단호한 발언으로 마무리된다.

'자유롭다'는 행동과 생각의 두 차원에 두루 결부될 때 사용되는 표현이다. 즉, 생각하는 대로 행동할 수 있을 경우에만 '자유롭다'의 의미는 올바르게 생성된다. 문제는 그 '자유'의 확보가 결코 쉽지 않다는 데에 있다. 그것은 우리의 역사의 허다한 예들이 증명한다. '자유'를 획득하기 위한 '혁명'은 필요하다. 그러나 만일 시인이 시에서 '자유'라는 구호를 일상생활에서 하듯 외쳤다면 당장 시와 비시를 구별하지 않았다는 논란을 피하기 어려웠을 것이다. 그런데 다음 시는 그런 점과 멀리 떨어져 있다.

> 푸른 하늘을 制壓하는
> 노고지리가 自由로왔다고
> 부러워하던
> 어느 詩人의 말은 修正되어야 한다.
>
> 自由를 위해서
> 飛翔하여 본 일이 있는
> 사람이면 알지
> 노고지리가
> 무엇을 보고
> 노래하는가를
> 어째서 自由에는
> 피의 냄새가 섞여 있는가를
> 革命은
> 왜 고독한 것인가를
>
> 革命은

왜 고독해야 하는 것인가를

—김수영, 「푸른 하늘을」(1960. 6. 15)[17]

김수영의 「푸른 하늘을」에서의 '자유'는 혁명의 결과로 획득된 것이다. 따라서 거기에는 '피의 냄새'가 섞여 있다. 이런 점만으로도 그 자유는 세속적인 자유와 엄연히 구별된다. 그것은 바꾸어 말해 지금까지 우리가 운위해온 세속적인 자유를 부정하는 자유이다. 따라서 그것은 현실적 타협과는 멀리 떨어진 상태에서의 순수한 모습을 지닌, 그러므로 혁명과 같은 수단을 사용해야 얻을 수 있는 그런 자유이다. 자유가 왜 '고독한' 혁명과 만나야 하는가에 대한 대답이 바로 여기에 있다.

말할 필요도 없이, 혁명도 사람에 의해 수행된다. 혁명의 과정에서 겪게 될 경제적 · 사회적 · 심리적 분열도 결코 간단한 일이 아니지만, 그보다 더 큰 분열은 혁명이 종식된 후에 나타난다. 그것은 산 자들에게 혁명과정에서의 공과를 다투는 형식으로 지속된다. 그렇다면 그 과정에서 희생당한 사람들은 '묘지'의 형식으로 침묵하기만 할 것인가. 그렇지는 않다. 그들은 끊임없이 요구한다. 그들의 요구는 세속적인 공명심에서 비롯된 것들과는 차이가 많다. 그 점은 다음 시에서 분명하게 드러난다.

치워다오
내 목을 짓누르고 있는 이
투박한 구둣발을 치워다오.
풀어다오
내 손발을 꽁꽁 묶고 있는 이
굵은 쇠사슬을 풀어다오.

17) 김수영, 『김수영 전집 1 시』(민음사, 1982), 147쪽.

저승길 구만리
짓눌린 채,
묶인 채로야 어디 가겠느냐.
진달래 피고 무덤가에
개나리가 피어도
볼 수 없는 이 짙은 어둠 속을
손발 묶여 목 짓눌린 채로야
어디 가겠느냐.

치워다오
내 머리를 겨누고 있는 이
흉한 총칼을 치워다오.
막아다오
말끝마다 내 이름 들먹이고는
골방에서 숨어 키들대는
저 더러운 웃음을 막아다오.

—신경림, 「4월 19일—수유리 무덤 속 혼령들의 호소」[18]

4 · 19혁명은 끝났지만, 그에 직접적으로 연루된 사람들의 혁명까지 끝난 것은 아니다. 그래서 그들은 끊임없이 요구한다. 그들이 요구하는 것을 이행하는 것은 그렇게 어려운 일이 아니다. '목을 짓누르고 있는 이/투박한 구둣발'을 치워 달라든가, '손발을 꽁꽁 묶고 있는 굵은 쇠사슬을 풀어' 달라든가, '머리를 겨누고 있는 이/흉한 총칼을 치워' 달라는 것은 모두 물리적 억압을 받고 있는 혼령들의 요구이다. 그리고 우리는 '말끝마다 내 이름 들먹이고는/골방에서 숨어 키들대는/저 더러운 웃음을 막아' 달라는 요구의 대상이 배신자가 아니라 제3자라는 점은 혁명의 그늘

18) 신경림, 『신경림 시전집 1』(창비, 2004), 228~229쪽.

에 숨어 있는 부정적 측면을 엿볼 수 있다.

현실을 인식한 뒤에 이리저리 흩어진 자아를 다시 확인하는 작업이 어느 시인에게나 가능한 것은 아니다. 그것은 현실을 진지하게 인식하는 시인에게만 가능하다. 이런 의미에서, 김수영과 신경림의 현실인식은 독자를 압도하는 느낌을 준다. 이 경우, 기교는 크게 필요하지 않다. 필요한 것은 현실을 어떻게 인식했는가에 대한 확인이다. 왜냐하면 현실인식을 확인하는 것이야말로 현실의 생생한 움직임을 파악할 수 있는 가장 좋은 방법이기 때문이다.

2. 혁명 의지의 표출

의지는 하나의 성격이 일관된 선택이나 확고한 결심을 통해 긍정적인 힘을 표현할 수 있도록 해준다. 일의 결과가 다른 것은 그 일을 처리하는 데 대한 의지의 유무와 관계가 깊다. 욕구와 의지는 구분되어야 한다. 욕구가 우리를 감각적이고 직접적인 만족을 원하는 대상으로 기울어지게 만드는 것이라면, 의지는 우리로 하여금 어떤 행위를 수행하도록 이끈다. 이런 의미에서 의지는 활동의 근본 원리이다. 다음 시는 혁명의 의지가 시에서 어떤 방식으로 표명되는가를 잘 보여준다.

> 詩를 쓰는 마음으로
> 꽃을 꺾는 마음으로
> 자는 아이의 고운 숨소리를 듣는 마음으로
> 죽은 옛 戀人을 찾는 마음으로
> 잊어버린 길을 다시 찾은 반가운 마음으로
> 우리가 찾은 革命을 마지막까지 이룩하자

물이 흘러가는 달이 솟아나는
평범한 大自然의 법칙을 본받아
어리석을 만치 素朴하게 성취한
우리들의 革命을
배암에게 쐐기에게 쥐에게 삵괭이에게
진드기에게 악어에게 표범에게 승냥이에게
늑대에게 고슴도치에게 여우에게 수리에게 빈대에게
다치지 않고 깎이지 않고 물리지 않고 더럽히지 않게

그러나 정글보다도 더 험하고
소용돌이보다도 더 어지럽고 海底보다도 더 깊게
아직까지도 부패와 부정과 殺人者와 强盜가 남아 있는 社會
이 深淵이나 砂漠이나 山岳보다도
더 어려운 社會를 넘어서

이번에는 우리가 배암이 되고 쐐기가 되더라도
이번에는 우리가 쥐가 되고 삵괭이가 되고 진드기가 되더라도
이번에는 우리가 악어가 되고 표범이 되고 승냥이가 되고 늑대가 되더라도
이번에는 우리가 고슴도치가 되고 여우가 되고 수리가 되고 빈대가 되더라도
아아 슬프게도 슬프게도 이번에는
우리가 혁명이 성취하는 마지막날에는
그런 사나운 추잡한 놈이 되고 말더라도

나의 罪있는 몸의 억천만개의 털구멍에
罪라는 罪가 가시같이 박히어도
그야 솜털만치도 아프지는 않으려니

詩를 쓰는 마음으로
꽃을 꺾는 마음으로
자는 아이의 고운 숨소리를 듣는 마음으로
죽은 옛 戀人을 찾는 마음으로
잊어버린 길을 다시 찾은 반가운 마음으로
우리는 우리가 찾은 革命을 마지막까지 이룩하자
—김수영, 「祈禱—四 · 一九殉國學徒慰靈祭에 붙이는 노래」
(1960. 5. 18)[19]

김수영의 「祈禱—四 · 一九殉國學徒慰靈祭에 붙이는 노래」에 나타난 혁명의 의지는 세 가지의 방식으로 표출된다. 그것의 첫째는 혁명의 완수가 강조되는 것이고, 둘째는 혁명의 방법이 끊임없이 제시되는 것이며, 셋째는 희생을 통해 성취되는 혁명의 순수성이 중시되는 것이다. 특히 이 시는 그런 혁명을 강조하는 과정에서 독자들로 하여금 많은 동물들의 속성을 떠올리게 하는데, 그것은 동물적 상상력의 진경을 보여 주고 있는 점에서 주목할 만하다.

혁명의 의지는 역사 속에서도 얼마든지 발견된다. 또한 그것은 역사의 흐름에서 근간을 형성하고, 그러면서도 역사와 분명히 변별되는 정치에도 깊이 관여한다. 고유한 의미로서의 혁명은 새로운 질서를 불가역적인 방식으로 수립하는 것을 뜻한다. 모든 혁명에는 폭력적인 전복의 관념이 포함되어 있다. 우리는 여기에서 폭력이 그 자체로서 유용한 것인가, 아니면 어쩔 수 없이 필요한 것인가라는 물음에 직면한다. 칸트에 의하면, 혁명은 모든 정의의 부정으로 귀결된다. 혁명이 지니는 정치적 '시작'의 관념을 분석한 경우도 있었다. '시작'의 관념이 '진정으로 행동하는' 것이라면, 근본적이고 다산적多産的인 혁명—'그 자체로서의 존재 이유를 찾

19) 김수영, 『김수영 전집 1 시』(민음사, 1982), 143~144쪽.

는,' 그리고 '의미의 원천'이 되는 정초—의 실질적 가능성은 어려운 문제로 남는다.

혁명의 의지가 시에서 어떤 방식으로 표출되는가에 대한 물음은 여러 가지 의미에서 이롭다. 독자가 그런 물음을 던지는 것 자체부터가 시를 읽는 요인이 되기 때문이다. 이때, 경우에 따라서는, 그 방식에 대해 자신이 정해 놓은 답이 제시되어야 한다고 생각하는 독자도 있다. 그러나 그런 물음에 대한 정답은 정해져 있지 않다. 다음 시는 그런 경우의 예이다.

모질게도 높은 성(城)돌
모질게도 악랄한 채찍
모질게도 음흉한 술책으로
죄없는 월급쟁이
가난한 백성
평화한 마음을 뒤보채어쌓더니

산에서 바다
읍(邑)에서 읍
학원(學園)에서 도시, 도시 너머 궁궐 아래.
봄따라 왁자히 피어나는
꽃보래
돌팔매,

젊은 가슴
물결에 헐려
잔재주 부려쌓던 해늙은 아귀들은
그예 도망쳐갔구나.

—애인의 가슴을 뚫었지?

아니면 조국의 기폭(旗幅)을 쏘았나?

그것도 아니라면, 너의 아들의 학교 가는 눈동자 속에 총알을 박아 보았나?—

죽지 않고 살아 있었구나
우리들의 피는 대지와 함께 숨쉬고
우리들의 눈동자는 강물과 함께 빛나 있었구나.

4월 19일, 그것은 우리들의 조상이 우랄 고원에서 풀을 뜯으며 양달진 동남아 하늘 고운 반도에 이주 오던 그날부터 삼한(三韓)으로 백제로 고려로 흐르던 강물, 아름다운 치맛자락 매듭 고운 흰 허리들의 줄기가 3·1의 하늘로 솟았다가 또다시 오늘 우리들의 눈앞에 솟구쳐 오른 아사달(阿斯達) 아사녀의 몸부림, 빛나는 앙가슴과 물굽이의 찬란한 반항이었다.

물러가라, 그렇게
쥐구멍을 찾으며
검불처럼 흩어져 역사의 하수구 진창 속으로
흘러가버리려마, 너는.
오욕(汚辱)된 권세 저주받을 이름 함께.

어느 누가 막을 것인가
태백줄기 고을고을마다 봄이 오면 피어나는
진달래·개나리·복사

알제리아 흑인촌에서
카스피 해 바닷가의 촌 아가씨 마을에서
아침 맑은 나라 거리와 거리
광화문 앞마당, 효자동 종점에서

노도(怒濤)처럼 일어난 이 새 피 뿜는 불기둥의
항거……
충천하는 자유에의 의지……

길어도 길어도 다함없는 샘물처럼
정의와 울분의 행렬은
억겁(億劫)을 두고 젊음쳐 뒤를 이을지어니

온갖 영광은 햇빛과 함께,
소리치다 쓰러져간 어린 전사(戰士)의
이름다운 손등 위에 퍼부어지어라.

—신동엽, 「아사녀(阿斯女)」(1960. 7)[20]

신동엽의 「아사녀(阿斯女)」가 쓰인 때는 1960년 7월이다. 따라서 4 · 19에 대한 인식은 곧 현실인식이 되는 셈이다. 이 시는 설화 속의 인물인 아사달 · 아사녀를 민중의 상징으로 삼고 있어서 4 · 19를 소재로 쓰인 다른 시인들의 시와는 아주 다르다. 게다가 4 · 19에 대한 인식이 삼한, 백제, 3월 1일, 오늘에 이르는 통시적 범주에서 자유롭게 적용되고 있을 뿐 아니라, 자유와 민주의 힘이 미치는 외연의 범주가 알제리아 흑인촌, 카스피해 바닷가 촌 아가씨의 마을까지 확대됨으로써 자유와 민주야말로 전세계가 인정하는 가치임이 강조된다.

다음 시인 신경림의 「홍수」는 혁명의 의지를 당위론적으로 드러낸다. 그러므로 혁명의 의지는 시인의 강력한 의도와 등식의 관계에 놓인다. 이런 유의 시일수록 항상 시인의 내부를 객관적인 모습으로 드러내게 마련인데, 그것은 '혁명'이 사회구성원 모두와 관계된다는 점에서 기인한다.

20) 신동엽, 『신동엽 시전집』(창비, 2013), 345~347쪽.

혁명은 있어야겠다
아무래도 혁명은 있어야겠다.
썩고 병든 것들을 뿌리째 뽑고
너절한 쓰레기며 누더기 따위 한파람에 몰아다가
서해바다에 갖다 처박는
보아라, 저 엄청난 힘을.
온갖 자질구레한 싸움질과 야비한 음모로 얼룩져
더러워질 대로 더러워진 벌판을
검붉은 빛깔 하나로 뒤덮는
들어보아라, 저 크고 높은 통곡을.
혁명은 있어야겠다
아무래도 혁명은 있어야겠다.
더러 꼿꼿하게 잘 자란 나무가 잘못 꺾이고
생글거리며 웃는 예쁜 꽃목이
어이없이 부러지는 일이 있더라도,
때로 연약한 벌레들이 휩쓸려 떠내려가며
애타게 울부짖는 안타까움이 있더라도,
그것들을 지켜보는 허망한 눈길이 있더라도.

—신경림, 「홍수」[21]

혁명의 필요성이 무작정 강조되기만 하는 것은 여러 가지의 논란거리를 제공할 수 있다. 문학작품 속에서 무조건 강조되는 경우라면 그것은 더욱더 그렇다고 할 수 있다. 중요한 것은 혁명의 필요성이 어떤 과정을 거쳐서 어떻게 시적으로 발현되는가를 밝히는 일이다. 그것은 일상생활과 시가 판이하다는 점에서 매우 중요하다. 처음부터 끝까지 구호로 일관되는 시를 예술의 범주에 포함시키지 않는 것도 그런 점과 직접적으로 관련된다. 이 시가 검토의 대상이 되는 것도 김수영, 신동엽의 시와 함께 이 시가 그만큼 예술의 범주를 지키고 있기 때문이다.

21) 신경림, 『신경림 시전집 2』(창비, 2004), 30쪽.

덧붙여 말한다면, 신경림의 「홍수」처럼 서정시를 대상으로 말할 때의 '주관적인 내면세계'가 정당화될 수 있는 근거는, 그것이 사회의 모든 구성원이 공통적으로 지니고 있는 모습이라는 점에서 찾을 수 있다. 내면을 다룬 경우가 아니라도 역사적 사실을 다룬 시는 대체로 그렇다.

V. 에필로그

이상에서 논의한 내용을 결론삼아 요약하면 다음과 같다.

1) 외세를 배척하는 김수영의 태도가 직접적이고, 신동엽의 그것은 다분히 상징적이다. 그것은 각자 시인이 지니고 있던 '통일'의 의미나 가치 · 신념 · 경험 · 느낌 등과 관련된 개인적 사유의 내용이 시인의 판단에 따라 표출되기 때문이다. 이처럼, 시는 시인의 개인적 방식으로 전개된다. 김수영은 「가다오 나가다오」에서 미국인과 소련인을 겨냥해 '가다오 나가다오'라고 요구한다면, 신동엽은 「껍데기는 가라」에서 본질적인 것과 비본질적인 것을 설정한 후, 비본질적인 것에 해당하는 '껍데기'를 향해 '가라'고 외치고 있다. 두 시인의 외침은 물론 정치적 · 사회적 상황에서의 실제 외침과 성격이 다르기는 해도 신동엽의 「수운이 말하기를」에서 보는 것처럼 효과는 오히려 훨씬 더 클 수 있는 가능성을 지닌다.

2) 신동엽이 「술을 많이 마시고 잔 어젯밤은」에서, 외세가 말끔히 물러난 후 이루어지기를 원하는 국가는 중립체제의 국가이다. 잘 생각해 보면, 그것 또한 통일의 한 형식임을 알 수 있다. 아울러 시인은 이 시에서, 꿈속에서 벌어지는 일들이 현실에서도 이루어지도록 끊임없이 염원한다. 그것은, 신경림이 「하나가 되라, 다시 하나가 되라—백두산 천지의 푸른 물을 보면서」에서 백두산 천지의 푸른 물을 보면서 험난한 과정을

거쳐 오늘에 이른 우리가 이제는 하나로 합해져야 한다는 '조상네'의 말씀을 듣는 것과 맥을 같이 한다. 다르게 말해서, 그것은 시인이 상상의 현실화를 도모하고 있음을 말해준다.

3) 현실을 인식한 뒤에 이리저리 흩어진 자아를 다시 확인하는 작업은 현실을 진지하게 인식하는 시인에게만 가능하다. 이런 의미에서, 김수영 「六法全書와 革命」, 「푸른 하늘을」 등과 신경림의 「4월 19일－수유리 무덤 속 혼령들의 호소」에서 보여 주는 현실인식은 독자를 압도하고 있다. 이 경우, 기교는 그렇게 필요하지 않다. 필요한 것은 현실을 어떻게 인식했는가에 대한 확인, 그것이다.

4) 김수영의 「祈禱－四 · 一九殉國學徒慰靈祭에 붙이는 노래」에 나타난 혁명의 의지는 세 가지의 방식으로 표출되는데, 그것의 첫째는 혁명의 완수가 강조되는 것이고, 둘째는 혁명의 방법이 끊임없이 제시되는 것이며, 셋째는 희생을 통해 성취되는 혁명의 순수성이 중시되는 것이다. 이 시는 그런 혁명을 강조하는 과정에서 독자들로 하여금 많은 동물들의 속성을 떠올리게 한다. 그것은 동물적 상상력의 진경을 보여 주고 있는 점에서 주목할 만하다. 이와는 다르게 신동엽의 「아사녀(阿斯女)」는 설화 속의 인물인 아사달 · 아사녀를 민중의 상징으로 삼는다. 게다가 4 · 19에 대한 인식이 삼한, 백제, 3월 1일, 오늘에 이르는 통시적 범주에서 자유롭게 적용되고 있을 뿐 아니라, 자유와 민주의 힘이 미치는 외연의 범주가 알제리아 흑인촌, 카스피해 바닷가 촌 아가씨의 마을까지 확대된다. 그야말로 자유와 민주는 전 세계가 인정하는 가치임이 강조되는 것이다. 신경림의 「홍수」는 혁명의 의지를 당위론적으로 드러낸다. 그러므로 혁명의 의지는 시인의 강력한 의도와 등식의 관계에 놓인다. 이런 류의 시일수록 항상 시인의 내부를 객관적인 모습으로 드러내게 마련인데, 그것은 '혁명'이 사회구성원 모두와 관계되기 때문이다.

시의 종교 수용

Ⅰ. 프롤로그

이 글의 목적은 시의 종교 수용 양상을 살펴보는 데에 있다. 얼핏, 그것은 매우 큰 범주에서 수행해야 할 작업으로 보일 수 있지만, 그것을 몇 개의 범주로 나누어 바라보면 반드시 그렇지는 않다. 어차피 이 글도 여러 개의 연구 경향 중 하나에 속하기 때문이다.

서구의 경우, 문학과 종교의 관계에 대한 연구는 뚜렷이 구분되는 다음의 세 가지의 경향을 보인다.[1]

① 종교의 의미와 과제를 심미적 범주 안에 포함되는 것으로 간주하는 경향

② 문학작품을 신학적 관심에 종속되는 것으로 간주하는 경향

③ 이러한 양극화 현상을 극복할 범주나 담론을 발견하려고 노력하는 경향

---

1) 이준학, 한국문학과 종교학회 편, 「문학과 종교」, 『문학과 종교』(동인, 2008), 20~21쪽에 의거.

①은 주로 문학비평가나 문학자들의 연구에서, ②는 종교사상가들과 종교사학자들의 연구에서 각각 발견되며, 최근에는 문학과 종교의 양 진영에서 많은 학자들이 급속히 ③으로 이동, 합류하고 있다.

이 글은 이러한 세 경향 중 ①과 크게 관련된다. 이런 점을 염두에 두면서, 필자는 이 글에 적용할 세 가지의 방법적 기준을 세웠다. 그것의 첫째는 '신앙과 실존'이다. 신앙인인 시인은 실존을 물음의 대상이 아닌 확인의 대상으로 삼는다. 정지용, 박두진의 시에서 그런 점은 분명히 드러난다. 둘째는 '대상과 인식'이다. 시인은 대상을 치열하게 인식하는데, 그 인식의 내용은 불교적 세계관과 만나면서 '당신'과 '관조'의 개념을 끌어낸다. 그런 경우는 한용운, 조지훈의 시를 통해 확인할 수 있다. 셋째는 '주술과 영통'이다. 백석 시의 주술적 측면과 서정주 시의 '靈通'은 샤머니즘의 구체적 현상이라 할 수 있는데, 여기서 샤머니즘을 제도적 종교와 함께 다루는 것은 필자의 판단에 따른 것임을 밝혀둔다.

이 글이 세 가지의 기준을 적용하면서 잘 진행된다면, 종교와의 관계 속에서 시를 이해할 수 있게 하는 계기를, 그리고 시에 삼투하면서 시의 의미를 풍부하게 하는 종교를 이해할 수 있는 계기를 얻게 되는 셈이 될 것이다. 단언컨대, 시의 종교 수용 양상을 살펴보는 과정을 거치지 않고 그런 두 가지의 성과를 획득할 수 있는 방편은 존재하지 않는다.

II. 일반적 논의

문학과 종교는 서로 상관적 관계에 놓여 있을 뿐만 아니라 유사한 면도 적지 않다.[2] 그것은 다음의 구체적인 세 가지 점에서 그러하다. 첫째,

문학과 종교는 진리의 발견이 아닌 실존적 가치의 체험을 궁극적인 목적으로 내세운다. 문학이 인간의 삶에 대한 사색과 탐구의 기록이라면, 종교는 그것에 대한 답변이다. 따라서 어떤 문학작품의 깊이와 종교적 문제는 필연적으로 결부된다. 둘째, 문학 창작과 종교적 신념은 다 같이 감성적 작업의 결과에 해당한다. 문학에서 서술된 도덕적 갈등, 미적 체험, 인간적 감동과, 종교에서 발견된 초월적 진리, 절대적 환희는 모두 감성의 산물이다. 셋째, 문학적 표현과 종교적 표현은 둘 다 비유적(은유적)이어서 똑같이 문학적(시적)인 불투명성을 보여준다. 문학텍스트의 의미해석이 비논리적이고 종교텍스트의 언어가 문학적인 것은 모두 그런 점에서 기인한다.

박이문에 의하면, 문학과 종교의 상관성을 논의의 대상으로 삼는 근거는 대체로 다음의 세 가지 배경에서 찾을 수 있다.[3)]

첫째, 모든 문학작품은 반드시 무엇인가에 대한 주제를 다룬다. 가령, 도스토예프스키의 「죄와 벌」은 죄의 종교적 의미를 생각하게 하고, 헤세의 「싯다르타」는 불교적 진리를 설득시킨다. 또한 이문열의 「사람의 아들」은 종교적 초월의 세계를, 지드의 「교향곡」은 종교적 진리의 절대성을, 톨스토이의 「이바노비치의 죽음」은 기독교적 신앙 없는 삶의 공허함을 각각 주제로 삼는다.

종교가 작품의 명백한 주제로 나타나지 않는 경우에도 적지 않은 수의 중요한 작품들은 '종교적' 의미를 드러낸다. 엘리엇의 시 「황무지」, 베케트의 「고도를 기다리며」, 헤밍웨이의 「노인과 바다」, 포크너의 「우화」를 비롯한 몇 편의 작품들이 특히 그런 경우에 속한다. 왜 그러한가. 그 이유는 다음과 같이 설명된다. 감동을 전제하지 않는 문학은 상상할 수

---

2) 박이문, 「문학과 종교」, 『문학과 철학』(민음사, 1995), 105쪽에 의거.
3) 위의 글, 위의 책, 106~112쪽에 의거.

없다. 감동은 문학의 출발점이요, 종착점이다. 모든 인간적 감동은 인간의 욕구와 분리해서 생각할 수 없다. 따라서 감동의 크기와 깊이는 욕구하는 것의 크기와 깊이에 정비례한다(물론 그렇지 않을 수도 있다). 인간이 지니는 감동의 욕구도, 그에 따른 인간의 감동도 다양하지만 삶의 의미, 죽음, 영생만큼 더 절실하고 궁극적인 문제는 없다. 또한 그러한 문제와 부딪칠 때 느끼는 감동보다 깊은 감동을 생각하기는 어렵다. 이러한 궁극적 문제는 바로 종교의 소관이다. 종교적 문제가 감동의 가장 깊은 원천인 것은 확실하다. 그렇다면, 다양한 감동의 표현을 통해서 인간의 삶을 보다 이해하고 그 의미를 찾으려는 문학이 종교적 문제와 관계를 맺게 되는 것은 당연하다. 문학작품의 가치가 독자에게 주는 감동의 폭과 질에 의해 결정된다면, 종교적 감동을 주지 못하는 문학작품은 위대한 작품이 될 수 없을 뿐만 아니라 진정한 '문학'으로 존재할 수 없을 터이다.

둘째, 종교를 주제로 삼지 않은 소설들도, 소설 속에서는 종교적 사건, 이론, 행위, 인물, 종교적 논쟁 등을 묘사한다. 도스토예프스키의 「카라마조프의 형제들」은 그것의 대표적 예이다. 이 작품의 '종교 대심판관'은 독자로 하여금 과연 문학작품의 한 부분이 확실한가에 대한 판단을 망설이게 한다. 종교에 대한 철학적 이론서를 방불케 하는 논리가 그만큼 우세하기 때문이다. 그것은 문학과 종교를 혼동하게 만드는 요인이 될 수 있다.

셋째, 종교텍스트가 문학텍스트로, 문학텍스트가 종교텍스트로 읽히는 경우가 적지 않다. 종교텍스트만 문학텍스트로 읽히는 것이 아니다. 노자의 「도덕경」, 플라톤의 「대화록」이나 니체의 「차라투스트라는 이렇게 말했다」 등의 철학텍스트들도, 아니 신문 기사도 '문학적' 감상의 대상이 될 수 있다. 이처럼, 모든 텍스트는 문학텍스트로 읽히는 것이 가능하다. 그 중에서도 종교텍스트는 문학텍스트로 읽힐 가능성을 가장 많이 지닌다. 핵심적 종교텍스트라고 할 수 있는 불교의 「법구경」과 「화엄경」, 유태교의 「구약」과 「탈무드 율서」, 기독교의 「구약」과 「신약」, 회교의 「코란」 등이 많은 사람들에게 문학텍스트로도 읽히고 있음은 우리가 잘 알고 있는 사실이다.

종교텍스트가 특별히 문학작품으로 읽힐 수 있는 것은 문학적 형식을 지니고 있기 때문이다. 힌두교의 종교텍스트인 「베다 경」과 「우파니샤드 경」, 유태교 · 기독교의 텍스트인 「구약」의 많은 부분은 시적 韻을 갖추고 있고, 그 중에서 한 부분의 명칭은 아예 「시편」이다. 불교의 여러 경전도 시적 형식을 가지고 있다. 종교텍스트가 이처럼 문학적 형식을 갖추고 있는 것은 우연이 아니다. 종교적 진리는 감성에 의존할 때에 비로소 사람들에게 순조롭게 전달된다. 종교텍스트가 독자의 이성을 겨냥하지 않고 감성에 호소하는 이유도 바로 여기에 있다. 이런 의미에서 종교텍스트가 문학적 표현 양식을 선호하는 경향을 띠는 것은 자연스럽다.

종교텍스트가 문학텍스트로 읽히는 것처럼 적지 않은 문학텍스트가 종교적 교육을 목적으로 읽힐 수 있다. 가령, 도스토예프스키의 「카라마조프의 형제들」, 「죄와 벌」, 「지하 생활자의 수기」, 톨스토이의 「이바노비치의 죽음」, 그리고 헤세의 「싯다르타」, 카프카의 「城」 등은 어떤 종교 경전보다도 더 큰 종교적 감동을 줄 수 있다. 종교가 말하는 초월적 진리, 영적 경험은 주장 · 논리 · 이성보다는 구체적 사례의 문학적 서술을 통해 간접적으로 감성에 호소할 때에, 더 절실하고 설득력 · 호소력을 발휘한다.

방향을 약간 달리 해서, 문학과 종교가 반드시 바람직한 방향으로 힘을 발휘했다고 말할 수 없게 하는 다소 극단적인 상황[4]에 대해서도 생각

4) 이준학, 앞의 글, 앞의 책, 17~18쪽 참조.

해 보기로 한다. 저녁에는 괴테나 릴케를 읽고, 낮에는 아우슈비츠 같은 죽음의 수용소에 가서 태연히 유태인들을 독가스로 죽이는 일에 충실했던 많은 사람들 중에 신앙인이 없었다고는 단언할 수 없다. 아우슈비츠를 고안하고 운영해 온 사람들 중 상당수가 학교에서 셰익스피어나 볼테르의 작품을 통해 향기를 체험한 신앙인이었다면, 그것은 문학과 종교가 외부의 정치적인 힘에 저항하지 못한 사례로 기록될 수밖에 없다.

이와 함께, 우리는 문학과 종교의 속성에 대해서도 살펴볼 필요가 있다. 폴 틸리히는, 종교란 '궁극적 관심'이라고 주장한다. 그에 의하면, "종교란 궁극적으로 관심을 기울이는 것으로서 인간 실존의 의미에 대하여 '죽느냐 사느냐'(to be or not to be)의 질문을 던지는 것이며, 이 질문에 대한 해답은 상징으로 제시[5]" 된다. 이것은 종교에 대한 가장 넓고 기본적인 개념이다. 틸리히의 이 획기적인 정의에서 가장 중요한 것은, 모든 분야에서의 궁극적 진지성이야말로 바로 종교의 핵심이라는 점이다. 예를 들면, 도덕의 영역에서는 도덕적 욕구에 대한 무조건적 진지성이, 철학의 영역에서는 궁극적 실체에 대한 열정적 동경이, 예술의 영역에서는 궁극적 의미를 예술작품으로 표현하고 싶은 무한한 욕망이 바로 종교이다. 만일 우리가 종교를 단지 감정의 영역에 속하는 것으로만 규정해 버린다면 종교는 그것이 가지고 있는 진지성과 진리, 그리고 궁극적 의미를 상실하게 된다. 감정의 명확한 목표가 없는, 어떤 궁극적 내용이 없는 단순한 주관적 감정의 분위기만 유지된다면, 종교는 무조건적이며 절대적이고 궁극적인 어떤 것에 사로잡힌 상태와 다르지 않다.

종교와 달리, 문학은 우리의 삶의 모든 차원의 실상을 있는 그대로 드러냄으로써 인간의 삶에 대한 궁극적 관심을 표현한다.[6] 그리고 문학에

5) 이준학, 앞의 글, 앞의 책, 18~19쪽에 의거.
6) 이준학, 앞의 글, 앞의 책, 31쪽.

서는 삶에 대한 궁극적 관심을 표현하기 위한 묘사적 방법, 즉 은유와 같은 비유적 언어가 사용된다. 과학자들이 사용하는 분석적 방법으로는 한 사물의 개별적 특성이 무엇과 유사한지를 설명할 수 없다. 문학은 유추와 은유를 사용하여 과학적 분석으로 포착할 수 없는 우리의 삶과 영감, 그리고 신의 신비를 우리가 느낄 수 있도록 표현한다. 여기서, 과학 · 철학 · 종교의 영역에 속하는 방식과는 다르게, 문학작품이 '인간의 궁극적 관심'을 논리적으로 자초지종을 따져가며 조목조목 나열하지는 않는다는 점을 이해하는 것은 매우 중요하다, 문학은 인간의 상황을 선명하게 유형화하지 않는다. 문학은 어떤 특수한 상황을 통하여 인간의 삶의 보편적 성질을 느낄 수 있도록 독자를 도울 수 있을 뿐이다. 1924년에 예이츠는 일단의 더블린의 젊은 시인들에게 "영혼의 불멸성의 교리 위에 그들의 기초를 세울 것"을 권고하면서, "대부분의 주교나 모든 해로운 작가들은 틀림없이 무신론자들"이라고 말했는데, 이 말을, 클리언스 브룩스는 "모든 해로운 작가들과 아주 많은 주교들이 인간의 상황을 지나치게 단순화시키고 있다"는 의미로 받아들인 바 있다. 단순화되거나 유형화된 인간의 상황은 삶에 대한 일종의 공식이 된다. 공식을 통하여 우리는 구체적 실존에 대한 아무런 느낌을 가질 수가 없다. 글 속에 느낌이 없을 때 그것은 철자의 나열에 불과하고, 말속에 느낌이 없을 때 그것은 공허한 소리의 나열에 불과하다.

N. 프라이는 문학을 '세속적인 경전'이라고 말한 바 있다. 그것은 단순한 교차 범주적 서술이 아니다.[7] 그는 현대문화 속에서 분명히 문학이 인간을 구원하는 가능성의 자리를 차지하고 있다고 보았고 그것을 그렇게 말한 것이다. 그렇지 않다면, 우리가 '문학하는 것'에 대한 봉헌이나 문학에 대한 갈증을 설명하는 것은 쉽지 않다. 글을 써서 자유로울 수 있

---

7) 정진홍, 한국문학과 종교학회 편, 「문학과 종교」, 『문학과 종교』(동인, 2008), 58쪽.

고, 글을 읽어서 막힌 것이 사라지는 것을 경험할 수 있는 한, 인간에게 희망이 있음은 확실하다. 바로 여기에 문학의 '종교적 실재성'이 존재한다. 우리는 그것을 문학의 존재의미로, 또한 "문학은 종교적이어야 한다"는 당위적 요청으로 보아도 된다.

이와 관련하여, 자칫 혼란을 일으킬 수 있는 하나의 사실을 분명하게 짚으면서[8] 이 부분의 논의를 마무리하고자 한다. 그것은 다름 아닌, 작가는 반드시 신앙인이어야 하는가 하는 점이다. 예이츠는 말할 필요도 없이 위대한 종교적 시인이지만, 기독교 시인은 아니다. 예이츠에 비해 덜 유명한 시인이기는 하지만 키플링도 그러하다. 키플링의 「랍비의 아들」은 기독교의 신비를 심오하고도 사적인 차원으로 끌어올린 작품으로 평가된다. 이러한 사실은, 종교적 문학작품을 결정하는 데 있어서, 작가가 공인된 종교인인가 아닌가 하는 점은 필수적 요소가 아님을 잘 보여준다. 클리언스 브룩스는 그의 저서 『숨은 신』에서 기독교적 작품들을 논하면서 의도적으로 공인된 기독교인이 아닌 작가들, 곧 헤밍웨이나 포크너, 예이츠, 워렌 등의 작품을 종교적 작품의 예로 들었다. 중요한 것은 작가가 신앙을 지니고 있는가, 그렇지 않은가의 문제가 아니라 작가가 우리 삶의 궁극적 문제에 대하여 진지한 관심을 가지고 글을 쓰고 있는가, 그렇지 않은가의 문제이다. 따라서 어떤 작가가 우리 삶의 궁극적 문제에 대한 관심을 성실히 추구하는 과정을 작품으로 썼다면, 우리는 주저하지 않고 그의 작품 앞에 '종교적'이라는 수식어를 붙일 수 있다. 단테, 셰익스피어, 괴테, 도스토예프스키, 예이츠, 엘리엇, 포크너, 헤밍웨이 등이 신앙을 지니고 있었는지의 여부와 무관하게 그들의 작품에 대해 '종교적'이라고 말할 수 있는 근거도 바로 여기서 찾아야 한다.

8) 이에 대해서는 이준학, 앞의 책, 30~31쪽에 의거.

III. 신앙과 실존

실존과 존재는 등가개념이 아니다. '존재'(be)는 '있다'와 '이다'의 두 가지 방식으로 사용된다. 어떤 사물에 대해 '존재'로 서술하는 것은, 그것이 있다(실존)는 것을 말하기도 하고, 또 그것이 무엇(본질)이라는 것을 말하기도 한다. 실존이란 본질로서의 존재가 아니라 無에 대립하는 개념인 존재와 관련되며, 정의의 대상이라기보다 "존재하는가, 아닌가?," "우리는 왜 존재하는가?"라는 물음의 대상이다. 실존의 물음은 무와 죽음에 대한 의식에서 생긴다. 인간에게 실존한다는 것은 결코 단순히 존재한다는 사실로 환원되지 않는다.[9]

시인[10]에게도 그런 점은 마찬가지이다. 시인은 절대자를 대상으로 끊임없이 인간으로서의 실존을 확인한다. 인간으로서의 실존을 확인하는 것은, 인간은 단순히 존재하는 자연의 사물과는 다른 존재라는 사실을 전제로 한다. 시인에게는 그것이 무엇보다도 중요하다.

> 얼골이 바로 푸른 한울을 울어렀기에
> 발이 항시 검은 흙을 향하기 욕되지 않도다.
>
> 곡식알이 거꾸로 떨어저도 싹은 반듯이 우로!
> 어느 모양으로 심기여졌더뇨? 이상스런 나무 나의 몸이여!
>
> 오오 알맞은 位置! 좋은 우아래!
> 아담의 슬픈 遺産도 그대로 받었노라.

---

9) 엘리자베스 클레망 외 3인, 이정우 역, 『철학사전』(동녘, 1996), 185쪽.
10) 이 글에서 사용한 '시인'은 모두 신앙인으로서의 시인을 의미한다.

나의 적은 年輪으로 이스라엘의 二千年을 헤였노라.
나의 存在는 宇宙의 한낱焦燥한 汚點이었도다.

목마른 사슴이 샘을 찾어 입을 잠그듯이
이제 그리스도의 못박히신 발의 聖血에 이마를 적시며――

오오! 新約의太陽을 한아름 안다.

―정지용, 「나무」

의인화 수법이 설득력을 지니는 것은 화자와 대상이 매우 진지하고 친숙한 관계를 맺고 있을 때로 국한된다. 「나무」의 의인화 수법은 후자에 해당한다. 시인은 '나무'에다 사람의 속성, 그것도 아주 구체적인 사람의 속성을 부여하고 있다. 대지의 어느 곳에 서 있는 나무가 아무런 절차도 거치지 않고 "얼골이 바로 푸른 한울을 울어렀기에/발이 항시 검은 흙을 향하기 욕되지 않"는 나무가 되는 것은 그에 따른 결과이다.

이와 함께 우리가 주목하게 되는 것은 의인화된 나무가 수직의 공간에 위치하고 있으며 '이상스런 나무'와 '나의 몸'이 동일시되고 있다는 점이다. 그것은 그 나무가 아무런 시련도 없이 행복하게 자란 나무가 아니라 '이상스런 나무'라는 표현이 보여주듯 온갖 어려움을 겪은 나무임을 말해준다.

결국 화자는 두 가지의 인식을 통해 자신의 실존을 확인하는데, 그것의 하나는 "적은 年輪으로 이스라엘의 二千年을 헤였노라./나의 存在는 宇宙의 한낱焦燥한 汚點이었도다," "오오 알맞은 位置! 좋은 우아래!/아담의 슬픈 遺産도 그대로 받었노라" 등의 과거인식이고, 다른 하나는 "그리스도의 못박히신 발의 聖血에 이마를 적시며――," "오오! 新約의太陽을 한아름 안다" 등의 현재인식이다.

우리는 절대자의 존재를 볼 수는 없지만 절대자의 존재를 느낄 수는 있다. 이런 점이 전제되지 않을 때, 한 편의 시에서 절대자와의 접촉과 관련된 언표를 기대하기는 어렵다. 그것은 다음 시에서도 마찬가지이다. 시인이, 시적 특성인 상상력의 결과임을 내세우며 절대자를 보았다고 아무리 주장해도 그것이 시적 진실을 보증해 주지 못한다는 점은 변하지 않는다.

그의 모습이 눈에 보이지 않었으나
그의 안에서 나의 呼吸이 절로 달도다.

물과 聖神으로 다시 낳은 이후
나의 날은 날로 새로운 太陽이로세!

뭇사람과 소란한 世代에서
그가 다맛 내게 하신 일을 진히리라!

미리 가지지 않었던 세상이어니
이제 새삼 기다리지 않으련다.

靈魂은 불과 사랑으로! 육신은 한낱 괴로움.
보이는 한울은 나의 무덤을 덮을 뿐.

그의 옷자락이 나의 五官에 사모치지 안었으나
그의 그늘로 나의 다른 한울을 삼으리라.

—정지용, 「다른 한울」

「다른 한울」이 의미하는 바는 퍽 명료하다. 화자는 하나님과의 접촉을 매우 기뻐하고 있다. 첫째 연 "그의 모습이 눈에 보이지 않었으나/그의 안에서 나의 呼吸이 절로 달도다"는 그것의 구체적 표현이다. 둘째 연에서는 더 이상 나타낼 수 없을 정도로 기쁨이 충만한 상태를 드러낸다. 화자가 "나의 날은 날로 새로운 太陽이로세!"라고 토로할 때의 그 기쁨의 정도는 실로 막대한 것이다.

화자의 신앙적 각오는 굳세다. "그가 다맛 내게 하신 일을 진히리라!"든지 "그의 옷자락이 나의 五官에 사모치지 안었으나/그의 그늘로 나의 다른 한울을 삼으리라"는 그 점을 잘 말해준다. 화자는 물론 세속적 생활에서 발생하는 괴로움을 잘 알고 있고 그에 대한 대응방안도 가지고 있다. 그러나 그에게 중요한 것은 "그의 옷자락이 나의 五官에 사모치지 안었으나/그의 그늘로 나의 다른 한울을 삼으리라"에서 보듯이 하나님 앞에서의 실존을 깨닫는 일이다.

갈릴레아 바다 또는 갈릴리 호수(때로는 갈릴레아/갈릴리 바다)는 이스라엘 북쪽에 있는 담호수이다. 호수의 둘레가 약 53km이고, 남북으로 21km, 동서로 11km이며 면적은 대략 166km²에 이른다. 해수면으로부터 약 209m가량 아래에 위치하고 있으며 수심의 평균 깊이는 약 26m, 가장 깊은 곳은 43m이다. 주요한 수원은 북쪽에 위치한 헐몬산이다. 이곳 정상은 일 년 내내 눈이 쌓여 있다. 이 눈은 녹아서 갈릴리 호수로 흘러간다. 그래서 이 호수에는 생물이 풍성하다. 갈릴리라는 이름은 전통적으로 성경상의 갈릴리 지에서 나왔고 구약과 신약에 모두 등장한다. 신약에는 주로 "바다"로 기록되어 있고 예수와 관련해 유명하다. 구약에는 긴네렛 호수(민수기 34:11, 여호수아 13:27)로 나오고 일부 신약에는 게네사렛 호수(바다)로 묘사되기도 한다(누가복음 5:1).[11]

11) '갈릴리 호', 『위키백과』 <http://ko.wikipedia.org>.

나의 가슴은
조그만 <갈릴레아 바다>.

때없이 설레는 波濤는
美한 風景을 이룰수 없도다.

예전에 門弟들은
잠자시는 主를 깨웠도다.

主를 다만 깨움으로
그들의 神德은 福되도다.

돗폭은 다시 펴고
키는 方向을 찾었도다.

오늘도 나의 조그만 <갈릴레아>에서
主는 짐짓 잠자신 줄을——.

바람과 바다가 잠잠한 후에야
나의 歎息은 깨달었도다.

—정지용, 「갈릴레아 바다」

부활한 후 예수가 가장 먼저 갔던 곳이 바로 갈릴리 호수에 있는 갈릴리 지방이다. 비록 베드로를 비롯한 예수의 제자들은 예수를 버렸지만 여전히 그들을 사랑했던 예수는 자신의 부활 소식을 그들에게 가장 먼저 알려주고 싶었기 때문이다. 그곳에는 예수의 제자들이 예수의 부활을 전혀 모른 채 어부 생활을 하고 있었다. 물론, 부활한 예수를 만난 제자들은 나중에 훌륭한 사도들로 거듭나게 된다.

「갈릴레아 바다」에서는, 신앙심으로 충만한 화자가 예수를 통해 자신의 실존을 확인하는 과정이 확연하게 드러나 있다. 그것의 예로는, 우선 "오늘도 나의 조그만 <갈릴레아>에서/主는 짐짓 잠자신 줄을--"을 들 수 있다. 아주 짧은 두 행에 불과하지만 여기서는 화자의 커다란 깨달음의 총체가 발견된다. "바람과 바다가 잠잠한 후에야/나의 歎息은 깨달었도다"에서도 그런 점은 마찬가지이다.

박두진에 의하면 기독교 시의 정의와 개념을 설정하는 것은 매우 복잡하고 애매모호한 문제성을 지닌다. '기독교 정신'이나 '기독교 사상'이나 '기독교 신학'이란 용어의 내용 그 자체의 차이도 분별해서 받아들여야 하는 어려움도 있다. 또 사상이나 신학이란 면에서 다루지 않고 순전히 신앙 정서, 기독교 생활적인 정서와 그러한 인생관 혹은 정신이 주제가 되었을 경우 마찬가지로 기독교 시라고 할 수 있을 것이기 때문이다. 결국 기독교 시는 기독교 자체, 기독교 사상 자체, 그 신앙의 본질, 그 생활정서의 본질의 문제이다.[12]

百 千萬 萬萬 億겹
찬란한 빛살이 어깨에 내립니다.

작고 더 나의 위에
壓倒하여 주십시요.

일히도 새도 없고,
나무도 꽃도 없고,
쨍 쨍, 永劫을 볕만 쬐는 나혼자의 曠野에
온 몸을 벌거벗고

12) 박두진, 『현대시의 이해와 체험』(일조각, 1976), 47쪽.

바위처럼 꿇어,
귀, 눈, 살, 터럭,
온 心魂, 全 靈이
너무도 뜨겁게 당신에게 닳읍니다.
너무도 당신은 가차히 오십니다.

눈물이 더욱 더 맑게하여 주십시요.
땀방울이 더욱 더 진하게 해 주십시요.
핏방울이 더욱 더 곱게하여 주십시요.

타오르는 목을 추겨 물을 주시고
피 흘린 傷處마다 만져 주시고
기진한 숨을 다시
불어 넣어 주시는,

당신은 나의 힘.
당신은 나의 生.
당신은 나의 生命.
당신은 나의 모두……

스스로 버리랴는
버레같은 이,
나 하나 꿇은 것을 아셨읍니까.
또약볕에 氣盡한
나홀로의 피덩이를 보셨습니까.

―박두진, 「午禱」

"百 千萬 萬萬 億겹/찬란한 빛살이 어깨에 내립니다"에서의 '億겹/찬란한 빛살'은 말할 필요도 없이 광대하고 강하게 내리는 신의 은총을 상징한다. 화자는 누구보다도 그것을 잘 알고 있다. 그런데도 화자는 왜 "일히도 새도 없고,/나무도 꽃도 없고,/쨍 쨍, 永劫을 볕만 쬐는 나혼자의 曠野에/온 몸을 벌거벗고/바위처럼 꿇어"기도하는 것인가. 이에 대한 해답은 성서에서 찾을 수 있다.

이스라엘의 종교적 지도자이자 민족적 영웅인 모세는 호렙산에서 민족을 해방시키라는 음성을 듣고 이집트로 돌아와 파라오와 싸워 이겨서 히브리 민족의 해방을 이룩한다. 독실한 유대인이었던 사울은 유대인이 그리스도교로 개종하는 것을 이단이자 신성모독으로 여기고, 그런 개종자들을 많이 체포한다. 그러나 다마스쿠스(다메섹)로 가던 도중에 그의 운명이 바뀔 만한 사건이 일어난다. 부활한 예수의 환영이 그의 앞에 나타나서는 왜 그리스도교도를 박해하느냐고 힐난했던 것이다. 그 사건을 계기로 사울은 즉각 박해자에서 신도로 바뀐다.[13]

이처럼 모세의 호렙산과 사울의 다마스쿠스는 回心의 장소이다. 회심이란 일반적으로는 정신적 혁신 내지는 轉回를, 신학적으로는 반대의 길을 걷다가 신과 신의 법에 따르기로 마음을 바꾸는 일을 의미한다. 「午禱」의 화자의 경우, 회심의 장소는 광야이다. 그는 광야에서 하나님이 자신에게 어떤 존재인가를 절실하게 깨닫는다. 그래서 우리는 「午禱」에서의 화자의 실존이 하나님의 존재를 전제로 한 것임을 확인할 수 있다.

신의 권능이 강조되면 될수록 인간의 무력함은 그에 비례해서 더 크게 드러난다. 결국 인간은 신 앞에서 스스로 실존을 깨달을 수밖에 없는 존재임을 보여준다. 그런데 그 과정에서 시인이 표현수단으로 사용한 것은 '방향성'이다. 방향성이란 무엇인가. 구체적으로 그것은 신이 존재하는 곳의 방향이 발휘하는 신비스러운 힘이다. 그 힘은 함부로 다가오는 인간의 움직임을 방치하지 않는다.

---

13) '모세', 『두산백과』 <http://term.naver.com>.

퍼렇게 강물이 뻗혀오르고 있다.
하늘에서 땅으로 퍼렇게 강물이 쏟아져 내리고 있다.
강의 끝 저쪽으로 넘어가는 빛의 고개
하늘들이 하나씩,
모여 내려 선다.
하늘들이 맨발로 주춤주춤 선다.
위에서 아래까진 내려갈 수가 없다.
아래에서 위에까진 올라갈 수가 없다.
가에서 가에까진 건너갈 수가 없다.
쌓여서 쌓여 감춘
억만겹의 빛,
속에서 그 속으로는 들어갈 수가 없다.

—박두진, 「당신의 城」

시인은 다양한 목적을 위해 여러 방향을 자유자재로 구사하고 있는 바, 예를 들면 '땅에서 하늘로'를 비롯해 '하늘에서 땅으로,' '위에서 아래까진,' '아래에서 위에까진,' '가에서 가에까진' 등으로 이루어진 동서남북의 방향성을 시의 권능을 강조하기 위한 수단으로 사용한다. 이와 함께 시인은 신의 거처인 '당신의 성'을 위에서 아래까진 내려갈 수가 없고 아래에서 위에까진 올라갈 수가 없으며 가에서 가에까진 건너갈 수가 없는, 억만겹의 빛으로 쌓인 견고한 곳으로 묘사하고 있어서 독자로 하여금 인간은 상대적으로 얼마나 무력한 존재인가를 깨닫게 만든다.

Ⅳ. 대상과 인식

대상을 어떻게 인식하는가 하는 것은 시의 품위를 결정하는 관건이다.

대상은 그냥 그대로 존재하지만 시인은 그 대상을 치열하게 인식한다. 바꾸어 말하면, 관조하는 것이다. 그것은 시인의 전략이기도 하다. 그런 과정을 거치지 않고 제대로 된 한 편의 시가 탄생하는 것을 기대하기는 어렵다. 특히 조지훈의 경우, 불교와 밀접하게 관련되고 관조를 통해 이루어진 소재들은 소재의 차원을 넘어선다. 소재는 주제가 되고 주제는 소재가 된다. 그의 시에서 소재를 탐구하는 것과 주제를 탐구하는 것은 동일한 작업이다.

> 당신이 아니더면 포시럽고 매끄럽던 얼굴이 왜 주름살이 접혀요.
> 당신이 괴롭지만 않다면, 언제까지라도 나는 늙지 아니할테여요.
> 맨 첨에 당신에게 안기던 그때대로 있을 테여요.
>
> 그러나 늙고 병들도 죽기까지라도, 당신 때문이라면 나는 싫지 않아요.
> 나에게 생명을 주든지 죽음을 주든지 당신의 뜻대로만 하셔요.
> 나는 곧 당신이어요.
>
> ―한용운, 「당신이 아니더면」

'당신'이 누구인가에 따라 「당신이 아니더면」의 대상에 대한 인식은 각각 다르게 설명된다. '당신'을 '세속적인 시간과 공간을 초월하여 영생하는 존재'[14]나 '민족'으로 볼 수 있는 여지는 충분히 존재한다. 그러나 '당신'이 지시하는 대상을 다른 것으로 파악한다면 대상인식에 대한 설명은 얼마든지 달라질 수 있는 것이다.

분명한 것은, '당신'과 '나'가 인과관계로 묶인 존재였다는 점이다. '당신'은, 넉넉하고 매끄러운 '나'의 얼굴에 주름살이 생기게 했고 생사를 초

---

14) 김용직, 『『님의 沈黙』 총체적 분석 연구』(서정시학, 2010), 126쪽.

월하게 했으며 맨 처음에 만났던 상태를 유지하게 했다. 모든 것이 이 단계에서 머물렀다면 '나'의 결심은 평범한 것이었을 터이다. 「당신이 아니더면」은 이 단계에서 끝나지 않는다. 不二法門, 自他不二의 경지로까지 나아간다. 그리고 「당신이 아니더면」은 "나에게 생명을 주든지 죽음을 주든지 당신의 뜻대로만 하셔요"라는 진술과 "나는 곧 당신이어요"라는 진술을 인과의 논리로 묶어 놓는다.

다음 시에서는 양상이 달라진다. '님'에 대한 '나'의 인식은 향기로운 '님'의 말소리에 귀먹고 꽃다운 '님'의 얼굴에 눈이 멀 정도로 절대적이다. 그래서 '님'의 말소리는 말을 초월했고 '님'의 얼굴은 얼굴을 초월했다는 진술의 근거를 확보한다. 다른 한편으로 '귀먹고'와 '눈멀고'는 모두 긍정과 부정을 지니고 있어서 강렬한 효과를 낸다.[15)]

님은 갔읍니다. 아아, 사랑하는 님은 갔읍니다.

푸른 산빛을 깨치고 단풍나무 숲을 향하여 난 작은 길을 걸어서 차마 떨치고 갔읍니다.

황금의 꽃같이 굳고 빛나던 옛 맹세는 차디찬 티끌이 되어서 한숨의 미풍에 날아갔읍니다.

날카로운 첫 키스의 추억은 나의 운명의 指針을 돌려놓고 뒷걸음쳐서 사라졌읍니다.

나는 향기로운 님의 말소리에 귀먹고 꽃다운 님의 얼굴에 눈멀었읍니다.

사랑도 사람의 일이라 만날 때에 미리 떠날 것일 염려하고 경계하지 아니한 것은 아니지만, 이별은 뜻밖의 일이 되고 놀란 가슴은 새로운 슬픔에 터집니다.

그러나 이별은 쓸데없는 눈물의 源泉으로 만들고 마는 것은, 스스로 사랑을 깨치는 것인 줄 아는 까닭에, 걷잡을 수 없는 슬픔의 힘을 옮겨

---

15) 송욱, 『全篇解說(韓龍雲詩集, 님의 沈黙)』(일조각, 1980), 24쪽.

서 새 희망의 정수박이에 들어부었읍니다.

우리는 만날 때에 떠날 것을 염려하는 것과 같이 떠날 때에 다시 만날 것을 믿습니다.

아아, 님은 갔지마는 나는 님을 보내지 아니하였읍니다.

제 곡조를 못이기는 사랑의 노래는 님의 침묵을 휩싸고 돕니다.

—한용운, 「님의 침묵」

이와 함께 「님의 침묵」은 우리에게 禪定의 경지를 유감없이 보여준다. "우리는 만날 때에 떠날 것을 염려하는 것과 같이 떠날 때에 다시 만날 것을 믿습니다"는 그런 경우의 확실한 증거이다. 우리의 일상생활에 양면적인 것들인 有와 無, 기쁨과 슬픔, 성공과 실패 등이 서로 연결되어 있음은 말할 필요도 없다.[16] "아아, 님은 갔지마는 나는 님을 보내지 아니하였읍니다"도 마찬가지이다. 역설법이 적용됨으로써 인생의 폭넓은 모습을 한꺼번에 포괄하고 있는 것이다.

나는 나룻배,
당신은 행인.

당신은 흙발로 나를 짓밟습니다.
나는 당신을 안고 물을 건너갑니다.
나는 당신을 안으면 깊으나 옅으나 급한 여울이나 건너갑니다.

만일 당신이 아니 오시면 나는 바람을 쐬고 눈비를 맞으며 밤에서
낮까지 당신을 기다리고 있읍니다.
당신은 물만 건너면 나를 돌아보지도 않고 가십니다 그려.

16) 위의 책, 24쪽.

그러나 당신이 언제든지 오실 줄만은 알아요.
나는 당신을 기다리면서 날마다 날마다 낡아갑니다.

나는 나룻배
당신은 행인

―한용운, 「나룻배와 행인」

「나룻배와 행인」에서 먼저 주목해야 할 것은 시 전편에 비유가 적용되고 있다는 점이다. 제목부터가 그러하다. 시인인 화자는 '나룻배'에, 중생인 '당신'은 행인에 각각 비유된다. "나는 당신을 안고 물을 건너갑니다"는 濟度를 의미한다. 즉, 生死라는 苦海를 건너가게 한다는 뜻이다.[17] '나'는 항상 중생에 대한 애정을 지니고 있지만, 중생은 '나'의 은혜를 오래 간직하고 있지 못하다. 왜냐하면 중생은 '나'를 흙발로 짓밟고 '나'는 그런 이유로 "날마다 날마다 낡어" 가기 때문이다. 그러나 '나'는 그러한 수모를 의연히 참아내는 '忍'을 지니고 있다. 즉, '나'는 모든 것이 '空'임을 깨닫는 法忍을 소유하고 있는 것이다.

조지훈에게 있어 시의 단순화는 시의 원리였다. 그것은 '복잡의 단순화,' '평범의 비범화,' '단면의 전체화' 등 세 갈래의 종합화를 의도한다. 단순화는 시의 형식적 특성(운문)을, 비범화는 내용상 驚異의 발견을, 그리고 전체화는 상징성의 지향으로서 시의 기법적 기초가 되는 것을 뜻한다. 이 세 갈래의 지향을 종합하는 것이 선의 방법이며 미학이다. 시에 있어 선의 미학은 선의 사상 자체보다도 선적 방법의 적용을 지칭하는 것으로 보인다.[18]

---

17) 위의 책, 85쪽.
18) 송혁, 『현대 불교시의 이해』(동국대학교 부설 역경원, 1978), 104~105쪽.

木魚를 두드리다
졸음에 겨워

고오운 상좌아이도
잠이 들었다.

부처님은 말이 없이
웃으시는데
西城 萬里길

눈부신 노을 아래
모란이 진다.

—조지훈, 「古寺 1」

조지훈에 의하면 시는 구체적으로 말하면 '우아한 시,' '비장한 시,' '관조한 시' 등으로 대표되는 세 가지의 기본 성격을 지니고 있다. 거기에서 도출되는 아름다움도 있는데, 이른바 우아미 · 비장미 · 관조미 등이 그것들이다. 그는 「古寺 1」를 관조미를 지닌 시의 예로 들고 있다. 그의 주장에 따르면, 관조미는 다분히 상징성을 띠는 것이지만 헤겔이 말하는 상징 그대로만은 완전히 설명되지 않는다. 차라리 우아미가 정서적이요, 비장미가 의지적이라면 관조미는 知的이다. 대상의 깊은 곳에 파고 들어가 그 본성을 파악하는 지적 직관, 다시 말하면 감각적이면서도 철학적 · 종교적 의미에 도달한 것을 관조미라고 부르는 것이다. 대상을 그 자신에서 있는 그대로 전체로서 관찰하고 파악하는 태도이다.[19]

이런 점에 유념하면서, 먼저 조지훈은 자신이 쓴 시 「古寺 1」를 어떻게 해설하고 있는지를 살펴보기로 한다.

19) 조지훈, 「시의 원리」, 『조지훈문학전집 3』(일지사, 1973), 53쪽.

깊은 산중 단청이 낡은 옛 절에 봄도 무르익어 첫여름으로 들어설 무렵, 무척 고요한 대낮에서 저녁 어스름으로 넘어 갈 때였다. 목탁소리마저 그치고 산 속은 그만 적적하다. 법당에는 부처님이 자비스런 미소를 머금을 뿐 말이 없는데 극락정토가 있다는 서녘으로 놀이 물들어 온다. 서녘만릿길은 눈부신 놀속에 열리고 눈앞에서는 모란이 뚝뚝 떨어진다. 시간과 공간, 대상과 주체, 논리와 감정이 모조리 비약했다. (중략) 이 시는 禪思想에서 피어난 것이거니와 이미 앞에서 말한 바와 같이 시는 생명의 본질을 파악하는 것이요, 대상을 내적 생명에서 감수하는 것이므로 모두 하나의 범생명 또는 범신론의 세계에 절로 통하게 되는 것이다.[20]

「古寺 1」은 관조적이고 선적인 성격을 지니고 있다는 점에서 서경을 강조하는 여느 시들과 확연히 구별된다. 화자는 그의 시선의 초점을 내면세계보다는 외면세계를 드러내는 데에 맞추고 있다. 정적이 사위를 짓누르는 옛 사찰의 공간에서 화자의 눈이 포착한 것은 목탁을 두드리다 잠이 든 상좌 아이와 미소 짓는 부처님, 그리고 서쪽으로 지는 노을 아래의 모란이다. 그런데 「古寺 1」에서 무엇보다 중요한 것은 독자들이 시인에 의해 포착된 사물들이 언어의 옷을 입고 격조 높은 모습으로 다가서고 있음을 발견하게 된다는 점이다.

공감각적 표현은 상상력의 바탕 위에서 이루어진다. 어떤 대상을 하나의 감각이 아닌, 두 개의 감각으로 받아들이기 때문에, 바꾸어 말하면 하나의 감각을 그대로 받아들이지 않고 다른 감각으로 받아들이기 때문에, 거기에 상상력이 개입되었을 것이라는 판단은 지극히 자연스럽다. 상상력을 시인의 능력으로 본다면, 공감각 또한 시인의 능력과 관계가 있음은 당연하다.

---

20) 위의 책, 54쪽.

무르익은 果實이
가지에서 절로 떨어지듯이 종소리는
虛空에서 떨어진다. 떨어진 그 자리에서
종소리는 터져서 빛이 되고 향기가 되고
다시 엉기고 맴돌아
귓가에 가슴 속에 메아리치며 종소리는
웅 웅 웅 웅 웅……
三十三天을 날아 오른다 아득한 것
종소리 우에 꽃방석을
깔고 앉아 웃음짓는 사람아
죽는 者가 깨어서 말하는 時間
산 者는 죽음의 神秘에 젖은
이 텡하니 비인 새벽의
空間을
조용히 흔드는
종소리
너 향기로운
果實이여!

—조지훈, 「梵鐘」

「梵鐘」에서는 세 개의 공감각적 표현이 발견된다. 먼저, "종소리는/虛空에서 떨어진다"에는 청각과 시각이 결합되어 있어서 신비로운 느낌을 준다. 다음의 "종소리는 (……) 날아오른다"도 이와 같다. 다만 방향이 반대로 설정되어 있을 뿐이다. 마지막으로 "종소리/너 향기로운/果實이여!"는 청각과 후각과 시각이 결합됨으로써 감각의 확장이라는 소득을 얻는다. 다음으로 이 시에서 주목되는 것은 감각들의 결합이 종교적 세계를 드러내는 데에 크게 기여하고 있다는 점이다. 예를 들면, "종소리는/虛空에서 떨어진다"에서 보는 것처럼 지상이 아닌, 천상의 소리임을 깨닫게

해 주고 있을 뿐만 아니라 최종적으로 소위 불교에서 말하는 '지옥고'에서 벗어나게 하는 소리임을 말해준다.

조지훈이 말하는 '禪味의 시'는 어떤 시인가. 그것은 정적 속의 대상을 관조하는 시이다. 따라서 거기에는 개인적 정서가 삼투할 여지가 거의 없다. 대신에 거기에는 한 폭의 아름다운 풍경화가 자리 잡는다. 그 풍경화는 시각을 비롯한 모든 감각들을 수렴한다. 독자가 수용하는 참선의 오묘한 맛은 그러한 환경에서 산출되는 것이다.

닫힌 사립에
꽃잎이 떨리노니

구름에 싸인 집이
물소리도 스미노라.

단비맞고 난초잎은
새삼 치운데

벌 바른 미닫이를
꿀벌이 스쳐간다.

바위는 제 자리에
옴짝 않노니

푸른 이끼 입음이
자랑스러라

아스럼 흔들리는
소소리바람

고사리 새순이
도르르 말린다.

―조지훈, 「山房」

「山房」에서 제시된 한 폭 풍경화 속의 자연은 꽃잎, 구름, 물소리, 꿀벌, 바위, 소소리바람, 고사리 새순 등이다. 이 소재들은 한결같이 원래의 위치에 머무르지 않고 선적인 분위기를 창조하기 위해 적극적으로 기여한다. 그것은 시인이 정교한 묘사를 통해 여러 소재들로 하여금 정태적으로 존재하는 상태에서 벗어나 능동적으로 움직이도록 만든 데에 따른 결과이다.

Ⅴ. 주술과 영생

샤머니즘Shamanism은 엑스터시(忘我 · 恍惚)와 같은 이상심리 상태에서 초자연적 존재와 직접 접촉함으로써 신이한 초자연적인 능력(점복 · 예언 · 치병 · 제의 · 사령 인도)을 행하는 종교현상을 말한다. 샤머니즘의 중심에는 샤먼shaman이 있는데, 샤먼은 巫 · 巫覡 · 呪醫 · 司祭 · 예언자, 神靈의 대변자, 死靈의 인도자 등의 역할을 수행한다. 사람들은 엑스터시의 기술로 초인격적인 상태가 된 샤먼에게 초인적 능력이 있다고 믿는다.

샤머니즘은 우리말로 무격신앙 · 무속신앙이라 하고, 샤먼을 巫 · 巫女 · 巫堂 · 巫子 · 단골 · 만신 · 박수 · 심방 등으로 부르지만, 대개는 남녀의 성에 따라 박수(남성) · 무당(여성)의 호칭이 가장 많이 사용된다. 무당이 종교의식을 집행하며, 종교의식에 필요한 구비경전으로서의 巫

歌가 있고 그 안에는 우주의 질서와 교리적 지침이 들어 있다.

무속의 제의는 규모에 따라 '굿'과 '비손'으로 구분한다. 굿은 여러 명의 무와 반주자인 잽이가 합동으로 가무와 실연을 위주로 하는 제의이고, 비손은 한 사람의 무당이 축원을 위주로 하는 약식 제의다. 전자는 가무를 중심으로 해서 서서 제의를 진행한다고 '선굿'이라고 하고 후자는 앉아서 축원을 중심으로 진행한다 하여 '앉은굿'이라고도 한다. 무당이 신을 만나는 신성한 장소는 크게 무당 개인 신단, 신당(산신당, 성황당, 장군당 등), 민가의 신단 등이다.[21)]

승냥이가새끼를치는 전에는쇠메듣도적이 났다는 가즈랑고개

가즈랑집은 고개밑의
山넘어마을서 도야지를 잃는밤 즘생을쫓는 깽제미소리가 무서웁게 들려 오는 집
닭개즘생을 못놓는
멧도야지와 이웃사춘을 지나는집

예순이넘은 아들없는가즈랑집 할머니는 중같이 정해서 할머니가 마을을 가면 긴 담뱃대에 독하다는막써레기를 몇대라도 붙이라고 하며

간밤엔 섬돌아레 승냥이가왔었다는이야기
어늬메山곬에선간 곰이 아이를본다는이야기

나는 돌나물김치에 백설기를먹으며
넷말의구신집에있는듯이
가즈랑집할머니

---

21) 샤머니즘에 대해서는 한국문학평론가협회, 『문학비평 용어 사전』(국학자료원, 2006), 169~170쪽에 의거.

내가날때 죽은누이도날때
무명필에 이름을 써서 백지달어서 구신간시렁의 당즈깨에넣어 대감님께 수영을들였다는 가즈랑집할머니
언제나병을앓을 때면
신장님달련이라고하는 가즈랑집할머니
구신의딸이라고생각하면 슬퍼졌다

토끼도살이올은다는때 아르대즘퍼리에서
제비꼬리 마타리 쇠조지 가지취 고비 고사리 두릅순 회순 山나물을하는 가즈랑집 할머니를 딸으며
나는벌서 달디단물구지우림 둥굴네우림을 생각하고
아직멀은 도토리묵 도토리범벅까지도 그리워한다

뒤우란 살구나무아래서 광살구를찾다가
살구벼락을맞고 울다가웃는나를보고
미꾸멍에 털이멫자나났나보자고한것은 가즈랑집할머니다

찰복숭아를먹다가 씨를삼키고는 죽는것만같어 하로종일 놀지도못하고 밥도안먹은것도
가즈랑집에 마을을 가서
당세먹은강아지같이 좋아라고집오래를 설레다가였다

—백석, 「가즈랑집」

분위기가 시를 분석하는 데에 유용하다는 주장은 나름대로의 근거를 지니고 있다. 「가즈랑집」의 전반부에 놓여 있는 지배적인 분위기는 '무서움'이다. 짐승을 쫓는 쨍과리소리가 무섭게 들려오고 간밤에는 섬돌아래 승냥이가 왔었다는 이야기나, 어느 산골에선가 곰이 아이를 본다는 이야기들이 화자를 무섭게 한다. 그러나 「가즈랑집」의 중반부에 이르면

「가즈랑집」의 분위기는 샤머니즘 쪽으로 급격히 기울어진다.

가즈랑집 할머니는 무당이다. 그녀는 화자가 태어날 때뿐만 아니라 화자의 작은 누이가 태어날 때에도 무명필에 이름을 쓰고 백지를 '달어서' 바구니에 넣고 대감님을 대리 부모로 정해 준 바도 있다. 물론 복을 비는 뜻에서 그렇게 한 것이다. 그녀는 병을 앓는 것을 귀신에게 시달림을 받는 것으로 보았는데, 화자는 가즈랑집 할머니가 귀신의 딸이라고 생각하면 슬퍼졌다고 토로한다.

유년시절에 대한 화자의 회상은 주로 후반부에 나타나 있다. 그것은 주로 음식을 먹거나 나무열매를 먹는 것과 관련이 있고, 독자에게는 아련한 느낌을 주는 효과를 발휘하고 있는 듯하다. 그러나 유년시절에 대한 화자의 그리움은 전반부의 '무서움'과 대조를 이루면서 「가즈랑집」의 샤머니즘적 분위기를 조성하는 데에 기여한다.

동서양을 막론하고 사람들은 모든 삼라만상이 어떠한 보이지 않는 초인적인 힘에 의하여 지배되고 운행되는 것으로 믿었다. 여기서 인간들은 그 초인적인 힘을 인간의 편으로 유도, 조작하여 닥쳐올 불행을 예방하고, 대신 평안을 유지할 수 있을 것으로 생각하였다. 이에 그러한 힘을 인간 편으로 유도, 조작하기 위한 여러 가지 수단이 등장하였던바, 이것이 곧 呪術이다. 따라서, 주술이란 인간이 그들의 목적을 달성하기 위한 하나의 생활 수단으로서의 의미를 가진다고 할 수 있다.

어스름저녁 국수당돌각담의 수무나무가지에 녀귀의탱을걸고 나물매 갖추어놓고 비난수를하는 젊은새악시들
—잘 먹고 가라 서리서리물러가라 네소원풀었으니 다시침노말아라

벌개늪역에서 바리깨를뚜드리는 쇠ㅅ소리가나면
누가눈을앓어서 부증 나서 찰거마리를 불으는것이다
마을에서는 피성한눈슭에 절인팔다리에 거마리를 붙인다

여우가 우는 밤이면
잠없는 노친네들은일어나 팟을깔이며 방뇨를 한다
여우가 주둥이를 향하고 우는집에서는 다음날 으레히 흉사가있다
는것은 얼마나 무서운말인가

—백석, 「오금덩이라는곧」

「오금덩이라는곧」을 관통하는 것은 구체적으로 주술이다. 그것은 연마다 각기 다른 방식으로 전개되고 있지만, 공통적인 대상으로 삼고 있는 것은 '병'이다. 그것은 세 단계로 나누어 전개되고 있는바, 세부적인 내용을 살펴보면 다음과 같다.

첫째 연에서 젊은 부인들은 환자의 병을 치료하기 위해 비난수를 행한다. 젊은 부인들은 서낭당 돌담의 '수무나무'가지에 탱화를 걸어 놓고 '나물매'를 갖추어 놓는데, 이때의 나물매란 제삿나물과 제삿밥을 뜻한다. 비난수를 행하면서 젊은 부인들이 하는 말은 "잘 먹고 가라 서리서리물러가라 네소원풀었으니 다시침노말아라" 등이었는데, 여기서 우리는 젊은 부인들이, 죽은 후에 제사상을 받지 못하는 귀신에서 병의 원인을 찾고 있음을 알 수 있다. 즉, 젊은 부인들은 죽은 후에 제사상을 받지 못하는 귀신들이 해코지를 했기 때문에 병이 생겼다고 보고 있는 것이다.

둘째 연에서 사람들은 부종을 앓는 환자들을 위해 주술을 행한다. 그것은 구체적으로 말해, 벌개늪에서 '바리깨'를 두드려 찰거머리를 불러내서는 크게 피멍이 든 눈시울이나 팔다리가 저린 데에 붙이는 것이다. 이 경우, 사람들의 마음속에, 그렇게 하면 찰거머리가 나쁜 피를 빨아내서 병이 낫는다는 인식이 깔려 있음은 말할 필요가 없다.

셋째 연에서 잠없는 노친네들은 여우가 우는 밤이면 팥을 손으로 이리저리 쓸거나 펼 때 나는 소리를 내며 오줌을 눈다. 그것은 여우의 울음이 환기하는 병(죽음)을 예방하기 위한 주술이다. 팥은 오래전부터 逐邪의

기능을 가졌다고 인식되는 잡곡이었다.

귀신이란 죽은 사람의 혼령 또는 눈에 보이지 않으면서 인간에게 화복禍福을 내려준다고 하는 정령을 가리키는 말이다. 귀신은 형체는 없으나 인위적 행위는 물론, 초인간적인 행위를 할 수 있는 것으로서 우주에 가득 차 있어서 능히 사람과 교섭을 한다고 생각하였다.

> 국화꽃이 피었다가 사라진 자린
> 국화꽃 귀신이 생겨나 살고
>
> 싸리꽃이 피었다가 사라진 자린
> 싸리꽃 귀신이 생겨나 살고
>
> 사슴이 뛰놀다가 사라진 자린
> 사슴의 귀신이 생겨나 살고
>
> 영 너머 할머니의 마을에 가면
> 할머니가 보시던 꽃 사라진 자리
> 할머니가 보시던 꽃 귀신들의 떼
>
> 꽃귀신이 생겨나서 살다 간 자린
> 꽃귀신의 귀신들이 또 나와 살고
>
> 사슴의 귀신들이 살다 간 자린
> 그 귀신들의 귀신들이 또 나와 살고.
>
> —서정주, 「古調 貳」

시인이 내세우는 '永生'이 하나의 독립된 사상은 아닐지언정 독립된 사상을 구축하는 데에 핵심어의 역할을 수행하는 말들임은 의심의 여지가 없어 보인다. 그것은 시인 자신이 실제로 그런 생각을 지니고 있었을 뿐만 아니라 그런 생각을 작품화하고 있기 때문이다.

「古調 貳」를 전체적으로 관류하고 있는 것은 '살아 있음'이다. 꽃은 피었다가 사라진다. 그러나 그 '사라짐'은 죽음으로 이어지지 않고, 오히려 꽃 귀신이 생겨나 살게 되면서 곧바로 '살아 있음'으로 이어진다. 사슴도 이와 같다. 사슴이 뛰놀다가 사라진 자리에는 사슴의 귀신이 생겨나 산다. 이런 점들은 화자에 의하면, "영 너머 할머니의 마을에 가면" 얼마든지 쉽게 확인할 수 있다. 이른바 '永生'은 바로 이런 정신적 배경에서 추출된 개념이다.

서정주는 '靈魂'이 영생하는 생명을 경영했다고 보았다. 그에 의하면, 옛날 사람들은 박혁거세 왕의 죽음의 기록을 통해서 알 수 있듯이 육체는 죽어 땅에 떨어지지만 영혼은 하늘에 올라가 영원히 사는 것이라는 철저한 신앙을 가지고 있었고, 영혼은 영원히 살아서 미래의 민족정신 위에 거듭거듭 재림한다고 생각했다.[22] 그는 그것의 예를 '靈通'하다든지 '魂交'하다든지 하는 것에서 찾는다. 더 나아가, 그는 이 古式의 '靈通'하는 영생 그것으로써 그들은 영원을 항상 有機體化하고, 또 필연적으로 現生的 현실인의 가치를 전액의 것으로 만들어 가질 수 있었다[23]고 주장한다.

> 바닷물이 넘쳐서 개울을 타고 올라와서 삼대 울타리 틈으로 새어 옥수수밭 속을 지나서 마당에 홍건히 고이는 날이 우리 외할머니네 집에는 있었읍니다. 이런 날 나는 망둥이 새우 새끼를 거기서 찾노라고 이빨 속까지 너무나 기쁜 종달새 새끼 소리가 다 되어 알발로 낄낄거리며 쫓아다녔읍니다만, 항시 누에가 실을 뽑듯이 나만 보면 옛날 이야기만

22) 서정주, 「新羅의 永遠人」, 『서정주 전집 2(문학논총)』(일지사, 1972), 316쪽.
23) 위의 책, 317쪽.

무진장 하시던 외할머니는, 이때에는 웬일인지 한 마디도 말을 않고 벌써 많이 늙은 얼굴이 엷은 노을빛처럼 불그레해져 바다쪽만 멍하니 넘어다보고 서 있었습니다.

그때에는 왜 그러시는지 나는 아직 미처 몰랐읍니다만, 그분이 돌아가신 인제는 그 이유를 간신히 알긴 알 것 같습니다. 우리 외할아버지는 배를 타고 먼 바다로 고기잡이 다니시던 어부로, 내가 생겨나기 전 어느 해 겨울의 모진 바람에 어느 바다에선지 휘말려 빠져 버리곤 영영 돌아오지 못한 채로 있는 것이라 하니, 아마 외할머니는 그 남편의 바닷물이 자기집 마당에 몰려들어오는 것을 보고 그렇게 말도 못하고 얼굴만 붉어져 있었던 것이겠지요.

—서정주, 「海溢」

「海溢」에 등장하는 화자의 외할아버지는 배를 타고 먼 바다로 고기잡이 다니던 어부였다. 그는 화자가 태어나기 전 어느 해 겨울의 모진 바람에 어느 바다에선지 휘말려 빠져 버리곤 영영 돌아오지 못한다. 그런데 외할머니는 자기 집 마당에 몰려 들어오는 바닷물에 죽은 남편의 魂神이 들어 있다고 생각한다. 즉, 영혼과 교감하는 것이다. 이 부분을 구체적으로 이해하기 위해서는 다음 시를 살펴 볼 필요가 있다.

외할먼네 마당에 올라온 해일엔요,
예순살 나이에 스물 한 살 얼굴을 한,
그리고 천 살에도 이젠 안 죽기로 한,
신랑이 돌아오는 풀밭길이 있어요.

생솔가지 울타리, 옥수수밭 사이를
올라오는 海溢 속 신랑을 마중 나와,
하늘 안 천길 깊이 묻었던 델 파내서
새각시 때 연지를 바르고, 할머니는.

다시 또 파, 무더기 웃는 청사초롱에
불 밝혀선 노래하는 나무 나무 잎잎에
주저리 주저리 매어달고, 할머니는

갑술년이라던가 바다에 나갔다가
海溢에 넘쳐 오는 할아버지 魂身 앞
열 아홉 살 첫사랑 적 얼굴을 하시고

—서정주, 「외할머니네 마당에 올라온 海溢」

예순 살의 외할머니는 열아홉 살의 첫사랑 때의 얼굴로 스물한 살이었던 남편을 기다리고 있다. 해일이 올라오는 곳의 나무에 불을 밝힌 청사초롱을 매달아 놓은 것에서 보듯이 죽은 남편을 맞이하려는 준비도 아주 정성스럽다.

「외할머니네 마당에 올라온 海溢」에서 죽은 남편을 평생 기다리며 살아가야만 하는 외할머니는 결국 그 영혼과의 교감을 통해서 그들의 사랑을 되새기며 위로한다. 이것은 무지하고 원초적인 소박한 삶을 살았던 많은 여인네의 비극적 운명, 곧 인간의 본성이나 개인적 차원보다는 유교적 도덕관이나 윤리관이 훨씬 강조되었던 한 시대사의 반영이기도 하다.[24]

VI. 에필로그

지금까지 논의한 내용을 결론 삼아 요약해 보면 다음과 같다.

1) 신앙인으로서의 시인은 절대자를 대상으로 끊임없이 인간으로서의 실존을 확인한다. 시인에게는 그것이 무엇보다 중요하기 때문이다. 「나

24) 김학동, 『서정주 평전』(새문사, 2011), 175쪽.

무」의 화자는 “적은 年輪으로 이스라엘의 二千年을 헤엿노라./나의 存在는 宇宙의 한낱焦燥한 汚點이었도다” 등에 나타나는 과거인식과 “그리스도의 못박히신 발의 聖血에 이마를 적시며——” 등에 나타나는 현재인식을 통해 실존을 확인한다. 「다른 한울」(정지용)에서도 화자는 “그의 옷자락이 나의 五官에 사모치지 안었으나/그의 그늘로 나의 다른 한울을 삼으리라”에서 보듯이 하나님 앞에서의 실존을 깨닫는 것을 무엇보다 중시하고 있다. 그런 점은 “오늘도 나의 조그만 <갈릴레아>에서/主는 짐짓 잠자신 줄을——”에서 보듯 「갈릴레아 바다」(정지용)에서도 마찬가지로 나타난다.

박두진은 기독교 시를 기독교 자체, 기독교 사상 자체, 그 신앙의 본질, 그 생활 정서의 본질의 문제와 관련시켜 바라본다. 「午禱」(박두진)의 화자는 “일히도 새도 없고,/나무도 꽃도 없고,/쨍 쨍, 永劫을 볕만 쬐는 나혼자의 曠野에/온 몸을 벌거벗고/바위처럼 꿇어” 기도한다. 시인은 다양한 목적을 위해 여러 방향을 자유자재로 구사하고 있는 바, 예를 들면 그는 「당신의 城」(박두진)의 ‘땅에서 하늘로’를 비롯해 ‘하늘에서 땅으로,’ ‘위에서 아래까진,’ ‘아래에서 위에까진,’ ‘가에서 가에까진’ 등의 동서남북의 방향성을 시의 권능을 강조하기 위한 수단으로 사용한다.

2) 「당신이 아니더면」(한용운)에서의 ‘당신’이 누구인가에 따라 이 시의 대상에 대한 인식은 각각 다르게 설명될 수 있다. ‘당신’을 ‘세속적인 시간과 공간을 초월하여 영생하는 존재’나 ‘민족’으로 볼 수 있는 여지는 충분히 존재한다. 그러나 ‘당신’이 지시하는 대상을 다른 것으로 파악한다면 대상에 대한 설명은 달라진다. 이 시에서 분명한 것은, ‘당신’과 ‘나’가 인과관계로 묶인 존재라는 점이다. 「님의 침묵」(한용운)은 우리에게 禪定의 경지를 유감없이 보여준다. “우리는 만날 때에 떠날 것을 염려하는 것과 같이 떠날 때에 다시 만날 것을 믿습니다”는 그런 경우의 확실한 증거이다. 우리의 일상생활에서 양면적인 것들, 즉 有와 無, 기쁨과 슬픔,

성공과 실패 등이 서로 연결되어 있음은 말할 필요도 없다. 「나룻배와 행인」(한용운)에서 먼저 주목해야 할 것은 시 전편에 비유가 적용되고 있다는 점이다. 시인인 화자는 '나룻배'에, 중생인 '당신'은 행인에 각각 비유된다. "나는 당신을 안고 물을 건너갑니다"는 濟度를 의미한다. 즉, 生死라는 苦海를 건너가게 한다는 뜻이다. 「古寺 1」(조지훈)은 관조적이고 선적인 성격을 지니고 있다는 점에서 서경을 강조하는 다른 시들과 구별된다. 화자는 시선의 초점을 내면세계보다는 외면세계에 맞추고 있다. 이 시에서 중요한 것은, 독자들이 시인에 의해 포착된 사물들이 언어의 옷을 입고 격조 높은 모습으로 다가서고 있음을 발견하게 된다는 점이다. 「梵鐘」(조지훈)에서는 세 개의 공감각적 표현이 사용되고 있을 뿐만 아니라 감각들의 결합이 종교적 세계를 드러내는 데에 크게 기여하고 있다는 점이 주목된다. 예를 들면, "종소리는/虛空에서 떨어진다"에서 알 수 있는 것처럼 지상이 아닌, 천상의 소리임을 깨닫게 해 주고 있을 뿐만 아니라 최종적으로 소위 불교에서 말하는 '지옥고'에서 벗어나게 하는 소리임을 말해준다. 「山房」(조지훈)이 시에서 제시된 한 폭 풍경화 속의 자연은 꽃잎, 구름, 물소리, 꿀벌, 바위, 소소리바람, 고사리 새순 등이다. 이 소재들은 한결같이 원래의 위치에 머무르지 않고 선적인 분위기를 창조하기 위해 적극적으로 기여한다. 그것은 시인이 정교한 묘사를 통해 여러 소재들로 하여금 정태적인 상태에서 벗어나 능동적으로 움직이도록 조종한 데에 따른 결과이다.

3) 「가즈랑집」(백석)에서 가즈랑집 할머니는 무당이다. 그녀는 화자와 화자의 작은 누이가 태어날 때에 대감님을 대리 부모로 정해 준 적도 있다. 물론 복을 비는 뜻에서 그렇게 한 것이다. 그녀는 병을 앓는 것을 귀신에게 시달림을 받는 것으로 보았는데, 화자는 가즈랑집 할머니가 귀신의 딸이라고 생각하면 슬퍼졌다고 토로한다. 유년시절에 대한 화자의 회상은 주로 후반부에 나타난다. 그것은 주로 음식을 먹거나 나무열매를

먹는 것과 관련이 있다. 「오금덩이라는곧」(백석)을 관통하는 것은 구체적으로 주술이다. 그것이 공통적인 대상으로 삼고 있는 것은 '병'인데, 젊은 부인들은 환자의 병을 치료하기 위해 비난수를 행한다. 젊은 부인들은 서낭당 돌담의 '수무나무'가지에 탱화를 걸어 놓고 '나물매'를 갖추어 놓는다. 비난수를 행하면서 젊은 부인들이 하는 말의 내용을 보면, 우리는 젊은 부인들이, 죽은 후에 제사상을 받지 못하는 귀신에서 병의 원인을 찾고 있음을 알 수 있다. 사람들은 부종을 앓는 환자들을 위해 주술을 행하기도 한다. 노친네들은 여우가 우는 밤에 팥을 손으로 이리저리 쓸거나 펼 때 나는 소리를 내며 오줌을 누기도 하는데, 그것은 여우의 울음이 환기하는 병(죽음)을 예방하기 위한 주술이다. 서정주가 내세우는 '永生'이 하나의 독립된 사상은 아니지만 독립된 사상을 구축하는 데에 핵심어의 역할을 수행하는 말들임은 확실한 듯하다. 「古調 貳」(서정주)를 전체적으로 관류하고 있는 것은 '살아 있음'이다. 꽃은 피었다가 사라진다. 그러나 그 '사라짐'은 죽음으로 이어지지 않고, 오히려 꽃 귀신이 생겨나 살게 되면서 곧바로 '살아 있음'으로 이어진다. 사슴도 이와 같다. 사슴이 뛰놀다가 사라진 자에는 사슴의 귀신이 생겨나 산다. 이런 점들은 화자에 의하면, "영 너머 할머니의 마을에 가면" 얼마든지 쉽게 확인할 수 있다. 이른바 '永生'은 바로 이런 정신적 배경에서 추출된 개념이다. 「海溢」(서정주)에 등장하는 화자의 외할아버지는 배를 타고 먼 바다로 고기잡이 다녔던 어부였다. 그는 화자가 태어나기 전 어느 해 겨울, 바다에서 영영 돌아오지 못한다. 그런데 외할머니는 자기 집 마당에 몰려들어오는 바닷물에 보면서 거기에 죽은 남편의 魂神이 들어 있다고 생각한다. 이것은 유교적 도덕관이나 윤리관이 다른 것보다 훨씬 더 강조되었던 한 시대사의 반영이기도 하다.

제2부

시의 비평

소멸과 생성: 김성주론

—역사 · 환경 · 종교의 시적 존재 방식

Ⅰ. '보여 주는 시'의 지배적 인상

시집 『구멍』 수록된 시들은 서술시가 아닌 묘사시에 가깝다. 시집 『구멍』의 시들은, 그러므로, 말하는 시가 아니라 보여주는 시이다. 설혹, 시인이 대상에 대해 말하고 싶은 것이 있다 하더라도, 시집 『구멍』의 시들은 그것을 직접 말하지 않고 보여준다. 이런 점을, 우리는 시집 『구멍』의 곳곳에서 쉽게 발견할 수 있다.

시인은 대상에 대해 보고 느끼고 생각한 것을 시적 언어로 표현한다. 시인에 따라 독자에게 주는 시의 인상이 다를 수밖에 없는 것은 그러한 점에서 기인한다. 시의 인상은 종종 한 권 시집의 여기저기로 분산될 때도 있지만, 시집 『구멍』에서처럼 여러 요소들이 결부되는 범주의 형식으로 나타날 때도 있다. 그렇게 나타나는 인상을 우리는 지배적 인상이라 부른다.

시집 『구멍』에 수록된 시들의 지배적 인상은 역사 · 환경 · 종교 등을 소재로 삼고 그것과 결부되는 것들을 보여 주고 있는 데에서 나타난다. 필자가 시집 『구멍』에서 주목하는 것은 지배적 인상을 구성하는 것들, 즉 역사의 소멸을 환기하게 하는 것들, 환경의 소멸을 인식하게 하게 것들, 그리고 생성의 종교적 이미지들이다. 이 글에서는 주로 이런 점들에 대해 살펴보기로 한다.

II. 역사와 환경의 소멸

1. 역사 또는 소멸의 환기

역사의 기록은 응당 실존하는 역사가가 담당해야 할 작업이다. 그러나 그렇다고 해서, 역사 기록이 역사가의 전유물은 아니다. 역사는 역사가가 아닌 사람들도 얼마든지 다룰 수 있다. 그 역사가 우리의 삶과 밀접하게 관련되어 있다면, 그럴 수 있는 당위성은 더 커진다.

역사가 객관적 담론이어야 한다는 원칙은 역사가가 지켜야 할 원칙이지만 시인에게는 지켜야 할 원칙이 아니다. 이처럼 역사와 시의 존재방식은 판이하다. 역사와는 다르게, 시는 역사의 소멸을 환기하게 하는 방식으로 존재한다. 시집 『구멍』에서 역사의 소멸을 환기하게 하는 것들은 학살 · 혼백 · 헛묘 · 4 · 3유해 발굴 현장 등으로 나타난다.

> 오늘, 나
> 제주국제공항 활주로 서쪽 끝
> 오도국민학교 옛터를 찾았다

아버지는 여기 어디쯤에서 쓰러졌을까
국민의 배움터에는
청군 홍군 나뉘어 흥겨운 운동회의 세월은 없고
이긴 자들이 진 자들을 향하여 무차별 학살했던 흔적만
깨진 기왓장 조각으로 나뒹굴고 있다

—「흔적—오도국민학교 옛터에서」 부분

화자의 '아버지'의 죽음은 얼핏 보아도 "이긴 자들이 진 자들을 향하여 무차별"로 자행된 학살에 의한 죽음이다. 그것은 비극성의 극단에서 운위되는 것이므로 역사의 소멸을 환기하게 하는 것 이상의 의미를 지닌다. '학살'은 이 시에서 표면적 의미를 넘어서는 훨씬 더 심각한 의미를 드러낸다. 이 시에서 '학살'은 그러한 특수한 기능을 수행한다.

또한 「흔적—오도국민학교 옛터에서」라는 제목은 구체적인 역사의 내용을 불러일으킨다. 이 제목은 시의 내용을 제시하는 역할을 수행하지만, 내용을 적나라하게 펼쳐 놓는 데까지는 역할을 수행하지 않는다. 실제로도, 역사의 내용을 적나라하게 펼쳐 놓는 것은 필요하지 않다. 왜 그러한가. 시에서 요구되는 것은 적나라한 역사의 내용이 아니라, 그것을 환기시키는 사물[1]의 존재이기 때문이다.

뻘건 도랑물 흐르던 오름
허옇게 삭히어보려
세월이 오르락내리락
마포질 한다만
부러진 몸뚱어리
썩고 썩어
혼백 엮어 만들어온

1) 이 경우의 사물은 개별적이고 구체적으로 존재하는 모든 것을 의미한다.

봄날
잊혀진 오름들이 날카롭게 푸르르고 있다

—「사월 억새」 부분

'혼백'은 죽음 이후에나 상정할 수 있는 초자연적 존재이다. 혼백과 혼백 이전에 존재하는 육신을 함께 생각하면 '혼백'이 거느리는 의미는 그 이전과 비교할 수 없을 정도의 내포와 외연을 구유한다. 그런 이유로, 혼백의 의미는 응축되기도, 확장되기도 한다. 이 경우, 나열될 수도 있는 미사여구는 전혀 쓸모가 없다. 혼백은 스스로 그것의 역사적 · 사회적 의미를 생산한다.

'혼백'의 의미를 '사월 억새'에 의탁하는 방법을 통해 드러내고 있는 것은, 이 시에서 주목할 만한 점이다. 물론 그것은 시인의 사물을 바라보는 방법이나 시인의 의도와 크게 관계가 있을 공산이 크다. 그런데도 정작 시인의 시선이 머무는 곳은 사물의 표면이 아닌 사물의 이면이다. 게다가 '사월 억새'는 "뻘건 도랑물 흐르던 오름/허옇게 삭히어보려/세월이 오르락내리락/마포질 한다만/부러진 몸뚱이"에서 보듯 단박에 설명할 수 없는 차원을 획득한다.

삼밭에는 삼이 없다 삼밭 일구던 마흔여섯 가구의 사람들 없다 쉰다섯의 허령(虛靈)들만 팽나무를 타고 올라 눈망울들 남으로 기웃거리고 있다 시선 따라 길을 간다 개구리발톱 양지꽃 미나리아재비 애기똥풀 등대풀 살갈퀴 재비꽃 그 평화의 어지럼 속에 고사리가 물음표를 던지고 있다 물음표를 뭉개며 헛묘 앞에 섰다 할미꽃 허연 머리가 푸스스하다 나는 잘 익은 굴비를 꾸역꾸역 목구멍으로 삼킨다 여기는 평화의 섬 제주니까

—「굴비」 4연

이 시의 말미에는 '헛묘'에 대해 "예비검속의 올가미에 걸려 정방폭포에서 살해당한 후 시신을 찾을 수 없었던 유족들이 원혼을 위로하기 위해 만든 묘"라고 부기되고 있다. 말할 필요도 없이, 헛묘에 수반되는 것은 역사의 모순과 그에 따른 비극이다. 그렇다면 '굴비'는 무엇인가. 그것은 역사적 비극에 대한 상징이라 할 만하다.

시인은 독자에게 회고적 경향과 함께 역사를 바라보는 여러 태도를 한꺼번에 보여준다. 화자의 어조는 단호하기도(2연) 하고, 답답하기도(3연) 하며, 인용된 연에서처럼 풍자적이기도 하다. 그것은 역사를 소재로 시를 쓰는 다른 시인의 수법과는 완전히 구별되는 수법이다. 시인은 우리로 하여금 그러한 방식으로 '헛묘'의 비극성을 상기하게 한다. 이 시는 그러한 점을 우리에게 아주 자연스러운 방식으로 보여준다.

> 정뜨르비행장
> 4 · 3유해발굴현장을 먼발치서 바라본다
> "폭도새끼들 뭐 볼 게 있다고"
> 내 어깨를 툭 치며 내뱉는 말이 늑골을 찌른다
> 산으로 오른 어머니와 외삼촌 향하여 총을 겨눈
> 무공훈장을 받은
> 충혼묘지에 묻힌
> 어머니의 사촌이 그의 아비인
> 바위 같은 얼굴이 내 어깨를 짓누른다
>
> ―「까마귀 · 2」 부분

4 · 3을 소멸의 역사로 볼 때, 거기에는 인간의 소멸, 윤리의 소멸도 당연히 포함된다. '4 · 3유해현장'이 겉으로는 화자가 '먼발치'서 바라보는 대상에 불과한 것 같지만, 잘 생각해 보면 그것은 화자의 긴 생애 동안 항

상 압박하는 실체로 작용했다. 여기에도, 4 · 3의 비극성은 엄연히 존재하는데, 그것은 직접적으로 표현되지 않고 간접적으로 표현되고 있다.

'정뜨르 비행장'은 말할 필요도 없이 4 · 3의 비극을 상징한다. 그 비극은 '정뜨르 비행장'이 화자의 아버지와 외할아버지가 묻혀 있는 곳이라는 점에 기반을 두며, "이 섬 어딘가에 있다는 어머니, 외삼촌" 등을 포함한 개인사의 비극에서 끝나지 않고 제주사의 비극, 한국사의 비극이기도 하다.

2. 환경 또는 소멸의 인식

시적 진술 대상으로서의 환경은 생태계의 환경을 의미한다. '환경'은 '생태계'란 말을 무생물적 요소와 생물적 요소를 포괄하는 개념으로 쓰일 때에, 그리고 '생태적 환경'을 인간의 삶과 밀접하게 관련되는 개념으로 쓰일 때에 보다 잘 인식될 수 있다. 시집 『구멍』에서 환경의 소멸을 인식하게 하는 것으로는 유형적인 것도 있고 무형적인 것도 있다. '코카콜라'는 전자에, '사라진 은하수'와 '고양이 울음소리'는 후자에 각각 해당한다.

> 그러나 이 이야기는 잠시 멈춰야 할 것 같습니다 몰래 파도를 타고 온 코카콜라 캔이 문제를 일으켰기 때문입니다 호텔 리조트 콘도 펜션 레스토랑 카페…… 깃발의 영역을 넓히려는 서부의 총잡이들이 무차별 난사를 하며 몰려오고 있습니다 낮빛 파래진 애월의 업구렁이가 놀래어 잠깬 도대에 올라 발꿈치 들고 달을 부릅니다 발목 그 푸른 심줄을 쓰다듬는 젖은 손이 있습니다
>
> —「애월(涯月)이 코카콜라를」 부분

이 시에서 주목해야 할 것은 화자의 시선에 의해 제국주의적 요소가 포착되고 있다는 점이다. 애월은 그지없이 평화로운 마을이었다. 그런데 이 마을에는 "몰래 파도를 파도를 타고" 코카콜라 캔이 들어오고, 뒤이어 "호텔 리조트 콘도 펜션 레스토랑 카페" 등이 속속 들어와 마을의 모습을 바꾸어 놓는다.

제국주의란 원래 직접적인 영토 획득이나 다른 지역에서 정치적 · 경제적 통제력을 얻어 세력이나 지배권을 확장시키는 국가정책이나 관행을 의미한다. 이 시에서 '코카콜라'를 비롯, "서부의 총잡이들이 무차별 난사를 하며 몰려오고" 있는 것들은 모두 서구의 경제적 침략을 상징하는 사물들이다. 이처럼 시인은 소박하고 아름다운 마을 환경이 소멸하고 있음을 인식하고 있다.

> 하늘에 은하수가 사라졌다
> 사막을 걸어가는 낙타의 눈처럼 별이 목마르다
>
> 장대 끝에 꿈을 매달아 별을 따본다
> 밤톨 없는 밤송이뿐이다
>
> 방선문(訪仙門) 계곡에 신선들이 사라졌다
> 잘 익은 머루주 향 같은 노래
> 휘파람새의 휘파람소리 들려오지 않는다
>
> 어디로 갔을까
>
> —「어디로 갔을까」 부분

인용된 부분을 포함한 시 전체에는 "어디로 갔을까"가 세 번, "어디로 갔을까"가 두 번 반복된다. 그 물음의 대상이 '하늘의 은하수,' '무수히 반짝이는 별,' '방선문 계곡의 신선들,' '휘파람새의 휘파람소리' 등이라는 점을 놓고 보면, 이 시의 성격은 명백하다. 시인은 이 시에서 아름다운 환경의 소멸을 보여준다.

자연은 인간의 의도나 노력으로부터 독립해 존재하는 그 무엇이다. 인간의 자연은 교육을 통해 얻은 부분이 아닌, 태어나면서 가지고 나온 부분이다. 프랑스어 'nature'는 '자연'과 '본성'의 뜻을 함께 지닌다. 이런 의미에서, 하늘의 은하수, 별, 휘파람새도 자연 환경에 포함됨은 물론이다. 시인은 그러한 환경의 부재를 철저히 인식한다.

누런 보리밭 헤집으며 꿩알 줍던
내 고향에도 아스팔트길 뚫렸다
(……)
20년 만이다
안개비 내리는 일요일
성묘하러 고향 길 간다
모텔과 가든이 마주하는
4차선 중앙분리대 아래
찢긴 외투 널브러져 있다
야－옹 야－옹
외투 속을 빠져나온
우리 집 헛간 주인 얼룩고양이의
야아오오옹
꽁무니에 매단 채
옛 집터를 지나
씽씽 산으로 달린다
상여 느릿느릿 오르던 길이다

－「고양이 울음소리」

'찢긴 외투'는 교통사고의 발생을 짐작케 하는 표현이며, 그런 사고를 유발하게 한 것은 '아스팔트'이다. '고양이 울음소리'는 그러한 상황에 대한 간접적인 반응으로 보인다. 그런데도 '고양이 울음소리'는 표면적 의미보다 훨씬 더 많은 의미를 거느린다. 그것은 시인이 환경의 어느 한 부분만이 아닌, 전체를 인식의 대상으로 삼고 있는 점에서, 그리고 이 시의 배경적 외연이 '아스팔트'로 시작해서 '상여 느릿느릿 오르던 길'까지에서 보듯 아주 넓은 점에서 기인한 결과이다.

Ⅲ. 생성과 종교적 이미지

생성이 무턱대고 종교적 이미지와 관련되는 것은 아닐 터이다. 그러나 여기서의 생성은 종교적 이미지와 밀접하게 관련되는 생성이다. 생성은 어떤 것이 '스스로 다른 것으로 되는 것'(becoming)을 의미한다. 생성은 동일상태에 머무는 존재의 고정성에 대립한다. 생성과 존재의 관계는 고대 그리스 철학 이래의 철학의 근본문제였다. 생성은 그것의 속성상 변화와 불가불리의 관계에 놓일 수밖에 없다. 그 변화 과정에 종교적 요소(이미지)가 개입되는 것은 자연스러운 일이다. 시집 『구멍』에서, 생성에 참여하는 종교적 이미지들은 화엄 · 범종 · 반야용선 · 연화 등에 근거를 둔 것들이다.

> 대웅전 계단을 내려온 두 여인이 화엄의 벚꽃 길을 걸어간다 마주보는 눈길마다 미소가 번진다 첫사랑에 달뜬 연인 같다
>
> 어린 핏덩이도 울부짖던 어미도 참 많이 부딪히며 흘러온 이십여 년

두 줄기 세월이 나란히 화엄 속을 거닐고 있다

―「화엄의 그늘」

『구멍』에서, 이 시는 어떤 대상에 대한 시인의 정신적 탐색이 역사 · 환경에 머무르지 않고 다른 영역으로까지 확대되고 있음을 확인할 수 있는 첫 번째 작품이 될 것이다. 시인이 도달한 지점에는 종교가 있고, 그가 늘상 체험하는 종교적 이미지들은 이제 감각의 차원이 아닌, 생성의 차원을 보여 주기에 이른다.

화엄이란 붓다의 만덕과 여러 꽃으로 장식된 지리의 세계를 말한다. 보통, 어떤 낱말의 의미는 그 낱말의 구조로 인해 제한된다. '화엄'도 그러한 경우의 낱말이다. 그러나 시인에 의해 조종되는 낱말의 의미는 낱말의 구조를 한참 넘어선다. '화엄의 꽃'은 결국 '꽃'의 중층적 의미를 통해 생성의 종교적 이미지를 드러낸다.

임이 있어도 그만, 없어도 그만이던 시절은 가고
첫눈 내리던 날
머리 깎고, 눈 코 귀를 막으며
산사에 들어온 지 20년
임을 부르며 범종을 친다
(……)
상처를 안고 몰려드는 물고기들을 어루만지며
부르튼 천수(千手)로 물마루 집고 넘어
철썩 사르르
무성(無聲) 무색(無色)이 되어 찾아온 임의 노래
짭짤하고 축축한 그, 눈물 속에서
범종이 운다

―「한담리 바닷가에서 범종소리를 듣다」

종은 시간과 장소를 알리는 상징이다. 그것은 시간의 매듭과 장소의 현장성을 알릴뿐만 아니라 공간적인 신성성을 확장하는 암호로도 표상된다. 그리고 그것은 성스러움을 불러일으킴으로써 인간을 각성시킨다. 불교에서 종소리는 諸行無常을 깨닫고 번뇌와 사악에서 벗어나게 하는 역할을 맡는다. 이와 함께 종을 만들어 공양하는 데에는 마귀를 항복시키고 중생의 고뇌를 없애 菩提를 성취하게 하는 기원이 깃들어 있다.

'범종'은 이 시에서 '울리'는 주체가 아닌, '우는' 주체로 나타난다. 화자가 '이 한담리 바닷가'에서 듣는 범종소리는 청각으로 받아들이는 소리가 아니라 다분히 관념적인 소리이다. "부르튼 천수(千手)로 물마루 집고 넘어"의 '천수'가 천수관음을 의미하는 데에 유의하는 독자라면 그런 판단에 쉽게 동의할 수 있을 것이다. '범종'은 그러므로 단순한 범종이 아닌, 실로 많은 의미를 내포한 범종이 되는 셈이다. 생성의 종교적 이미지를 드러내는 것도 그때에 비로소 가능하다.

> 읍내로 나가
> 조합 빚 이자 물고
> 바위에 앉아
> 망망대해를 본다
>
> 반야용선을 타지 않으면
> 죽어서도 건널 수 없다는
> 윤회의 바다 검푸르다
>
> 새 날아간
> 바위에 앉아
> 파도에 금가는 심장 소리를 듣는다

배는 보이지 않는다

—「건넌다는 것」

이 시는 시인이 지닌 사유의 깊이를 잘 보여준다. 현실에서는 평범하고 사소한 것에 불과할 수 있는 행동인 '건넌다는 것'도 그는 진지한 사유의 대상으로 삼는다. "읍내로 나가/조합 빚 이자 물고/바위에 앉아/망망대해를" 보며 '반야용선'을 뇌리에 떠올리는 순간은 그러한 경험이 축적된 자에게만 찾아온다. 거기에 우리 삶의 가장 근본적인 문제가 담겨 있는 점은 그러한 맥락에서 해명될 수 있다.

반야용선은 해탈의 방법으로 극락세계에 가기 위해 타고 가는 용처럼 생긴 배를 가리킨다. 이 시의 말미에 부기된 것처럼, 그것은 輪廻苦를 벗어나게 하는 유일한 수단이다. 따라서 "반야용선을 타지 않으면/죽어서도 건널 수 없다는/윤회의 바다 검푸르다"는 시적 진술에 생성의 종교적 이미지가 담겨 있는 것은 자연스럽다.

뜨거운 팔월에 오십시오
홀로 오십시오
하현달 품에 안은 고운 여인이여
당신의 거울로 다가 오십시오
여기는 하가 연화못
내딛는 자욱마다 피었던 꽃송이들
툭툭 지는 소리에
눈물마저 말랐지만
깊은 눈으로 거울을 보십시오
저리도 눈부신 연꽃의 황홀

—「하가 연화못」

빛과 생명의 상징으로 인식되었던 연꽃은 불교의 성립 이후에는 부처의 상징으로서 불교를 설명하기 위한 교리의 일부로서의 위치를 차지한다. 연꽃은 오랜 수행 끝에 번뇌의 바다에서 벗어나 깨달음에 이른 수행자의 모습에 비유되고, 빛의 상징이자 생명의 근원인 연꽃 하나하나에는 부처가 탄생한다는 무한 창조 관념이 형성된다.

연꽃에 대한 생성의 개념이 전제되지 않으면, 이 시의 의미는 제대로 성립될 수 없다. 이 시에서는, 연꽃이 지닌 상징적 의미, 즉 청정함 · 순수함 · 완전무결함 등이 거의 구현되지 않는다. 본래 이 시에서의 연꽃은 "저리도 눈부신 연꽃의 황홀"에서 보듯 아름다운 꽃이기는 하지만, 의미가 고정되어 있는 꽃이 아니었다. 그것은 석가모니가 인간을 연꽃으로 보았던 것과 관련된다. 연꽃은 이 시에서처럼 '와서 보는'(와서 많은 것을 느끼고 생각하는), 갖가지 방식으로 살아가는 중생의 꽃임에 틀림없다.

IV. 역사 · 환경의 표출 방식과 생성의 의미

1) 역사나 환경이 시의 소재로 등장한 것은 아주 오래전부터이다. 그런데 그것이 특정한 역사(예를 들면, 4 · 3)나 환경(애월)으로 범위가 좁혀지면 우리로서는, 그것이 드러나는 방식에 관심을 가지지 않을 수 없게 된다. 많은 시인들이 동일한 소재를 사용하기 때문에, 시의 차이는 결국 소재가 드러나는 방식의 차이로 나타날 수밖에 없다. 그런데 시집 『구멍』의 경우, 역사는 환기의 대상으로, 환경은 인식의 대상으로 드러나는 경향이 우세하다.

2) 시집 『구멍』은 생성 자체가 아닌, 생성에 이르는 종교적 이미지를 보여준다. 시인이 궁극적으로 지향하는 바는 종교적 이미지 쪽이 아닌,

생성의 의미 쪽에 있다. 그러나 그 '생성의 의미'는 철학적인 논의 대상이 되거나 우리를 종교적 善의 세계와 이끄는, 다분히 도식적이고 상투적인 의미와는 분명히 구별된다. 한마디로, 그 생성은 시적 사유와 아주 밀접하게 결부되는 그러한 생성이다.

낭만적 서정과 현실: 김종태론

Ⅰ. '낭만적 서정'의 함의

'낭만적 서정'이란, 원래 시인의 개인적 감정과 경험에 크게 의존한 프랑스 서정시의 주관적 특성을 말할 때 사용된 말이다. 프랑스문학사에서는, 프랑스 낭만주의 운동의 4대 시인으로 불리는 위고, 라말티느, 뮈세, 드 비니 등이 가슴에서 우러나오는 시를 썼다고 설명한다.

김종태 시집 『지상에 별꽃』을 읽는 시간 내내 필자의 뇌리에는 읽기 시작할 때 떠올랐던 '낭만적 서정'이란 말이 사라지지 않았다. 그 이유는 물론 이 시집의 시들 곳곳에서 넘쳐나는 '감정'에서 찾을 수 있을 터이다. 필자는 그 '곳곳에서 넘쳐나는 감정'이야말로 이 시집의 시들이 드러내는 낭만적 서정의 원천이라고 생각한다.

우리에게는 영어의 'romantic'이란 말을, '낭만적'이라는, 다분히 긍정적인 의미로 사용하는 경향이 있지만, 이 말은 긍정적인 의미와 멀리 떨어진 부정적인 의미로도 함께 사용된다. 부정적인 의미로는, '공상적인,' '괴기한,' '비실제적인' 등을 들 수 있다. 그러나 『지상에 별꽃』의 시들이 드러내는, '낭만적 서정'의 '낭만적'은 그런 의미의 사용과 무관해 보인다.

'낭만주의'는 일단 서구의 18세기 말부터 19세기 초까지 실재했던 역사적 문예사조를 지칭하는 말이지만, 시대와 관계없이, 사람이 지닌 기본 속성으로서의 낭만주의를 지칭하는 말이기도 하다. 그런데, 사람들은 전자의 쓰임에 대해서는 쉽게 받아들이지만 후자의 쓰임에 대해서는 쉽게 받아들이려 하지 않는다. 사람들이 그렇게 하는 데에는, 낭만주의를 역사적 문예사조의 하나로만 가르치는 학교 교육의 탓이 크다. 굳이 여기서 이 점을 상기하는 것은 『지상에 별꽃』의 시들이 후자의 쓰임과 크게 관계가 있는 점을 강조하기 위해서이다.

이와 함께, 『지상에 별꽃』의 시들이 드러내는 낭만적 서정이 현실과 밀접하게 결부되어 있는 점도 반드시 유의해야 할 사항이다. 필자는, 이 시집의 시들이 상상의 과정을 거친 후 독자에게 현실을, 그것도 우리와 아주 가까운 곳에 위치한 현실을 분명하게 보여주고 있는 사실을 이 글의 전제로 삼고자 한다.

II. 현실의 성격

표현론을 신봉하는 사람들이 가장 중시하는 인간의 능력은 상상력이다. 그들에 의하면, 상상력은 이성에 대치되는 능력인 동시에 이성을 지배하는 능력이다. 문학은 개성의 표현이지만 상상의 표현이기도 하다. 상상은 사실의 세계에 매이지 않고 사실을 변형시켜 사실보다 더 아름답게, 더 훌륭하게, 그리고 더 다양하게 만든다. 그렇다고 해서, 상상이 이성보다 우월한 정신 능력이라고 말할 수는 없다. 상상은 다만 이성이 할 수 없는 부분을 메워주는 기능을 수행할 뿐이다.

『지상에 별꽃』의 시들이 드러내는 낭만적 서정은 상상의 과정을 거치치만 그것이 종국에 가서 닻을 내리는 곳은 시인과 밀접하게 관련을 맺고 있는 현실(일상)이다. 이런 점에 유의하면, 이 시집의 시들이 보여주는 현실은 대체로 다음의 4가지로 구분될 수 있다.

첫째, 이 시집의 시들이 보여주는 현실은 시인의 주관적 현실이다. 이때의 주관적 현실은 이성으로 파악한 현실이 아니라, 주관적 감정으로 파악한 현실인 바, 우리가 『지상에 별꽃』에 수록된 시들의 지배적 인상을 '감정의 토로'로 단정하는 것은 그런 점에서 기인한다.

> ① 지상에 떨어진 별의 눈물이 별꽃으로 피었는가?/바위 아래 별꽃이./지상에서 갈곳없는 나를 위로 했다. (「별꽃」)
> ② 마음없이 어디로 매일 가는지 나는 모릅니다./미래없는 시간들 속으로 자꾸만 걸어갑니다.//어디로 가는 황혼 길에서/어느 길을 걷는지 나는 알지 못합니다. (「어디로」)
> ③ 나무들이 서있는 언덕을 지나/어두운 강물 위에 떠서/어디론가 흘러간다. (「삶을 따라서」)
> ④ 나무만 자라는 땅에서 나는 어디로 가야 하나?/마음에도 길은 없다./신의 그림자 사라진 길에서 서성인다. (「나무 그림자」)

시인의 의도는 방황하고 있는 개인의 현실을 드러내는 데 있지만, 그것은 곧바로 이루어지지 않는다. 그것은 "내가 풀밭에 앉아 슬퍼하고 있을 때/초록빛 풀밭에 하얀 별들이 내려와/지상에서 슬퍼하는 나를 위로 했다"(「별꽃」), "날마다 마음이 부서지고/저녁마다 눈물방울 하나씩 시들은 담쟁이 창가에 떨어집니다"(「어디로」), "바람 흘러가고/별 없는 하늘에서/비 내리는데"(「삶을 따라서」), "오월의 하늘에 까마귀 한 마리,/

새의 그림자가 푸른 나무들 사이로 지나갔다./한낮 신록의 나뭇잎들은 바람에 흔들린다"(「나무 그림자」) 등에서 보듯이 상상의 과정을 거칠 때에 비로소 이루어진다.

『지상에 별꽃』에는 이처럼 상상의 과정을 거쳐 현실을 드러내는 시들이 수두룩하다. 특히, 이 어구들의 핵심적 내용이 삶의 방향을 진지하게 모색하는 물음들로 구성되고 점을 생각하면, 시인은 이 어구들에서 매우 주목할 만한 시적 행위를 전개했다고 해도 크게 틀리지 않을 것 같다.

둘째, 이 시집의 시들이 보여주는 현실은 감정으로 표상되는 현실이다. 낭만적인 것과 전통 · 정지 · 완고함 등은 항상 서로 반발한다. 워즈워스는, 좋은 시란 "강력한 감정이 저절로 넘쳐 나오는 시"라고 말한 바 있다. 감정을 억제하면, "강력한 감정이 저절로 넘쳐 나오는 시"는 기대할 수 없다. 『지상에 별꽃』의 시들에서 가장 두드러진 감정은 슬픔이다.

> ① 비 맞고 서 있는 말 한 마리/비 맞고 있는 풀밭의 슬픔. (「비」)
>
> ② 어두운 가슴에 눈물만 흐른다./너희들이 내 마음에 있어도/끊임없는 슬픔은 어두운 강물 같구나. (「나무들을 지나」)
>
> ③ 시드는 꽃처럼 매일 아프다./눈물도 매달리지 않는 나날/슬픔은 창가에서 마른다 (「마르는 날」)
>
> ④ 시드는 여름날에 밖을 내다봅니다./세상은 슬픔처럼 있습니다./여름새의 울음소리도 슬픕니다. (「끝 여름」)

현실의 슬픔은 다양한 면모로 구체화된다. 그것은 '비 맞고 서 있는 말 한 마리'가 되기도 하고 '어두운 강물,' '젖은 것,' '세상' 등이 되기도 한다. 이 과정에서 작용하는 능력이 상상력임은 말할 필요도 없다. 현실의 슬픔은 이처럼 다양한 면모로 구체화되지만, 그 슬픔과 관련되는 다른 감정까지도 덩달아 구체화되는 것은 아니다. 추측하건대, 그 이유는 시인이 의도적으로 그것을 차단했기 때문일 것이다.

셋째, 이 시집의 시들이 보여주는 현실은 물화物化된 현실이다. 물화란 축자적으로는 주관적이거나 인간적인 어떤 것이 생명 없는 대상으로 변하는 것을 말한다. 따라서 그것은 인간 사회를 외적인 것, 자연적인 것으로 보이도록 만든다. 물화는 시장경제사회에서, 사용가치가 무시되고 교환가치가 중시되는 현상과도 관련된다.

> ① 앉아 있는 의자에서도/나는 의미의 의미를 보지 못했다./걸어가는 길 위에서도/나는 사물들의 얼굴을 보지 못했다./내가 본 것은 만물의 소용돌이 뿐, (「물질의 소용돌이」)
>
> ② 쓸쓸한 정신이여/정신없는 물질에 저항하지 마라./불행한 정신이여/말없는 물질에 순응하라./물질에 버려진 정신이여/물질의 순환에 괴로워하지 마라. (「정신에게」)
>
> ③ 폭풍우 치는 밤/나는 앉아 있다./바람 소리, 빗소리,/초라한 심정으로/물질바람의 소용돌이 속에/나는 슬퍼하며 앉아 있다. (「월평의 달－V」)
>
> ④ 가볍게 바람에 날리는 하루 하루도 없기 때문에/세상이 흙이고, 나는 그림자이기 때문에/아무것도 없기 때문에/바람처럼 가벼운 글도 쓴다, (「월평의 달－XXI」)

시인은 무엇보다도 물질을 가장 혐오한다. '물질의 소용돌이,' '물질바람의 소용돌이' 등의 표현이 그 점을 뒷받침해 준다. 정신의 반대쪽에 위치하는 물질은 항상 그를 괴롭게 하는데, 그 괴로움의 정도는, 그가 "아무것도 없기 때문에 바람처럼 가벼운 글"을 쓸 수 있다는 진술을 통해 어렵지 않게 파악된다. 그러나 그의, 물질에 대한 혐오에는, 쉽게 납득하지 못할 정도로 지나치다는 말을 들을 수 있는 소지가 있다는 점도 지적되어야 한다. 그의 태도는 경우에 따라서 현실 초월 또는 달관의 제스처로 해석될 수도 있지만, 물질과 적절한 거리를 유지하지 못한다는 비판의 근거가 될 수도 있다. 한편, 이와 관련해서는, 그의, 물질에 대한 혐오가 어디에서 비롯된 것인지를 구명해야 할 필요성도 제기할 수 있을 것이다.

넷째, 이 시집의 시들이 보여주는 현실은 세속적이고 쓸데없으며 왜곡된 의미가 범람하는 현실이다. 말은 우리가 사물에 대해 가지는 정신적 이미지와 현실을 가리키는 기호이다. 말의 의미란 우리가 그 말을 사용할 때 뜻하고자 하는 것을 말한다. 그래서 의미는 사물 자체에 존재하지 않는다. 기호를 사물에 일치시키는 것, 우리로 하여금 각 기호에 특수한 의미를 부여할 수 있게 해주는 것은 다름 아닌 우리의, 표상을 조직하는 방식과 한 체계 안의 각 표상에 자리를 부여하는 방식이다.

> ① 의미의 꽃을/의미의 시를/의미의 상징을/의미의 삶을/의미의 목적을 (「음악」)
>
> ② 의미여, 의미에게서 떠나/사물들에게로 가라. (「의미에게」)
>
> ③ 이상한 삶을 비추어 볼 거울이 없다./이상한 의미를 비추어 볼 거울이 없다./이상한 나를 비추어 볼 거울이 없다./삶을, 의미를, 나를 알 수가 없다. (「의미도 의미 없이」)
>
> ④ 지상의 의미들은/풀어지고, 또 풀어지고/지상의 의미들은/사라지고, 또 사라지고/나는 오늘도 나무 아래 앉아/낙엽처럼 슬퍼한다. (「월평의 달 – XXII」)

말의 밑바탕에는 의미하고자 하는 의도가 존재한다. 어떤 의미를 부여하고자 하는 의도 속에 필연적으로 들어가는 주체성과 자유의 부분은 항시 해석의 공간을 열어 놓는다. 행위 · 파롤 · 꿈 등은 부분적으로 은폐될 가능성이 많으며, 독해를 통해서만 완성될 수 있다. 어느 철학자의 말대로, 해석하는 것은 다르게 말해서 '텍스트 자체의 의미 작용과 저자의 의도를 동시에' 재구성하는 작업이다.

이 시집의 시들에는 물론 이러한 의미론이 적용되고 있지 않다. ①을 제외하고 말한다면, 시인이 우려하는 의미는 사물을 둘러싸고 있는 세속적인 의미, 쓸데없는 의미, 왜곡된 의미인 듯하다. 그는 진정한 의미만을 중시하는 입장을 취한다. 따라서 그는, 사물의 진정한 의미와는 동떨어진, 세속적이고 쓸데없으며 왜곡된 의미의 범람으로 야기되는 삶을 독자에게 환기시킨다. 또한 그는 의미의 혼란 때문에 발생할지도 모르는 상황을 독자에게 미리 알려 줌으로써 독자로 하여금 긴장감을 불러일으키도록 유도한다.

Ⅲ. 낭만적 서정과 현실

개인의 감정에 크게 의존하고 있다는 점에서, 『지상에 별꽃』의 시들은 낭만적 서정을 드러낸다. 그리고 그 낭만적 서정은 상상의 과정을 거쳐 실재하는 그대로의 현실을 독자에게 보여준다. 따라서 이 시집의 시들이 보여주는 현실과 실재하는 현실은 등식의 관계에 놓인다.

'낭만적인 것'과 주체성 · 개성 · 독창성 등은 모두 동일한 맥락 속에서 사용하는 말들이다. 그래서 주체성 · 개성 · 독창성 등을 중시하는 사람에게 주저하지 않고 '낭만적'이라는 수식어를 부여하는 것은 극히 자연스럽다. '낭만적인 것'은 현대과학에 의해 초래된 비인간적인 것들, 물화된 것들과 대립된다. 『지상에 별꽃』의 시들은 이런 점을 명징하게 보여주는 좋은 예들이다.

시의 순수 혹은 바다와 꽃: 문영종론

Ⅰ. 문영종 시의 순수

문영종 시는 순수하다. 그렇다고 해서, 그의 시가 음악성을 추구하는 순수시는 아니며, 회화성을 추구하는 순수시는 더더욱 아니다. 그의 시가 순수하다는 것은 첫째, 그의 시가 상상작용을 통해 대상을 노래하거나 외부세계를 소거한 현상 속의 사물을 노래하고 있는 점, 둘째, 그의 시가 대상의 본질 또는 형태를 노래하고 있는 점에서 이루어진 필자의 판단이다.

문영종이 그러한 방식으로 대상을 노래하기 위해 그의 시선 안으로 끌어들인 소재는 바다와 꽃이다. 범박한 말이기는 하지만, 그것은 그의 일상적 삶에 있어서의 경험과 관심이 크게 두 가지로 나뉘었던 점과 직접적으로 관련된다. 필자가 알기로, 그는 오랜 기간에 걸친 항해사의 경험을 지니고 있고, 삶의 무대를 육지로 옮긴 후에는 '꽃'에 대해 각별한 관심을 쏟았다.

이 글에서는 그러한 점들에 초점을 맞추어 문영종 시집 『물의 법문』의 시들을 스케치 형식으로 살펴보기로 한다.

II. 상상작용과 현상

1. 상상작용과 바다

어원에 나타나는 것처럼, 상상작용[1]은 '이미지에 의한 모방'이므로 사물과 유사하다. 그러나 그것이 곧 사물 자체는 아니다. 이미지는 실제의 사물처럼 우리를 현혹한다. 이러한 점 때문에 플라톤은 이미지를 가장 낮은 등급의 현실로, 상상작용을 가장 낮은 등급의 인식으로 깎아내린 바 있다.

그러나 상상작용은 단순히 이미지를 사용하여 현실을 모방하는 데서 그치지 않는다. 상상작용은 표상을 생산해 내는 과정이다. 따라서 그것은 정신의 활동을 전제로 한다. 상상작용은 단지 어떤 대상이나 부재하는 존재를 표상함은 물론 더 나아가 관념들을 조합할 수 있거나 사건들을 기대할 수 있는 능력이며, 또한 현존하지 않는 상상의 세계를 생각할 수 있는 능력이기도 하다. 부재하는 현실을 표상하고, 창조와 발명의 힘을 보여주는 상상작용의 특성들은 상상작용의 긍정적 가치를 보여준다.

밀짚모자 쓴 바람이 건반을 두드리는 소리에

1) 상상작용을 비롯, 이 글에 나오는 현상, 본질, 형상 등의 철학적 의미는 엘리자베스 클레망 외 3인, 이정우 역, 『철학사전』(동녘, 1996)의 각 항에 의거.

아이는 바짓가랑이로
물구나무 서는 바다를 보고 있었다
물갈퀴 달린 바람이 팔랑개비 돌리며 오고 있었다
아이는 풍선에 바닷바람을 채우고 있었다
물소리가 물냄새에 취해 물가로 잦아지고 있었다
바다가 긴 꼬리를 감추고
구름이 낮아지는 곳으로 흐르고 있었다
게들이 풀려 나오고 있었다

—「물빛아이」 부분

바다[2]는 유동하는 물, 공기 같은 무형적인 존재와 대지 같은 유형적인 존재를 매개하는 인자로 인식된다. 이러한 사실의 토대 위에서 바다는 죽음과 삶을 매개하는 이미지로 드러난다. 바닷물은 삶의 근원이자 목표일 수 있다. '바다로 돌아감'은 '어머니에게로 돌아감'을, 다른 한편으로는 바로 죽음으로 돌아감을 의미한다.

시인의 바다는 이와 현저하게 다르다. 그에게 바다는 "물구나무 서는 바다"이며 "긴 꼬리를 감추"는 바다이다. 또한 바다는 "침묵으로 휘어지는" 바다이며 "빈 꿈속을 들어서는" 바다이다. 이 모든 바다가 상상작용에 의해 빚어진 것임은 말할 필요도 없다. 그런데 이러한 바다는 그의 유년시절의 유희적 대상으로서의 바다이다. 「물빛아이」라는 제목은 그 점을 그대로 드러낸다.

대붕은 꿈꾸는 자에게만 보이는 것일까 젊은 날 본 게 붕새였을까 구름새였을까 긴 항해가 인도한 갈맷빛 출렁이는 난바다에서 은밀하게 그 새는 수평선을 두껍게 만들면서 건너왔다 장엄하게 하늘 가득 날

---

2) 바다를 비롯, 새, 눈, 빛, 알, 금 등의 상징적 의미는 이승훈, 『문학 상징 사전』(고려원, 1995)의 각 항에 의거.

개를 펼쳤다 부리는 날카로워 태양도 쪼을 수 있을 정도였다 깃털은 촘촘해서 빛살조차도 뚫지 못했다 내려다 보는 눈빛은 번개와 등대 불빛이었다 내지르는 울음은 우레 같았으나 종소리처럼 은은했다 그새는 분명 남쪽 바다 하늘연못으로 날아갔다

—「구름새」 부분

"장주가 노래했던 대붕이 늘 바다에서 그리웠다"는 언술은, 독자로 하여금 시인의 청년 시절의 바다도 역시 상상작용의 계기가 되었음을 알 수 있게 한다. 그가 상상작용의 대상으로 삼은 것은 바로 대붕이다. 이 세상의 날개 달린 모든 존재들은 정신적 승화를 상징한다. 융에 의하면 새는 정신 혹은 천사, 초자연적 도움, 사고, 환상적 비상을 나타내는 이로운 짐승이다. 새는 존재의 높은 상태를 재현한다고 보아도 크게 틀리지 않는다.

장주의 대붕과 시인이 상상하는 대붕은 서로 다르다. 장주는 금방 그 자신이 곧 대붕임을 깨닫는 과정에 이르렀으나, 시인에게 대붕은 하나의 부재하는 대상일 뿐이다. 시인은 대상을, 부재하지만 존재하는 것처럼 묘사했고, 그것은 "장엄하게 하늘 가득 날개를 펼쳤다"로 시작해서 "그 새는 분명 남쪽 바다 하늘연못으로 날아갔다"로 마무리된다. 결국 시인이 그리워한 바다의 대붕은 그가 기대하는 것들의 한 편린이었다고 보아도 좋을 듯하다.

푸르름이 빠진 억새들이 바람에 온몸을 던진 채 물결되어 바다로 가는 길을 보여주었다

가파르게 절개된 벼랑에서 묵묵한 소나무처럼 오랫동안 마음에 수평선을 그었다

세상사 밝음과 어둠이 바다로 흘러와 파도가 되어 부서지고 있었다
—「애월리 밤바다 풍경」 부분

시인이 청년기를 넘어 노래한 바다는 복잡한 세상사를 표상하는 밤바다이다. 시인은 "올해 최고로 크다는 보름달이 뜬 날 몸 뒤척거려 고요한 밤풍경에 빠지고 싶었다"고 말한다. 그런데 그가 한 것이라고는 "가파르게 절개된 벼랑에서 묵묵한 소나무처럼 오랫동안 마음에 수평선을 그"은 일이 있을 뿐이다. 물론 그것은 그가 "세상사 밝음과 어둠이 바다로 흘러와 파도가 되어 부서지고 있었"던 상황에서 기인한다.

융에 의하면 '밤바다'와 같은 암흑과 심층의 물은 무의식을 상징하면서 동시에 죽음을 의미한다. 이때의 죽음이란 총체적인 부정이라는 의미로 하는 말이 아니라 삶의 다른 측면, 혹은 잠재적 삶이라는 의미로 하는 말이다. 나아가 그것은 심연에 거주하는 의식을 황홀케 하는 신비로움을 의미한다. 여행의 끝은 죽음의 극복과 재생을 상징하며, 이러한 의미는 질병의 끝과 꿈의 끝에도 똑같이 적용된다.

2. 現象 속의 바다

현상은 직관의 대상인 동시에 본질의 드러남이다. 그러나 우리는 현상을, 인식할 수도 없는 '물자체'가 시공간 속에서 감각적으로 드러난 것으로 이해할 수도 있다. 이와는 다르게 현상 속에 사물들 자체가 드러나 있다는 생각도 터무니없는 생각은 아니다. 현상학자들에 의하면, 현상 속에서 '본질을 보는 것'은 현상학적 방법을 통할 때에 비로소 가능하다. 이 방법은 우리로 하여금 사물들과의 원초적 관계, '살과 뼈'로 이루어진 관계를 회복할 수 있도록 해 준다.

그 바닷가 돌들은 물고기 눈알을 빼 닮았다
파도에 밀리며 서로 몸 부비며
눈알이 휘둥그레지며
한 만년을 살았음직하다
한 때는 난바다의 눈알이 되어
바다 깊은 속을 누볐을 것이다
만져보면 목탁처럼 매끄럽다
구엄리 바닷가에선 물소리가 불경소리다
바다가 섬섬옥수로 두드리다 가신다

—「바다 눈알」 부분

'현상'이 두드러지게 나타난 부분은 "그 바닷가 돌들은 물고기 눈알을 빼 닮았다"와 "만져보면 목탁처럼 매끄럽다/구엄리 바닷가에선 물소리가 불경소리다/바다가 섬섬옥수로 두드리다 가신다"이다. 전자가 '바닷가 돌들'의 형식적 특징을 서술하고 있다면 후지는 그것의 내용적 특징을 서술하고 있다. '바닷가 돌들'은 이러한 형식과 내용을 갖추고 있으므로 결코 범상한 '바닷가 돌들'이 아니다.

앞부분의 '상상작용'의 경우와 마찬가지로 이 부분의 '현상'에서도 '바다'는 시인이 '무엇'을 드러내는 데에 매우 중요한 매개 역할을 수행한다. 특히 '눈알'이 처음부터 강조되고 있는 것은 흥미롭다. '눈알'의 연장선상에서 본다면 '눈'은 사물을 이해하고 확인하는 데에 사용하는 아주 중요한 인체 기관이다. 사물을 이해하고 확인하지 못하는 경우를 상정하면, '눈'은 절대적으로 중요하다. 이러한 점에서, 이 시의 '눈알'로 대치된 '바닷가 돌들'은 바다와 함께 존재해 온 수천 년의 역사를 상징한다. 그러한 전제가 있어야 물소리의 불경화도 자연스럽다.

극광처럼 은밀하게
어두움은 눈 떠
날개를 편다 바다는
끝간 데 없다 허공으로
날아오르는 물소리
하늘 기둥 붙잡고
바다 뿌리까지 흔든다
無明 속 티끌 같은 불씨
팔만 물결재우고 있다

—「밤바다에서」 전문

이 시에서, 현상으로서의 밤바다는 다분히 불교적인 이미지를 드러내고 있다. "無明 속 티끌 같은 불씨/팔만 물결 재우고 있다"가 그 점을 잘 보여준다. 시인은 밤바다를 건너고 있지 않고 밤바다 앞에 서 있다. 그는 감각적으로 드러난 것만을 서술할 것처럼 보이지만 실제로는 전혀 그렇지 않다. 그는 상상의 세계까지도 펼치고 있는 것이다. "극광처럼 은밀하게/어두움은 눈 떠/날개를 편다"라든지, "無明 속 티끌 같은 불씨/팔만 물결재우고 있다"가 그것의 좋은 예일 수 있다.

그렇다 하더라도 이 시에서의 '밤바다'에는 현상으로서의 밤바다가 지배적이다. 시인은 그것을 "바다는/끝간 데 없다"고, 물소리가 "허공으로/날아오"른다고, "하늘 기둥 붙잡고/바다 뿌리까지 흔든다"고 노래한다. 이러한 점은 그것이 삶에 대한 무기력이 아닌, 삶에 대한 활기와 관계가 있음을 말해준다.

이 깊은 우레 소리는 무엇인가
한 점 물소리 보이지 않아
불던 바람마저 멈춰 있어

물결 움직임도 없어
몸 속으로 와~ 들어오는
발걸음 소리
큰 물너울로 몸짓하는 바다
수직으로 빛들이 내려와
푸른 가시로 박힌다
고단한 우리 피
푸른 빛에 물든다
가도가도 푸른 바다
혼자 깨어

—「푸른 빛에 물들다—무풍지대에서—」 전문

흰빛은 모든 빛의 종합을 표상한다. 빛이 색채와 관련되는 경우, 그 빛은 그에 상응하는 색채의 상징적 의미로 환기된다. 빛은 창조력, 우주적 에너지, 빛남이라는 의미를 암시하기 때문이다. 빛은 동방으로부터 오지만, 심리학적 측면에서 말할 때 빛을 받는다는 것은 빛의 근원을 자각한다는 사실을 의미한다. 따라서 그것은 정신적 힘을 자각한다는 의미를 지닌다.

바다의 '푸른 빛'은 현상으로서의 '푸른 빛'이다. 모든 빛은 바다로 들어오는 즉시 푸른 빛이 되고 만다. 빛이 배포하는 감각과 관련되는 세 가지 개념, 곧 빛남 · 투명함 · 움직임도 '푸른 빛'에 수렴된다. 이 시에서의 '푸른 빛'과 '푸른 빛'에 물드는 일은 고난의 길을 암시한다. 그럴 수밖에 없는 환경이 이미 "한 점 물소리 보이지 않아/불던 바람마저 멈춰 있어/물결 움직임도 없어"에 조성되어 있기 때문이다.

Ⅲ. 본질 또는 형태로서의 꽃

한 존재의 본질을 탐구하는 일과 그것의 본성을 이루는 것을 찾아내는 일은 동일한 작업이다. "그것은 무엇인가?"라고 하는 물음에 대한 대답 역시 본질을 탐구하는 일에 속한다. 다만 한 사물의 정의를 통해 그것을 수행한다는 점만 다를 뿐이다. 이와는 달리 단일한 본질도 있다. 그것은 보편자로서의 본질이 아니라 개체 속에 구현되어 있는 본질이다. 예를 들어 그것은 철수 · 영희 · 제임스 · 존슨 등을 초월한 본질이 아니라 철수 · 영희 · 제임스 · 존슨 등의 개체 속에 구현되어 있는 본질을 의미한다.

가능이 현실과 대립하듯이 단일한 본질은 실존과 대립한다. 기독교적 관점에서 보면, 창조는 신이 본질로부터 실존으로 이행하기 위해 통과한 과정이지만, 사르트르는 "실존은 본질에 앞선다"는 말을 통해, 실존주의는 인간이 자신의 행위와 선택을 통해 스스로를 창조하는 존재라고 주장한다.

자연에 관련된 경우, 형상은 전통적으로 물질의 생성 변화에서 여러 가지의 형상을 받아들이는 본바탕인 질료에 대립되어 왔다. 한 사물의 형상과 질료를 구분해서 생각할 수는 있지만, 실제로 이것들을 분리할 수는 없다. 질료는 순수한 상태로 존재하는 것이 아니라, 언제나 일정한 공간의 부분을 차지한다. 즉 질료의 일정한 양은 언제나 '어떤 형태'를 '띤다.' 거꾸로 우리는 순수한 형상들, 즉 물리적 현실과는 전혀 다른 방식으로 정신 속에 또는 더욱 고차원적인 세계 속에 존재하는 것들을 생각할 수 있다.

지금까지 간략하게 알아본 것처럼, 꽃은 서로 다른 두 가지 기본적 관점에 의해 규정된다. 그 두 가지 관점이란 꽃을 본질과 형태로 나누어 보는 일을 일컫는다.

> 한 곤충학자가 꽃이 아니고 풀잠자리가 부화한 알껍질이라고 했다
> 풀잠자리는 부처님께 가장 소중한 알을 공양했을까
> 알도 꽃이요 소중하게 여겨지는 꽃도 미천한 씨앗에 뿌리를 두고 있음을,
> 알 속에도 온 우주가 숨쉬고 있음을
> 풀잠자리는 깨우쳐주라고 부처상에 알을 슬었던 것일까
>
> ―「풀잠자리꽃」 부분

알은 불멸성을 상징한다. 이집트 상형 문자로 알을 나타내는 기호는 잠재력, 생식의 종자, 생명의 신비를 상징한다. 이러한 상징적 의미는 연금술사들에게도 나타나며, 이들은 이러한 의미에다 알이 물질과 사상의 용기라는 관념을 첨가한다. 이러한 방식으로 알의 상징적 의미는 대부분의 역사 속에서 발견되는 이른바 세계의 알, 곧 우주를 상징하는 알이라는 의미로 전환된다.

「풀잠자리꽃」에서 '알'은 불교 경전에 나오는 우담바라와 밀접하게 관련되는 '알'이다. 따라서 그것의 본질은 (불교적인) 신성성이다. 시인은 '알'을 부처와의 관련 속에서 바라본다. 그러한 점은 "풀잠자리는 부처님께 가장 소중한 알을 공양했을까," "알 속에도 온 우주가 숨쉬고 있음을/풀잠자리는 깨우쳐주라고 부처상에 알을 슬었던 것일까" 등에서 확인된다.

> 수선화는 물의 영혼이 지상에 드러낸 자태
>
> 칼날 바람 속 언 땅 보듬고
>
> 하늘을 우러러 보며

공양올린 손마다 금잔옥대다

―「수선화」 부분

'금잔옥대'는 생김새가, 노란 꽃은 금잔 같고 하얀 꽃잎은 옥잔대 같다는 데서, '수선화'를 가리키는 말이다. 여기서는 '금잔옥대'의 금'에 주목해 보자. 인도의 경우, 금은 '광물의 빛'으로 인식된다. 라틴어 'aurum'은 히브리어로 '빛'을 뜻하는 'aor'과 동일한 의미를 지닌다. 금은 햇살의 이미지이며, 따라서 성스러운 지성을 상징한다. 인간의 경우 심장이 태양을 상징한다면, 지구의 경우 심장에 해당되는 것은 금이다. 결과적으로 금은 모든 탁월한 것, 명예스러운 것을 상징하며, 죄악과 후회를 상징하는 검은색, 용서와 무지를 상징하는 흰색, 그리고 승화와 격정을 상징하는 붉은색의 순서로 나타나는 최초의 세 단계 이후에 해당하는 넷째 단계를 상징한다. 수선화의 본질은 바로 여기에 있다.

시인은 「풀잠자리꽃」에서처럼 '수선화'도 부처와의 관련 속에서 바라본다. "하늘을 우러러 보며/공양올린 손마다 금잔옥대다"가 그것의 증거이다. 금으로 되었거나 금으로 만들어진 일체의 사물은 그 효용적 기능에 있어서 그러한 정도의 탁월성을 소유한다. 금은 또한 정신의 과일 혹은 보석의 경우 탁월한 계시를 암시한다.

부처손 옆에 얼굴 환하게 내민 자그만 바위 연꽃 연화 바위솔
세상 욕심 없어 만족하다는 듯 앙증스럽게 피어 있다
온몸이 불꽃덩이로 타오른다
깨달음을 얻어냈을까
있다

―「바위 연꽃」 부분

서구 중세에는 연꽃이 신비한 '중심'으로 인식되었고 심장과 동일시되었다. 예술적 창조물로서의 연꽃은 만다라와 관련되며, 그 의미는 꽃잎의 수에 따라 다양하다. 예컨대 인도의 경우 여덟 개의 꽃잎으로 된 연꽃은 브라마가 거주하는 중심을, 그의 신비한 활동이 구체적으로 드러나는 모습을 각각 상징한다.

일반적으로 동양에서는 연꽃이, 서양에서는 장미가 이러한 실현을 상징한다. 연꽃과 장미 사이에 매우 깊은 관계가 있다는 사실은 그 꽃잎이 '우주적 수레'를 상징하면서 동시에 본질이 실현된 세계를 상징한다는 점에서도 읽을 수 있다. 이때 본질이 실현되었다는 말은 존재의 잠재력이 외적으로 드러남을 의미한다.

연꽃은 연못에서 자라거나 논밭에서 재배하며 뿌리줄기가 굵고 옆으로 뻗어 간다. 잎은 뿌리줄기에서 나와 잎자루 끝에 달리며, 꽃은 7~8월에 붉은색 또는 흰색으로 핀다. 그런데 「바위 연꽃」의 연꽃은 제목이 지시하는 그대로 바위에 핀 연꽃이다. 일반적으로 연꽃은 물속에 뿌리를 내리고 물 밖에서 개화하지만, 이 시의 연꽃은 그렇지 않다. 그것을 시인이 연꽃과 깨달음을 자신의 방법으로 연결하려는 의도의 소산으로 볼 수도 있을 것이다.

Ⅳ. 다시, 문영종 시의 순수에 대해

문영종 시가 순수하다고 할 때, 그 '순수'는 무조건적인 순수와 구별되는 순수이다. 다시 말해서, 그 순수는 증류수와 같은 순수와는 확연히 다르다. 그렇다는 것은 그의 시가 다음과 같은 요소들을 거느리고 있는 점으로 증명된다.

첫째, 그의 대부분 시들에서는 일단 상상작용이 우세하게 나타난다. 특히 바다를 소재로 한 시들에서 그러한 점은 쉽게 발견된다. 물론 이와 함께 소재로서의 바다는 현상 속에 등장하기도 한다.

둘째, 그의 시들 중의 적지 않은 시편은 사물의 본질 또는 형상을 노래한다. 그래서 그의 시에 등장하는 꽃은 그냥 꽃으로 존재하지 않고, 본질로서의 꽃 또는 형상으로서의 꽃으로 존재한다.

사족으로라도, 필자는 문영종의 모든 시가 그러한 것은 결코 아니라는 점을 말하고 싶다. 그의 시들 중에는 4 · 3 등의 역사에 대한 자신의 시각을 보여주는 시(「큰 슬픔은 드러나지 않게 둥지를 튼다」)도 있고, 비유적인 방법으로 고단한 삶을 읊조리는 시(「지렁이」)도 있으며, 젊은 날을 추억하거나 그리워하는 시(「바다 순례자를 위하여」)도 있다. 그러나 판단건대. 그는 그러한 시들에서조차도 항시 '시로서의 시'를 쓰고자 하는 생각을 고수하고 있는 것으로 보인다.

자아의 대상화와 대상의 자아화: 양전형론

Ⅰ. 프롤로그

대상(object)이란 주관에 대립하고 주관의 인식활동이 향하는 것을 나타내는 말이다. 대상은 지구와 같은 물질적 대상과 수數와 같은 관념적 대상으로 구분된다. 관념적 대상은 실재하지 않고 존립한다. 예를 들면, A와 B가 둘 다 실재한다 하더라도, 관념적 대상인 양자의 차이와 동등성은 존립한다. 수數가 지니는 여러 가지 성질 역시 그러하다. 판단이란 그곳에 있는 사물에 대한 판단이지만, 판단된 것은 그곳에 실재하는 개체로서의 사물이 아닌, 사물의 객체적인 어떤 측면이다. 객체와 구별되는 객체적인 어떤 측면은 완전히 관념적으로 존재한다.

자아의 대상화(objectivation)는 자아를, 사유나 행위의 대상(재료)으로 삼는 것을 뜻한다. 따라서, 사람이 자기 마음에 대해 생각하는 것은 자기 마음까지도 대상화하는 것이 된다. 한편, 대상의 자아화란 관념적 대상을 자아와 동일시하는 것을 말한다. 이 경우, 그 대상은 의인화 또는 의물화의 모습으로 나타난다.

이 글에서는 양전형 시집 『동사형 그리움』의 시들을 '자아의 대상화'와 '대상의 자아화'라는 시의 두 가지 측면을 중심으로 살펴보기로 한다.

II. 자아의 대상화

1. 일상의 확인

자아라는 말은 어떤 실체를 가리키는 것처럼 들리지만, 사실 그것이 가리키는 실체가 무엇인지를 확인하는 것은 쉽지 않다. 자아라는 말은 지각할 수 있는 어떤 소여所與나 추상적 존재를 가리키는 것이 아니기 때문이다. 어떤 고정된 존재나 사물이 아니라는 점에서(하나의 자아 또는 여러 자아가 존재하는 것이 아니라, 단지 유일하고 포착할 수 없는 자아가 존재할 뿐이다), 자아는 사이비 철학 문제를 담고 있는 '언어적 허구'일 수도 있다. 자아가 내 마음의 상태나 성질을 넘어서는 것이라면 그것은 물론 아무 곳에도 존재하지 않는다. 그러므로 인격 개념처럼 자아 개념도 경험적인 소여나 일종의 실체이기보다는 시원적인 통합적 형태이거나 기능으로 보인다.

자아의 그런 점을 염두에 두고 볼 때 먼저 『동사형 그리움』의 시들에서의 자아의 대상화 결과는 일상의 확인으로 나타난다. 그런데 그 일상은 종합적인 모습의 일상이 아니라 부분적인 모습의 일상이며, 구체적으로 말하면 폐쇄적 · 비판적 · 풍자적 · 마술적인 모습의 일상이다.

어둠을 비집고 멀리서 다가오는 여명/새날은 저렇게 다시 고개를 드는데/술병 속에 들어간 나는 무엇이 무서운지/고개 숙인 채 밖으로 나올 생각을 않는다

—「실직한 날」 부분

「실직한 날」에서의 '나'는 술병 속에 칩거 중이다. '나'는 좀처럼 밖으로 나올 생각을 하지 않는다. 거기에는 물론 그럴 만한 이유가 도사리고 있다. 그날은 바로 그가 실직한 날이기 때문이다. 그것은 실직한 사람의 보편적 행동 방식은 아니지만, 누구에게나 적용될 수 있는 폐쇄적 행동이라는 점에서 주목할 필요가 있다. 그 폐쇄적 행동에는 '소외'와 결부될 수 있는 충분한 여지가 있기 때문이다. 원래, 본질적인 소외는 경제적이고 사회적인 성격을 가지고 있고, 심리적 박탈이나 경제적 박탈을 포함한다. 이런 의미에서, 그런 해석의 가능성은 항상 존재한다.

실직하고 일년 지나/비로소 눈귀가 트였다/낯선 세상이 보이기 시작하고/못 듣던 웃음과 아우성이 들린다//수많은 입들,/세상은 입들의 전쟁이다/누군가의 큰 입에서 탄알이 날아가고/힘 부친 입이 뭉개지며 다물어지지만/탄알 부딪는 굉음으로 귀는 괴롭다/풀칠이 어려운 입도, 침묵하는 입도/아부성 달변의 큰 입도/자세히 보면 모두 사격자세다

—「실직 후 일년」 부분

「실직 후 일년」에서의 자아의 대상화는 자아의 객관화와 다른 점이 없다. 실직 후 일 년이 지나서야 비로소 눈귀가 트였다는 것이 그 점을 말해준다. 자아의 객관화는 시에서 객관 묘사의 내용으로 이어지게 마련인데, 그 객관 묘사의 내용을 통해서 독자가 확인하게 되는 것은 현실 비판이다.

그러나 이 경우, 자아의 객관화와 자아의 보편화는 명백하게 구별되어야 한다. '객관화'는 인식 주체가 자신의 주관성을 벗어나 대상을 그 자체로서 고찰할 때, '보편화'는 어떤 생각에 대다수 사람들이 동의할 때 각각 성립한다. 코페르니쿠스의 지동설은 그 당시에 객관적인 이론이었지만 보편적인 이론은 아니었다. 자아의 객관화는 그러므로 자아의 보편화와 동일하지 않다. 자아의 객관화는 항상 수많은 요소들의 방해에 직면한다.

> 내 안에는/나도 꽃입네 하는 생각이/방 하나에 장기거주하고 있다/그것도 걸어 다니는 꽃이라고 허풍떨면서/다른 꽃들은 눈에 잘 들지도 않았지
>
> —「나는 꽃이 아니네」

전체적으로 보면,「나는 꽃이 아니네」에서, 시인이 풍자하는 대상은 '나'이다. 즉, 스스로의 생각을 풍자하는 것이다. 이 시에서처럼 화자를 내세운다 하더라도 시인이 스스로를 풍자하는 경우는 좀처럼 드물다. 풍자란 어떤 대상을 우스꽝스럽게 만들고 그것에 대하여 재미있어 하는 태도, 또는 경멸이나 분노나 조소의 태도를 불러일으킴으로써 그 대상을 깎아 내리는 문학상의 기교이다.

풍자와 우스운 것(The Comic)의 다른 점은, 우스운 것이 웃음을 자아내는 것 자체를 주목적으로 삼는 데 비해, 풍자는 웃음을 하나의 무기로, 그것도 작품 자체 외부에 존재하는 목표물을 공격하는 무기로 사용하는 데에 있다. 그 목표물은 한 개인일 수도 있고, 어떤 인간형, 어떤 계급, 어떤 제도, 어떤 국가, 심지어는 전 인류일 수도 있다. 그러나 우스운 것과 풍자적인 것의 구별은 그 극단에 있어서만 뚜렷이 구별된다. 이 시에서의 이루어지고 있는 풍자는 어디까지나 개인으로서의 자기 자신에 대한 풍자이다.

밤보다 더 깊은 곳으로 들어가/눈 꼭 잠그고 캄캄히 잔다/그 속으로 내가 따라 들어와/이즈음 가치관 잃고 욕심만 커지는 마음을/몸속에서 꺼내 고치려 한다/어둠이 나를 응시하는 동안/(……)/내 마음 고치기를 포기한다/억지로 끼우고 두드리며 나를 도로 만든다/조립 다 된 몸으로 꿈 밖에 나오려는데/어디에도 출구가 없다/호흡은 정상이고/심장도 말 발굽처럼 잘 달린다/그래, 꿈은 깨기 어려운 거지

—「마음 고치기」 부분

「마음 고치기」에서, '나'는 마술적 힘의 소유자가 되기를 원한다. '마술적'이란 일상적 현실에서의 기이하거나 불가사의한 것, 섬뜩한 것, 꿈 같지만 환상적이라고만은 할 수 없는 것의 성취적 가능성을 지칭하는 표현이다. '나'는 가치관을 잃고 욕심만 커지는 마음을 몸속에서 꺼내 고치려 하지만 뜻대로 되지 않는다. 그래서 '나'는 가치관을 잃고 욕심만 커지는 마음 고치기를 포기한다. 그래서 '나'는 원래의 위치로 되돌아가는데, 문제는 거기에서 발생한다. 어디에도 출구가 없는 것이다. '나'의 현실적 자각에 이르기까지 과정은 이렇게 복잡 미묘하다. 이 시에서처럼, 마술적 힘의 소유자가 되기를 원하는 것 역시 일상의 확인임은 물론이다.

2. 욕망의 두 가지 유형

라캉은, 욕망은 환유라고 말한다. 그에 의하면, 대상은 신기루처럼 잡는 순간 저만큼 물러난다. 대상은 욕망을 완전히 충족시킬 수 없으므로 인간은 대상을 향해 가고 또 간다. 죽음만이 욕망을 충족시키는 유일한 대상이다. 욕망은 기표이다. 그것은 완벽한 기의를 지니지 못하고 끝없이 의미를 지연시키는 텅 빈 연쇄 고리이다. 그렇다면 기표의 특성이 은유와 환유이듯 욕망의 구조도 은유와 환유이다. 욕망의 구조를 들여다보

자. 주체는 대상에게 욕망을 느낀다. 그것이 자신의 결핍을 완전히 채워 줄 것이라고 믿기 때문이다. 그것만 얻으면 아무것도 욕망하지 않으리라 믿는다. 그러나 그 대상을 얻어도 욕망은 여전히 남는다. 아무것도 욕망하지 않는 것은 곧 죽음이다. 그렇다면 대상은 실재처럼 보였지만 허구일 수밖에 없다.

라캉에 의하면, 대상을 실재라고 믿고 다가서는 과정이 상상계요, 그 대상을 얻는 순간이 상징계요, 여전히 욕망이 남아 그 다음 대상을 찾아 나서는 게 실재계이다. 그리고 이때 실재라고 믿었던 대상이 대타자이고 허구화된 대상이 소타자이다. (……) 주체의 욕망을 충족시킬 것처럼 보이는 대상, 즉 대체가 가능하리라 믿는 단계, 이것이 압축이요, 은유이다. 그러나 충족시키지 못하고 다시 또 그 다음 대상으로 자리를 바꾸는 전치, 이것이 환유이다. 그러므로 욕망 역시 언어처럼, 무의식처럼, 은유와 환유로 이루어져 있다.[1)]

다음으로, 『동사형 그리움』의 시들에서 자아의 대상화 결과는 욕망의 유형을 보여준다. 그것은 영혼의 자유를 찾기 위한 탈출의 욕망과 피폐한 환경에서도 살아남으려는 생존의 욕망이다. 그렇기 때문에 이와 더불어 나타나는 아포리즘 또한 간과할 수 없는 중요성을 지닌다.

> 나를 가두지 마/내 영혼은 무한한 자유야/몸으로 시를 쓴다고 죄가 되나/나를 빨리 풀어/죄 없는 내 시를 철창 밖으로 보내/아, 나는 수억 마리로 부서지며/태초 이전으로 돌아가고 싶어/제발, 나를 가두지 마/당신 몸에 쓰는 시의 행간 따라/물레질 실처럼 나는 탈출하겠어
>
> ―「몸에 쓰는 시 3―탈출」 부분

1) 권택영 엮음, 「해설: 라캉의 욕망이론」, 『자크 라캉 욕망이론』(문예출판사, 1994), 19쪽.

> 내 안에 사는 바람은/세상을 많이 알고 싶어 한다/밤길 헤매는 사연들이/오늘도 궁금한 듯/잠든 척 가만히 있는 나를 나서더니
>
> —「내 안의 바람」 부분

주변에 영향을 미칠 만한 사람이 없는 경우에도, 우리는 우리 자신이 의식적인 행위자라는 생각을 늘 품는다. 무엇보다도 자유로워지고 싶어 하기 때문이다. 우리는 우리의 선택 행위가 우리가 의식하지도 못하고 통제할 수도 없는, 심오한 뇌의 과정을 반영한 것에 불과한 망상이 되기를 원하지 않는다. 두려움은 그러한 선택이 아무 의미도 없는 일이 될 수 있다는 점 때문에 발생한다. 그래서 우리는 어떻게 해서든지, 실제 자유는 아니라 하더라도 최소한 우리가 자유롭다는 느낌을 유지하기 위해서 온갖 노력을 다하게 된다.2)

「몸에 쓰는 시 3—탈출」에서 '나'는 영혼의 자유를 찾기 위해 '나'를 거부하고 관념의 우리 속에서 탈출하는 것을 꿈꾼다. 그 탈출의 욕망은 쉽게 이룰 수 있는 것은 아니지만 지극히 자연스러운 것이다. 「내 안의 바람」에서 '내 안'의 바람은 매우 추상적인 바람이며, 세상을 많이 알고 싶어 하는 데에서 기인한 바람이다. 그것은 "밤길 헤매는 사연들이/오늘도 궁금한 듯/잠든 척 가만히 있는 나를 나"선다는 점에서 보듯 움직일 수 없는 속성으로 고정된다. 그 '바람'은 이미 탈출의 욕망을 다르게 부르는 이름이 된 것이다.

> 비울수록 넓어지는 쌀자루처럼/듬뿍했던 나이를 야금야금 비워낸 나도/공허가 넓어져 날개가 지쳐갔다//마냥 더 날아다니다간/길 한복판에 추락할지도 몰라/집에다 날개를 접었다
>
> —「귀가 2」 부분

---

2) 윌리엄 B. 어빈, 윤희기 옮김, 『욕망의 발견』(까치, 2008), 134쪽.

욕망은 선택의 대상이 될 수 있을까? 얼마든지 선택의 대상이 될 수 있다. 이 시는 탈출의 욕망과 함께 또 하나의 유형으로 제시된 생존의 욕망이 어떤 과정을 거쳐 선택되는지를 진술한다.

우리가 무엇을 선택할 때, 그 선택은 전형적으로 우리의 욕망을 반영한다. 모든 사항을 다 고려하여 원하는 것을 선택하기 때문이다. 또한 우리가 무엇을 선택할 때, 그 선택은 합리적인 과정을 거친다. 찬반양론을 다 고려하고 공식적인 손익을 분석한 후에 비로소 우리는 무엇을 선택한다. 대개의 경우, 이 선택 과정은 우리의 의식 속에서 이루어진다.[3] "마냥 더 날아다니다간/길 한복판에 추락할지도 몰라/집에다 날개를 접었다"에서의 선택은 생존의 욕망에 대한 선택이다.

> 없어진 고등어에게 말한다/삶이란 이슬 한 방울임/홑이불 하늘 조심조심 밟으며/하루를 떠나는 해의 목을 축여주는 일임/그리고는 영원히 침묵할 것/내 아가리가/고등어에게 보내는 위로의 덕담이다
>
> —「고등어와 덕담」 부분

화자에게는 욕망을 달성하기 위해 질주하던 때가 있었을 터이지만 신체적 · 정신적 나이가 들면서 사정은 달라진다. "듬뿍했던 나이를 야금야금 비워낸 나도/공허가 넓어져 날개가 지쳐갔다"에서도 알 수 있듯이, '나'의 나이가 욕망을 절제해야 할 시기에 이르렀으므로, '나'의 욕망은 지혜롭게 처리된다. 간단히 말해서, 승화의 단계에 오른 것이다. 욕망을 발휘하는 쪽보다는 욕망을 절제하는 쪽으로 수련을 거듭함으로써 얻어진 아포리즘은 당연히 타인의 인생에 도움을 주는 기능을 발휘한다.

---

3) 위의 책, 113쪽.

Ⅲ. 대상의 자아화: 의인(擬人)과 의물(擬物)

『동사형 그리움』의 시들에는 의인과 의물의 표현 방법이 아주 두드러지게 나타난다. 그것은 대상의 자아화를 가능하게 하는 가장 보편적인 방법이다.

의인법[4]은 생명이 없는 무생물이나 동식물 또는 자연 현상이나 추상적인 개념에 사람의 생명과 속성을 부여하는 수사법을 말한다. 의인법에서 사물이나 동식물 또는 자연 현상 따위는 마치 사람처럼 말하고 행동할 뿐만 아니라 사람처럼 생각하고 판단한다. 동양에서나 서양에서나 의인법은 그동안 동화, 우화, 전설 또는 민담 같은 작품에서 많이 쓰여 왔다. 이솝우화는 의인법을 널리 그리고 가장 효과적으로 사용한 작품으로 첫손가락에 꼽힌다.

의인법은 비단 언어를 매체로 하는 예술에 그치지 않고 그림이나 조각 작품 같은 공간 매체를 사용하는 예술에서도 널리 사용된다. 의인법은 수사적으로뿐만 아니라 심리적으로도 큰 의미를 지닌다. 과학이 발달하지 않은 고대에 살던 사람들은 화산 폭발 같은 천재지변이나 폭풍우와 천둥 번개 같은 자연 현상을 몹시 두려워했다. 그들은 그러한 현상에 인격을 부여함으로써 심리적으로 그 힘을 제어하고 통제하려고 했다. 한편 서양의 스토아 철학자들은 추상적 관념을 의인화하면 놀라운 힘을 발휘할 것으로 생각했다. 의인법의 밑바닥에는 이처럼 인간을 우주의 중심으로 보려는 인간중심주의가 깔려 있다.

포괄적인 의미에서, 의인법은 은유법의 하위개념이다. 원관념과 매개관념의 관계에서 매개 관념이 언제나 사람이 되는 은유법이 바로 의인법

---

4) 이에 대해서는 김욱동, 『수사학이란 무엇인가』(민음사, 2002), 134쪽에 의거.

이기 때문이다. 예를 들면, “A는 B이다” 또는 “A는 B가 된다”에서, A가 무생물이나 동식물이나 추상적 관념이고 B가 인간일 때는 의인법이 된다.

> 어디론가 떠나고 싶은 내 동사형 그리움이/비행기를 탔다네/하늘 속살 엄청 푸르고/봄날은 만발한데/내릴 공항에 안개 짙다고 회항해야 한다네/참 이상한 일이네/살 깊은 내 그리움들/그대 향한 생각길마다/벙근 꽃송이 품고 질주하노라면/오늘 달린 하늘길처럼/자욱한 안개 갑자기 밀려들고 만다네/앞이 캄캄해지고/내 동사형 그리움은 외로이/길을 잃고 만다네/언제나/꽃잎만 분분히 날리다 앙상하게 돌아온다네
>
> —「동사형 그리움—회항」 전문

의인법은, 사용되는 품사에 따라 형용사나 부사를 사용하는 의인법, 명사나 대명사를 사용하는 의인법, 동사를 사용하는 의인법 등 세 가지로 나뉜다. 이 세 가지 의인법 중에서 가장 많이 등장하는 의인법은 동사를 사용하는 의인법이다. 이 시에서, 추상적 관념인 ‘동사형 그리움’이라는 주어와 ‘탔다네,’ ‘질주하노라면,’ ‘만다네’ 등의 동사는 서로 호응한다. 이 시는 ‘그리움’의 현실적 한계를 그린, 아름다운 서정 가편이라 할 만하다. 그런데 이 시의 성공이 대상을 자아화하는 의인법 사용과 관계가 깊음은 말할 필요도 없다.

> 어디선가 웅성웅성 하더니/터진 양말 사이로 사람들 기어나온다/더러는 웃고 더러는 노여운 얼굴/대충 보면 낯선 사람/가만히 보면 낯익은 사람들/입가를 쓰윽 닦아내며 혀를 날름대며/돼지머리 앞에 줄을 선다/돼지가 힘이 난 듯 뒷목이 빳빳해진다//쓰레기 분리수거에서/아무 쪽에서도 받아주지 않는 댕돌처럼/실직은 오래 갈수록 궁상이 탄탄하다.
>
> —「실직의 방」 부분

터진 양말 사이로 기어 나오는 사람은 추상적 관념으로서의 사람이다. 그러니까 이 시는 추상적 관념에다 사람의 속성을 부여함으로써 추상적 관념으로서의 사람으로 하여금 "더러는 웃고 더러는 노여운 얼굴"이 되게 하거나 "대충 보면 낯선 사람"이지만 "가만히 보면 낯익은 사람들"이어서 "입가를 쓰윽 닦아내며 혀를 날름대"게 만든다. 그러나 어디까지나 이 시를 의인의 측면에서 바라보게 하는 근거는 추상명사인 '실직'에 있다. "실직은 오래 갈수록 궁상이 탄탄하다"가 사람의 모습에 빗대어 쓴 표현이기 때문이다.

의물법[5]은 의인법과 반대로 인간에게 무생물이나 동물이나 식물의 속성을 부여하여 말하는 수사법이다. 의인법이 인간이 아닌 대상에게 인간의 인격을 부여하는 비유법이라면, 의물법은 이와는 반대로 인간을 무생물이나 동식물에 견주어 표현하는 비유법이다. 의인법에서와는 달리, 의물법에서 추상적 관념은 좀처럼 비유의 대상이 되지 않는다. 두 대상의 유사성에 의존하고 유추 작용을 통하여 깨닫는다는 점에서 의물법도 의인법과 마찬가지로 포괄적 의미에서는 은유법의 하위개념이다.

의물법은 특정한 인물이나 집단을 부정적으로 말할 때 주로 사용된다. 의인법과 마찬가지로 의물법도 여러 방법으로 이루어진다. 의물법은 무엇보다도 먼저 인간을 동식물이나 무생물과 동일시할 때 조성된다. 이 경우, 의물법은 "인간은 (동식물)이다" 또는 "인간은 (무생물)이다"와 같은 방식으로 나타난다. 의물법은 또한 동물이나 식물을 묘사하거나 기술할 때 사용하는 단어를 사람에게 사용할 때에도 사용된다.

> 동쪽에 사는 개 오밤중 깨어났다/어둠 속 번득이는 눈/서쪽 향해 코를 벌름댄다/귀 이리저리 쫑긋 거린다/(……)/명치끝이 찌르르 아파온

---

5) 이에 대해서는 위의 책, 139쪽에 의거.

다/나서 보려 묶여진 줄 당겨보지만/목에 매인 사슬은 꿈쩍없다/참 불쌍한 개로군!

—「은유의 개」 부분

의물법이 "사람은 동식물이다"라는 명제를 바탕으로 할 때에 비로소 가능한 것이라면, 이 시는 그런 명제를 전체적으로 충족시킨다. 이 시의 형식적 조건은 "사람은 은유의 개다"이며, 내용적 조건 또한 갖추고 있기 때문이다. 이 시에서 내용적 조건은 "나서 보려 묶여진 줄 당겨보지만/목에 매인 사슬은 꿈쩍없다"에서 보듯이, 개의 속성을 전적으로 사람에게 부여하는 것으로 나타난다. 이런 점은 다음의 시에서도 마찬가지이다.

가까운 이들에게는 비판 없이 꼬리 흔들면서/먼 사람들에게는 함부로 짖어대고 물어뜯는./개 한 마리 詩 속에 집어넣었다//끈으로 단단히 묶지 못한 탓인가/개는 천방지축 무차별 공격을 가했다/온순한 언어들은 어쩔 수 없이/눈물 혹은 광기를 참으며 길을 떠났다

—「풍유의 개」 부분

바로 앞에서 살펴본 「은유의 개」에서와 비슷하게, 이 시를 관류하는 작은 명제도 "사람은 풍유의 개다"이다. "가까운 이들에게는 비판 없이 꼬리 흔들면서"는 사람에게 동물의 속성을 부여한 경우에 해당한다. 이로써, 이 시는 명제의 형식적 조건과 내용적 조건을 모두 갖춘 셈이 된다. 대체로 볼 때, 우리 시단에서 의물법을 구사한 시는 넘쳐날 만큼 흔하다. 그러나 「은유의 개」나 「풍유의 개」에서처럼, 의물법이 이중 비유의 토대 위에서 구사한 경우는 결코 흔하지 않다. 이런 점만으로도, 이 두 편의 시에는 다른 시들과 다르게 취급되어야 할 가치가 있다.

IV. 에필로그

'자아의 대상화'와 '대상의 자아화'가 『동사형 그리움』의 시들에서만 발견되는 것은 아니다. 그것은 다른 시집의 시들이나 다른 시인의 시들에서도 발견되지만 『동사형 그리움』에서처럼 '자아의 대상화'와 '대상의 자아화'가 서로 교차하면서 시종일관 뚜렷한 모습을 유지하는 경우는 흔하지 않다. 이런 의미에서, 양전형의 시작 방법은 다른 시인의 그것과 분명히 구별된다. 방법은 목표에 이르는 길이라는 점을 상기할 때, 그의 시에 대한 독자들의 공감의 폭이 매우 넓다는 점은 다른 시인들에게 시사하는 바가 크다.

이 글에서 논의한 내용은 두 가지이다. 그것의 하나는 『동사형 그리움』의 많은 시들이 '자아의 대상화'를 통해 일상을 확인하거나 욕망의 두 유형을 보여주고 있다는 점이고, 다른 하나는 『동사형 그리움』의 적지 않은 시들에는 '대상의 자아화'의 구체적 방법으로 의인법과 의물법이 쓰이고 있다는 점이다. 결국, 이 두 가지 내용은, 독자들이 시인을 향해 던질지도 모르는 두 가지 물음에 대한 대답이기도 하다.

삶에 대한 사유와 역사 · 자연 인식: 오영호론

Ⅰ. 프롤로그

새삼스러운 말이지만, 시어는 따로 존재하지 않는다. 시어는 일상어를 시적으로 사용했을 때 부르는 명칭이다. 시어는 우리의 삶과 매우 밀접한 관계에 있다. 제대로 된 시어, 그것은 우리의 삶 속으로 들어와 시를 이루는 다른 요소들과 결합하면서 우리 삶을 구현하는 데 적극적으로 관여한다.

시조와 3장 6구 12음보의 틀을 머리에 동시에 떠올리는 사람은 대부분 그것의 형식적인 측면만을 중시하기 쉽다. 그러나 형식적인 측면에 못지않게 중요한 것이 그 틀 속에 담긴 내용적 측면이다. 만일, 시인이 일상어를 시적으로 사용할 때, 형식적 측면과 내용적 측면을 동시에 고려하지 않는다면, 그가 의도하는 의미의 구축을 기대하기는 어렵다. 그러므로 바람직한 시조는 형식인 틀과 틀에 담긴 내용이 잘 어울리는 시조라고 할 수 있다. 이 경우, 틀은 거의 고정되어 있고 내용은 헤아릴 수 없을 만큼 다양하다. 이 점은 수많은 시조의 존재와 그에 대한 해석의 근거가 된다.

이 글에서 필자가 주로 주목하고자 하는 것은 오영호 시조집 『올레길 연가』의 내용적 측면이다. 다른 시조집들이 그러한 것처럼 이 시조집도 이 시조집만의 내용을 지니고 있는데, 필자가 보기에 그것은 세 가지로 구분된다.

먼저, 이 시조집은 삶의 내용에 대한 사유의 흔적을 도처에서 보여준다. 그것은 다시 삶의 방법을 제시하고 삶을 응시하며 삶을 성찰하는 내용으로 나뉜다. 다음으로, 이 시조집은 시인[1]이 4 · 3에 대해 어떤 역사인식을 가지고 있는지를 드러낸다. 이 시조집은 그것을 위해 시인의 가족사와 수난의 실상을 환기시킨다. 마지막으로, 이 시조집은 자연과 상호 작용하는 방식을 명시한다. 흔한 방식이기는 해도, 그것이 나름대로의 가치를 지니고 있음은 물론이다.

II. 삶에 대한 사유

사유는 사회생활 과정에서 문제에 대처하고 해결하며 또한 문제를 제기하는 인간의 지적 활동의 총체이지만 실제로 쓰이는 범위는 매우 넓어서 회의하는 것, 이해하는 것, 원하는 것, 판단하는 것, 상상하는 것, 느끼는 것 등을 포괄한다. 정신의 산물인 사유는 신체의 활동과, 정신의 바깥에 존재하는 것의 표상을 이루는 수단인 사유는 외부 세계와 각각 구별된다.

---

1) 이 글에서의 '시인'은 모두 이 시조집의 저자를 가리킨다.

단언컨대, 특별한 사정이 아니라면, 하나의 표현이 축자적인 뜻으로만 쓰인 시조는 거의 없다. 대체로, 시조의 표현들은 다양한 여러 뜻을 거느릴 뿐만 아니라 때로는 새로운 뜻을 창조한다. 시조에 대한 해석은 바로 이러한 점에 기반을 둘 때 가능해지며, 한 편의 시조는 해석 방법에 따라 얼마든지 다른 내용으로 해석될 수 있다.

1. 삶의 방법 제시

하나의 방법을 인간의 모든 활동과 관련해 일반화하는 것은 의심 받을 여지가 많다. 이를테면, 시인의 창작 활동이 늘 일정한 방법의 엄격함을 고수하는지에 대해서는 확실히 말할 수 없다. 그래서 그는 창작 방법이 존재하는가, 만일 존재한다면 그것은 어떤 창작 방법인가라고 물을 수 있다. 한마디로 해서, 창작의 보편적인 방법은 존재하지 않는다.

그럼에도 불구하고, 시인들은 끊임없이 나름대로의 개성적인 방법을 만들어 왔다. 이 시조집의 제1부에 자주 등장하는 표현인 '걷는 것'은 그냥 걷는 것만을 가리키지 않는다. 누구에게나 적용되는 보편적인 행동이라는 점에서, 그것은 우리 삶의 과정을 상징한다. 그리고 그것은 또한 우리 삶의 여러 양상과 연루된다.

① 재기재기 걷지 마라 뾰족 돌에 넘어질라/흙길 자갈길도 천천히 걷다보면/담 너머 찔레 향기에 나의 넋이 맑아지고. (「올레길 연가 2」)

② 때론 상상의 날개 속에/탓닉한 스님도 만나고/쉼 반, 걸음 반/앞서거니 뒤서거니/ 아이들 가랑이 사이로/유년의 길도 보인다. (「올레길 연가 3」)

③ 파도치면 치는 대로 안개 끼면 끼는 대로/그러려니 순응하며 사는 것이 순리인 걸/자꾸만 걱정만 하는 내 자신이 미워진다. (「들길을 걷다」)

시에서 제시하는 삶의 방법은 우리가 생각하는 삶의 방법과는 아주 다르다. 그 이유는 'method'(방법)의 어원이 되는 라틴어 'methodos'가 meta(~을 향하여)와 hodos(길)를 합한 말로 '탐구,' '추구'의 뜻을 지니는 데에도 찾을 수 있다. '삶의 방법'은 삶의 과정에서 정신이 추구해야 할 특정한 수단의 집합이다.

시인은 인용 시조들에서 삶의 방법을 제시하는 형식을 취한다. 거기에는, 그의 삶의 경험이 절대적으로 큰 영향을 끼친다. 그런데 정작 인용 시조들에 나타나는 표현은 절제된다. 그는 감상적 요소를 배제하고 경험에 바탕을 둔 '삶의 방법'만을 각명하듯 제시하며, 그것을 ①, ②에서는 '천천히 걷는 것'으로, ③에서는 '순응하며 사는 것'으로 구체화한다. 이때, '천천히 걷는 것'은 간접적 삶의 방법이고, '순응하며 사는 것'은 직접적 삶의 방법이다.

2. 삶의 응시

시인은 이 시조집에 수록된 시조들에서 삶을 단순하게 바라보지 않는다. 눈길을 모아 삶을 똑바로 바라보는 것이다. 그때에 비로소 그는 삶에서 무엇인가를 찾아낼 수 있기 때문이다. 이렇게, 삶을 응시하는 그의 자세는 진지하다.

시인이 삶을 응시했다 하더라도, 그것이 내면작용을 거쳐 현실적 삶의 상황에 대한 구체적 판단과 앞으로 도래할 삶의 상황에 대한 전망의 근거가 되지 못한다면, 별반 내세울 것이 없다. 곁들여 말하면, 삶의 응시는 삶에 대한 정신적 태도를 강화시킬 때에만 의의를 획득한다. 그래서 그에 앞서 필요한 작업이 대두하는데, 객관화가 바로 그것이다.

④ 하심(下心)의 문을 열고/걷던 길을 다시 간다./쌓인 오욕과 미움도 한 마리 나비 되어/내 마음 풀밭을 떠나/하늘 훨훨 날아간다.//와르르 쿵 밀려오는/파도와 맞장 뜨며/묵묵히 자릴 지키는 갯바위를 보아라./검붉게 타는 속울음도/썰물 때면 쓸어가리. (「올레길 연가 4」)

⑤ 너와 나 흘린 땀이/길바닥에 나뒹굴 때/살며시 손을 잡는 보랏빛 순비기꽃/달콤한 그 향기 속에/또 하나의 나를 본다. (「올레길 연가 5」)

⑥ 신문도 라디오도 두절된 선원에서/오로지 물만 먹다 잠자리에 쓰러지면/순식간 곯아떨어진 내가 아닌 내 몰골/어둠의 장막을 찢는 자명종 소리에/천만 근 무거운 몸 끌고 가는 걸음/묵언의 노란 별들이 반짝반짝 뒤를 밝네. (「단식－원명선원에서－」)

정서의 객관화는 시조의 표면이 아닌, 시조의 이면에서 이루어진다. 정서의 객관화는 눈에 띄지 않는 기교로 치부되기 때문에 그에 대해 언급하는 일은 생소한 것으로 보일 수 있다. 그러나 정서의 객관화야말로 독자의 공감을 불러일으키게 한다는 점에서 매우 중요한 기교적 요소이다.

④가 삶의 심리적 측면을 다루고 있다면, ⑤는 삶의 과정에서 나타나는 현상적 측면을, ⑥은 마음의 수행적 측면을 다룬다. 이 세 측면은 모두 시인의 응시 대상으로 객관화된다. 그것은 "하심(下心)의 문을 열고/걷던 길을 다시 간다"(④), "달콤한 그 향기 속에/또 하나의 나를 본다"(⑤), "묵언의 노란 별들이 반짝반짝 뒤를 밝네"(⑥) 등에서 확인된다.

3. 삶의 성찰

'존재'를 기반으로 하는 삶의 원형으로 볼 때 삶은 피할 수 없는 숙명이다. 그러한 삶의 성찰은 항상 시간과의 관계 속에서 실행된다. 그것은 삶의 성찰 대상이 과거 또는 현재로 설정되는 이유이기도 하다. 얼핏, 이때 사람들이 취하는 태도는 대부분 자기 마음을 반성하거나 회개하는 것일 듯하지만 사실은 그와 정반대이다. 그들은 반성하거나 회개하는 대신 변호하거나 합리화한다.

> ⑦ 걸어온 길 돌아보면/부끄러운 일 너무 많아/어쩌면 샛길 찾아 숨고 싶은 양심 앞에/한 발짝 다가설 때마다/황사바람만 불어오고./안경색 따라 하늘빛이 달라지듯/모든 것은 일체유심조(一切唯心造)/마음을 다스리는 것/뾰족 돌 채인 발톱에/새로 돋는 발톱 하나. (「올레길 연가 6」)
>
> ⑧ 그렇다, 6부 능선 쯤 산을 오르면/다리가 천근만근 숨이 막혀 와도/한사코 놓지 못하는 내 몸이 부끄럽다./하여 이유 없이 집착의 끈을 풀고/자르르한 놈들부터 푸석푸석한 놈들까지/단단한 물푸레나무로 획획 타작을 한다. (「산숲을 걷다」)
>
> ⑨ 더러는/걸어가고/더러는 기어가는/영실 벼랑길을 오르는 나는 누구인가/마음을 따라가지 못하는/발걸음이/천 근/만 근. (「산행」)

인용 시조들에서, '걷는 것'은 필자에게 비유적인 표현으로 파악된다. 화자는 걸으면서 과거를 돌아보고 현재를 바라본다. 그러나 정말로 중요한 것은 '마음'이다. "모든 것은 일체유심조(一切唯心造)/마음을 다스리는 것"(⑦), "하여 이유 없이 집착의 끈을 풀고"(⑧), "마음을 따라가지 못하는"(⑨) 등이 그 점을 말해 주는 표현에 해당한다.

시인은 무엇보다도 깨끗한 마음의 중요성을 철저히 깨닫는다. 그는 "부끄러운 일 너무 많아/어쩌면 샛길 찾아 숨고 싶은"(⑦) 마음을 가지기도 하고, "다리가 천근만근 숨이 막혀 와도/한사코 놓지 못하는 내 몸이 부끄"(⑧)러운 이유를 집착에서 찾기도 하며, "마음을 따라가지 못하는/발걸음"(⑨)을 괴로워하기도 한다. 이처럼, 모든 것의 근원을 '마음'과 관련시킨다는 점에서 그는 유심론자라 할 만하다.

Ⅲ. 역사 · 자연 인식

1. 역사 인식

역사적 결정론의 가장 주요한 관념[2]은 첫째, 역사 속에서 외관의 수준과 본질의 수준을 구분해야 한다는 점이고, 둘째, 인간이 역사를 만든다는 점이다. 첫째에서의 외관의 수준은 행위와 사건을, 본질의 수준은 역사적 생성에 비가시적인 질서를 부여하는 근본적인 법칙들을 뜻한다.

인간이 원하는 대로 역사를 만들 수 있는 것이 아님은 누구나 다 알고 있는 바와 같다. 인간 행위의 의식적인 목표와, 목표의 심층적이고 역사적인 의미 사이에는 어긋남이 존재한다. 시인은 이러한 사실을 알고 있는 듯하다. 이 시조집의 모든 시조들에서 그러한 것은 아니지만, 그는 이 시조집의 도처에서 비극성의 원천을 그 '어긋남'에서 찾는다.

1) 가족사의 환기

가족사는 개인사의 상위개념이다. 따라서 시이건 시조이건 구분 없이 소재로서의 모든 가족사는 개인사를 포함한다. 그러나 가족의 범주가 넓지 않을 때는 개인사와 가족사가 거의 일치하는 사례도 적지 않게 발견된다.

가족을 사회 변동과정에서의 여러 모순이 반영되는 하나의 척도로 볼 때, 그것을 시조의 소재로 다루는 것은 커다란 의미를 지닌다. 특히 가족이 4 · 3과 같은 역사적 사건과 관련될 때, 그것은 더욱더 그러하다. 가족이라는 소재가 4 · 3과 같은 역사적 사건과 밀접하게 결부되면 지배와 피

---

2) 이것은 헤겔과 마르크스의 주장이다.

지배, 이데올로기, 경제 등의 문제가 나타나기에 앞서 사회의 존재 여부, 사람들의 생존 여부에 대한 원초적인 문제들이 지속적으로 제기되기 때문이다.

① 무자년, 가신 삼촌 소식 없는 때문일까/동백꽃 떨어진 자리 앉았다 바로 떠나는/동박새 벤뱅듸굴 쪽으로 포르르 날아간다. (「곶자왈에서 길을 잃다」)

② 60년 지난 세월 꽃샘바람 지나가는/거친오름 북녘 자락 햇살 한 줌 머문 자리/서 없는 돌비/나의 형님/오 남 규. (「제삿날도 모르는」)

4 · 3은 두 인용 시조의 공통적 소재이다. 시인은 인용 시조들에서 4 · 3을 역사의 한 단위가 아닌, 개인사의 단위 또는 가족사의 한 단위로 설정한다. 그는 일반적인 역사와 시조 속의 역사를 다르게 취급한다. 바꾸어 말하면, 그는 인용 시조들에서 시조 속에서 역사를 다루는 나름대로의 방법을 보여준다. 4 · 3은 ①, ②에서 무작정 서술되지 않고 여러 시적 장치들의 통제를 받는다.

시인이 경험을 시조의 소재로 삼는 데에는 전혀 문제가 없어 보인다. 그것은 당연한 일이기도 하다. 인용 시조들을 통해, 우리는 경험적으로 중요한 것이 본질적으로도 중요한 것임을, 그리고 경험적인 것은 시조의 현실 반영에 통합되는 것임을 살필 수 있다.

2) 수난의 실상

수난은 통시적인 체계 속에 놓일 때 분명한 특질을 드러내는데 이른바 비극이 그것이다. 이 세상의 비극은 예외 없이 심각한 고통을 수반한다. 생채기는 그 고통의 다른 표현이라 할 수 있다. 물론 '생채기'는 시조에서 시인에 따라 다르게 구체화된다.

모든 수난은 정도와 크기와 성격이 다르므로 그것을 구체화하는 방법도 당연히 다르다. 이 시조집의 시조들이 보여 주는, 4 · 3으로 인한 수난은 선명하고 극단적이다. 동시에 그것은 우리 삶에서 이데올로기란 과연 무엇인가라는 물음을 제기한다.

> ③ 무자년 북촌마을 피 빛 바람 일어/서우봉 동녘자락 애타는 파도소리/오늘도 듣고 있나요/너븐숭이 원혼들./이유가 뭐냐고 묻지 않아도 알겠지요./젖 먹는 갓난아이 어머니 가슴팍에/탕, 탕탕 총알받이 되어/돌무더기에 묻혀버린./차마 눈 뜨고 볼 수 없는 주검 앞에/무명천 소맷자락 훠이훠이 길을 찾아/구천을 맴도는 어린 영혼/꽃잎처럼 나부낀다. (「아기 돌무덤」)
>
> ④ 그 해 흰나비처럼/날아 온 삐라 속엔/'귀순하면 죄를 묻지 않겠다.'는 선무공작/줄줄이 끌려 들어온 주정공장 고구마 창고./아무 것도 모르는 순하고 착한 사람들/산에 있었다는 단 하나의 이유로 포로가 된/총탄에 죄명도 모른 체 쓰러진 목숨들. (「주정공장 소고」)

'수난'과 '가해'를 상반되는 개념으로 이해하는 사람들은, 그 가해의 주체가 누구인가 하는 심각한 물음에서 벗어나지 못한다. 그렇다고 여기서 그 물음에 대한 답을 명확하게 밝히는 것은 불필요한 일일 것이다. 그러나 그것이 시조 속에서 처리되는 방식은 눈여겨보아야 한다. 물론, 그 처리되는 방식에 대한 공식은 따로 없다.

먼저, ③에서 그것은 "이유가 뭐냐고 묻지 않아도 알겠지요"로 진술된다. 그것은 앞뒤에 이어지는 '너븐숭이 원혼들,' '먹는 갓난아이 어머니 가슴팍,' '차마 눈 뜨고 볼 수 없는 주검' 등의 표현을 거느리고 있어서 답을 명확히 밝힐 때보다 훨씬 더 강한 시적 긴장을 조성한다. 많은 사람들이 지역적 사건이라는 이유로 4 · 3을 피상적으로만 이해하려고 하지만, 시인은 그에 감연히 반대한다. 4 · 3을 시조의 핵심적 소재로 삼은 것이 그 증거이다.

다음으로, ④에서 4 · 3은 인과적으로는 결코 설명할 수 없는 사건으로 바뀌고 만다. 4 · 3은 그것의 수난을 직접적 또는 간접적으로 체험한 사람들에게는 도저히 납득될 수 없는 사건으로 인식된다. 그들은 그때 "아무 것도 모르는 순하고 착한 사람들"이었으며 "산에 있었다는 단 하나의 이유로 포로가 된/총탄에 죄명도 모른 체 쓰러진 목숨들"이었기 때문이다. 인과적으로 설명할 수 없는 것은 4 · 3뿐만이 아니다. 그것은 4 · 3에 대한 이야기에 대해서도 똑같이 적용된다. 시인은 그 점을 인식하고 있는 듯하다.

2. 자연 인식

자연은 인위적인 힘이 가해지지 않고 세상에 스스로 존재하거나 우주에 저절로 형성되는 모든 존재나 상태, 또는 사람의 힘이 가해지지 않고 저절로 생겨난 산 · 강 · 바다 · 식물 · 동물 따위의 존재와 그것들이 만드는 지리적 · 지질적 환경을 각각 뜻한다. 여기서 말하는 '자연'에는 두 가지 뜻이 함께 들어 있다.

그러한 자연은 수많은 시조의 소재로 사용되었지만, 그것이 인간과의 관계 속에서 보통 이상의 의미를 드러내는 대상으로 사용된 예는 흔치 않다. 자연은 대부분 아름다움에 대한 영탄의 대상으로 사용되어 온 것이다. 그런데 이 시조집에 수록된 시조들은 자연에다 인간의 감정을 부여하거나, 아니면 자연을 관조의 대상으로 삼는다.

1) 의인화 기법

시인이 대상에다 인간의 감정을 부여할 때, 즉 대상을 의인화할 때에 전제하는 원칙은 시인과 자연은 항상 서로 매우 친숙한 관계에 있다는 점이다. 의인화는 대부분 그러한 배경에서 발생한다. 따라서 의인화 기법을 사용한 시조를 해석하는 데는 그러한 점이 가장 먼저 고려되어야 마땅하다.

모든 자연이 의인화의 대상이 되는 것은 아니다. 그것은 전적으로 시인의 의도에 따라 결정된다. 이때 그의 의도는, 대상으로서의 적절함과 독자의 공감 여부를 결정짓는 요인으로 작용한다. 대상을 의인화했다 하더라도 시적 기능을 발휘하지 못하는 결과를 빚는 것은 그의 의도가 제대로 발휘되지 못한 데서 기인한다.

> ① 무심코 창밖을 보니/감나무 노란 잎이/'뭘 하고 있느냐'고 나에게 손짓하네/대문을 열고 나선 길/저녁놀이 질편하다. (「늦가을 저녁 한 때」)
>
> ② 바다는 낮은 목소리로 때론 천둥소리로/늘 했던 설법을 오늘도 하고 있다/억겁을 묵상만 하는 나는/귀가 닳도록 듣고 있다. (「관탈섬 1」)
>
> ③ 한 치 앞도 볼 수 없는 안개 세상 살면서/속절없이 흔들리는 너를 보면 눈이 시리다/박토에 뿌리를 박고도 하얀 웃음 보내는/허스키한 바람소리에 촉촉한 머릴 빗으며/쓸쓸히 날아가는 텃새들 불러 모아/웅크린 가슴을 펴고 둥지도 틀게 하는/새벽빛에 반짝이다 저녁놀에 물들어도/오직 은빛 선율로 섬을 노래하는/화산도 속 붉은오름 속울음을 듣고 있다. (「용눈이오름 억새꽃」)

시인이 자연에다 어느 정도의 감정을 부여했는가 하는 것은 시조를 해석할 때 간과할 수 없는 문제이다. 그런 문제를 중심으로 보면, 시조는 그것을 표현 자체에서 발견할 수 있는 시조와 전체 맥락에서 발견할 수 있는 시조로 나뉠 수 있다. 예를 들면, "무심코 창밖을 보니/감나무 노란 잎이/'뭘 하고 있느냐'(①)고 나에게 손짓하네."와 "억겁을 묵상만 하는 나는/귀가 닳도록 듣고 있다"(②)는 전자에, "오직 은빛 선율로 섬을 노래하는/화산도 속 붉은오름 속울음을 듣고 있다"(③)는 후자에 각각 속한다.

다른 시각으로 보면, 전자의 의인화는 화자의 지배를 받고, 후자의 의인화는 화자를 지배한다. 창작할 때 어느 경우를 선택하는가 하는 것은 전적으로 시인의 몫이다. 그렇게 하면 독자들은 그것을 구별할 수 있을 정도의 다른 느낌으로 받아들인다.

2) 관조의 시선

관조는 합리적으로 인식할 수 있는 대상에 대한 사변적 인식을 지칭하는 말이다. 따라서 관조는 감각적 인식과 실천적 행위에 동시에 반대된다. 관조적 인식은 언제나 보는 것(vision)이라는 모델에 입각해 제시되고, 실천과 대립한다는 점에서 언제나 순수한 활동으로 간주된다. 그것은 미학적인 맥락에서도 동일하다.

자연이 관조의 대상으로 선택되었다고 해서 자연과 현실과의 관계가 단절되는 것은 결코 아니다. 그 대상이 어떤 대상이냐에 따라 다르게 이야기될 수는 있겠지만, 대상에 대한 관조의 시선은 사람들의 온갖 제스처와 무관하지 않다는 점에서 다분히 현실적인 성격을 지닌다.

> ④ 일상의 지친 마음 툭툭 털어 놓았더니/비자향 푸른 바람에 새가 되고 나비 되어/비자림 천년의 설화/산책길에 뿌려 놓고.//들길 너머 장끼소리에 금이 가는 숲의 고요/풍란 콩짜개란 솟아오른 새잎들이/무디고 녹슨 내 영혼을/푸릇푸릇 닦아주네. (「비자림」)
>
> ⑤ 너와 나 잠긴 빗장 내 먼저 풀고 나면/도시의 회색 벽마다 푸른 피

가 돌고/세상은 살만한 곳이라고 푯말 하나 세우리. (「5월의 노래」)

관조의 시선이 머무는 곳은 '비자림'(④)과 '5월'(⑤)이다. 그곳은 겉으로 보기에는 단순할 것 같지만, 실제로는 매우 다채롭고 복잡한 구조를 지니고 있다. 그러한 점은 "비자향 푸른 바람에 새가 되고 나비 되어"(④)에서의 '나'의 '변신'과 "너와 나 잠긴 빗장 내 먼저 풀고 나면"(⑤)에서의 '너와 나'의 관계에서 쉽게 입증된다.

모든 것의 근원은 마음이다. 설령, '마음'이 아닌, 다른 방식으로 표현되었다 하더라도 그것은 마음이 변형된 것에 지나지 않는다. 그러한 점은 인용 시조들뿐만 아니라 시인의 다른 시조들, 다른 시인의 모든 시조에도 공통적으로 나타난다.

Ⅳ. 에필로그

바람직한 삶과 직접적으로 관련되는 것은 삶의 방법이다. 그것은 소수의 퓨리턴에게만 중요한 말일 것 같지만, 반드시 그러한 것만은 아니다. 오늘을 사는 많은 사람에게도 삶의 방법은 똑같이 중요하다. 이 시조집은, 많은 사람이 생각하는 바람직한 삶이 청정한 삶이라고 말하지 않는다. 대신, 이 시조집은 (특히 제1부에서) 최소한 "바람직한 삶이야말로 삶의 방법에 의해 형성된다"는 시인의 명제를 시적으로 전개한다.

이 시조집에서 제시된 삶의 방법은 비유적인 것이기는 해도 '천천히 걷는 것'과 같은 삶, '순응하며 사는' 삶으로 구체화된다. 항상 삶의 방법만을 적용하며 살 수 없을 것이라는 예상은 그에게도 그대로 들어맞는다. 그는 삶의 방법을 제시하는 데에 그치지 않고, 삶을 응시하며 삶을 성찰한다.

이 시조집에 수록된 시조들에서는 먼저 그러한 그의 자세가 두드러진다. 시인은 또한 이 시조집에서 4 · 3에 대한 나름대로의 역사인식을 바탕으로 4 · 3으로 야기된 수난의 실상을 보여준다. 아울러 그는 자연을 의인화하기도 하고, 관조의 대상으로 바라보기도 한다. 결국, 이 모든 것이 우리의 삶과 우리의 삶을 둘러싸고 있는 문제적인 것들, 근본적인 것들에 대한 (시인의) 정신적 활동의 궤적임은 말할 필요도 없다.

제3부

이삭 세 편

이공본풀이 · 삼공본풀이 의식시간과 의식공간 연구

Ⅰ. 프롤로그

신화에 관한 이론은 처음부터 여러 난점을 가지고 있다. 신화는 그 진정한 의미와 본질에 있어서 비이론적이라는 점도 그 중의 하나다.[1] 그것은 우리 사고의 근본적 범주들을 거부한다. 만일, 논리라는 것이 있다면, 그 논리는 경험적 혹은 과학적 진리에 대한 우리의 모든 개념과 똑같은 기준에서 논할 수 없는 특징을 지닌다. 그러나 철학은 이와 같은 상태를 절대로 용납하지 않는다. 신화를 만들어내는 기능의 창작물들은 반드시 하나의 이해할 만한 철학적 의미를 가지고 있다. 신화가 온갖 심상과 상징 밑에 이 의미를 감추고 있다면, 그것을 드러내고 밝혀내는 것은 바로 철학의 과제가 될 것이다.

신화의 가장 일반적인 구조와 기능을 설명한 바 있는 엘리아데는 신화

---

1) 에른스트 카시러, 최명관 역, 『인간이란 무엇인가』(창, 2008), 134~135쪽.

의 다섯 가지 특징을 다음과 같이 제시한다.[2] 일반적으로 시원적 사회에서 경험되는 신화는 첫째, 초자연적 존재들의 행위의 역사를 구성한다. 둘째, 이 역사는 (실재들과 관련되기 때문에) 절대적으로 참되고 초자연적 존재들의 작품이어서 성스럽다. 셋째, 신화는 항상 '창조'와 연관이 있어서 무엇인가가 어떻게 존재하게 되었는지를, 행위의 형태나 제도 그리고 노동방식 등이 어떻게 수립되었는지를 말해준다. 신화가 모든 중요한 인간 행위의 전형을 구성하는 것은 이에서 기인한다. 넷째, 신화를 앎으로써 사람들은 사물의 기원을 알게 되고 따라서 그것을 마음대로 통제하고 조정할 수 있다. 그것은 외부적이고 추상적인 지식이 아니라, 儀式的으로 신화를 다시 설명함으로써, 혹은 신화가 정당화하는 의례를 수행함으로써 의례적으로 경험하는 지식이다. 다섯째, 회상되거나 재현된 사건의 힘을 찬미하면서 성스러움에 사로잡혀 있다는 의미에서 사람들은 어떻게든 신화를 경험한다.

엘리아데는 창조 · 기원, 그리고 시초의 완벽함을 매우 중요시했다.[3] 배타적일 정도는 아니지만, 그는 무엇보다도 먼저 시원적 신화와 종교에 초점을 맞추어, 신화 문서가 우주 창조 신화에 주된 존재론적 지위와 구조적이고 기능적인 중요한 역할을 부여하는 계층적인 가치 척도를 드러낸다고 주장한다. 신화를 선정하고 배열하고 기술하고 해석하는 그의 작업은, 우주 창조 신화를 가장 중요시하며 이외의 다른 창조와 기원 신화들 또한 매우 중요시하는 그의 시각을 기반으로 한다. 그는 대부분의 창조와 기원 신화들을 우주 창조론을 연장하고 완성하며 종종 모방하는 것으로 해석한다. 그에 의하면, 부족사회의 여전히 살아 있는 전통에 접근

2) 더글라스 알렌, 유요한 역, 『엘리아데의 신화와 종교』(이학사, 2008), 273~274쪽. 이하의 논의도 이에 의거.
3) 위의 책, 282~283쪽. 이하의 논의도 이에 의거.

하는 모든 경우에 신화체계는 '성스러운 역사'를 구성할 뿐 아니라 그것이 다루는 일련의 엄청난 사건 속에서 위계질서를 드러낸다. 일반적으로 모든 신화는 세계, 인간, 동물 또는 사회제도 등과 같은 것들이 어떻게 발생했는지를 말해준다. 그러나 세계의 창조가 다른 모든 것에 선행한다는 바로 그 사실에 의해, 우주 창조는 특별한 지위를 가진다. 우주 창조의 신화는 모든 기원신화에 본보기를 제공한다. 동물, 식물 혹은 인간의 창조는 세계의 존재를 전제로 한다.

이 글은 신화가 지닌 이러한 점들에 유의하면서, 신화인 이공본풀이 · 삼공본풀이의 의식시간 · 의식공간을 살펴보는 데에 의도를 둔다. 의식시간과 의식공간은 어디까지나 의식의 지배를 받는 시간과 공간이므로, 본풀이와 같은 신화적 개념의 장르를 해명하는 데도 매우 유용한 도구가 될 수 있다고 생각한다.

II. 의식시간과 의식공간의 개념

객관적 시간이란 계기적 순서를 그대로 따라 진행되는 시간의 양상을 의미한다. 일반적으로 시계나 달력의 시간이 그렇다고 할 수 있다.[4] 이러한 시간을 우리는 일상적 시간이라고 부를 수 있다. 일상적 시간이란 한마디로 실증주의적 개념, 논리-실증주의적 개념, 거친 경험주의적 개념을 간직한다. 실증주의적 개념으로서의 시간은 구체적인 대상들의 관계에 지나지 않으며, 따라서 우리의 의식 현상과는 무관하게 나타난다.

일반적으로 우주시간 또는 공간시간 등 일체의 운행에 그 기초를 둔

---

4) 객관적 시간과 주관적 시간에 대한 논의는 이승훈, 『문학과 시간』(이우출판사, 1983), 251~252쪽. 이하의 논의도 이에 의거.

시간을 '객관적 시간'이라고, 주로 생의 내용과 관련되는 시간을 주관적 시간이라고 부르는데, 모든 문학작품에 나타나는 시간적 구조는 이러한 두 가지 양상을 함께 드러낸다. 주관적 시간의 구조적 양상을 살피는 가장 간단한 방법은 객관적 시간의 구조적 양상과 대비하는 방법이다. 바꾸어 말하면, 주관적 시간이란 객관적 시간이 역전되는 경우이거나, 그것이 전면적으로 혼란을 일으키는 경우라고 할 수 있다. 이러한 시간은 그러니까 객관적 시간의 흐름에 대한 도전 혹은 그러한 흐름으로부터의 전면적 퇴각이라는 의미를 띤다. 이러한 시간의 회로에선 어떤 분명한 변화의 계기성이 야기되지 않으며, 따라서 사건들의 명백한 연결성도 나타나지 않는다. 이러한 시간의 가장 단순한 유형으로는 흔히 회상의 수법으로 알려지는 逆계기성의 유형이 있을 수 있다.

"내가 시간을 아는 만큼 당신도 안다면, 당신은 그것을 하나의 사물처럼 써 버린다고 말하지 않을 것이다. 시간은 인격체이다." 날짜만 가리킬 뿐 시간을 가리키지 않는 시계를 보고 놀라는 앨리스에게 이렇게 대답하면서(루이스 캐럴, 『이상한 나라의 앨리스』), 르 샤플리에는 시간의 주요 패러독스 가운데 하나를 강조한다.[5] 시간은 우리가 직접 잡을 수는 없고 단지 시계 바늘만이 가리킬 수 있는 객관적 실재, 외부적 가능태이다. 그러나 동시에 우리는 어떤 사람과 더불어 살듯이 일종의 감정을 가지고 시간과 더불어 살고 있다고도 할 수 있다.

베르그송이 지적하듯이 과학에 의해 인식되는 시간, 즉 측정할 수 있고 수치로 나타낼 수 있으며 그 안에서 사물의 운동이 발생하는 등질적인 모체와, 체험되는 시간, 즉 베르그송이 '지속의 내면적 느낌'이라고 부른 것 사이에는 아무런 공통점도 없다. 보편적이고 객관적인 과학적 시

---

5) 엘리자베스 클레망 외 3인, 이정우 역, 『철학사전』(동녘, 1996), 176쪽. 이하의 시간에 대한 논의는 175~177쪽에 의거.

간은 역설적으로 그 누구를 위해서도 존재하지 않는다. 내적 의식의 수준에서 볼 때, 시간은 삶의 사건과 순간의 심리 상태에 따라 늘어나거나 가속되며, 강화되거나 약화된다. 그래서 습관의 힘은 아무런 일도 일어나지 않았다는 인상을 줄 것이며, 기다림이나 초조함은 매순간을 힘들게 만들 것이다. 체험된 시간은 주관적이다. 그것은 질적이며, 이질적인 순간과 서로 다른 속도로 이루어져있다. 그러나 과학이 불변적인 간격의 이어짐으로 제시하는 시간, 즉 순간은 모두 동일한 시간이다.

과학이 우리에게 유일하고 절대적인 준거 틀로서의 시간을 제시한다면, 그것은 아마도 우리가 시계나 크로노미터를 사용해 시간을 마치 하나의 사물처럼 포착할 수 있기 때문일 것이다. 그런데도 시간 자체는 역사, 즉 측정 도구의 역사를 가진다. 시간은 일종의 객관적인 성질로서 자연현상 속에 존재하는 것이기보다는 규칙적인 간격의 계기이다. 즉 시간은 인간과 외부 세계 사이의 관계가 진화하면서 생겨난 결과다. 그래서 고대 사람들은 일식을 정확히 예측했으면서도 일상적인 생활은 근사치를 통해서만 대강 측정할 수 있었다. 중세에 이르러 하루 일과의 리듬과 종교 생활은 시간에 새로운 규칙성을 새겼다. 시간은 고정된 측정값을 가지게 되었다. 그러나 17세기에 이르러서야 시간을 측정하는 기구들이 일상생활 속으로 스며들기 시작했다.

시간은 모든 현상을 조절하는 유일하고 보편적이고 절대적인 준거 틀이 아니다. 시간은 관계들의 체계이며, 인간의 경험에 내재하는 구조와 인간의 역사에 따라 상대적인 어떤 것이다. 이러한 점에서 시간을 사물의 객관적인 성질이 아니라 감성의 아프리오리한 형식으로, 즉 주체가 세계와 관계를 맺을 때 매개되는 구조로 파악한 칸트의 생각은 획기적이다. 그래서 시간은 과학이 측정하는 것도 아니고 한 개인이 주관적으로 느끼는 것도 아니다. 시간은 다양하고 이질적인 시간성들 사이의 관계

체계일 뿐이다. 체험된 시간, 과학의 시간, 경제적 시간 등이 각각 서로 다른 리듬을 가지고 존재한다. 이 시간들에 대한 인간의 인식은 곧 인간이 이룩해 온 역사의 층위들을 나타낸다. 그리고 역사는 하나의 유일한 선을 따라 진행하기보다는 발산하는 시간성들의 논리 속에서 진행하는 것이다.

신화와 종교는 끊임없이 흘러가는 시간에 대한 공포와 죽음에 직면했을 때의 절박함과 관련하여 시간의 불가역성을 부정하고자 했다. 이것은 시간을 원의 형상을 통해 순환적으로 이해하거나 시간 바깥의 시간, 즉 영원에 대해 사고함으로써 이루어졌다. 플라톤의 에르[6] 신화에 등장하는 세대들의 바퀴는 인간의 실존을 순환적인 운동 속에 재통합한다. 이 운동에서 과거는 반복되며, 각각의 사물은 일단 어떤 단계에 이르면 다시 과거로 회귀한다. 그러나 바로 이 바퀴는 인생을 그만큼의 운명으로 언제까지나 확인하는 필연의 모습이다. 시간의 순환성이 과거의 무게를 없애 주는 것은 사실이지만, 그것은 또한 인간을 가능한 행위의 장이자 자유 실현의 장소인 미래로부터 차단한다. 마찬가지로 초월에 대한, 내세에 대한 갈망인 영원은 '지금, 여기'에서의 삶의 가능성을 방해한다. 그래서 우리는 시간의 불가역성을 받아들이지 않고서는 시간의 특수성을 수용할 수 없다.

이러한 논의들을 토대로 판단한다면, 의식시간은 직관시간, 심리시간, 체험시간 등과 함께 주관적 시간에 속한다고 할 수 있다.

헤겔이 자기의 독자적 공간 개념을 제시하기 전에 (비판을 위해) 거론했던 공간 개념은 세 가지이다. 먼저, 공간은 실재적이라는 견해가 있다.[7] 사람들은 어떤 실체적인 것을 상정하고 공간은 그것을 담는 그릇처

---

6) 「국가」 편에 나오는 신화로서 윤회와 업의 과정을 다루고 있다.
7) 소광희, 『시간의 철학적 성찰』(문예출판사, 2009), 375쪽. 이하의 논의도 이에 의거.

럼 표상한다. 즉 그 안에 아무것도 들어 있지 않더라도 빈 공간은 있으리라는 견해가 그것인데, 공간을 무한한 연속으로 간주하는, 뉴턴이 주장하는 것과 같은 절대공간이 그것의 예이다. 그러나 우리는 사물에 의해 채워진 공간을 표상한다. 다음으로, 라이프니츠는 공간을 사물의 성질 또는 질서라고 보았다. 사물의 질서 관계가 공간이라면 사물을 제거하면 어떤 공간도 없어져야 할 것이다. 그러나 사물의 존재 관계란 개별적 사물을 제거해야 비로소 남는 관계이다. 공간적 관계는 사물과 상관없이 있다. 마지막으로, 칸트는 공간을 주관의 감성적 직관 형식이라고 주장한다. 여기에 대해 헤겔은 공간을 단순한 '형식'이라고 하는 것은 추상이며, 따라서 '직접적 외면성이라는 추상'이라고 해야 올바른 정의가 된다고 말한다.

공간에 관한 서로 다른 개념들이 드러내는 다양성과 양립 불가능성은 매우 난감한 문제 가운데 하나이다. 공간은 구체적인 所與인가, 아니면 하나의 추상적인 개념, 즉 하나의 '이상적인 질서'인가? 공간은 물질, 물체와 같은 그것의 내용과 분리되는가, 아니면 분리할 수 없는가? 더 근본적으로 공간은 하나의 절대적 실재인가 아니면 반대로 구성과 추상의 결과인가? 철학의 역사는 이 같은 문제에 대한 서로 다른 대답으로 점철되어 왔다.[8)]

생리학적 관점에서 볼 때, 우리의 현실적 지각장(지각 작용을 통해 인식 주체에 들어오는 場)으로 제한된 공간은 높은 곳과 낮은 곳, 왼쪽과 오른쪽, 수직보다 수평으로 분화되어 있으며 더 연장되어 있고, 복합적이며 불연속적이다. 또한 그것은 인식 주체가 지각하는 방향에 따라 가변적이라는 성질을 갖는다. 일반적인 직관의 관점에서 볼 때, 물리적 공간은 하나의 등질적이고 연속적인 무한한 바탕이며, 그 바탕 안에서 모든

---

8) 엘리자베스 클레망 외 3인, 앞의 책, 31쪽. 이하의 공간에 대한 논의는 31~32쪽에 의거.

대상의 운동이 일어난다. 기하학의 관점에서 볼 때, 공간은 이 바탕으로부터 추상된 표상이다. 즉 모든 물질을 털어 낸 빈 틀이다. 이 틀은 성질이 어느 곳에서나 같은 등질성, 성질이 모든 방향에서 같은 등방성, 연속성, 무제한성을 가진다. 우리의 지각과 일치하는 에우클레이데스 기하학은 3차원적이다. 그러나 비에우클레이데스적인 다른 기하학들[9]은 n차원이다. 현대 물리학의 관점에서 볼 때, 공간은 4차원의 바탕으로서 3차원 공간이 시간과 연합해 형성된다. 이것은 하나의 현상을 서술하기 위해, 즉 어떤 현상의 시공간적 위치를 통합적으로 서술하기 위해 네 개의 변수가 필요하다는 것을 의미한다.

아리스토텔레스에게 공간은 하나의 장소 또는 빈 그릇이다. 즉 어떤 물체의 테두리를 이루는 외곽선이다. 공간에 대한 이와 같은 개념은 유한한 우주를 함축한다. 우주 안의 모든 사물이 자신의 공간을 가진다면, 우주 자체는 어디에도 존재하지 않을 것이다. 즉 아리스토텔레스에게는 공간이 먼저 있고 그 안에 물체가 있는 것이 아니라 물체에 수반되는 성질 가운데 하나가 공간이다. 이점에서 아리스토텔레스의 공간은 오늘날의 개념으로는 '장소'라고 해야 할 것이다. 그러나 데카르트에서 물리적 공간은 물질적 실체와 혼용된다. 『철학의 원리들』에서 데카르트가 주장하는 바에 따르면, 공간 또는 내부적 장소와 이 공간 안에 포함되는 물체는 단지 우리의 사유 속에서만 다를 뿐이다. 기하학적 연장은 데카르트적 공간의 본질을 구성한다. 즉 데카르트에게는 공간과 물질이 서로 다른 존재가 아니라 '공간－물질'이라는 하나의 존재이다. 이에 반해 라이프니츠에서 공간은 자연적인 실재가 아니라 하나의 '관념성,' 일종의 '공존의 질서'이다. 이것은 우리가 공간이라 부르는 것을 구성하는 것이 서로 관계를 맺고 있는 사물의 존재와 그 운동이라는 것을 의미한다. 그래

---

9) 예를 들면 리만이나 로바체프스키의 기하학이 있다.

서 공간은 추상적 관계들의 순수한 체계이다. 즉 공간이 있고 그 안에서 사물이 관계를 맺는다기보다는 사물이 먼저 있고 그들의 관계가 공간을 형성한다.

공간에 대한 라이프니츠식의 개념화는 공간을 논리적 성질들로 환원함으로써 공간 개념의 실재성을 빈약하게 만든다. 반면 칸트는 감각적 공간, 즉 감각 작용을 통해 인식 주체에게 주어지는 공간의 직관적인 특성을 강조한다. 칸트에게 있어서 공간은 시간과 마찬가지로 '감성의 아프리오리한 형식'이다(감성이란 대상들이 경험을 통해 우리에게 주어지도록 하는 기능이다). 공간이 우리의 지각으로부터 독립된 실재성을 가진다는 일반적인 개념을 거부하고, 칸트는 공간을 경험의 가능성의 조건으로 여긴다. '물자체'의 영역에 속하는 것이 아니기 때문에, 공간은 현상계와 가능한 경험에 제한된다. 『순수 이성 비판』에 의하면, 공간은 모든 외적 현상의 형식, 즉 감성의 주관적 조건일 뿐이다.

공간에 대한 이해는 이렇게 다양하지만, 칸트에 이르기까지 철학자들이 제시한 공간의 성격인 등질성, 무한성, 3차원성 등은 에우클레이데스의 주장과 다르지 않다. 그러나 19세기 이후 비에우클레이데스 기하학이 개발되었으며, 아인슈타인은 리만 기하학을 현실의 물리 세계를 서술하는 데 이용했다. 그래서 에우클레이데스 기하학은 가능한 여러 기하학 가운데 하나일 뿐이라는 사실이 분명하게 드러난 것이다. 그래서 공간이란 자연적으로 주어져 있는 것, 우리의 표상으로부터 독립해서 존재하는 것이 아니며 여러 공간이 있을 수 있다. 현대예술가들이 창조해 낸 공간들[10]은 우리에게 창조적으로 구성된 공간의 예를 보여준다.

신화적 공간직관의 특성을 잠정적으로, 그리고 개괄적으로 말하기 위해, 신화적인 공간이 감성적인 지각공간과 순수인식의 공간, 즉 기하학

10) 그것의 예로, 입체파의 공간을 들 수 있다.

적 직관에 나타나는 공간 사이의 독자적인 중간 위치를 점하고 있다는 사실로부터 논의를 시작할 수 있을 것이다.[11] 지각공간, 즉 가시공간이나 가촉공간과 순수 수학의 공간이 결코 일치하지 않을 뿐만 아니라 이 둘 사이에는 오히려 일관된 차이가 있다는 점은 잘 알려져 있다. 수학적 공간의 규정들은 지각공간의 규정들로부터 간단히 읽어낼 수 있는 것도 아니며 또 일관된 연속적 사고에 의해 이끌어낼 수 있는 것도 아니다. 순수 수학의 사고공간에 발을 들여놓기 위해서는 시선의 특유한 전환, 즉 감성적 직관의 직접적인 소여로서 나타나고 있는 것을 폐기하는 것이 필요하다. 특히 생리적 공간과 저 측량적 공간, 즉 유클리드 기하학이 그 作圖의 기초에 두고 있는 공간을 서로 비교해 본다면, 양자의 이 대립관계가 일관되게 보일 것이다. 한편에서 긍정되는 것이 다른 한편에서는 부정되며, 또한 역으로 한편에서 부정되는 것이 다른 한편에서 긍정된다. 유클리드 공간은 연속성 · 무한성 · 일관된 등질성이라는 세 가지 기본적 징표에 의해 특징지어진다. 그런데 이 모든 계기들이 감성적 지각의 성격과 모순되는 것이다. 지각은 무한이라는 개념을 알지 못한다. 지각은 애초부터 지각능력의 일정한 한계와, 따라서 공간 내에 있는 것의 명확히 한정된 어떤 영역에 구속되어 있다. 그리고 지각공간의 무한성에 대해 말할 수 없듯이, 지각공간의 등질성에 대해서도 말해질 수 없다.

신화적 공간이 지각공간과는 가까운 친연관계에 있으며, 다른 한편 기하학의 사고공간과는 엄격하게 대립해 있다는 것에 전혀 의문의 여지는 없다. 양자, 즉 신화적 공간과 지각공간은 의식에 의한, 철저하게 구체적인 형성체이다.[12] 기하학의 순수공간의 作圖의 근저에 놓여 있는 '장소'

---

11) 에른스트 카시러, 심철민 역, 『상징형식의 철학 II 신화적 사고』(도서출판 b, 2012), 137~138쪽. 이하의 논의도 이에 의거.
12) 위의 책, 139쪽. 이하의 논의도 이에 의거.

와 '내용'의 분리가 여기에서는 아직 수행되어 있지 않고 또한 수행될 수 없다. 장소는 내용으로부터 분리되어 독립된 의미를 지닌 하나의 요소로서 내용에 대립될 수 있는 것이 아니라, 무릇 장소가 존재할 수 있기 위해서, 그것은 일정한 개체적이고 감각적인 또는 직관적인 내용으로 채워져 있지 않으면 안 된다. 따라서 감성적 공간에서도 또 신화적 공간에서도 모든 '여기'나 '저기'는 결코 단순한 '여기'나 '저기'가 아니며, 다시 말해 극히 다른 내용들에 동등하게 적용시킬 수 있는 일반적 관계를 나타내는 단순한 술어가 아니다. 오히려 각각의 점, 각각의 요소는 말하자면 독자적인 하나의 '색조'를 지니고 있다. 그 각각의 요소에는 그것을 다른 것으로부터 두드러지게 하는 개별적인 성격이 부착되어 있으며, 그것은 더 이상 일반적 개념적인 기술을 허용하지 않고 단지 그대로 직접 체험될 수밖에 없는 것이다. 그리고 이 성격상의 차이는 공간 내의 개개의 위치에서와 마찬가지로 공간 내의 개개의 방위에서도 항상 따라다니고 있다.

신화적인 공간직관은 개체적이고 감정적인 근거에 기초를 두고 있고 또 이 근거로부터 벗어날 수 없는 듯이 보이므로, 순수인식의 추상적인 공간과 현저하게 다르기는 하지만, 그렇더라도 또한 거기에서도 어떤 보편적인 경향과 어떤 보편적인 기능이 나타나고는 있다.[13] 신화적인 세계관 전체 내에서 공간이 수행하는 작업은 경험적 '자연,' 대상적 '자연'의 구축에 있어 기하학적 공간에 귀속되는 작업과 내용상으로는 다르지만 형식상으로는 유사한 것이다. 기하학적 공간도 또한 하나의 도식(Schema)으로 작용하는 바 이 도식을 적용하고 또 이 도식을 매개로 함으로써 언뜻 보기엔 전혀 비교할 수 없는 지극히 다종다양한 요소들이 서로 결합될 수 있다. '객관적인' 인식의 진보가 본질적으로 의거하고 있는 것은 직접적 감각이 제시하는 단순히 감정적인 온갖 차이들이 최종적으로는 순

13) 위의 책, 140쪽. 이하의 논의도 이에 의거.

수한 양적 · 공간적인 차이로 귀착되며, 이 차이에 의해 완전히 표시된다는 점에 있지만, 그와 동일하게 신화적 세계관도 또한 그러한 표시의 방식, 즉 자체로는 비공간적인 것을 공간으로 모사하는 것을 알고 있다. 여기에서는 각각의 질적인 차이가 말하자면 동시에 공간적 차이로서도 보이는 일면을 지니고 있는 것이자, 또한 모든 공간적 차이가 항상 질적인 차이이기도 하고 그렇게 계속되는 것이다. 공간과 성질이라는 두 영역 사이에 일종의 교환 부단한 이행이 보인다. 이미 우리는 언어의 고찰에서 이러한 이행의 형식을 배운 바 있다. 지극히 다종다양한 무수한 관계, 특히 질적 · 형식적 관계가 언어에 의해 파악되고 표현될 수 있기 위해서는 그 관계들이 스스로를 표현하기 위해 공간을 경유하는 우회로를 사용할 수밖에 없다는 것을 그 고찰은 가르쳐 주었다. 이렇게 해서 극히 단순한 공간어가 일종의 정신적인 기본어가 되는 것이다. 언어에 있어 대상적 세계는 언어가 공간으로 회귀해감에 따라, 즉 언어가 이 세계를 말하자면 공간적인 것으로 번역하는 정도에 상응하여, 이해하고 간파할 수 있는 것이 된다. 그리고 바로 그러한 번역, 즉 지각되고 감지된 성질을 공간적인 형상이나 직관에 옮겨놓는 작용은 신화적 사고에서도 끊임없이 일어나고 있다. 신화적 사고에서도 또한 공간의 저 독자적인 '도식기능'(Schematismus)이 작용하고 있으며, 그것에 의해 공간은 극히 이질적인 것을 동화시키고 그럼으로써 그것을 비교가능하게 하며 어떠한 의미에서 유사한 것으로 만들 수 있게 되는 것이다.

또한 이러한 논의를 토대로 판단한다면 의식공간은 실재적 공간도, 지각공간도, 장소적 공간도, 가촉공간도 아니다. 의식공간은 의식시간이 주관적 시간인 것처럼 주관적 공간이다.

Ⅲ. 이공본풀이 · 삼공본풀이의 의식시간과 의식공간

신화의 세계는 극적 세계인 바, 행동과 힘의 세계이고 서로 충돌하는 세력들의 세계이다. 자연의 모든 현상 속에서 신화는 이 세력들의 충돌을 본다.[14] 신화적 지각은 언제나 이 여러 情動的 성질을 간직하고 있다. 거기서 보이는 것이나 느껴지는 것은 무엇이든지 어떤 특별한 분위기에 둘러싸여 있는데, 이 분위기는 즐거움 혹은 슬픔 · 괴로움 · 흥분 · 환희, 혹은 우수의 분위기이다. 이러한 분위기 속에서는 '사물들'에 관해서 말할 때 그 사물들을 생명 없는 물건으로 혹은 냉담한 물건으로 말할 수가 없다. 모든 대상은 다정하거나 악의에 차 있으며, 우애적이거나 적의를 가졌으며, 친밀하거나 무서워서 기분이 나쁘며, 또는 마음을 끌고 황홀하게 하는 것이 아니면 징그럽고 위협적이다. 우리는 인간 경험의 이 기본 형태를 쉽사리 재구성할 수 있는데, 이는 문명화한 인간 생활에 있어서도 이것이 그 본래의 힘을 결코 잃지 않고 있기 때문이다. 우리가 격렬한 정동의 긴장 속에 있다면 우리는 아직 모든 사물을 이와 같이 극적으로 볼 것이다. 모든 사물은 그 평소의 면모를 벗어버리고 갑자기 그들의 相貌를 바꾼다. 그것들은 우리들의 여러 가지 열정, 사랑이나 미움, 공포나 희망의 특정한 색채로 물든다.

신화의 우유적인 해석은 보통 공상적인 난센스라고 생각되고 있지만, 사실 신화의 우유적인 이러한 해석은 우리 문화전통의 한 요소로서 중세와 르네상스의 문예비평에서는 대단히 높은 지위를 차지하고 있었으며, 산발적으로(가령 러스킨의 「하늘의 여왕」) 우리 시대까지 계속 이어져 내려오고 있다.[15] 신화의 우유화적인 해석은 "이러이러한 설명이 이러

14) 에른스트 카시러, 앞의 책, 140쪽. 이하의 논의도 이에 의거.
15) 노스럽 프라이, 임철규 역, 『비평의 해부』(한길사, 2000), 638쪽. 이하의 논의도 이에 의거.

이러한 신화의 의미인 것이다"라고 간주하는 가정에 의해서 방해받고 있다. 신화는 의미의 구심적인 구조이기 때문에 무한한 수의 내용을 뜻하는 것이 될 수 있다.

1. 이공본풀이의 의식시간과 의식공간

1) 이공본풀이의 개요

① 옛날 짐진국과 임진국이 한 마을에 살았다. 짐진국은 가난했고 임진국은 천하 거부로 살았다. 두 집안은 자식이 없어서 영급이 좋다는 동관음사에 들어가 원불수륙재를 드렸는데, 짐진국은 아들을 낳고 임진국은 딸을 낳는다. 짐진국은 아들 이름을 원강도령이라고, 임진국은 따님 이름을 원강암이라고 짓고 사돈을 맺어 어린 '구덕혼사'[婚姻]를 시킨다.

② 원강암이가 스무 살에 유태를 가져 배가 항아리처럼 불렀을 때, 원강도령은 서천꽃밭 꽃감관으로 벼슬을 살러 가게 된다. 부부가 함께 서천꽃밭으로 올라가는데 원강암이는 배가 큰 항아리 같이 부르고 발이 콩구슬 같이 부풀러서 발에 발병이 나 도저히 걸을 수 없었다. 서천꽃밭으로 가는 길은 멀고 험난했다. 가다가 날이 저물 때는 마을이 없어 억새 포기 속에서 억새를 의지하여 그날 밤을 새기도 했고, 어떤 날은 날이 저물고 몸이 피곤하여 걸을 수 없어 팽나무 가지에 올라 팽나무 가지를 의지하여 그날 밤을 새기도 했다. 부근에는 자현장자라는 천하 거부가 살았다.

③ 원강암이는 원강도령에게 더 이상 걸을 수 없으니, 자현장자 집에 자기를 종으로 팔아 두고 혼자 가기를 제안한다. 이에 동의한 원강도령은 원강암이를 삼백 냥에, 뱃속의 아이는 백 냥에 판다. 원강도령은 아들을 낳으면 '신산만산할락궁이'로, 딸을 낳으면 '할락덱이'로 이름을 짓도

록 하고, 상동나무 홍얼레빗을 반으로 꺾어 부인에게 증표로 주고 서천꽃밭으로 떠난다.

④ 그날부터 원강암이는 종살이가 시작되고, 자현장자는 계속 몸 허락을 요구한다. 원강암이는 그때마다 임신한 아기를 낳아야 몸 허락을 하는 법이라거나, 낳은 아기가 열다섯이 되어야 몸 허락을 하는 법이라는 식의 '우리 마을 풍습'으로 핑계를 대면서 위기를 모면한다. 마침내 원강암이는 아이를 낳아 신산만산할락궁이라 이름을 짓는다. 모자는 온갖 고초를 다 겪는다. 세월은 흘러 할락궁이도 열다섯 살이 된다. 어느 날 할락궁이는 어머니로부터 아버지가 간 곳을 알아낸다. 할락궁이는 메밀 범벅 세 덩이를 가지고 어머니와 작별하고 아버지를 찾아 떠난다.

⑤ 할락궁이가 집을 나서자, 자현장자 집에 기르는 날쌘 개 천년둥이 쫓아온다. 할락궁이는 메밀범벅 한 덩이를 던져 주고 개가 그것을 먹는 새에 천 리를 달린다. 할락궁이는 또 한 덩이를 집어 던져 주고 개가 그것을 먹은 사이에 만 리를 뛰어간다. 다시 한 덩이를 집어 던져 개가 그것을 먹는 사이 수만 리를 지나간다. 가다 보니 무릎까지 잠기는 물이 있어 그 물을 넘어가고, 잔등이까지 차는 물이 있어 그 물을 넘어간다. 가다 보니 목까지 찬 물이 있어 그 물을 넘어가니 서천꽃밭이 다가온다.

⑥ 할락궁이가 서천꽃밭 수양버들 윗가지 위에 올라 보니, 궁녀들이 서천꽃밭에 물을 주려고 연못의 물을 뜨러 오고 있었다. 할락궁이가 가운데 손가락을 끈으로 묶어 입으로 깨물어서 붉은 피 세 방울을 연못에 떨어뜨리니 연못은 부정이 타서 말라 간다. 궁녀들은 꽃감관에게 어떤 총각이 연못 가운데 있는 수양버드나무 윗가지에 앉아서 연못에 풍운조화를 부리니 물이 말랐다고 보고한다. 그래서 할락궁이는 꽃감관을 만나게 된다.

⑦ 할락궁이는 증표로 지니고 있던 상동나무 홍얼레빗 한쪽을 꽃감관

에게 내놓는다. 꽃감관은 자신이 지닌 반쪽 홍얼레빗과 맞춰 보고 할락궁이가 아들임을 확인한다. 그러고 할락궁이가 올 때 건너던 무릎이 잠기는 물, 잔등이까지에 찬 물, 목까지 찬 물 등은 모두 어머니가 자현장자에게 다짐 받던(고문당하던) 물임을 일러준다. 그때에 비로소 할락궁이는 어머니가 자현장자에게 죽임을 당한 사실을 알게 된다.

⑧ 아버지는 할락궁이를 서천꽃밭으로 데리고 가서 앙천웃음을 터지게 하는 웃음웃을꽃, 일가친족끼리 싸우게 하는 싸움싸울꽃, 사람을 죽여 멸망시키는 수레멜망악심꽃, 죽은 사람을 다시 살려내는 도환생꽃 등에 대해 설명해 주면서, 돌아가 어머니 원수를 갚고 어머니를 살려내라고 일러준다.

⑨ 할락궁이가 아버지와 이별하고 집으로 내려오자 자현장자는 할락궁이를 죽이려고 달려든다. 할락궁이는 자현장자의 일가친척을 불러 모은 후 웃음꽃을 놓아 앙천웃음판을 웃게 하고, 싸움꽃을 놓아 싸움을 벌이게 하며, 멸망꽃을 놓아 일가 친족을 다 죽게 한다. 다만 막내딸 아기는 살려 두고 어머니를 죽여 던져 버린 곳을 가리키게 한다. 막내딸 아기는 어머니의 끊은 머리를 푸른 띠밭에, 끊은 잔등이를 흑대밭에, 끊은 무릎을 밭에 던졌다고 알려 준다. 할락궁이가 뼈를 고르게 모아 도환생꽃을 놓자 어머니가 "아이고 봄잠이라 오래도 잤다"고 말하며 살아난다. 할락궁이는 그 자리에서 자현장자 막내딸 아기를 죽이고, 어머니를 모셔 서천꽃밭에 들어간다. (굿을 할 때는) 그때 청대밭 · 흑대띠밭, 푸른 띠밭에 죽여 던졌던 법으로, 청대 같은 청사록, 흑대 같은 흑사록, 열두 풍운조화를 주는 것이다.

2) 이공본풀이의 의식시간: ‘오래도’

거의 모든 낱말의 의미작용은 직접적이고 일차적이다. 하나의 낱말은 대부분 한 가지의 의미와 교류한다. 하나의 행동 · 사건 · 대상은 상황 속에 있는 다른 요소들과의 관계 속에서 한 가지의 의미만을 드러내는 것이다. 그러나 꼭 그렇지 않은 경우도 있다. 다음 인용문에 나오는 ‘봄잠’의 의미는 대상을 있는 그대로 수용하지 않고 다른 어떤 요소들과의 관계 속에서 수용되는 경우라 할 수 있다.

> 머리 그찬[16] 청대왓[青竹田]디 데껴불고 ᄌᆞᆫ동[17] 그찬 흑대왓[黑竹田]디 데껴두고 독ᄆᆞ립(膝) 그찬 청새왓디[18] 데껴시난[19] 어머님 뻬를 도리도리[20] 몯아놓고 도환생꼿을 노난 ‘아이, 봄ᄌᆞᆷ이라 오래도 잤저.’[21] 머리 글거, 어머님이 살아온다.[22]

여기서 눈여겨보아야 할 것은 “봄잠이라 오래도 잤다”라고 한 원강암이의 말 중에서 ‘봄잠’이다. 봄잠은 봄날에 노곤하게 자는 잠이라는 사전적 의미를 지닌다. 봄잠의 궁극적인 뜻은 ‘잠’에 있으므로 의식시간과는 거리가 멀어 보인다. 그러나 ‘봄잠’은 잠이 언제까지 계속되지 않았다는 점을 내포하고 있다. 무엇보다도 이 점에 주목해야 한다.

“봄잠이라 오래도 잤다”라는 문장은 의미가 일상적인 의미에 머무르

16) 그찬: 끊어.
17) ᄌᆞᆫ동: 잔등이.
18) 청새왓디: 푸른 띠 밭에(青茅田).
19) 데껴시난: 던져 있으니까.
20) 도리도리: 차례로 바르게 모여놓는 모양.
21) 잤저: 잤다.
22) 현용준 · 현승환 역주, 『제주도 무가』(한국고전문학전집 29)(고려대학교 민족문화연구소, 1996), 92쪽. 앞으로 나오는 이공본풀이와 삼공본풀이의 인용문과 인용문에 있는 각주는 모두 이 책에 의거.

고 있지 않고 다른 차원으로 이동하고 있음을 보여준다. 그래서 '봄잠'의 사전적 의미와 또 다른 의미는 공공연하게 대립하면서 상징적 의미를 띠는 단계에 이르게 되는데, 죽음이 바로 그것이다. 이처럼 사전적 의미를 벗어날 때에 상징적 의미가 나타나는 예는 신화에서 얼마든지 발견된다.

또한 봄잠의 문맥적 의미도 강조될 필요가 있다. 봄날은 만물이 소생하는 계절적 시간이다. 따라서 그것이 의미하는 것들은 희망 · 긍정 · 기쁨 · 창조 등과 밀접하게 결부된다. 봄날에 자는 잠은 설령 노곤하게 자는 잠이기는 해도 소멸보다는 생성의 의미를 나타낸다. 한편, 봄잠은 이중적인 의미를 동시에 발현한다는 주장도 가능하다. 그것은 죽음과 같은 정지의 시간적 의미를, 또한 생성과 창조 과정의 시간적 의미를 드러내기 때문이다.

원강암이의 봄잠은 결코 짧지 않았다. 그녀가 스스로 말한 대로 그것은 '오래도' 잔 잠이었다. 그래서 '오래도'는 의식시간이 된다. 그리고 이 경우, 표현이 왜 '오래도'인가에 대해서는 그녀가 겪은 시련의 과정이 참조되어야 한다. 즉 '오래도'가 설득력을 지닌 의식시간이 되기 위해서는 그에 앞서 배경이 되는 이야기가 선명하게 제시되어야 하는 것이다. 그렇지 않을 경우, 그것은 단순한 하나의 표현으로 전락할 수 있다. 따라서 이야기에는 최소한의 줄거리가 요구된다.

여기서 잠시 그 최소한의 줄거리를 정리해 보기로 한다. 원강암이의 시련은, 그녀가 원강도령에게 더 이상 걸을 수 없으니, 자현장자 집에 자기를 종으로 팔아 두고 혼자 가기를 제안하면서부터 시작된다. 원강도령은 상동나무 홍얼레빗을 반으로 꺾어 삼백 냥에 팔린 원강암이에게 증표로 주고 서천꽃밭으로 떠난다. 그날부터 원강암이의 종살이가 시작되고, 자현장자는 계속 몸 허락을 요구한다. 원강암이는 그때마다 여러 핑계를 대면서 위기를 모면한다. 마침내 원강암이는 아이를 낳아 신산만산할락궁이라 이름을 짓는다. 모자는 온갖 고초를 다 겪는다. 열다섯 살이 된 할락궁이는 어느 날 어머니와 작별하고 아버지를 찾아 떠난다. 그 후 원강암이는 자현장자에게 물로 고문을 당하다 죽는다. 아버지를 만난 할락궁이는 아버지로부터 서천꽃밭 밖으로 나가 어머니 원수를 갚고 어머니를 살려내라고 이른다. 할락궁이가 아버지와 이별하고 집으로 내려오자 자현장자는 할락궁이를 죽이려고 달려든다. 그러나 할락궁이는 자현장자의 일가친척을 불러 모은 후 꽃들을 놓아 웃게 하고, 싸움을 벌이게 하며, 일가 친족을 다 죽게 한다. 다만 막내딸 아기만은 살려 두었는데, 그 이유는 어머니를 죽여 던져 버린 곳을 가리키게 하려는 생각 때문이었다. 막내딸 아기는 어머니의 끊은 머리, 끊은 잔등이, 끊은 무릎을 밭에 던졌다고 알려 준다. 할락궁이는 뼈를 고르게 모아 도환생꽃을 놓았고 어머니는 "아이고 봄잠이라 오래도 잤다"고 말하며 살아난다.

의식시간 '오래도'는 무조건 글자 그대로 해석할 수 없다는 점에서 주관적 시간일 뿐만 아니라 심리적 시간이기도 하다. 그것은 일상적 느낌에 좌우되지도 않는다. 거기에는 치열한 경험과 오랜 기간에 걸친 고난과 시련이 감추어져 있다. 그래서 심리적 시간인 '오래도'는 단순하게 측정된 시간이 아니다. 그것은 많은 것을 환기시킨다. 그것은 현실을 지향하는 듯하지만, 실제로는 현실을 해체한다. '오래도'는 단 세 음절에 불과하지만 풀어서 언술할 경우에는 한없이 길고 수많은 문장을 동원해야 할 만큼 많은 이야기를 간직하고 있다. 그래서 '오래도'의 의미가 작용하는 방향은 직접적이지 않고 간접적이다.

'오래도'는 우리 뇌리에 박혀 있는 일상적 시간과는 현저히 다르다는 점에서 여러 해석의 가능성을 지니고 있다. '오래도'는 '봄잠은 짧은 시간에 자는 잠'이라는 당위를 거스르는 표현이다. '오래도'는 '봄잠'이 원래 짧은 시간에 자는 잠인데도, 실제로는 "길게 잤다"는 일차적 의미를 나타내는 데에 머무르지 않는다. '오래도'는 여러 사건으로 인해 부당하게 '봄잠'이 오래 계속되었다는 이차적 의미를 지니는 것이다.

3) 이공본풀이의 의식공간: '서천꽃밭'

이공본풀이에서 서천꽃밭은 매우 중요한 기능을 담당한다. 서천꽃밭은 옥황상제가 관활 하고 있어서 꽃감관은 옥황상제의 뜻에 따라 결정되는데, 이공본풀이는 원강도령이 옥황상제의 부름에 따라 꽃감관의 역할을 수행하기 위해 서천꽃밭으로 떠나게 되면서 벌어지는 이야기와 나중에 서천꽃밭의 꽃들이 놀라운 힘을 발휘하는 이야기를 주축으로 전개된다. 의식공간인 서천꽃밭은 이공본풀이의 서사적 계기를 마련하는 구성소라고 할 수 있다.

> "그것이 느네 어머님 삼대김 받은 물이로다. 느네 어머님 원쉬(怨讐)를 가프커건 수레멜망악심꼿(滅亡惡心花)을[23] 내여 주커메 느네 어머님 원쉴 가프곡 도환셍꼿(還生花)을 내여주건 느네 어머님 살려오라. 이 꼿(花)은 웃음웃을 꼿이라. 제인장제칩이 가건 '이 내 몸이 이 오늘 날 죽어도 좋수다마는 장제칩의 일가방답[24] 삼당웨당(三堂外堂) 다 불러다 주옵소서. 홀말이 있오이다.' 허영 다 몯아오건[25] 웃음웃을 꼿을 허끄민[26] 황천(仰天)웃음이 버러질거메, 그 때랑 싸움싸울 꼿을 노민 삼당 웨당이 싸움을 홀 거여. 메마끗데[27] 수레멜망악심꼿을 노민 삼당 웨당이 다 죽을 거여. 그 때 장제칩(長者家)의 족은 뚤 아기만 살려뒀당 '우리 어멍(母) 죽여단 데껴분 딜[28] 골아주민[29] 아니 죽이키여' 허영 죽

---

23) 수레멜망악심꼿(滅亡惡心花): 멸망악심(滅亡惡心)꽃. 사람을 죽여 멸망시키는 꽃.
24) 일가방답: 일가친족.
25) 몯아오건: 모여오거든.
26) 허끄민: 흩뜨리면.
27) 메마끗데: 맨 마지막에.
28) 데껴분 딜: 던져버린 데를.

은 곳을 일러주건 도환생꽃을 노앙 어머님 살려오라."

서천꽃밭의 꽃들이 발휘하는 놀라운 능력에 대해서는 좀 더 자세히 들여다 보기로 한다. 서천꽃밭의 꽃들은 각기 고유한 능력을 소유한다. 원강도령이 아들인 할락궁이에 말하는 내용에 따르면, 수레멜망악심꽃으로는 어머니 원수를 갚는 것이, 도환생꽃으로는 어머니를 살려내는 것이 가능하다. 그리고 웃음웃을꽃으로는 앙천웃음을 터뜨리게, 싸움싸울꽃은 일가친족을 다 죽게 할 수 있다. 실제로 할락궁이는 아버지가 이르는 대로 장자 집에 와서 일가친족을 불러 모으게 한 뒤 웃음웃을꽃을 놓아 앙천웃음 벌어지게 하고, 싸움싸울꽃을 놓나 일가친족을 다 죽게 하며 멸망꽃을 놓아 일가친족을 다 죽게 한다.

다시 확인하기로 한다. 꽃들의 능력이 발휘된 것은 어디까지나 그 꽃들이 '서천꽃밭'이었기 때문에 가능했다. 그러므로 서천꽃밭은 꽃들이 발휘하는 능력의 기반이다. 아무도 그것을 부정할 수 없다. 서천꽃밭에 대한 그러한 인식이야말로 서천꽃밭의 생성 능력을 확고하게 만든다. 이처럼, 서천꽃밭의 꽃들은 신비스러운 능력을 지니고 있다. 그렇다면 우리의 관심은 이러한 꽃들을 거느리고 있는 서천꽃밭이 상징하는 것에 쏠리지 않을 수 없다. 신화의 위대함과 타락에 대한 연구에서 엘리아데는, 시원적 인간에게 종교는 절대적인 가치를 지닌 성스러운 세계를 향한 통로를 보존해 주며, 신화는 절대적이고 성스러운 가치의 전형적인 본보기를 지니고 있다고 주장한다. 그에 의하면, "신화는 다른 세계, 저 너머의 세계에 대한 인식을 자각하고 이를 유지하는 가장 일반적이고 효율적인 수단이다. 다른 세계가 신의 세계이건 조상들의 세계이건 말이다. 이 '다른 세계'는 초인간적이고 초월적인 차원, 실재의 지평을 표상한다."[30] 서

29) 골아주민: 말해 주면.

천꽃밭이 상징하는 바는 여기에서 찾을 수 있다.

의식공간론에서 현실적인 내용에 대해 논의하는 것은 모순이다. 신화에 대해 논의하는 과정에서라면 그것은 더욱더 그렇다. 그러나 의식공간이 현실공간을 초월하기는 해도 현실과 완전히 독립하거나 아무런 연결고리도 없이 존재하는 것은 결코 아니다. 아무리 신화라 하더라도 현실과의 관련성은 존재하는 것이다. 다만, 다른 경우와 비교할 때 정도의 차이만이 있을 뿐이다. 그러므로 중요한 것은 신화에서의 의식공간이 현실의 일부인가, 아니면 현실의 일부로 생각하는가에 있다. 결국, 의식공간인 서천꽃밭은 초월적인 힘을 생성하는 꽃들의 집합소라는 점에서 초월적 세계를 상징한다.

2. 삼공본풀이의 의식시간과 의식공간

1) 삼공본풀이의 개요

① 옛날 윗마을에는 강이영성이서불이라는 남자 거지가, 아랫마을에는 홍운소천궁에궁전궁납이라는 여자 거지가 살았다. 두 마을에 다 흉년이 들었지만, 자기 마을에만 흉년이 들고 다른 마을에는 풍년이 들었다는 소문이 돈다. 그래서 윗마을 사람들은 아랫마을로, 아랫마을 사람들은 윗마을로 얻어먹으러 간다. 두 거지는 도중에 서로 만나 부부로 살게 되고 얼마 없어 딸아기를 낳는다. 사람들은 불쌍한 거지 부부를 동정하여 정성으로 은그릇에 가루를 타 먹여 살리고 아이의 이름을 '은장아기'라 부른다. 거지 부부는 또 딸아기를 낳는다. 이번에도 동네 사람들이 모여들어 놋그릇에 가루를 타 먹여 살리고 아이의 이름을 '놋장아기'라 부

30) 더글라스 알렌, 앞의 책, 269쪽. 이하의 논의도 이에 의거.

른다. 거지 부부는 또 딸아기를 낳는다. 이번에도 동네 사람들이 모여 들어 나무바가지에 가루를 타 먹여 살리고 이 아이의 이름을 '가믄장아기'라 부른다.

② 은장아기, 놋장아기, 가믄장아기 세 자매가 태어나 한두 살이 되어가니 점점 발복하여 유기 전답이 생기고 우마가 생기며 처마 높고 풍경을 단 기와집에서 천하 부자로 살게 되었다. 부부는 거지 생활을 하며 고생하던 옛날을 까맣게 잊고 오만하게 되어 간다.

③ 하루는, 부부가 너무 심심하여 딸아기들과 문답을 한다. 큰딸부터 불러 묻는다. "너는 누구 덕에 먹고 입고 잘 사느냐?" "하느님도 덕입니다. 지하님도 덕입니다. 아버님도 덕입니다. 어머님도 덕입니다." 부부는 이 말을 듣고 기특해 하며, 이번에는 둘째 딸을 부른다. "너는 누구 덕에 먹고 입고 행위 발신하느냐?" "하느님도 덕입니다. 지하님도 덕입니다. 아버님도 덕입니다. 어머님도 덕입니다." 이 말을 듣고 역시 기특해 하며 셋째 딸을 부른다. "너는 누구 덕에 먹고 입고 행위 발신하느냐?" "하느님도 덕입니다. 지하님도 덕입니다. 아버님 덕입니다. 어머님도 덕입니다마는 내 배꼽 밑에 있는 선의 덕으로 먹고 입고 행위 발신합니다." 부모는 "이러한 불효막심한 여자식이 어디 있느냐, 어서 빨리 나가"라고 화를 내며 집밖으로 쫓아 버린다.

④ 가믄장아기가 부모에게 하직 인사를 하고 문밖으로 사라지자 어머니는 부모의 정 때문에 마음이 섭섭하여 큰딸에게 말한다. "나가 보아라. 설운 딸아기 식은 밥에 물이라도 말아 먹고 가라고 하라." 그런데 큰딸은 동생에게 "설운 아우야, 빨리 가버려라. 아버지, 어머니가 널 때리러 나온다"고 말한다. (큰형님의 속셈을 아는) 가믄장아기는 "설운 큰형님 노둣돌 아래로 내려서면 청지네 몸으로나 환생하십시오"라고 말한다. 큰형님은 노둣돌 아래로 내려서자마자 바로 청지네몸으로 환생한다. 부모는

가믄장아기가 돌아오기는커녕 큰딸까지 들어오지 않자 둘째 딸을 불러 "저 올레에 나가보라. 설운 아기 떠나는데 식은 밥에 물이라도 말아 먹고 가라고 하라"고 말한다. 그런데 놋장아기는 거름 위에 올라서며 "설운 아우야, 빨리 가버려라. 아버지, 어머니가 널 때리러 나온다"고 말한다. (괘씸한 생각이 든) 가믄장아기는 "설운 둘째 형이랑 거름 아래 내려서면 용달 버섯 몸으로나 환생하십시오"라고 말한다. 놋장아기는 거름 아래 내려서자마자 용달버섯 몸으로 환생한다. 이상하게 여긴 부부는 둘째 딸로부터도 소식이 없자 밖으로 내닫다가 문 위 지방에 눈이 걸려 장님이 된다. 그날부터 부부는 앉은 채로 먹고 입고 쓰면서 재산을 탕진했고 그 후에는 거지로 나서게 된다.

⑤ 가믄장아기는 검은 암소에 먹을 식량을 싣고 이 고개 저 고개 이 산 저 산으로 올라가다 넓은 벌판이 있어서 머물 곳을 찾다가 수수깡 기둥에 거적문을 달고 돌쩌귀 하나로 만든 아주 허름한 초막을 발견한다. 거기에는 백발노장 할머니, 할아버지가 살고 있었다. 그들은 하룻밤만 재워 달라는 가믄장아기의 부탁에, 아들이 삼형제나 있어 누워 잘 방이 없다고 거절한다. 그러나 기믄장아기는 부엌이라도 좋으니 하룻밤만 재워 달라 사정하여 겨우 허락을 받는다. 이 집은 삼형제가 마를 파다 먹고 사는 마퉁이네 집이었다.

⑥ 세 마퉁이는 집으로 돌아와 파 온 마를 삶아서 저녁을 준비한다. 큰마퉁이가 마를 삶는다. "어머니 · 아버지는 먼저 나서 많이 먹었으니, 마 모가지나 드십시오" 하며 마 모가지를 드리고 자기는 살이 많은 잔등이를 먹는다. 둘째 마퉁이도 마를 삶아 어머니 · 아버지에게는 마 꼬리를, 자기는 잔등이를 먹는다. 작은마퉁이도 마를 삶는다. 그런데 그는 "어머니 · 아버지 우리를 낳아 키우려고 하니 얼마나 공이 들고, 이제 살면 몇 해를 살 겁니까"라고 말하며 잔등이를 부모님께 드린다. 결국, 가믄장아

기가 볼 때 쓸 만한 사람은 작은마퉁이뿐이었다. 가믄장아기는 찹쌀을 잘 일어서 솥을 빌어 밥을 한다.

⑦ 가믄장아기는 밥을 떠 상을 차리고 우선 할머니와 할아버지에게 드리지만, 그들은 할아버지 대에도 먹지 않던 것이라며 먹기를 사양한다. 큰마퉁이도 조상대에도 먹지 않던 것이라며 거절한다. 둘째 마퉁이도 이러한 벌레밥 안 먹는다며 화를 낸다. 마지막으로, 작은마퉁이에게 밥상을 들고 가니 그는 듬뿍듬뿍 떠서 맛있게 먹는다. 큰마퉁이와 둘째 마퉁이는 창문 구멍으로 맛있게 먹는 모습을 보고는 밥을 달라고 해서 한 숟가락씩 먹는다. 저녁이 끝나자 모두는 잠자리에 든다.

⑧ 밥상을 다 설거지한 끝에, 가믄장아기와 작은마퉁이는 백년동거를 약속한다. 가믄장아기가 작은마퉁이를 목욕시키고 새 옷을 입혀 놓으니 절세미남이 분명했다. 둘은 한방에서 잠을 잔다.

⑨ 다음날 아침, 가믄장아기는 마파던 데를 구경 가자고 하면서 작은마퉁이의 손목을 잡고 마파던 들판으로 나간다. 큰마퉁이가 파던 데는 물컹물컹 쥐어지는 똥이 가득하고, 둘째 마퉁이가 파던 데는 지네 · 뱀 · 짐승들이 득실하며, 작은마퉁이가 파던 데는 자갈로 알고 던져 버린 것들이 있었는데, 그것들을 주워 겉에 묻은 흙을 털어 보면 모두 금덩이거나 은덩이였다. 가믄장아기네는 그것을 검은 암소에 실어 와 판다. 그래서 가믄장아기네에게는 우마가 생기고 유기전답이 생겨난다. 가믄장아기네는 처마 높은 기와집에 풍경을 달고 남부럽게 잘 살아간다.

⑩ 하루는, 부모 생각이 간절한 가믄장아기가 거지잔치를 석 달 열흘 백일 동안 열기로 한다. 신문광고를 내놓고 백일 거지잔치가 시작되자 사방에서 일만여 거지들이 모여 들었지만 어머니 · 아버지는 나타나지 않는다. 그런데 100일이 되어 잔치를 마무리하는 날에, 할머니 거지와 할아버지 거지가 지팡이를 짚고 들어온다. 가믄장아기는 역꾼들에게 "저기

로 오는 거지는 밥을 먹기 위해 위로 앉으면 밑에서부터 밥을 주다가 떨어버리고, 가운데 앉으면 양끝으로 밥을 주다가 떨어버리라"고 말한다. 거지 부부는 딸깍딸깍 나도 먹을 차례가 되질 않으니 '이리저리 앉았다가, 저리 가서 앉았다가'를 반복한다. 다른 거지들은 다 잔치를 먹고 돌아간다. 가믄장아기는 두 거지를 안방으로 청해 통영칠반에 귀한 약주를 한 상 가득히 차려 놓는다. 두 거지는 정신없이 먹는다.

⑪ 가믄장아기가 거지 부부에게 말을 건다. 살아온 이야기를 하라는 것이다. 두 거지 부부는 살아온 이야기, 즉 거지로 얻어먹으러 다니다 부부가 된 젊은 시절, 가믄장아기, 놋장아기, 가믄장아기를 낳고 일약 거부가 되어 호강하던 시절, 가믄장아기를 내쫓고 봉사가 되어 다시 거지가 된 이야기를 노래한다. 눈물을 흘리며 듣던 가믄장아기는 "제가 가믄장아기입니다. 내 술 한잔 받으십시오"라고 말하자 "이! 어느 거 가믄장아기?"라고 말하며 부부는 깜짝 놀라 받아 들었던 술잔을 털렁 떨어뜨렸고, 그 순간 부부의 눈이 번쩍 뜨인다. 개명천지가 된 것이다.

2) 삼공본풀이의 의식시간: '하루－다음 날 아침－하루'

삼공본풀이에 나오는 의식시간 '하루'는 이야기를 거느린다. 그러나 그 이야기는 의식시간인 '하루'가 거느리는 이야기이기 때문에, 일상적 시간인 '하루'가 거느리는 이야기와는 뚜렷하게 구별된다. 삼공본풀이의 의식시간이 거느리는 이야기는 '하루－다음날 아침－하루'의 순서로 전개된다.

ᄒᆞ를날은 비는 촉신촉신 오는디 강이영성광[31] 홍운소천 부베간이

31) 강이영성광: 강이영성과. '－과'는 공동격.

앚아둠서[32] 하도 심심 야심ᄒᆞ난[33] 똘아기덜광 문답(問答)이나 허여 보저.

처음의 의식시간 '하루'는 삼공본풀이의 사건을 이루는 데 시간적 역할을 담당한다. 하루는 부부가 딸들과 문답을 하는데, 큰딸과 둘째 딸은 "너는 누구 덕에 먹고 입고 잘 사느냐"는 부모의 물음에 "하느님도 덕입니다. 지하님도 덕입니다. 아버님도 덕입니다. 어머님도 덕입니다"라고 답한다. 부부는 이 말을 듣고 기특해 한다. 그런데 셋째 딸은 "너는 누구 덕에 먹고 입고 행위 발신하느냐"는 부모의 물음에 "하느님도 덕입니다. 지하님도 덕입니다. 아버님 덕입니다. 어머님도 덕입니다마는 내 배꼽 밑에 있는 선의 덕으로 먹고 입고 행위 발신합니다"라고 답한다. 그러자 부모는 "이런 불효막심한 여자식이 어디 있느냐, 어서 빨리 나가"라고 화를 내며 집밖으로 쫓아 버린다. 삼공본풀이에서는 이 부분이 바로 발단에 해당한다.

그 '하루'에 벌어진 사건은 다음과 같이 이어진다. 부모에게 하직 인사를 한 가믄장아기가 문밖으로 사라진다. 어머니는 부모의 정 때문에 마음이 섭섭하여 큰딸에게 "식은 밥에 물이라도 말아 먹고 가"도록 전하라고 한다. 그러나 큰딸은 동생에게 "빨리 가버려라. 아버지, 어머니가 널 때리러 나온다"고 거짓으로 말한다. (큰형의 속셈을 아는) 가믄장아기는 "설운 큰형님 노둣돌 아래로 내려서면 청지네 몸으로나 환생하십시오" 라고 말하면서 큰형을 청지네 몸으로 환생하게 한다. 부모는 큰딸까지 들어오지 않자 둘째 딸을 불러 "식은 밥에 물이라도 말아 먹고 가"도록 전하라고 한다. 그러나 놋장아기는 거름 위에 올라서며 "빨리 가 버려라.

32) 앚아둠서: 앉아서. 앉은 채로.
33) 야심ᄒᆞ난: 심심하다에 대한 조운.

아버지, 어머니가 널 때리러 나온다"고 거짓으로 말한다. (괘씸한 생각이 든) 가믄장아기는 둘째 형을 용달버섯 몸으로 환생하게 한다. 둘째 딸로부터도 소식이 없자 이상하게 여긴 부부는 밖으로 내닫다가 문 위 지방에 눈이 걸려 장님이 된다. 그날부터 부부는 앉은 채로 먹고 입고 쓰면서 재산을 탕진하고 거지로 나서게 된다.

처음의 '하루'에 전개된 사건은 세 가지이다. 첫째는 (강이영성, 홍운소천) 부부와 딸들의 문답이고, 둘째는 가믄장아기가 집을 나온 후 벌어진 은장아기와 놋장아기의 환생이며, 셋째는 부부의 실명이다. 이들 중 '하루'를, 우리로 하여금 이의를 제기할 수 없는 의식시간으로 판단하게 만드는 사건은 은장아기와 놋장아기의 환생이다. 그것은 은장아기를 청지네 몸으로, 놋장아기를 용달버섯 몸으로 환생하게 한 것을 가리키는데, 그러한 동물환생과 식물환생은 이공본풀이에 들어 있는, 罰에 따른 환생관념의 반영으로 볼 수 있다.

> 뒷날 아즉[翌日朝] 감은장아기가
> "산중(山中) 산앞(山前) 마 파난 디나 구경 갑주."[34)]

두 번째의 의식시간 '다음 날 아침'은 가믄장아기가 부자로 살게 된 과정을 설명하는 시간적 계기를 마련해 준다. 그것을 간단히 정리해 보면 다음과 같다. 다음날 아침, 가믄장아기는 마파던 데를 구경하기 위해 작은마퉁이의 손목을 잡고 마를 파던 들판으로 나간다. 가보니, 큰마퉁이가 파던 데는 물컹물컹 쥐어지는 똥이 가득했고, 둘째 마퉁이가 파던 데는 지네 · 뱀 · 짐승들이 득실했다. 그런데 작은마퉁이가 파던 데는 자갈로 알고 던져 버린 것들이 있었고, 그것들을 주워 겉에 묻은 흙을 털어 보

---

34) 갑주: 갑시다. 가지요.

았더니 실제로는 모두 금덩이거나 은덩이였다. 가믄장아기는 그것을 검은 암소에 실어 와 판다. 그래서 우마가 생기고 유기전답이 생겨난다. 가믄장아기네는 처마 높은 기와집에 풍경 달고 남이 부러울 만큼 잘 산다.

그런데 이 부분의 이야기에는 인과성이 약하다. 대체로 신화를 포함한 설화에는 인과성이 뚜렷하게 드러나기 마련인데, 이 부분에서는 (큰마퉁이와 둘째마퉁이와는 다르게) 가믄장아기네가 금덩이 · 은덩이 · 유기전답이 생겨 잘 살게 된 과정 속의 인과성이 분명히 나타나고 있지 않은 것이다. 그렇기는 하지만 가믄장아기가 잘 살게 된 사실이 다른 사건의 원인이 된다는 점은 명백하게 나타난다. 다음에서 그 점을 확인할 수 있다.

세 번째의 의식시간 '하루'는 가믄장아기가 부모를 찾기 위해 거지 잔치를 여는 내용에서부터 부모를 찾게 되고 마지막에 부모가 눈을 뜨는 결과를 이끈다. 그것의 내용은 다음과 같다.

> ᄒᆞ를날은 가믄장아기가,
> "우린 영[35] 잘 살아도 날 나아준 설운 어머님 설운 아바님 틀림엇이 게와시[乞人]되연 이 올레[36] 저 올레 돌암실거여.[37] 아바님 어머님이나 ᄎᆞ아 봐사 ᄒᆞᆯ로고나.[38] 게와시 잔치나 허여 보저."

가믄장아기가 거지 잔치를 석 달 열흘 백일 동안 열기로 하자 사방에서 일만여 거지들이 모여 든다. 부모를 만나고 싶은 생각이 간절했던 가믄장아기가 거지들을 위해 잔치를 연 기간이 무려 '석 달 열흘 백일 동안'이었다는 것은 (설화에 나오는 '백일'이 관습화된 기간이라는 점 이외에) 가믄장아기의 효심이 그 정도로 지극했다는 점을 말해준다. 더 나아가서

35) 영: 이렇게.
36) 올레: 거릿길에서 집으로 드나드는 골목길.
37) 돌암실거여: 돌고 있을 거야.
38) ᄒᆞᆯ로고나: 하겠구나.

는, 거지가 된 부모를 만나기 위해서는 그 정도의 기일이 필요하다는 가믄장아기의 생각과도 관련을 지을 수 있을 것이다.

잔치를 시작하여 100일째 되는 날, 어떤 할머니 거지와 할아버지 거지가 지팡이를 짚고 잔칫집에 들어온다. 가믄장아기는 역꾼들에게 거지 부부가 앉은 반대쪽부터 밥을 주는 방식으로 차례를 변경하면서 거지 부부에게 밥을 주지 말라고 지시한다. 그래서 거지 부부는 먹을 차례가 되지 않아 밥을 먹지 못하고, 자리 이동만을 반복한다. 다른 거지들이 다 돌아간 뒤 가믄장아기는 두 거지를 안방으로 청해 통영칠반에 귀한 약주를 한 상 가득히 차려 놓는다. 거지 부부는 차려 놓은 음식들을 정신없이 먹는다.

가믄장아기는 거지 부부에게 살아온 이야기를 주문하고 거지 부부는 거지로 얻어먹으러 다니다 부부가 된 젊은 시절, 가믄장아기, 놋장아기, 가믄장아기를 낳고 일약 거부가 되어 호강하던 시절, 가믄장아기를 내쫓고 봉사가 되어 다시 거지가 된 이야기를 노래한다. 눈물을 흘리며 듣던 가믄장아기는 자신이 가믄장아기임을 밝히면서 "내 술 한잔 받으십시오"라고 말한다. "이! 어느 거 가믄장아기?"라고 말하며 거지 부부가 깜짝 놀라 받은 술잔을 떨어뜨리는 순간 거지 부부의 눈이 번쩍 뜨인다. 거지 부부는 개명천지를 보게 된 것이다.

사실, 따지고 보면 잔치를 연 기간이 백일이었다는 점은 의식시간과 크게 관계가 없다. 그러나 그것은 의식시간 '하루'에 연 잔치 이야기를 자연스럽게 마무리하는 데에 큰 영향을 끼친다. 가믄장아기가 잔치를 연 지 100일째 되는 날에 거지가 된 강이영성, 홍운소천 부부가 잔칫집에 나타났고, 거기서 셋째 딸인 가믄장아기를 만나 눈을 뜨게 되었기 때문이다.

이상에서 살펴본 것처럼, 삼공본풀이의 의식시간 '하루-다음 날 아침-하루'는 삼공본풀이의 이야기 틀을 견고하게 하는 데에 중요한 역할을 담당하고 있음을 알 수 있다.

3) 삼공본풀이의 의식공간: '마퉁이네 집'

만남의 장소로서의 의식공간인 마퉁이네 집은 세 개의 구성 요소를 지니고 있는데, 우연 · 판단 · 인연 등이 그것들이다. 이 구성요소들은 마퉁이네 집을 의식공간일 수 있게 하는 데에 절대적으로 기여한다. 그것은 가믄장아기와 작은마퉁이를 염두에 둔 주장이지만, 크게 보면 큰마퉁이와 둘째마퉁이도 함께 참여하는 과정에서 획득된 것이다.

> 가믄장아긴 감은 암쉐[黑牝牛]예 먹을 군량(軍糧) 시꺼아전[39] 이 자[40] 넘고 저 자 넘고 신산만산 굴미굴산[41] 올라가는디 헤는 일락서산(日落西山) 다 지어가고 월출동경(月出東嶺)에 ᄃᆞᆯ은 아니 솟아오고 미여지벵뒤[42] 만여지벵뒤[43] 산중(山中) 산앞 인간철(人間處) ᄃᆞᆼ기젠[44] ᄒᆞ단보난 대축나무 지둥에[45] 거적문에 웨돌처귀[46] 무은[47] 비초리초막이[48] 잇었구나.

가믄장아기는 검은 암소에 먹을 식량을 싣고 이 고개 저 고개 이 산 저 산으로 올라간다. 바로 넓은 벌판이 나타나고, 머물 곳을 찾던 가믄장아기는 거기서 수수깡 기둥에 거적문을 달고 돌쩌귀 하나로 만든 아주 허름

---

39) 시꺼아전: 실어서.
40) 자: 재(嶺).
41) 굴미굴산: 미상 산명(山名). 매우 깊은 산 중의 뜻으로 씀.
42) 미여지벵뒤: 끝없이 넓은 벌판.
43) 만여지벵뒤: 미여지벵뒤에 맞춘 조운구.
44) ᄃᆞᆼ기젠: 당기려고. 가까이 하려고.
45) 대축나무 지둥에: 수수깡 기둥에.
46) 웨돌처귀: 외(單) 돌쩌귀.
47) 무은: 설비한의 뜻.
48) 비초리초막: 매우 작은 초막.

한 초막을 발견한다. 이처럼, 가믄장아기가 마퉁이네집에 머물게 된 데에 작용했던 것은 우연이다. 가믄장아기가 아주 허름한 초막을 발견하는 데는 아무런 인과관계도 작용하지 않았던 것이다. 거기에는 백발노장 할머니, 할아버지가 살고 있었고, 그들은 하룻밤만 재워 달라는 가믄장아기의 부탁에, 아들이 삼형제나 있어 누워 잘 방이 없다고 거절한다. 그러나 기믄장아기는 부엌이라도 좋으니 하룻밤만 재워 달라 사정하여 겨우 허락을 받는다. 이 집은 삼형제가 마를 파다 먹고 사는 마퉁이네집이었다.

> 양 끗(兩端)은 꺼꺼두고 준둥이로 드리는구나. ᄀ만 보난 쓸만ᄒᆞᆫ 건 족은 마퉁이뱃기 또 읏구나.[49]

세 마퉁이는 마를 파서 집으로 돌아오고 파 온 마를 삶아서 저녁을 준비한다. 큰마퉁이는 마를 삶은 후, 부모에게 "어머니 · 아버지는 먼저 나서 많이 먹었으니, 마 모가지나 드십시오"라고 말하며 마 모가지를 드리고 자신은 살이 많은 잔등이를 먹는다. 둘째마퉁이는 마를 삶은 후, 어머니 · 아버지에게는 마 꼬리를 드리고, 자신은 잔등이를 먹는다. 그런데 작은마퉁이는 마를 삶은 후, 부모에게 "어머니, 아버지, 우리를 낳아 키우려고 하니 얼마나 공이 들고, 이제 살면 몇 해를 살 겁니까"라고 말하며 잔등이를 부모님께 드린다. 결국, 가믄장아기가 생각할 때 쓸 만한 사람은 작은마퉁이뿐이었다. 여기서 알 수 있듯이, 가믄장아기와 작은마퉁이를 선택하는 데에 결정적으로 작용했던 것은 가믄장아기의 판단이다.

> 밥상 다 설러분 끗덴 질레옛 돌도 연분(緣分)이 있언 꼿(花)본 나부[蝶]라. 언약(言約)이 뒈여 족은 마퉁이 몸모욕 시기고 새옷 입져 내여노니 절세미남(絶世美男)이 분명ᄒᆞ구나. 백년동거(百年同居) ᄒᆞᆫ 방에

49) 읏구나: 없구나.

즘을 잔다.

가믄장아기는 솥을 빌어 찹쌀로 밥을 짓고 우선 할머니와 할아버지에게 드린다. 그러나 그들은 할아버지 대에도 먹지 않던 것이라며 먹기를 사양한다. 큰마퉁이 역시 조상대에도 먹지 않던 것이라며 거절한다. 둘째마퉁이는 "이런 벌레밥 안 먹는다"며 화를 낸다. 그런데 작은마퉁이는 들고 간 밥상의 밥을 듬뿍듬뿍 떠서 맛있게 먹는다. 그러자 큰마퉁이와 둘째마퉁이는 창문 구멍으로 맛있게 먹는 모습을 보고는 밥을 달라고 해서 한 숟가락씩 먹는다. 저녁이 끝나고 모두는 잠자리에 든다. 설거지를 한 다음, 가믄장아기와 작은마퉁이는 백년동거를 약속한다. 가믄장아기가 보기에 목욕시키고 새 옷을 입혀 놓은 작은마퉁이는 절세미남이 분명했다. 한방에서 잠을 자는 것으로 둘은 마침내 인연을 맺는다.

의식공간을 중심으로 말한다면, 삼공본풀이의 의식공간인 마퉁이에 집은 우연 · 판단 · 인연 등의 요소들로 구성되었다. 이 점은 의식공간을 물리적 공간과 확실하게 구별 짓게 하는 경계선이라 할 만하다.

IV. 에필로그

이상에서 논의한 내용을 결론 삼아 정리해 보면 다음과 같다.

1) 객관적 시간이란 시계나 달력의 시간처럼 계기적 순서를 그대로 따라 진행되는 시간을 의미한다. 이러한 시간을 우리는 일상적 시간이라고 부를 수 있다. 일상적 시간은 한마디로 실증주의적 개념, 논리-실증주의적 개념, 거친 경험주의적 개념을 간직한다. 주관적 시간이란 주로 생의 내용과 관련되는 시간을 의미한다. 주관적 시간의 구조적 양상은 객관적

시간의 구조적 양상과 대비할 때 금방 나타난다. 주관적 시간이란 객관적 시간이 역전되는 경우이거나, 그것이 전면적으로 혼란을 일으키는 경우의 시간이다. 이러한 시간은 객관적 시간의 흐름에 대한 도전, 혹은 그러한 흐름으로부터의 전면적 퇴각의 의미를 지닌다. 이러한 시간의 회로에서는 어떤 분명한 변화의 계기성이 나타나지 않으며, 따라서 사건들의 명백한 연결성도 나타나지 않는다.

2) 신화적 공간이 지각공간과는 가까운 친연관계에 있고, 다른 한편으로는 기하학의 사고공간과는 엄격하게 대립해 있다. 양자, 즉 신화적 공간과 지각공간은 의식에 의한, 철저하게 구체적인 형성체이다. 기하학의 순수공간의 作圖의 근저에 놓여 있는 '장소'와 '내용'의 분리가 여기에서는 아직 수행되어 있지 않다. 또한 수행될 수 없다. 장소는 내용으로부터 분리되어 독립된 의미를 지닌 하나의 요소로서 내용에 대립될 수 있는 것이 아니라, 장소가 존재할 수 있기 위해서 그것은 일정한 개체적이고 감각적인 또는 직관적인 내용으로 채워져 있어야 한다. 따라서 감성적 공간에서도 또 신화적 공간에서도 모든 '여기'나 '저기'는 결코 단순한 '여기'나 '저기'가 아니다. 오히려 각각의 점, 각각의 요소는 독자적인 하나의 '색조'를 드러낸다. 그 각각의 요소에는 그것을 다른 것으로부터 두드러지게 하는 개별적인 성격이 있고, 그것은 더 이상 일반적 개념적인 기술을 허용하지 않고 단지 그대로 직접 체험될 수밖에 없다. 신화 속의 의식공간은 실재적 공간도, 지각공간도, 장소적 공간도, 가촉공간도 아닌, 주관적 공간이다.

3) 이공본풀이의 의식시간 '오래도'는 무조건 글자 그대로 해석할 수 없다는 점에서 주관적 시간인 동시에 심리적 시간이기도 하다. 거기에는 치열한 경험과 오랜 기간에 걸친 고난과 시련이 감추어져 있다. 그래서 심리적 시간인 '오래도'는 단순하게 측정된 시간이 아니며 많은 것을 환

기시킨다. 그것은 현실을 지향하지 않고 현실을 해체한다. '오래도'는 단 세 음절에 불과하다. 그러나 그것은 많은 이야기를 간직하고 있다. 그래서 '오래도'의 의미가 작용하는 방향은 간접적이다. '오래도'는 여러 해석의 가능성을 지니고 있다. 한편 '오래도'는 '봄잠은 짧은 시간에 자는 잠'이라는 당위를 거스르는 표현이다. '오래도'는 '봄잠'이 원래 짧은 시간에 자는 잠인데, 실제로는 "길게 잤다"는 일차적 의미를 나타내는 데에 머무르지 않는다. '오래도'는 여러 사건으로 인해 부당하게 '봄잠'이 오래 계속되었다는 이차적 의미를 지니는 것이다.

4) 이공본풀이의 의식공간인 서천꽃밭의 꽃들은 신비스러운 능력을 소유한다. 그래서 이러한 꽃들을 거느리고 있는 서천꽃밭의 상징에 관심을 가지지 않을 수 없다. 신화의 위대함과 타락에 대한 연구에서 엘리아데는, 시원적 인간에게 종교는 절대적인 가치를 지닌 성스러운 세계를 향한 통로를 보존해주며, 신화는 절대적이고 성스러운 가치의 전형적인 본보기를 지니고 있다고 주장한다. 그에 의하면, 신화는 다른 세계, 저 너머의 세계에 대한 인식을 자각하고 이를 유지하는 가장 일반적이고 효율적인 수단이다. 다른 세계가 신의 세계이건 조상들의 세계이건 말이다. 이 '다른 세계'는 초인간적이고 초월적인 차원, 실재의 지평을 표상한다. 우리는 서천꽃밭이 상징하는 것도 여기에서 찾을 수 있다. 한마디로 해서, 의식공간인 서천꽃밭은 초월적 세계를 상징한다.

5) 삼공본풀이 내용에서 처음의 '하루'에 전개된 사건은 세 가지인데, 그것의 첫째는 강이영성, 홍운소천 부부와 딸들의 문답이고, 둘째는 가믄장아기가 집을 나온 후 벌어진 은장아기와 놋장아기의 환생이며, 셋째는 부부의 실명이다. 이들 중, '하루'를 의식시간으로 확고하게 하는 사건은 은장아기와 놋장아기의 환생이다. 그것은 은장아기를 청지네 몸으로, 놋장아기를 용달버섯 몸으로 환생하게 한 것을 가리킨다. 그러한 동물환

생과 식물환생은 이공본풀이에 들어 있는, 罰에 따른 환생관념의 반영으로 보인다. 두 번째의 의식시간 '다음 날 아침'은 가믄장아기가 부자로 살게 된 과정을 설명하는 시간적 계기를 제공한다. 세 번째의 의식시간 '하루'는 가믄장아기가 부모를 찾기 위해 거지 잔치를 여는 내용에서부터 부모를 찾게 되고 마지막에는 부모가 눈을 뜨는 결과를 유도한다. 결국, 의식시간 '하루-다음 날 아침-하루'는 삼공본풀이의 이야기 틀을 견고하게 하는 데에 중요한 역할을 담당하고 있다.

6) 삼공본풀이의 의식공간인 마퉁이네 집은 세 개의 구성 요소를 지니고 있는데, 우연 · 판단 · 인연 등이 그것들이다. 이 구성요소들은 마퉁이네 집을 의식공간일 수 있게 하는 데에 크게 기여한다. 그것은, 가믄장아기와 작은마퉁이를 염두에 둔 주장이지만, 크게 보면 큰마퉁이와 둘째마퉁이도 함께 참여하는 과정에서 얻어진 것이다. 의식공간을 중심으로 말하면, 삼공본풀이의 의식공간인 마퉁이네 집은 우연 · 판단 · 인연 등의 요소들로 구성되었는데, 이것은 의식공간을 물리적 공간과 구별 짓게 하는 경계선이라 할 만하다.

일제강점기 친일문학인의 내면 풍경

—防禦機制를 중심으로

Ⅰ. 프롤로그

사람은 살면서 성적충동·공격충동·적개심·원한·좌절감 등 여러 요인에서 오는 갈등을 느끼지 않을 수 없다. 그리고 이런 갈등은 심해지면 불안의 형태를 띠고 사람의 심신을 괴롭히기 마련이다. 따라서 사람은 어떻게 해서든지 서로 갈등상태에 있는 충동들을 타협하게 하고, 내적인 긴장을 완화시키려고 노력한다. 이렇게 자아가 불안에 대응·대처하기 위해 동원하는 갖가지 심리적 책략을 방어기제(defense mechanism)이라 부른다.[1)]

이러한 방어기제는 한 가지 또는 여러 가지가 함께 쓰이기도 하는데 그 선택은 의식에서 결정된다. 이런 점 때문에 인간이 가진 성격상의 특성이란 그가 사용하는 방어기제들에 의해 결정된다고도 할 수 있을 것이

1) 조두영, 『프로이트와 한국문학』(일조각, 2004), 30쪽.

다. 따라서 정신치료는 이런 방어기제들을 제거하는 것만을 목표로 하지 않으며, 정신건강은 물론 심리발달을 위해 필요한 경우 오히려 방어기제를 강화할 수도 있다.

프로이트는 사람 사이의 의사소통(communication)을 예술이 지닌 가장 큰 가치로 본다. 즉 예술가는 자기 속에 있는 환상을 작품화, 현실화시키며, 이것이 애호가들의 무의식을 건드려 공명을 불러일으키고, 이때 애호가들은 즐거움을 느낀다. 그리고 예술가란 직관적 선택에 능하면서도 한편에서는 작품을 만드는 의식적인 노력을 많이 하는 사람들이다. 그런데 프로이트에 의하면, 정신분석을 이용하면 이 직관적 선택에 의한 내부 심리기제는 다소 이해할 수 있지만, 의식적 노력을 이해하는 것은 불가능하다. 즉 창작동기에 대해서는 이해가 가능하지만 창작기술에 대해서는 정신분석으로도 이해가 어려운 것이다.

최근의 식민지연구에서는 식민지를 단순하게 본국 이외의 영토를 침략하고 피식민지의 민족을 억압하거나 지배한다는 한다는 의미로 이해하는 데 그치지 않고 식민지와 본국과의 접촉과 관계를 통하여 받은 직간접적인 영향이 식민지지배가 종결된 이후에도 오랫동안 식민자와 피식민자의 의식 속에 지속적으로 남아 있는가라는 점에도 주목하고 있다.[2] 오늘날 일본의 침략전쟁과 식민지지배를 정당화하는 일본 우파들의 역사인식은 식민지주의가 여전히 그들의 의식 속에 뿌리깊이 남아 있다는 것을 단적으로 말해준다. 그런 점에서 볼 때 동아시아에서 식민지제국으로 군림했던 일본의 식민지지배를 구체적으로 해명하지 않고서는 일본과 동아시아의 미래지향적인 관계를 전망하기 어려울 뿐만 아니라 현대 일본의 자기인식조차도 제대로 이루지 못할 것이다.

일제강점기를 살았던 한국 친일문학인들의 친일문제는 일제강점기에

2) 유용태 · 박진우 · 박태균, 『함께 읽는 동아시아 근대사 2』(창비, 2011), 69~70쪽.

벌어진 일들 중에서 연구자들이 가장 많은 관심을 가지는 문제일 것이다. 그것은 일제강점기의 다른 문제들이 관심을 가질 필요가 없다거나 덜 중요하다는 말과는 분명히 구별된다. 좀 더 구체적으로 말하면, 그것은 한국 문학인들의 친일문제가 한 시대를 살았던 지식인의 자세를 생각하게 하기 때문에 연구자들로 하여금 다른 문제들에 비해 상대적으로 많은 관심을 가지게 한다는 뜻이다. 그럼에도 불구하고, 지금까지 한국 친일문학인들의 '친일 동기'를 정신분석학적으로 연구한 예는 아직까지 없다.

이 글은 일제강점기의 친일문학인인 崔南善 · 李光洙 · 金東仁의 내면풍경을 정신분석학의 도구인 방어기제를 중심으로 살펴보는 데에 그 의도를 둔다.

II. 친일문학의 개념

일본의 총동원체제 강화는 동아시아와 동남아시아, 태평양 지역 각지에 연쇄적으로 파급된다.[3] 이에 따라, 갖가지 수탈과 약탈이 자행되고, 수천만 민중은 침략전쟁의 제물이 된다. 특히 1939년에 미국이 미일통상항해조약을 폐기하면서 군수물자 확보가 더욱 어려워지자 동원과 수탈은 더욱 격심해진다. 식민지 조선의 경우, 1930년대부터 중국침략이 본격화되면서 대륙침략의 병참기지로서의 역할이 가중되었으며 총동원체제가 확립되면서 물자동원계획과 생산력확충계획이 구체화된다. 1936년 7대 조선총독으로 취임한 미나미 지로오[南次郎]는 이듬해 國體明徵, 鮮滿一如, 教學振作, 農工促進, 庶政刷新이라는 5대강령을 내세우고 산

3) 이에 대해서는 위의 책, 35쪽에 의거.

업진흥책에 의한 경제수탈과 함께 조선인의 인적 자원을 침략전쟁에 동원한다. 동시에 조선인들의 저항을 막기 위해 一視同仁, 內鮮一體라는 이데올로기를 이용한 황민화정책을 적극적으로 전개한다. 이에 맞추어 조선총독부는 1개 면단위로 1개 신사와 1개 소학교를 설립하여 신사참배와 宮城遙拜를 강요하며 1938년에는 조선교육령을 개정하고 천황에 대한 충성을 맹세하는 내용으로 구성된 '황국신민의 서사'를 매일같이 학생들에게 제창시킨다.

이광수는 중일전쟁 이후 친일대열에 적극적으로 가담하면서 1939년 중국에 출정한 일본군 위문단 결성식의 사회를 맡은 것을 시작으로 이듬해 2월 창씨개명에 솔선해서 香山光郎으로 개명하고 일반인들의 동참을 호소한다. 최남선은 1938년 만주의 친일지『만몽일보』의 고문으로 취임하며 이듬해에는 만주국의 엘리트 양성기관인 건국대학의 교수로 부임한다. 1942년 귀국한 최남선은 이듬해 총독부의 부탁으로 이광수와 함께 일본으로 건너가 조선인 유학생을 대상으로 학도병 지원을 찬양하는 연설을 하기도 한다.『동아일보』창업주 김성수도 중일전쟁 발발 이후 '시국강연'의 연사로 참여하면서 노골적인 친일대열에 합류한다. 이밖에도 많은 친일파 인사들이 괴뢰국 만주국과 일본 본토로 건너가 군부나 권력기관의 수족으로 활동한다.[4)]

문화통치기의 또 하나의 특징은 친일파를 양성하여 독립운동을 약화시키고 민족 분열을 조장하기 위해 민족운동의 열기를 문화운동으로 돌렸던 데 있다.[5)] 종교운동, 수양운동, 생활개선운동, 농촌계몽운동 등이 그것이다. 이러한 운동에 참여한 우파 민족주의자들은 대부분 친일노선으로 이동한다. 이들은 대부분 민족성 개량, 실력양성, 자치주의를 부르

---

4) 위의 책, 38쪽.
5) 이에 대해서는 위의 책, 68쪽에 의거.

짖으면서 일본의 지배에 협조하는 노선을 선택한다. 1922년 민족개조론을 쓴 이광수가 그 대표적인 예다. 이광수는 교육의 진흥, 산업의 발전, 민중의 진작 등을 민족개조운동의 방법으로 내세우고 식민통치를 인정하는 범위 안에서 자치론을 주장한다.

1930년대 중반의 황민화 정책기부터 동화주의는 '내선일체'라는 미명하에 극도의 강압적인 방식으로 전개된다.[6] 조선인에게 황국신민의 서사, 신사참배, 東方遙拜, 창씨개명 등을 강요하고 조선어교육을 폐지한다. 중일전쟁은 식민지민족에게 커다란 분열과 고통을 강요한다. 이른바 황민화정책의 미명하에 대다수의 식민지민족은 가중되는 억압과 수탈에 허덕이면서 전쟁에 동원되었던 것이다. 황민화정책은 일본제국주의가 식민지지배정책에서 기본방침으로 삼았던 동화주의의 극단적인 귀결이었다.

이른바, 친일문학은 일반적으로 일제하 전 기간의 친일문학이 아니라, 일제 말엽 황민화 · 전시정책의 일환으로 강행된 문학운동으로서의 그것만을 지칭한다. 당시에 '국민문학'으로 호칭된 그것은 일본국민으로서의 문학을 의미하기 때문에, 바꾸어 표현하면 황민문학과 동일한 뜻이 되는 것이다.[7]

이와 같은 범주의 문학은 중일전쟁 이후 시국인식을 당면과계로 하는 전쟁문학의 형태로 그 논의가 시작된다. 이 단계가 지나서 그것은 미나미[南次郎]의 5대 정강의 기본인 國體明徵을 인식의 내용으로 하는, 소위 '애국문학'을 출현시킨다. '국민문학'은 이와 같은 흐름을 더욱 고차원적으로 발전시킨 최종 형태이며, 전쟁문학 · 애국문학 기타 일체의 일본

6) 이에 대해서는 위의 책, 69쪽에 의거.

7) 김병걸 · 김규동 편, 「친일문학의 경위와 의미」, 『친일문학작품 선집』(실천문학사, 1986), 411쪽. 국민문학의 요건에 대한 이하의 논의도 같은 글에 의거.

적인 것을 종합적으로 포괄한다. 이와 같은 흐름은 1939년 10월의 친일조선문인협회의 결성과, 1941년 11월의 『국민문학』(월간) 창간에 의해서, 그 시대의 주류적인 위치가 확보된다.

이와 같은 '국민문학'은 일본정신에 입각한, 일본정신을 선양하는 문학이다. 따라서 그 요건의 첫째는 일본정신을 근간으로 한다는 점이다. 그때 일본정신이란 어떤 것인지 각종의 논의와 해석이 있었지만, 그 중심이 天皇歸一의 사상과 八紘一宇의 건국정신이라는 데는 이의가 없었다. 일컬어 萬世一系인 천황을 중심으로 하는 제정일치祭政一致의 국가형태, 또 만백성을 천황의 赤子로 생각하는 가족국가적 조직 형태, 또 천황의 道를 세계에 고루 펴게 함으로써 사명으로 한다는 팔굉일우의 사상 등이 일본정신의 내용이었다. 그것은 천황계 파시즘을 근간으로 한다는 말과 다르지 않다. 둘째는 일본정신에 '입각한다'는 점이다. 따라서 그것은 자각적이어야 할 필요가 있다. 일본정신을 호흡하면서 생활하는 국민으로서의 자각과 긍지와 감사가 국민문학으로서의 제2의 요건이다. 즉, 그것은 천황제 파시즘에의 무조건적 통합과 歸一로 말할 수 있다. 셋째는 일본정신의 외적 표현인 일본의 국민생활을 내용으로 해야 한다는 것이다. 본질면에서 생각할 때 이 국민생활이란 개념에는 아무런 제한이 있을 수 없다. 일본적 사상 · 감정의 적극적, 소극적 일체의 작위와 부작위不作爲가 일본의 국민생활이다. 그러나 1940년대의 국민문학은 황민화와 전쟁 완수라는 시국적 요청에 의해서 제기된 문학이다. 이 점에 치중해서, 당시에는 시국적 제재만을 국민문학의 대상으로 파악하려는 소수의 의견이 대립된다. 넷째는 일본정신을 '선양한다'는 점이다. 즉, 긍지를 가지고 표현함으로써 자타에게 공감을 주고 우러러보게 만든다는 것이다. 때문에 국민문학 즉 친일문학은 일본국학으로서의 자각과 긍지를 근간으로 하게 되는 것이다. 넷째는 다섯째를 파생시킨다. 국민문학-친일문학—은 황민적자적 자각과 긍지를 근간으로 하면서 그것을 선양해야 하기 때문에 '일어'로 창작되어야 한다는 요건을 필요로 하는 것이다. 당시에 있어서 친일문학의 전부가 일어로 쓰여졌던 것은 물론 아니다. 그러나 조선 문단의 완전한 일어화는 국민문학의 본질적인 요구였으며, 그것이 조만간에 도달해야 할 필연의 귀결이기도 했던 것이다.

황민문학의 이와 같은 요건에서 우리는 그 문학의 특질을 쉽게 추상할 수 있을 것이다. 그것은 황민생활을 선양하는 것이므로 일단 계몽 · 선전의 문학이다. 따라서 그 입장은 예술성보다 공리성이 앞서며, 형식보다 내용에 치중하게 되는 것이다. 황민문학의 이와 같은 특질은 필연적으로 작가의 어용화에 연결될 수밖에 없다. 더욱이 그러한 문학의 창작이 반강제적으로 요청되었을 때, 친일작가들은 그 자신의 예술적 刻苦 · 勉勵는 방기한 채 다수 작가들이 황민화 정책의 계몽 · 선전에 종사하게 되고 만 것이다. 예술가라기보다는 황민화의 선전원으로 타락해 버린 예도 있다.

김재용은 이러한 작업을 위해서는 우선 친일문학의 성격 규정을 먼저 할 필요가 있다고 주장한다. 그는 이 시기의 친일을 다음 두 가지 점에서 드러난다고 본다. 그에 의하면, 하나는 대동아공영권의 전쟁 동원이다. 중일전쟁 이후 동아시아의 판도가 달라지면서 유럽의 혼란과는 대비되어 새로운 동아의 신질서가 부각되었다. 이 과정에서 일본이 패권을 차지함으로써 일본 주도의 동아시아의 신질서에 의한 신체제론이 등장하게 되었고, 이는 곧바로 대동아공영권의 논리로 확대된다. 대동아공영권을 창출하기 위해서는 이를 수호할 수 있는 전쟁이 요구되었고 여기에는 많은 사람들의 참여가 필요했다. 그렇기 때문에 친일문학인들은 이 전쟁을 심지어 '성전'이라고 부르면서 일반 민중들의 동원을 호소했다. 징병 · 징용 · 지원병 · 학도병 · 정신대 등을 선전하면서 이들의 전쟁 참여를 부르짖었던 것이 바로 대동아공영권의 전쟁 동원이다. 여기에는 직접 전

쟁에 참여하는 것과 후방에서 간접적으로 전쟁을 돕는 것 모두를 포함한다.[8)]

다음은 내선일체의 황국신민화이다. 대동아공영권의 신체제를 만들어내기 위한 전쟁에서 가장 중요한 것은 조선민중들의 전쟁참여이다. 직접적 참여이든 후방의 간접적 참여든 조선 민중들의 전쟁 참여 없이는 대동아공영권의 수립은 불가능했다. 그러자면 필연적으로 조선인과 일본인 사이의 차별이 자연스럽게 부각된다. 이 벽을 넘지 않고서는 자발적인 참여를 요구하기가 힘든 것이다. 따라서 대동아공영권의 전쟁 동원을 수행하기 위해서는 내선일체의 황국신민화라는 작업이 불가피했다. 따라서 친일문학인들은 내선일체를 강조하고 다양한 방식으로 합리화하는 틀을 마련했다. 물론 내선일체는 대동아공영권이 제기되는 중일전쟁 이전에도 간헐적으로 제기된 바 있다. 그러나 그때의 것과 중일전쟁 이후의 것 사이에는 그 의미가 다르다는 것도 놓쳐서는 안 된다. 이처럼 대동아공영권의 전쟁 동원과 내선일체의 황국신민화라는 두 가지 입장을 글에 담아내면서 선전한 문학이 바로 친일문학이고 이런 작품을 쓴 이들이 친일문학인이다. 이렇게 친일문학의 성격 규명을 할 때만이 이 시기에 나온 작품 중에서 단순히 시대적인 것과 친일적인 것을 구별할 수 있다.

이상에서, 친일문학의 배경과 광의의 친일문학, 협의의 친일문학에 대해 살펴보았다. 그러나 이와 함께 우리는 친일문학이 다른 곳이 아닌, 역사의 한 지점에 위치하고 있다는 점에도 주목할 필요가 있다. 그것은 친일문학에 역사적 성격을 부여하는 일과도 관련된다. 물론 문학은 역사와 다르다. 그렇기는 하지만, 문학과 역사는 서로 닮은 부면을 적지 않게 지

---

8) 김재용, 『협력과 저항』(소명출판, 2004), 58~59쪽. 이어지는 '내선일체의 황국신민화'에 대한 논의도 같음.

니고 있다. 그런 점에서, 예를 들어 프랑스대혁명이 그토록 많이 연구된 이유는, 그것이 오늘날의 삶에 대해 많은 가치와 연관성을 지니고 있기 때문이듯이, 친일문학, 또는 친일문학인이 앞으로도 많이 연구되어야 하는 이유도 그와 동일하다고 할 수 있다.

Ⅲ. 일제강점기 친일문학인의 내면 풍경

1. 최남선의 주지화

주지화主知化(intellectualization)란 정서와 충동을 누르기 위해 그것을 경험하는 대신 그것들에 관해 생각을 많이 하는 것을 말한다.[9] 이는 그 대상에 대해 체계적인 생각을 많이 하는 대신 정서는 개입시키지 않음으로써 용납할 수 없는 충동에서 오는 불안을 막는 기제이다. 간肝에 이상이 있으니 입원해서 조사하자는 의사의 말을 듣고 열심히 의학백과사전을 들추며 간에 대한 공부에 골몰하는 환자의 경우가 그 좋은 예가 된다.

그 남다른 의욕과 방대한 행동반경에도 불구하고 최남선의 전향은 아주 돌발적으로 시작된다.[10] 1928년 그는 조선총독부의 부설 연구기관 조선사편수회의 위원으로 참여한다. 그렇게 함으로써 그는 일찍 자신이 독립선언문에서 그 부당함을 만방에 외친 일제의 한반도 통치를 수긍하는 꼴이 되어버린 것이다. 이후 그는 박물관설비위원회, 고적보물천연기념물보존위원회, 역사교과서편정위원회 등에도 위원이 되었고 이어 중추

9) 이에 대해서는 조두영, 앞의 책, 37쪽에 의거.
10) 이에 대한 논의는 김용직, 「거인의 탄생과 추락」, 『현대 한국작가 연구』(민음사, 1976), 298쪽에 의거.

원 참의를 거처 건국대학의 교수직을 맡기까지 했다. 그리고 1943년에 이르러서는 이광수 등과 함께 학병 지원을 권유하기 위해 도일했다. 학병권유지원 강연은 동경에 있는 명치대학 강당에서 행해졌다. 그리고 이때 그는 다른 인사들과 달리 한국민족을 위해 출전하라고 함으로써 아직 그가 완전히 민족적 양심을 등지지 않았음을 간접적으로 알린 바 있다. 그러나 여기서 우리는 한 가지 사실을 지적하지 않을 수 없다. 일찍이 그가 약관의 나이로 동경에 갔을 때 비슷한 자리에서 꿈꾼 것은 한마디로 몽매한 동포의 계몽이었고 그를 통해 다져질 신생 대한제국의 튼튼한 기반이었다. 그런데 30여 년의 세월이 흘렀다고는 해도 그 입장이 180 바뀌어져 그는 민족주권의 침탈자인 일제의 공식정책을 수궁 추종하는 입장이 되었던 것이다.

1) 산문에서의 주지화

주지화는 다르게 말해서 체계화이다. 최남선의 산문에서 발견되는 주지화는 역사를 끌어들이는 방식으로 전개된다. 그것은 인류사에서 출발하여 서양과 동양이 비교되는 방식으로 나아가다가, 결국은 일본을 모든 일의 중심적 위치에 고정하는 단계로 끝난다.

> 인류가 '세계'라는 일원성(一元性)을 실현하려고 하는 노력은 오랜 세월에 걸쳐서 꾸준히 계속되어 왔다. 과거 있어서 인류역사의 일대 추진력이 된 동서 양방의 반발작용과 같음도 그 실제에 있어서는 그것 그대로 '세계'를 만들기 위하는 견인작용, 접근작용에 불외(不外)하는 것이었다. 저 상고(上古)에 있는 소아세아 대 희랍의 항쟁으로부터 알렉산더의 인도방면 원정, 폼페이우스의 동방 제국 경략과 같은 서방의 동진(東進)과 훈인, 사라센인, 몽고인 등의 굼치를 이은 구라파 침입과 같

은 동방의 서진(西進) 등에서 보는 것처럼 동서의 대항성 접근작용은 연대(年代)와 함께 그 세(勢)를 돋구기도 하고 또 범위를 확대하고 나오기도 했다. 그리고 이러한 유주유증적(愈住愈增的) 호상(互相) 반발은 실상 종필귀일(終必歸一)할 본능적 약속을 개현(開顯)하여 가는 것이었다. 그런데 근세에 들어와서 항해술의 진보와 탐험욕의 증상(增上)을 계기로 하여 구라파인의 동양 진출이 대규모로 진행되고, 그 결과로 근대 국력의 표상인 물질문명, 기계기술의 낙후자인 동양민국이 이른바 제국주의 또 자본주의적 침략의 희생을 이뤄서 길게는 동인도상회 이래 3백년의 비운이 전동아(全東亞)를 ○○○하고 짧게는 아편전쟁 이후 1백년의 탐서(貪噬)가 극동 일대를 능학한 것도 그 이면의 소식을 더듬어 볼진대 종래에 여러 번 있어 오던 서력동진(西力東進)의 점증적 일 양상으로서 또한 인류역사의 '세계' 실현상에 있는 필요한 일 계단임을 알 수 있다.[11]

최남선은 위 인용문에서 "인류가 '세계'라는 일원성一元性을 실현하려고 하는 노력은 오랜 세월에 걸쳐서 꾸준히 계속되어 왔다"고 전제한 후, 제국주의의 자본주의적 침략을 정당화하고 있는데, 그것이 종국적으로 일본의 한국 강점을 합리화하는 것임은 물론이다. 그것은 "근대 국력의 표상인 물질문명, 기계기술의 낙후자인 동양민국이 이른바 제국주의 또 자본주의적 침략의 희생을 이뤄서" 길게는 3백 년, "짧게는 아편전쟁 이후 1백 년의 탐서貪噬가 극동 일대를 능학한 것"도 "종래에 여러 번 있어 오던 서력동진西力東進의 점증적 일 양상으로서 또한 인류역사의 '세계' 실현상에 있는 필요한" 일이라는 데에서 확인된다.

시국의 중대함에 비하여 동방의 많은 민족은 너무나 인식 · 신념 · 용기가 부족한 느낌이 있습니다만, 마음이 굶주리고 활동이 시들고 쇠

11) 「아세아의 해방」(『매일신보』 1944년 1월 1일).

퇴한 이 민족들에게 활력을 부어넣고 열과 힘을 주는 원동의 활수(活水)는 무엇일까? 그들로 하여금 그들의 고유정신 · 공동신법 · 전통문화인 신의 뜻 그대로의 첫날로 되돌아가게 하고, 신의 뜻 그대로의 길을 소생시켜 결합된 활동에 의한 창조적 기능을 부활시키는 것 이외에 또 무엇이 있겠습니까? 오늘날 이 옛길이 일본 이외에는 별반 뚜렷하게 나타나 있지 않지만, 그 옛날 동방세계를 하나로 묶고 대동생활의 통일 원리로서 존재했던 신의 길은, 때로는 역사의 사실로 때로는 민중의 생활에 지금도 여전히 저력 있는 침윤(浸潤)을 나타내는 것은, 알 만한 사람은 다 알고 있는 터입니다.

우리는 우리의 오랜 발자취를 되돌아보고, 마치 오늘을 위해 준비하여 두었다고밖에 생각되지 않는 위대하고 미묘한 통일원리가, 전동방의 역사의 첫 장에 넓고 높게 게양되었던 사실을 새삼스레 감희(感喜), 경탄하지 않을 수가 없습니다. 위정자는 현실에 구애되고 학자는 전문(專門)에 얽매여 있어, 이 동방 민중의 정신적 최고 문화가치가 아직 등한시되는 경향이 있는데, 동방 영원의 행복에 깊은 우려를 품고 있는 사상가는, 길을 잃고 헤매며 빛을 찾아 허덕이는 동방 민중에게 새롭고도 올바른 포용과 융합에의 길, 정말 걷는 보람이 있는 참된 길을 찾아주고, 지금과는 다른 고려(考慮), 엄숙한 관조(觀照)를 비쳐주어야 하겠다고 나는 생각하여 마지않는 바입니다.[12)]

위 인용문에서 뚜렷하게 드러나는 특징 중의 하나는 최남선이 과거를 통해 현재와 미래를 바라보고 있다는 점이다. 그 과거를 대표하는 것은 바로 '신의 뜻'으로, 그것은 "민족의 고유정신 · 공동신법 · 전통문화"이며 마음이 굶주리고 활동이 시들고 쇠퇴한 이 민족들에게 활력을 부어넣고 열과 힘을 주는 원동의 활수活水"로서의 기능을 수행한다. 그래서 그는 "그들로 하여금 그들의 고유정신 · 공동신법 · 전통문화인 신의 뜻 그대로의 첫날로 되돌아가게 하고, 신의 뜻 그대로의 길을 소생시켜 결합

12) 「신의 뜻 그대로의 옛날을 생각함」(『新時代』 國語版, 日文, 1948년 초의 글로 추정됨).

된 활동에 의한 창조적 기능을 부활시키는" 것을 강조하면서 그런 민족의 예를 일본에서 찾는다. 또한 그는 위정자나 학자보다 사상가의 역할을 중시한다. 사상가는 "길을 잃고 헤매며 빛을 찾아 허덕이는 동방 민중에게 새롭고도 올바른 포용과 융합에의 길, 정말 걷는 보람이 있는 참된 길을 찾아주고, 지금과는 다른 고려考慮, 엄숙한 관조觀照를 비쳐" 줄 수 있다고 보기 때문이다.

2) 주지화의 방법적 실천－「自列書」[13]

최남선은 1890년 서울의 비교적 넉넉한 집안에서 태어나 불과 18세라는 어린 나이인 1907년에 문화사업에 착수한다. 그리고 월간잡지 『소년』을 창간한 것이 19세 때인 1908년의 일이다. 그 뒤 1910년에 朝鮮光文會를 조직하여 『역사지리연구』를 간행하고 1914년에는 『청춘』지를 발간한다. 그리고 1919년에 이르러서는 3 · 1 독립선언서를 기초하여 유명한 "최후의 일인 최후의 일각까지"라는 公約三章의 글귀를 지어 일약 독립운동가로서 이름을 떨친다. 최남선의 나이 30세 때의 일이었고 이 사건으로 1921년 10월까지 2년 6개월간이나 옥고를 치러야만 했다.[14]

그러므로 이때까지의 최남선을 의심하는 사람은 거의 없다. 감옥에서 풀려난 것이 가출옥이라는 약간 의심스러운 절차에 의한 것이었다는 사실 이외에는 그가 변절했다는 아무런 증거도 없다. 출옥 후 그는 東明社라는 출판사를 창립하고 『동명』이라는 잡지를 간행한다. 그리고는 『동명』지(1－11호)에 「朝鮮民是論」(1923)을 발표했으며, 1925년 불후의 논문 「不咸文化論」을 발표한다. 그러나 그로부터 3년 뒤인 1928년, 그는

13) 『자유신문』 1949년 3월 9일~3월 10일.
14) 이 내용과, 이어지는 논의는 박성수, 「최남선－반민특위 법정에 선 독립선언서 기초자」, 반민족문제연구소 편, 『친일파 99인』(돌베개, 1993), 249~250쪽에 의거.

돌연 조선총독부의 역사왜곡기관인 조선사편수회 편수위원직을 수락함으로써 변절자라는 지탄을 받기 시작한다.

최남선은 일찍이 기미독립 선언문을 기초하였고 당시 동경유학생으로 삼일운동의 선봉이었다. 이러한 그가 중도에 반민족행위를 하기 시작하여 단죄를 받게 되었다. 고랑을 차고 특위 조사관 앞에 이광수류의 변명이 아닌 자책의 自列書를 써 내놓고 마포형무소에서 처단을 기다리는 처지로 바뀌게 된 것이다. 이 自列書는 1949년 2월 그가 반민족행위자로 지목되어 마포형무소에 수감되었을 때 쓴 옥중 자백서인데, 그는 "해방이 되자 세상 사람들이 나를 지나치게 무고하므로 이에 대해 '나의 진실'을 밝히기 위해서 썼다"고 집필동기를 밝히고 있다. 따라서 이 「自列書」(『자유신문』 1949. 3. 9~3. 10)는 자신의 과오를 뉘우치는 반성문이라기보다는 자신의 죄과가 세상에 떠도는 소리처럼 그렇게 큰 것은 아니었다는 것을 변명하는 '해명서'였다. 그런데 또한 이 自列書는 정신분석의 도구인 방어기제들 중 주지화의 방법을 가장 선명하게 보여주는 글이기도 하다.

> 문제는 세간의 이른바 변절로부터 시(始)하며 변절의 남상은 조선사편수위원(朝鮮史編修委員)의 수임(受任)에 있다. 무슨 까닭에 이러한 방향 전환을 하였는가. 이에 대하여는 일생의 목적으로 정한 학연(學硏) 사업이 절체절명(絶體絶命)의 위기에 빠지고 그 봉록(俸祿)과 및 그리로서 있는 학구상 편익을 필요로 하였었다는 이외의 다른 말을 하고 싶지 않다.
>
> 이래 십 수 년간에 걸쳐 박물관 설비위원, 고적보물천연기념물 보존위원, 역사교과서 편정위원 등을 수촉(受囑)하며 문화사업의 진행을 참관하여 왔는데, 이 길이라고 반드시 평순平順하지 아니하여 역사교과서 위원 같은 것은 제1회 회합에서 의견 충돌이 되어 즉시 탈퇴도 하고

> 조선사편수 같은 것은 최후까지 참섭(參涉)하여 『조선사』 37권의 완성과 기다(幾多) 사료의 보존 시설을 보기도 하였다. 이 『조선사』는 다만 고래(古來)의 자료를 수집 배차(排次)한 것이요 아무 창의와 학설이 개입하지 아니한 것인 만큼 그 내용에 금일 반민족행위 추구(追究)의 대상될 것은 일건일행(一件一行)이 들어있지 않을 것이다.

최남선에 의하면, (자신의) 변절의 시초는 조선사편수위원朝鮮史編修委員의 수임受任이다. 그런데 그가 밝히는 '방향전환'의 이유는 한마디로 돈 때문이라고 해도 무방하다. 그런데 그가 일생의 목적으로 정한 학연學硏사업이 절체절명絶體絶命의 위기에 빠지게 됨으로써 돈이 필요했다는 말은 부자연스럽게 들린다. 형식적으로는 체계를 갖추고 있으나 내용적으로는 지극히 빈약할 뿐만 아니라 허망하기까지 하다. 돈이 없어서 그것 때문에 변절했다는 주장과 마찬가지이기 때문이다. 거기에는 "이외의 다른 말을 하고 싶지 않다"는 단호함까지도 들어 있어서 그것은 더욱 그렇다.

게다가, 최남선은 자신의 죄과를 가급적 호도하거나 경감하려는 제스처를 보여 주고 있기도 하다. 예를 들면, "역사교과서 위원 같은 것은 제1회 회합에서 의견 충돌이 되어 즉시 탈퇴도 하고 조선사편수 같은 것은 최후까지 참섭參涉하여 『조선사』 37권의 완성과 기다幾多 사료의 보존 시설을 보기도" 했으며 "이 『조선사』는 다만 고래古來의 자료를 수집 배차排次한 것이요 아무 창의와 학설이 개입하지 아니한 것인 만큼 그 내용에 금일 반민족행위 추구追究의 대상될 것은 일건일행一件一行이 들어있지 않을 것"이라고 판단한 것 등이 그것의 좋은 예들이다.

『조선사』가 실제로 그러한 책인지에 대해서는 다시 잘 살펴보아야 한다. 일제강점기인 1938년에 조선사편수회에서 편찬한 우리나라 역사서(총목록 1권, 총색인 1권, 본문 35책 2만 4,111쪽)가 간행되었다. 그것은 고대로부터 1894년(고종 31) 6월 27일까지의 편년체 역사서였다. 연월일의 연대순으로 우리 역사의 중요한 사실을 요약하거나 건명식件名式으로 적었고, 그 기사가 수록되어 있는 원사료의 이름을 할주 형식으로 적어 놓았다. 이 책을 엮는 데는 우리나라 · 일본 · 중국과 서구의 것까지 총 4,950종의 문헌자료가 참고되었다. 그러나 이 책은 순수한 학문적 목적에서 편수된 것이 아니라, 일제 식민지 당국의 정치적 의도에서 편수되었다는 점에서 문제가 있다. 일제는 1910년 한반도를 강점한 뒤 '조선에 가장 적절한 신정新政을 실시하'고 식민지 지배를 뒷받침할 시정자료의 조사사업으로 구관제도조사사업舊慣制度調査事業을 벌였다.

조선사편수회는 조선사편찬위원회규정(1921. 12. 4, 조선총독부 훈령 제64호)에 따라 발족한 조선사편찬위원회를 확대 · 강화하여 발족시킨 기구로서 사업의 종류와 원칙은 이때 정해진다. 조선사편찬위원회의 위원장은 조선총독부 정무총감이 겸임하며, 고문에는 이완용李完用 · 박영효朴泳孝 · 권중현權重顯 등이 임명된다. 실제업무는 도쿄제국대학[東京帝國大學] 교수인 쿠로이타[黑板勝美]가 총괄하며, 만선사관滿鮮史觀의 대표자인 이나바[稻葉岩吉]가 편찬 업무를 주관한다.

조선총독부는 조선사편찬 작업을 더 강력히 추진하기 위해 위원회를 중심으로 1925년 조선사편수회관제를 공포하여 새로운 독립관청인 조선사편수회를 설치한다. 회장은 정무총감이 겸임하며, 고문에 이완용 · 박영효 · 권중현 · 쿠로이타 · 핫도리[服部宇之吉] · 나이토[內藤虎次郞], 위원에 이마니시[今西龍] · 이능화 · 어윤적 · 오다[小田省吾] 등, 간사에 이나바 등 3명, 수사관에 이나바 · 홍희洪熹 · 후지타[藤田亮策] 등 3명이 임명된다. 이후 이병도李丙燾 · 신석호申奭鎬 등이 수사관으로 참여하며, 최남선崔南善도 1928년 12월 촉탁위원으로 참여한다.

조선사편찬작업에 참여한 일부 한국인 학자들은 일제가 『조선사』를 편찬하는 명분을 높이는 데 기여했을 뿐, 자기 의견을 거의 반영하지 못한다. 결국 조선사 편찬사업은 한국인들로부터 자기 역사연구의 자유와 권리를 빼앗은 것으로, 서술의 중심은 한국민족의 주체적 역사발전을 서술하기보다는 한국이 중국의 속국이며 사대주의로 일관했다거나 중국과 일본보다 역사와 문화가 뒤떨어져 있다는 데 두어졌다. 즉 일본의 한국 침략과 강점의 합법성을 입증하기 위한 사료의 취사선택 · 왜곡을 자행했고, 그것을 또 '황국신민화皇國臣民化'의 목적에 이용하려 한 것이다.

> 소위 대동아전쟁의 발발에 신경이 날카로워진 일본인은 나를 건국대로부터 구축(驅逐)하였다. 고토(故土)에 돌아온 뒤의 궁액(窮厄)한 정세는 나를 도회로부터 향촌으로 내어몰았다. 이제는 정수내관(靜修內觀)의 기(機)를 얻는가 하였더니 이사의 짐을 운반하는 도중에서 붙들려서 소위 학병 권유의 길을 떠나게 되었다. 국내에서도 공개 강연을 나서지 않던 내가 (……) 멀리까지 나감에는 자작지얼(自作之孽)에서 나온 일(一)동기가 있었다.
>
> 처음 학병 문제가 일어났을 때 나는 독자(獨自)의 관점에서 조선 청년이 다수히 나가기를 기대하는 의(意)를 가지고 이것을 언약한 일이 있었더니 이것이 일본인의 가거(可居)할 기대가 되어서 그럴진대 동경 일행을 하라는 강박을 받게 된 것이었다. 당시 나의 권유 논지는 차차(此次)의 전쟁은 세계 역사의 약속으로 일어난 것이매 결국에는 전 세계 전 민족이 여기 참가하는 것이요, 다만 행복한 국민은 순연(順緣)으로 참가하되 불행한 민족은 역연(逆緣)으로 참가함이 또한 무가내하(無可奈何)한 일임을 전제로 하여 우리는 이 기회를 가지고 이상과 정열과 역량을 가진 학생 청년층이 조직 전투 사직 중핵체 결성에 대한 능력 취위성(取爲性)을 양성하여 임박해 오는 신운명에 대비하자 함에 있었다.

위 인용문은 두 가지 내용을 담고 있는데, 그것의 하나는 자신의 의도와는 무관하게 자작지얼로 일본으로 가서 학병을 권유하게 되었다는 것이고, 다른 하나는 전쟁에 참여하는 것은 신문명에 대비하는 의의가 있다는 것이다. 다시 말하면, 하나를 통해서는 학병을 권유하게 된 계기를, 다른 하나를 통해서는 전쟁 참가를 수용하는 마음의 자세를 각각 말하고 있는 것이다. 그러나 이 둘 사이에는 심각한 괴리가 존재한다. 앞에서 자작지얼로 일본으로 가서 학병을 권유하게 되었음을 밝힌 내용을 뒤에서는 정당화하고 있기 때문이다.

> 나는 분명히 일평생 일조로(一條路)를 일심(一心)으로 매진한 것을 자신하는 자이다. 중간에 간난(難難)한 환경, 유약한 성격의 내외 양인(兩因)이 서로 합병하여서 내 의상에 흙을 바르고 내 행리(行履)에 올가미를 씌웠을지라도 이는 그때그때의 외적 변모일 따름이요, 결코 내 심여행(心與行)의 변전변환(變轉變換)은 아니었다. 이 점을 밝히겠다 하여 이 이상의 강변스런 말을 더하지 않거니와 다만 조선사편수위원, 중추원 참의, 건국대학 교수 이것저것 구중중한 옷을 열 벌 갈아입으면서도 나의 일한 실제는 언제고 종시일관(終始一貫)하게 민족정신의 심토(深討), 조국 역사의 건설 그것밖에 벗어진 일 없었음은 천일(天日)이 저기 있는 아래 감연(敢然)히 명언하기를 꺼리지 않겠다.
>
> 그러나 또 나는 분명히 조선 대중이 나에게 기대하는 점 곧 어떠한 경우에서고 청고(淸高)한 지조와 강렬(剛列)한 기백을 지켜서 늠호(凜乎)한 의사(義士)의 형범(型範)이 되어 달라는 상식적 기대에 위반하였다. 내가 변절한 대목 곧 왕년에 신변의 점박한 사정이 지조냐 학자이냐의 양자 중 기일(其一)을 골라잡아야 하게 된 때에 대중은 나에게 지조를 붙잡으라고 하거늘 나는 그 뜻을 휘뿌리고 학업을 붙잡으면서 다른 것을 버렸다. 대중의 나에 대한 분노가 여기서 시작하여 나오는 것을 내가 잘 알며 그것이 또한 나를 사랑함에서 나온 것임도 내가 잘 안다.

최남선이 「자열서」에서 스스로 밝힌 자신의 죄과는 다음과 같다.

① 조선총독부의 조선사편수회 편수위원으로 활동한 것(1928년).
② 조선총독부의 중추원 참의가 된 것(1938년).
③ 만주 괴뢰국 건국대학 교수로 일한 것(1939년).
④ 일제말기에 학병권유 연사로 나선 것(1943년).
⑤ 한일同祖論을 부르짖은 것.

이상 다섯 가지 항목에 대한 최남선의 생각은 '무죄'이다. 그는 분명히 일평생을 한 일에 한 마음으로 매진했음을 자신하고 있다. 설령 변절의 의혹을 받거나 비난을 받았다 하더라도 그것은 그때그때의 외적 변모일 따름이요, 결코 마음과 행동이 일치한 것은 아니었다는 것이다. 이와 함께 그는 대중의 뜻을 나름대로 파악하고 그에 맞추어 스스로를 변명한다. 아울러 그는 "대중은 나에게 지조를 붙잡으라고 하거늘 나는 그 뜻을 휘뿌리고 학업을 붙잡으면서 다른 것을 버렸다. 대중의 나에 대한 분노가 여기서 시작하여 나오는 것을 내가 잘 알며 그것이 또한 나를 사랑함에서 나온 것임도 내가 잘 안다"고 생각한다.

또한 그는 "나는 분명히 한평생 한 일을 한마음으로 매진하였다고 자신한다"고 밝히면서 "조선사편수회 위원, 중추원 참의, 만주괴뢰국 건국대학 교수, 이것저것 구중중한 옷을 연방 갈아입었으나 나는 언제나 시종일관하게 민족정신의 검토 조국역사의 건설, 그것 밖으로 벗어난 일이 없다"고 단언한다.

2. 이광수의 함입

함입陷入(introjection)[15]이란 좀 커서 이제는 적어도 '자기'와 '자기 아

15) 이에 대해서는 조두영, 앞의 책, 32~33쪽에 의거.

닌 것' 정도는 구별하는 시기에 와서 일어나는 동일시[16]를 말한다. 즉, 그가 그럴 것이라고 그 나름대로 상상하는 어떤 대상(object)을 그의 자아 속에 합일화[17]시키는 것을 뜻한다. 그러한 합일화와 합입은 좁은 의미로 말할 때의 동일시, 즉 인간이 '나'(subject)와 '타'(object)를 분명히 분별하는 시기에 일어난다.

1) 산문에서의 합입

이광수의 합입 대상은 일본이다. 그것은 구체적으로 '생활의 황민화'와 내선일체로 나타난다. 그는 생활의 황민화를 위한 여러 항목을, 내선일체에 이르는 길을 제시한다.

> 그러나 가장 필요한 것은 실천이다. 이 실천을 위하여서 제2, 제3 등의 임전보국 행사가 나오게 된다. 그것은 무엇인가. 첫째로는 국채를 사는 것이다. 일원보국채권(一圓報國債券)이라도 발행될 때마다 빠지지 말고 사는 운동이다. 매호(每號)에서 국기를 다는 모양으로 납세를

---

16) "동일시(identification)란 자기를 자기 아닌 어느 다른 사람으로 본다거나 본받으려 한다는 뜻의 심리학적 용어이다. 병적 동일시(pathological identification)는 어떤 이상(理想) 또는 우상과 공생하려고 노력함으로써 마치 자기도 권력을 쥐고 있다는 느낌을 얻기 위해 자아가 애를 쓰는 것으로, 이는 속이 아닌 겉만 일시적으로 닮는 것이다. 상대방에서 그 신비한 힘이 꺼지거나 거기서 거절을 당하면 이 병적 동일시는 어이없이 사라진다. 대부분의 나치 당원들, 그리고 일부 신흥종교 광신도들을 그 예로 들 수 있다"(조두영, 앞의 책, 32쪽).

17) 원래 "합일화(incorporation)는 광의로 볼 때 동일시 속에 포함되는, 동일시의 원시적 형태를 말한다. 좀 더 자세히 설명하면 합일화는 '자기'와 '자기가 아닌 것'을 전혀 분별하지 못하는 갓난아이 시기에 일어나는 동일시를 뜻한다. 즉 외계에 있는 대상(객체)을 상징적으로 삼키고 동화(assimilate)하여 자아의 형태변형 없이 그대로 자기의 자아구조 속으로 들어오게 하는 원시적 방법의 동일시이다. 그 예로 갓난아이가 어머니가 웃으면 자기가 웃는 줄 알고 자기가 좋아하는 줄 아는 상태를 들 수 있다"(조두영, 앞의 책, 32쪽).

바치는 모양으로 발행시마다 채권을 사는 운동을 전개할 것이다. 이 채권 삽시다 운동은 보국운동인 동시에 저축운동이 되는 것이다.

다음에는 생활혁신운동이다. 이 생활혁신이라는 것은 종래에 말하던 그런 미온적 수편적(隨便的)의 것이어서는 아니 된다. 그것은 민간에서 하는 자발적 운동이라야 하지마는 강력한 조직성을 가져야 한다. 부락적(部落的)인 동시에 전반적이라야 한다.

이 생활혁신은 ① 생활의 황민화(皇民化) ② 생활의 합리화, 그리고 ③ 생활의 임전화(臨戰化)의 3강령에 의하여서 하여야 할 것이다.

생활의 황민화라는 것은 사상, 감정, 풍습, 습관 중에 비일본적인 것을 제거하고 일본적인 것을 대입(代入) 순화(醇化)하는 것이다. 예(例)하면 혼상예의(婚喪禮儀)의 일본화, 가족 친척 관념의 일본화, 경신숭조(敬神崇祖) 천황 중심의 생활의 신건설이다. 차제에 지나숭배(支那崇拜)의 잔재는 단재제거(斷滓除去)할 것이다. 왜 그런고 하면 일본 예의에 상반(相反)하는 예의는 있을 수 없기 때문이다.[18)]

위의 인용문 중에서 특히 함입의 양상을 잘 보여주는 부분은 '생활의 황민화'이다. 그것은 비일본적인 것을 제거하고 일본적인 것을 대입代入 순화醇化하는 것을 의미한다. 혼상예의의 일본화, 가족 친척관념의 일본화, 경신숭조 천황 중심의 생활의 신건설 등은 그것의 예들이다.

조선인은 쉽게 말하면 제가 조선인인 것을 잊어야 한다. 기억할 필요가 없는 것이다. 나는 일찍 조선인의 동화는 일본신민이 되기에 넉넉한 정도면 그만이라는 생각을 가진 일이 있었다. 그러나 나는 지금에 와서는 이러한 신념을 가진다. 즉 조선인은 전혀 조선인인 것을 잊어야 한다고, 아주 피와 살과 뼈가 일본인이 되어버려야 한다고, 이것에 진정으로 조선인의 영생의 유일로가 있다고.

그러므로 조선의 문인 내지 문화인의 심적 신체제의 목적은 첫째로

---

18) 「반도민중의 애국운동」(『매일신보』 1941년 9월 3일~5일).

> 자기를 일본화하고 둘째로는 조선인 전체를 일본화하는 일에 전심력을 바치고 셋째로는 일본의 문화를 앙양하고 세계에 발양하는 문화전선의 병사가 됨에 있다. 조선문화의 장래는 여기에 있는 것이다. 이러하기 위하여서 조선인은 그 민족감정과 전통의 발전적 해소를 여행(勵行)할 것이다. 이 발전적 해소를 가르쳐서 내선일체라고 하는 것이라고 믿는다. 조선인은 협애하던 밀실에서 광활한 친지에 대답보로 나올 것이다. 그들은 황은의 고마우심과 전도의 양양함에 감격할 것이다.[19]

위 인용문에 이르러 이광수의 친일은 절정에 달한다. 이광수는 "조선인은 쉽게 말하면 제가 조선인인 것을 잊어야 한다. 기억할 필요가 없는 것이다"라고 주장한다. 그는 또한 "일찍 조선인의 동화는 일본신민이 되기에 넉넉한 정도면 그만이라는 생각을 가진 일이 있었"지만 지금에 와서는 "조선인은 전혀 조선인인 것을 잊어야 한다"는, "아주 피와 살과 뼈가 일본인이 되어버려야 한다"는, "이것에 진정으로 조선인의 영생의 유일로가 있다"는 신념을 가지게 되었다고 말한다.

더 나아가 이광수는 '조선인의 동화'의 궁극적 목표를 제시한다. 그것은 ① 자기를 일본화하는 것, ② 조선인 전체를 일본화하는 일에 전심력을 바치는 것, ③ 일본의 문화를 앙양하고 세계에 발양하는 문화전선의 병사가 되는 것이다. 그는 내선일체의 본질도 '민족감정과 전통의 발전적 해소'에서 찾고 "조선인은 협애하던 밀실에서 광활한 친지에 대답보로 나올 것이며 황은의 고마우심과 전도의 양양함에 감격할 것"이라고 주장한다.

---

19) 「심적 신체제와 조선문화의 진로」(『매일신보』 1940년 9월 5일~12일).

2) 함입의 논리적 전개－「민족개조론」[20] · 「나의 고백」[21]

1910년 외무성 번역관 마에다 쵸우타[前田長太]가 원전을 번역한 르봉의 『민족발전의 심리』가 대일본문명협회에서 간행된다. 협회에서는 같은 해에 르봉의 『군중심리』를, 1915년에는 이두 책을 묶어 『민중심리 및 군중심리』라는 제목으로 바꾼 개정판을 간행한다. 협회의 간행물은 회원에게만 배포되지만, 1918년 협회는 이 합본의 축쇄판을 내고 일반에 시판한다. 이광수가 손에 넣은 것은 이 축쇄본이었을 것이다.[22]

1910년 대일본문명협회가 간행한 『민족발전의 심리』는 르봉이 일본에 대해 언급한 대목이 삭제되어 있는 불완전한 번역이다. 모토노는 일본인이 중등인종이라는 구분과 민족의 근본적 성격은 결코 바뀌지 않는다는 학설을 거부하고, 관련 부분을 삭제하여 일본 독자로 하여금 자신들이 우등인종에 속한다고 착각하게 하는 언급을 「서문」에 집어넣는다. 현대가 군중의 시대라는 르봉의 학설에 동감했던 그는 국가의 장래를 위해 군중교육이 필요하다고 생각하여 그의 저서를 일본에 소개한 것이다.

1922년 이광수는 『개벽』 4월호에 「국민생활에 대한 사상의 세력－르봉 박사 저, 『민족심리학』의 일절」이라는 제목으로 르봉의 『민족발전의 심리』의 일부분을 번역하여 싣고, 다음 달 5월호에 「민족개조론」을 발표한다. 1921년 3월 상하이에서 귀국한 그는 『개벽』지에 논설을 잇달아 발표하는 한편, 이듬해 1922년 2월에는 합법적인 민족 실력 양성단체인 수양동맹회를 결성한다. 그는 제1차 세계대전 전의 러시아 방랑과 3 · 1 운동 후 상하이 임시정부에서의 체험을 통해 '단결하여 행동하지 못하

20) 「민족개조론」, 『민족개조론』(우신사, 1993), 89~155쪽.
21) 「나의 고백」, 『나/나의 고백』(1885. 8), 127~267쪽.
22) 이 내용과 다음에 이어지는 논의는 모두 하타노 세츠코, 최주한 역, 『일본 유학생 작가 연구』(소명출판, 2011), 158~159쪽에 의거.

는' 동포들에게 절망한다. 그리고 그는 상하이에서 도산 안창호의 홍사단 사상을 알게 되고 조선에 돌아와 합법적인 수양단체 활동을 통해 민족의 성격을 바꾸려고 마음먹는다. 「중추계급과 사회」, 직업을 예술로 삼아서 '사랑과 미로써 자기를 개조'할 것을 촉구한 「예술과 인생」, 그리고 미래를 젊어질 소년들을 향하여 조선의 현상을 설명하며 동맹을 부르짖은 「소년에게」 등, 그가 이 시기에 발표한 논설들은 모두 이러한 의도에 따른 것이다.

와세다대학 철학과에서 수학했던 이광수는 르봉의 사상을 접한 후 『민족발전의 심리』를 숙독했고, 이를 상하이에서 만난 안창호의 홍사단사상에 접목시켜 '단체사업에 의한 민족의 개조'라는 사고로 발전시켰던 듯하다. 이 저서에서 이광수가 특히 주목한 것은 민족의 근본적 성격이 변해가는 과정을 기술한 제4장 '종족의 심리적 성격은 어떻게 변화하는가'인데, 그가 번역하여 『개벽』지에 실은 것은 그 가운데 제1절 '국민의 생활에 미치는 사상의 세력'의 일부이다. 이 글에 따르면, 어떤 사상이 발생하면 먼저 이를 '선전하는 자'가 나타나고 이후 작은 단체가 생겨 '선전하는 자'를 양성하게 되며, 그것이 어느 정도까지 발전하면 '전염' 작용과 '모방' 작용으로 전파가 시작되어 종국에는 '습관'과 '무의식'의 영역에 이르러 민족의 근본적 성격이 바뀌게 된다. 이광수는 이러한 메커니즘을 의식적으로 행함으로써 민족의 성격을 단기간에 변화시킬 수 있다고 생각했을 것이다. 이 무렵 이광수는 자신이 주간으로 있던 『독립신문』에 「민족개조론」의 골자라고도 할 수 있는 논설을 18회에 걸쳐 연재했는데, 이 논설에 '선전 개조'라는 제목을 붙인 데서도 엿볼 수 있듯 그는 자기가 이제 막 태어난 홍사단사상을 '선전하는 자'라는 자부심을 가지고 있었던 것 같다.

그렇다면 츠카하라와 모토노가 문제 삼았던 두 가치, 즉 인종의 계층 구분에서 일본인의 위치와 민족의 근본적 성격이 바뀔 수 없다는 점에 대해서 이광수는 어떻게 생각했을까. 그는 대일본문명협회가 르봉의 저서를 고친 사실은 알지 못했던 듯하다. 그가 일본인을 우등인종으로 여긴 사실은 「무정」(1917)의 주인공이 "조선인을 세계에서 가장 문명한 모든 민족, 곧 일본 민족 정도의 문명 수준으로 끌어올리는 것"(24절)을 목적으로 삼고 있는 점에서도 분명히 알 수 있다. 물론 일본인을 우등인종으로 간주하는 것과 일본을 훌륭한 나라라고 생각하는 것은 별개의 문제이다. 그는 일본의 조선 지배와 차별에 격노하고 있었지만, 사회진화론을 진리로 여기는 한 현실을 인정하지 않을 수 없었던 것이다. 토쿄에서 이광수가 쓴 논설은 모두 사회진화론을 전제로 한 뒤 조선 민족의 등급을 한시라도 빨리 끌어올리기 위한 것이었다. 일본을 모델로 한 것은 이를 위한 '방편'에 불과했던 것이다.

> 이렇게 일 개인이 어떤 사상으로써 자기의 성격을 개조함에는 반복 실행하여 습관을 조성하는 시간이 필요한 것이니, 덕목의 종류를 따라 그것이 성격이 되는 시간에 각각 장단이 있을 것입니다. 물각유소사각유시(物各有所事各有時) 질서의 습관 같은 단순한 성질의 것은 의식적으로 일 년만 노력하면—즉, 반복 실행하면 족할 것이로되, 국민을 사랑하다든지, 충성이라든지, 언행일치라든지 하는 고상하고, 복잡한 덕목이 성격을 이루도록 하기에는 일생의 반복실행으로도 오히려 부족할 것이외다. 공자의 소위 '칠십종심소욕불유구'(七十從心所欲不踰矩)라 함은 자기가 원하는 모든 덕목이 칠십 년 부단의 노력과 실행으로 모두 습관을 이루어 자기의 성격이 되고 말았다는 뜻입니다. 또 유명한 프랭클린의 수양이라든지 기타 무릇 수양이란 것은 모두 자기가 원하는 덕목을 습관으로 만들었다는 뜻이외다.
>
> '언즉이행즉난'(言則易行則難)이란 이러한 뜻이니, 개인의 인격의 힘은 오직 이러한 모든 습관에서만 발하는 것이지 지나 언에서 발하는 것

이 아닙니다.

민족성의 개조도 위에 말한 원리에 벗어나는 것이 아니니, 그 개조되는 경로는 이러할 것이외다.[23)]

「민족개조론」에서 이광수는 지금까지 조선 민족의 오랜 시간에 걸친 변화는 "자연의 변천, 우연의 변천"에 불과한 반면 고도의 문명을 가진 민족은 설정한 목적을 향해 자기를 "의식적으로 개조"해 나감을 지적하면서, 조선 민족이 의식적인 자기개조를 수행해가는 데 필요한 구체적인 방책을 제안하고 있다. 자연 상태에 있으면 변화에 오랜 시간이 필요하지만 그 시간을 의식적으로 단축시킬 수 있다는 발상은 그가 상하이에 망명하기 직전에 도쿄에서 쓴 논설 「신생활론」에서 주장한 '인위적 진화'의 발상과 똑같다 이러한 사고의 배후에 유럽에서 수백 년 걸린 근대화를 유럽에서 배움으로써 수십 년으로 단축했다고 자부했던 일본지식인들의 사고방식이 내재해 있다.[24)]

각 민족에게는 도저히 변할 수 없는 일개 또는 수개의 근본적 성격이 있다고 보는 것이 옳은 듯합니다.

특히 개인 심리학상으로 보더라도 각 개인마다 해부적 특징이 있는 모양으로 갑이면 갑, 을이면 을 되는 개성에 근본적 특징이 있어, 이것은 일생에 변하기 어려운 것을 보더라도 개인의 성격의 총화라 할 만한 민족성에도 변할 수 없는 근본적 성격이 있을 것입니다.

만일 그렇다 하면 우리는 일종의 실망에 빠지게 됩니다. 민족성의 개조란 불가능이 아닐까 하는 의혹이 생깁니다.

만일 민족의 근본적 성격도 변할 수 있는 것이라 하면, 다시 말할 필요가 없거니와, 르봉 박사의 설과 같이 민족의 근본적 성격은 불가변의

---

23) 이광수, 「민족개조론」, 『민족개조론』(우신사, 1993), 127쪽.
24) 하타노 세츠코, 앞의 책, 164~165쪽.

것이라 하고, 민족을 개조할 방법을 연구해보는 것이 필요합니다.

여기는 두 가지 경우가 있겠습니다. ① 근본적 성격은 좋지마는, 부속적 성격이 좋지 못한 경우와, ② 근본적 성격 자신이 좋지 못한 경우와. 그런데 첫째로 말하면 설명치 아니하여도 주위와 대변동과 교육의 힘으로 개조할 수 있는 것이 분명하고, 둘째가 가장 어려운 문제이외다. 곧 근본적 민족성이 좋지 못하고는 그 민족은 생존 번영할 수가 없거늘, 이것은 도저히 변화시킬 수 없는 것이라 하면, 그 민족의 운명은 절망적일 것이외다. 그러나 역시 개조할 길이 있습니다.[25]

이광수는 민족의 '근본적 성격'이 바뀔 수 없다는 주장을 받아들이고 있다. 그러나 "옳은 듯합니다" 혹은 "민족성에도 변할 수 없는 근본적 성격이 있을 것입니다" 등 애매한 표현을 사용하고 있으며, 게다가 조선 쇠퇴의 원인이 된 민족성이 설령 '근본적 성격'이라 하더라도 "그도 역시 개조할 길이 있습니다"라고 언급하는 등 매우 자의적인 주장을 펼치고 있어서, 르봉의 학설이 진리라는 것을 인정하고 이에 의거하기보다는 기성의 학설을 자기주장에 이용하고 있다는 인상을 준다. 조선 민족의 '근본적 성격'이 무엇인가라고 자문하면서, 이광수는 다양한 역사적 자료를 근거로 하여 '관대, 박애, 예의, 염결, 자존, 무용武勇, 쾌활'을 꼽으면서도 그 '반면半面'인 '허위, 나타懶惰, 비사회성'이 민족을 쇠퇴의 길로 끌어왔다고 주장한다. 조선의 쇠퇴 원인이 '근본적 성격'에 있다는 비관적 지적이다. 그러나 그는 역으로 "그러므로 우리가 개조할 것은 조선 민족의 근본적 성격이 아니요, 르봉 박사의 이른바 부속적 성격이외다"라고 하여 오히려 낙천적인 전망으로 전회하면서, 단체사업을 통해 의식적으로 민족의 성격을 바꾸어 갈 방법과 그에 필요한 시간을 제시하고 있는 것이다. 그러나 『민족발전의 심리』에서 르봉이 언급한 것은 '부속적 성격'이

25) 이광수, 앞의 책, 115~116쪽.

아니라 '근본적 성격'에서의 변화이다. 일견 르봉의 학설에 근거하고 있는 것처럼 보이지만, 이광수의 논리는 사실 자의적이고 맥락이 두서없다. 이렇게 보면 이광수는 실은 '근본적 성격'이 바뀌지 않는다는 르봉의 학설을 그리 중요하게 여기지 않았던 것이 아닌지 의문이 생긴다. 민족을 개조할 것을 목적으로 삼는 그에게 중요한 것은 민족의 심성이 변하는 과정을 과학적으로 설명해주는 대목이었을 뿐, 나머지는 큰 문제가 아니었던 것이 아닐까. 요컨대 이광수에게는 르봉의 학설도 역시 '방편'에 불과했던 것이다.[26]

이번에는 「나의 고백」에서 내세운 이광수의 함입의 논리를 살펴보기로 한다.

> 그렇다 하면 우리는 어떻게 할 것인가. 나는 이에 대하여 이렇게 결론을 지었다.
>
> 「전쟁이 끝날 때까지 나는 일본이 요구하는 대로 협력하는 태도를 취하리라.」
>
> 이 결론을 짓는 데는 다음과 같은 이유가 있었다.
>
> (1) 물자 징발이나 징용이나 징병이나, 일본이 하고 싶으면 우리 편의 협력 여부를 물론하고 강제로 제 뜻대로 할 것이다.
>
> (2) 어차피 당할 일이면, 자진하여 협력하는 태도로 하는 것이 장래에 일본에 대하여 우리의 발언권을 주장하는 데 유리할 것이다.
>
> (3) 징용이나 징병으로 가는 당자들도 억지로 끌려가면 대우가 나쁠 것이니 고통이 더할 것이요, 그 가족도 그러할 것이다. 그러나 자진하는 태도로 하면 대우도 나을 것이요, 장래에 대상으로 받을 것도 나을 것이다.
>
> (4) 징용이나 징병은 불행한 일이어니와, 이왕 면할 수 없는 처지일진댄 이 불행을 우리 편이 이익이 되도록 이용하는 것이 상책이다. 징

---

26) 하타노 세츠코, 앞의 책, 167쪽.

용에서는 생산 기술을 배우고, 징병에서는 군사 훈련을 배울 것이다. 우리 민족의 현재의 처지로서는 이런 기회를 제하고는 군사 훈련을 받을 길이 없다. 산업 훈련과 군사 훈련을 받은 동포가 않으면 많을수록 우리 민족의 실력은 커질 것이다.

(5) 수십만 명의 군인을 내어보낸 우리 민족을 일본은 학대하지 못할 것이요, 또 우리도 학대를 받지 아니할 것이다. 그래서 정치적, 경제적, 사회적으로 우리 민족을 압박하고 괴롭게 하던 소위 「내선 차별」을 제거할 수가 있을 것이다.

(6) 만일 일본이 이번 전쟁에 이긴다 하면, 우리는 최소한도로 일본 국내에서 일본인과의 평등권을 얻을 수 있을 것이다. 우리 민족이 일본인과의 평등권을 얻는 것이, 아니 얻는 것보다는 민족적 행복의 절대 가치에 있어서 나을 것이요, 또 독립에 대하여 한걸음 더 가까이 갈 것이니, 대개 정치적, 경제적, 군사적 훈련을 받을 수가 있고, 또 민족적 실력을 자유로 양성할 수가 있기 때문이다.

(7) 설사 일본이 져서 우리에게 독립의 기회가 곧 돌아오더라도 우리가 일본과 협력한 것은 이 일에 장애는 안 될 것이다. 왜 그런고 하면, 우리는 일본 국내에서 정치적 발언권이 없는 백성이므로 전시에 있어서 통치자가 끄는 대로 끌려갈 수밖에 없기 때문이다.[27)]

이광수가 「나의 고백」에서 직접 밝힌 내용은 이러하다. '나'는 일본에 반항할 일을 생각하여 본다. 그러나 그것은 불가능인 것 같다. 훈련받은 장정이 없고 또 무기가 없으니 무력으로 대항할 수는 엄두도 낼 수 없고, 그렇지 아니하면 삼일운동과 같은 무저항의 봉기인데, 이것도 전민족을 움직일 만한 조직이 없고는 할 수 없는 일이다. 삼일운동 때와 같이 한곳에서 일어나면 여러 곳에서 따라 일어날 것을 기대하기에는 당시의 민심은 너무도 소침하고 너무도 늘려 있다. 만일 소수의 유지가 반항운동을

---

27) 이광수, 『나/나의 고백』(우신사, 1985), 24~244쪽.

일으키고 피를 흘린다 하면 그것이 영웅스러운 일이요, 또 민족의 가슴에 감명을 줄 법도 하지만, 그 반동으로 전 민족에 내리는 일본의 압박은 더욱 강하게 될 것이다. 그래서 그는 "전쟁이 끝날 때까지 나는 일본이 요구하는 대로 협력하는 태도를 취하리라"[28]라는 결론을 짓는데, 그것의 이유는 위 인용문의 7가지 항목으로 제시된다. 이른바 7가지 항목은 함입의 논리에 다름 아니다.

> 한국인이 시국에 협력한다 아니한다를, 일본이 판단하는 방법이랄까, 표준이랄까가 있었다. 그것은 국민투표 같은 방법도 아니요, 여론조사 같은 방법도 아니었다. 그것은 그들이 보기에 두드러진 민족주의자가 협력하느냐 아니 하느냐였다. 어떤 이름난 민족주의자 하나가 협력하는 표시를 하면 그것을 일본 관헌은 「전향」이라 칭하여서 중앙 정부에 보고의 재료를 삼고, 일반에게는 그 의미를 실제보다 확대하여서 선전하였다.
>
> 최린, 최남선, 윤치호가 다 그 예였다. 이런 사람들이 제물이 되는 대로 총독부는 우리를 묶은 고를 한두 개 늦추는 일을 하였다. 그것은 총독부 자신의 큰 자랑거리이기 때문이었다. 최린이 죽어서 적더라도 천도교를 살렸고, 최남선이 죽어서 지식계급의 탄압을 일시 늦추었다. 윤치호의 죽음은 직접으로는 동지회 사람들을 건졌고, 간접으로는 민족주의자에 대한 일본의 미움을 완화시켰다. 이런 사람들도 일본에 협력하게 되는 것을 보니, 다른 민족주의자들도 그리할 가능성이 있으니 두고 보자는 논리였다. 그러나 한번 때인 불은 얼마 가면 식는 것이었다. 태평양전쟁이 말기에 가까움을 따라서 더욱더욱 일본은 「한국인」의 동향에 대하여 초조하였고, 그러하기 매문에 삼만 몇 명의 탄압 대상의 명부가 자주 문제가 되었다.[29]

---

28) 위의 책, 242쪽.
29) 위의 책, 246쪽.

위 인용문은 일제강점기에, 조선총독부가 무엇을 기준으로 한국을 탄압했는지를 알 수 있게 한다. 이를 통해서 보면, 이광수의 판단은 기준의 전부는 아니라 하더라도 매우 중요한 역할을 수행했음을 알 수 있다. 그런데 그것은 다른 한편으로 그가 자신의 친일을 변명하는 논리라고 해도 크게 틀리지 않는다. 그는 전향의 이유를 제시하면서 그것이 불가피했다거나 큰 이익이 되는 것이었음을 내세우고 있는 것이다. 왜냐하면 그는 "그들이 보기에 두드러진 민족주의자" 중의 한 사람이었기 때문이다.

3. 김동인의 왜곡

왜곡歪曲(distortion)이란 비현실적 과대망상적 신념, 환각, 소망 충족 망상에서 오는 마음 내부의 필요에 맞추려고 외부 현실을 대폭 새로 짜고, 그렇게 함으로써 망상적 우월감을 유지해 나가는 것을 말한다.[30]

김동인은 동경 유학을 떠나기 전에 평양 崇實中學校에서 수업을 받은 일이 있었는데, 이 학교를 중퇴하게 된 에피소드가 전해진다. 당시 그는 성경 과목에 대해 별로 흥미를 느끼지 못했다. 그러나 기독교계인 숭실중학교에서는 이 과목을 매우 중시하였으므로 자주 시험을 치르곤 했다. 이에 분개한 그는 어느 날 시험에 책을 펼쳐 놓고 응시했고, 이를 지적당하자 즉시 책보를 싸들고 집으로 돌아와 버렸다. 그런 다음 날부터 그는 학교 대신 모란봉이나 대동강으로 직행하여 시집을 읽으며 지낸다. 이렇게 거의 1주일을 지내는 동안 당시 바로 옆집에 살던 숭실중학교의 외국인 교장이 직접 집을 방문하게 되었고, 이러한 모든 사실이 집안에 알려지자 그는 그 길로 아주 학교를 중퇴하여 버리고 동경 유학을 떠나기로 작정한다.[31]

30) 조두영, 앞의 책, 39쪽.

그러나 이 자존심이 강하고 유아독존적인 소년시절의 김동인은 동경에서도 이러한 성격을 드러낸다. 동경에는 이미 선교사인 부친을 따라와 수학 중인 崇德小學校 동기 동창생 朱耀翰이 명치학원 중학부 2학년에 재학 중이었다. 그리하여 그는 "같은 明治學院에서에서 요한보다 하급생 노릇을 하기가 싫어서" 東京學院 1학년으로 입학한다. 그러나 불행히도 이듬해 동경학원의 폐쇄로 그는 "저절로 명치학원으로 배정되어 요한이 3학년 때에"[32] 그는 2학년생이 되고 만다.

1) 산문에서의 왜곡

김동인이 산문에서 보여주는 왜곡의 실상은 다양하다. '내선일체,' '일본신민'은 물론 '忠'과 '孝'에까지 걸쳐 있다. 그의 이러한 왜곡의 근원이 무엇인가에 대한 문제는 매우 치밀하고 섬세하게 연구되어야 할 것이다.

> 우리 문단인이 시국에 깊은 관심을 가지고 내선일체(內鮮一體)로 국민의식을 높여가게 된 것은 만주사변(滿洲事變) 이후다. 만주사변은 '만주국'이 탄생하고 만주국 성립의 감정이 지나사변(支那事變)으로 부화되자 조선에선 '내선일체'의 부르짖음이 높이 울리고 내선일체의 대행진이 시작된 것 이다.
>
> 이번 다시 대동아전쟁이 발발되자 이제는 '내선일체'도 문젯거리가 안 되었다. 지금은 다만 '일본신민(日本臣民)'일 따름이다.
>
> 한 천황폐하의 아래서 생사를 같이하고 영고(榮枯)를 함께 할 한 백성일 뿐이다. '내지(內地)'와 '조선'의 구별적일 뿐이다. 역사적으로 종족(種族)을 캐자면 다르지 모르나 일본인과 조선인은 지금은 합체(合體)된 단일민족이다.

---

31) 김동인의 전기적 사항에 대해서는 이어령 편저, 『한국문학 연구 사전』(우석출판사, 1990), 54~69쪽에 의거.

32) 김동인, 『文壇 30年史』, 『김동인문학전집 12』(대중서관, 1983), 265쪽.

> 이러한 심경에서 출발한 현재의 생활은 '엄숙(嚴肅)'의 단 두자로 끝날 것이다.
>
> 나는 지금 구직운동(求職運動)을 한다. 40여 세에 이른 오늘날까지 단 40일간 밖에는 봉급생활을 피해오던 내가 지금 진정으로 구직운동을 한다. 이것은 국민개로주의(國民皆勞主義)라는 뜻에서가 아니다. '보잘것없는 미약한 것이지만' 나의 가지고 있는 재능을 다 들어 국가에 바치려는 진심에서다.
>
> 보잘것없는 초라한 것이나마 열과 성으로 국가에 바쳐 만분의 일이나마 국은(國恩)에 보답하려는 것이다.
>
> 국가가 명하는 일은 다 못하나마 국가가 '하지 말라'는 일은 양심적으로 피하련다. 국가가 '좋다'고 인정하는 일은 내 힘 자라는 데까지 하련다. 이미 자란 아이들은 할 수 없지만, 아직 어린 자식들에게는 '일본과 조선'의 별개존재(別個存在)라는 것을 애당초부터 모르게 하련다.
>
> 대동아전쟁이야말로 인류 역사 재건의 성전(聖戰)인 동시에 나의 심경을 가장 엄숙하게 긴장되게 하였다.[33]

위 인용문에서도 김동인의 불안 심리는 여과 없이 드러나 있다. 그는 "역사적으로 종족種族을 캐자면 다를지 모르나 일본인과 조선인은 지금은 합체合體된 단일민족이다"라고 단언한다. 그는 실제로 매우 궁핍한 생활을 하고 있음에도 불구하고 그것을 직접적으로 말하지 않을 뿐만 아니라 "'보잘것없는 미약한 것이지만' 나의 가지고 있는 재능을 다 들어 국가에 바치려는 진심에서다. 보잘것없는 초라한 것이나마 열과 성으로 국가에 바쳐 만분의 일이나마 국은國恩에 보답하려는 것이다"라고까지 실제의 생활을 왜곡한다. 또한 그는 "국가가 명하는 일은 다 못하나마 국가가 '하지 말라'는 일은 양심적으로 피하"겠다고, "국가가 '좋다'고 인정하는

33) 「감격과 긴장」(『매일신보』 1942년 1월 23일).

일은 내 힘자라는 데까지 하"겠다고, "이미 자란 아이들은 할 수 없지만, 아직 어린 자식들에게는 '일본과 조선'이 별개존재別個存在라는 것을 애당초부터 모르게 하"겠다고 자신의 결심을 토로하고 나서 "대동아전쟁이야말로 인류 역사 재건의 성전聖戰인 동시에 나의 심경을 가장 엄숙하게 긴장되게 하였다"고 말한다. 모두 왜곡의 좋은 예들이다.

> 국가의 존재와 국가의 위신을 제3자에게 주장할 수 있는 '실체'인 국방군이 병역권(兵役權)의 획득이라는 것은 여간 큰 것이 아니니다.
>
> 조선인도 황국신민이 된 지 30여 년—이제야 이 특권을 획득한 것이다. 이것을 획득한 이상은 이제부터는 이 획득한 권리를 지켜서 국가로 하여금 '잘 주었다' '벌써 주었어야 될 것을' 하는 생각이 들게 해야지, '아직 상조(尙早)하구나' 하는 생각은 추호만치도 있지 않게 하여야 할 것이다.
>
> 더욱이 우리가 지금 그 권리를 획득한 바의 '황군'은 이 지구상의 다른 국가의 국방군과는 그 의의를 달리한다.
>
> 다른 나라의 국방군은 '국방군으로 보장된 부강한 국가의 나는 그 일원이라'는 생각, 즉 궁극의 목적은 자아(自我)에게 있다. 내가 잘되고 내가 평안하기 위하여서는 내 나라가 부강해야 하겠고, 나라가 부강하기 위해서 국방군이 튼튼해야 한다는, 요컨대 자아를 위한 이기(利己)를 위한 국방군이다.
>
> 그러나 황군의 의의는 그렇지 않다.
>
> 황군의 존재의의의 1에 10까지가 다 '대군(大君)'을 위하여 지키는 것이요 싸우는 것도 '대군'을 위하여 싸우는 것이다. 자아라는 것은 전혀 몰각(沒覺)한다. 저 지나류(支那流)의 '효(孝)코자 하면 충(忠)치 못하겠고 충코자 하면 효치 못하겠으니 이 일을 어찌하랴' 하는 등의 말은 황군에게는 전혀 무의미한 말이다.
>
> 충하여야 비로소 효이고 충에서 벗어나서는 효는 존재치 못한다.
>
> 자기가 종군하기 때문에 부모는 곤경에 빠지는 일이 있다 할지라도

종군하여 무훈을 세워 영광을 부모께 올리는 것이 효이지, 부모 공대키 위하여 국가에 불충하면 이것은 최대의 불효이다.

이것이 즉 충과 효에 대한 황군의 사상이다.[34]

김동인은 황민화에 대한 신념도 매우 군세다. 그에 의하면, '황군'은 국가의 존재와 국가의 위신을 제3자에게 주장할 수 있는 실체인 국방군이 병역권兵役權을 획득한다는 점에서 의의가 여간 큰 것이 아니다. 그는 조선인도 황국신민이 된 지 30여 년이 되어서야 이 특권을 획득했다고 주장한다. 그래서 그는, "우리가 지금 그 권리를 획득한 바의 '황군'은 존재 의의의 1에 10까지가 다 '대군大君'을 위하여 지키는 것이요 싸우는 것도 '대군'을 위하여 싸우는 것이다. 자아라는 것은 전혀 몰각沒覺한다. 저 지나류支那流의 '효孝코자 하면 충忠치 못하겠고 충코자 하면 효치 못하겠으니 이 일을 어찌하랴' 하는 등의 말은 황군에게는 전혀 무의미한 말이다"라고 역설한다.

결국, 그의 논리는 "자기가 종군하기 때문에 부모는 곤경에 빠지는 일이 있다 할지라도 종군하여 무훈을 세워 영광을 부모께 올리는 것이 효이지, 부모 공대키 위하여 국가에 불충하면 이것은 최대의 불효이다. 이것이 즉 충과 효에 대한 황군의 사상이다"라는 데까지 이르게 된다. 역시 왜곡의 좋은 예이다.

2) 왜곡의 심리적 요인 – 「亡國人記」[35]

김동인의 동경 유학의 본래 목표는 그의 부친이 원하고 그 스스로도 기대하는 의사나 변호사가 되는 것이었다. 그러나 남에게 지기를 싫어하

34) 「반도민중의 황민화」(『매일신보』 1944년 1월 18일~28일).

35) 『白民』(1947. 3).

는 그의 자존심과 동경학원 재학 시절 공휴일마다 거의 빠짐없는 아사쿠사에서의 영화감상(서양화 위주), 탐정소설 · 문학작품의 탐독으로 그는 점차 그 목표를 달리하게 된다. 이런 연유로, 그는 1917년에 명치학원을 졸업하고 1918년 3월에 川端美術學校에 입학한다. 그러나 그는 1919년 3월에 학교를 중퇴한 후 귀국한다.

김동인은 결혼 후 1년도 채 못 넘겨서부터 시작된 방랑벽 때문에 평양에 본가를 두고도 계속 서울 · 동경 · 만주 등지를 수차 왕래하며 몇 개월씩이나 그곳에서 기거하는 일이 빈번했다. 또한 1921년 명월관 기생 金玉葉 등과 관계하고부터 그의 방탕한 생활과 여인관계는 차츰 도를 더하여 가기 시작한다. 그래서 "정오쯤 요리집에 출근하여 제1차, 제2차, 제3차, 어떤 때는 제4차까지 한 뒤에 새벽 4시쯤 돌아와서 한잠 자고는 정오쯤 다시 요리 집으로 출근하고"(김동인, 「韓國近代小說考」) 하는 생활이 계속된다.

그리하여 그가 17세 되던 해에 그의 부친이 그들 3형제에게 적당히 배분하여 준 유산(누이동생에게는 재산을 남기지 않았음)을 점차 탕진하고, 그는 남은 돈으로 관개사업에 손을 댔다가 실패하기에 이른다. 그 무렵 매일 船上에서 침식하며 지내던 그가 어느 날 집에 돌아와 보니, 아내는 평소 그가 잘 쓰던 모자 속에, 동경으로 유학하여 파산된 가정을 부활시켜 보겠다는 내용의 편지를 넣어 놓고, 딸[玉煥]과 함께 "남아 있는 현금 전부와 팔 수 있는 물건 전부를 가지고" 가출해 버린 상태였다. 아마도 곧 발견하고 데리러 오리라는 것이 아내의 생각이었을 터였다. 그러나 그가 편지를 발견한 것은 아내의 가출 후 거의 보름이 지난 때였고, 그때 아내는 잠시 서울 친구 집에서 머물다가 이미 동경으로 떠나버린 뒤였다. 그는 급히 동경으로 찾아가 당시 일본 醫大에 재학 중인 사촌 누이와 함께 동경의 전 경찰에 연락하여 어느 하숙집에서 부인과 딸을 찾아

내지만 결국에는 딸만을 데리고 평양으로 돌아온다.

이렇게 일시에 가산과 가정이 깨져버리자 그는 심한 충격으로 불면증에 걸리게 되었다. 이때 얻은 불면증은 그의 일생을 통해 무거운 짐이 되었고 그를 괴롭히는 원인으로 작용했다.

김동인의 두 번째 결혼은 8개월간의 약혼 기간을 경과한 뒤에 이루어는데, 결혼 일시와 장소는 1930년 4월 18일 평양의 서문 밖 예배당이었다. 그러나 호적에는 결혼일자가 1931년 11월 24일로 되어 있다.

김동인은 원래 강한 체질의 소유자는 아니었다. 젊은 시절에도 그는 거의 1년에 한 번쯤은 병을 앓아 병원에 입원하기도 했고, 또한 정양을 목적으로 동경과 만주 일대를 수시로 여행했다. 그는 조금만 몸이 나빠도 병원을 찾는 성격이었다. 그러나 그의 젊은 시절의 병들은 대개 가벼운 것으로 본시 약한 체질에 폭음 등 방탕한 생활에서 비롯된 것이다. 이런 까닭에서인지 그는 때로 은근히 자신의 병을 사랑하며 병을 기다리기조차 한다.

그러나 이렇듯 자신만만하던 그도 1927년 발발한 불면증에는 완전히 손을 들고 만다. 그는 이곳저곳 병원을 수없이 찾아다니고 닥치는 대로 최면제를 복용하기 시작한다. 기록된 바 그가 사용한 최면제는 아로날 · 아달린 · 抱手콜로랄 · 베르날 등이다. 1938년 3월 어느 날에는 최면제 과용으로 만 5일이나 혼수상태에 들어간 적도 있다. 이렇듯 악화된 불면증 증세에 겹친 신경통으로 그는 1936년엔 영변으로 휴양을 가고 그 후에도 자주 구미포 해수욕장과 양덕 · 온천 등지로 요양을 다닌다.

1945년 8월 15일, 드디어 해방을 맞이한 그의 감격은 이만저만이 아니었다. 그것은 큰소리로 엉엉 울기조차 할 정도였다. 이러한 연유에서였는지 이때부터 그의 증세는 한결 좋아져 점차 건강을 회복하는 것 같았다. 약수동 시절에는 불면증도 없어지고 식욕도 훨씬 좋아진 것이다.

그런데 이제는 건강해졌다고 즐거워하는 가족들 앞에 놀라운 일이 일어난다. 1948(9)년 6월 외출했다가 돌아온 김동인의 거동에 갑작스럽게 이상이 생기기 시작한 것이다. 기분은 좋은 것처럼 보였지만 글씨를 정상적으로 쓰지 못하였고, 집안 식구들조차 제대로 분별하지 못하는 것처럼 보였다. 그리고 이튿날부터는 완전한 허탈상태의 징조가 나타난다. 그는 아주 조그만 일에도 크게 슬퍼하고, 평소에도 말을 잘하는 성격은 아니었지만 더욱 말을 하지 않게 되었으며, 가끔씩 하던 외출마저 중단해 버리고 집에서만 맴도는 두문불출의 사람이 되어버린다.

해방은 그에게 기쁨과 동시에 너무도 큰 실망을 안겨다 준다. 그러나 해방만 되면 모든 것이 다 잘 되리라, 마음대로 글을 쓸 수도 있고 마음대로 발표할 수도 있으리라는 그의 기대는 당시 계속되던 혼란과 그의 개인적 사정(집문제) 등으로 완전히 무너지고, 그 크나큰 기대가 밀려나는 데서 온 허탈감과 건강상의 이유로 그의 붓은 이때부터 완전히 꺾이고 만다.

약물중독에서 온 중풍, 여기에 부가된 허탈상태와 정신착란증(부인 김경애 여사의 증언), 그리고 (6 · 25전쟁 당시의) 뇌막염까지 그를 괴롭혔다. 그러나 치료는커녕 식사조차 제대로 하기가 힘든 형편이었다. 해방 직후 『大東日報』에 실렸던 그의 준열한 좌익 지탄의 수필들로 하여 그들 가족이 겪어야 했던 수난이 컸기 때문이다. 그의 병세는 그저 악화되기만 하였고 그의 눈은 눈동자가 한쪽 끝에 고정되어 그쪽으로만 사물을 보는 반소경의 상태에까지 이른다.

> 막다른 곳에서, 이 국면을 어떻게 타개할까고 갈팡질팡할 때에 일루의 활로가 까마아득히 비치었소. 즉 춘원 이광수에게 한 패트런이 생겨서, 그 패트런이 '춘원이 무슨 사업을 하려면 오십만 원까지는 내놓겠

다' 하는 것이었소. 나는 이 예약된 오십만 원을 가운데 놓고, 춘원과 여러 날 머리를 모으고 토의하였소. 그리고 그 토의한 결과 총독부로 정보과장 겸 검열과장(情報, 檢閱課長)인 아부달일(阿部達一)을 찾았소.

―지금 우리나라(일본)는 일찍이 겪어 보지 못한 큰 국난에 직면해 있다. 일억의 힘을 함께 모아서 이 난국을 돌파하지 않으면 안 되겠다. 이 난국을 돌파하기 위해서는 국민사상을 건전하고 강건하게 해야겠고, 국민사상을 건전화하고 강건화하기 위해서는, 절대로 '문학'의 '선전력'과 '선동력'을 빌지 않으면 안 된다. 강건한 문학을 산출하여 선도하는 것― 이것은 '싸우는 일본'의 최대 급무다.

일억의 사반분의 일이라는 수효를 차지하고 있는 조선인의 일본의 운명을 좌우할 수 있는 절대적인 존재다.

공식적(公式的)인 '만들어라, 보내라, 이겨라' 등의 선전이며, 지금 당국이 장려하는 따위의 시국소설 등은 조선인은 '또 그 소리지'쯤으로 읽지부터 않는다. 더욱이 국어 일본어로 쓴 소설은 조선 총인구 절대다수를 차지하고 있는 농부나 여인이나 노인은 알아보지도 못한다. 즉 무의미한 것이다.[36]

「亡國人記」가 쓰여진 것은 해방 이후이지만 그것의 내용은 해방 이전에 벌어진 일들을 다루고 있다. 그래서 이 작품은 김동인의 정신세계를 살펴보는 데에 큰 참고가 된다.

위 인용문에 따르면, 김동인은 선전력이나 선동력에서 문학의 기능을 찾고 있다. 즉, 문학의 기능을 왜곡하고 있는 것이다. 원래 유미주의적인 소설을 썼던 그가 문학의 기능을 선전력이나 선동력에서 찾은 것은 일단 일제강점기라는 시대의 영향에서 비롯된 일이지만, 그런 시대를 살아갈 수밖에 없었던 그의 정신세계와도 결코 무관하지 않음은 말할 필요조차 없다. 이광수의 패트런이 내놓겠다고 한 50만 원의 용처를 마련하기 위

36) 김동인, 『김동인문학전집 12』(대중서관, 1883), 307쪽.

해 이광수와 논의하고 총독부 정보과장을 만나는 김동인의 모습은 글자 그대로 '비극'이다.

> 사실, 지금의 형편으로는 일본이 오늘 항복할지 내일 항복할지, 맨 막판으로서 끝장나기 전에 어서 나 자신을 비롯하여 이십여 명이 생활하게 수속을 끝내 놓지 않으면 안 될 형편이라, 여간 뒤가 급한 것이 아니었소.
>
> 오늘 오정에 '미증유의 중대한 방송'이 있다 하니, 혹은 그것이 무조건 항복을 온 국민에게 알리는 것인지도 모를 배오. 만약 그렇다 하면 그 뒤는 또한 미증유의 혼란 상태가 현출되어서, 아무 물질적 준비가 없는 우리 같은 사람은, 그 고비를 어떻게 넘길지 아득하였소.
>
> 때는 1945년 8월 15일 오전 열 시 정각. 아부에게는 어디서 전화가 걸려왔소. 전화로 보내는 아부의 대답—
>
> "웅? 그건— 두 시간만 더 기다려. 단 두 시간뿐이니 절대로 미리 말할 수 없어. 웅, 웅, 그러구, 예금이나 저금 있나? 은행에구 우편국에구 간에, 예금이 있거든 홀랑 찾아내게. 방금 곧— 열두 시 이전에."
>
> 그냥 아부의 전화는 계속되고 있었지만, 나는 아부를 버려두고 뛰쳐나왔소. 아부의 말눈치로 열두 시의 중대 방송이란 즉 항복 포고임을 방금 알았기 때문에—.
>
> 집으로 달리는 전차를 잡아탔소. 펑펑 쏟아지는 눈물을 감추기 위하여 다른 승객들에게 외면을 하고도 눈을 앓는 체, 연해 눈을 부비었소.
>
> 일본이 패배하면 조선의 운명은?
>
> 한동안 계속된 혼란 시기를 한 푼의 저축도 없이 어떻게 돌파하는가.
>
> —이런 따위는 일젠 근심도 안 되었었소. 다만 인제는 자유국민이노라는 비길 수 없는 기쁨에, 한없이 한없이 운 것이었소.[37]

김동인은 이 인용문에서 보듯 자신이 만들어보려는 현실이 왜곡된 현

---

37) 위의 책, 310쪽.

실임을 몰랐던 듯하다.

춘원의 패트런은 춘원에게 어떤 사업을 펼치겠다고 하면 50만 원의 현금을 내놓겠다고 제의한다. 춘원은 이 제의를 놓고 고민하다가 김동인과 의논하고, 김동인은 20여 명의 작가에게 1년 안에 건실한 내용을 가진 소설 한 편씩을 완성하는 것을 조건으로 2만 원씩 현금으로 나누어주기로 작정한다. 김동인의 생각으로는, "사실, 지금의 형편으로는 일본이 오늘 항복할지 내일 항복할지, 맨 막판으로서 끝장나기 전에 어서 나 자신을 비롯하여 20여 명이 생활하게 수속을 끝내 놓지 않으면 안 될 형편이라, 여간 뒤가 급한 것이 아니었"기 때문이다.

이러한 김동인의 생각이 실현되기 위해서는 조선총독부 당국에서 언문작품을 용인하면서 20여 명으로 구성된 작가단을 조직해야 하는 두 가지의 선결조건이 전제되어야 했다. 그러나 그것은 조선문인보국회의 이사장 이등伊藤모의 강경한 반대에 부딪힌다. 그래서 그는 총독부 정보과장 겸 검열과장인 아부달일을 찾아가 부탁을 해 보았지만 그로부터 "이등 이사장이 양해할 수 없다면 총독부 당국으로도 할 수 없다"는 말을 듣는다. 1945년 8월 15일 열 시 정각에 아부달일은 누군가와 계속 통화하고 김동인은 아부달일의 말눈치를 통해 열두시의 중대방송이 곧 항복포고임을 알고 밖으로 나온다.

Ⅳ. 에필로그

지금까지 일제강점기의 친일문학인인 최남선 · 이광수 · 김동인의 내면 풍경을 정신분석학의 도구인 방어기제를 중심으로 살펴보았다. 이제, 그것의 핵심적인 내용을 결론삼아 요약해 보기로 한다.

1) 주지화는 다르게 말해서 체계화이다. 최남선의 산문에서 발견되는 주지화는 역사를 끌어들이는 모습으로 나타난다. 그것은 인류사에서 출발하여 서양과 동양이 비교되는 방식으로 전개되다가 종국에는 일본을 모든 일의 중심적 위치에 고정하는 단계로 끝난다.

「자열서」에서 최남선은 학병 권유와 관련해 두 가지를 주장한다. 그것의 하나는 자신의 의도와는 무관하게 자작지얼로 일본으로 가서 학병을 권유하게 되었다는 것이고, 다른 하나는 전쟁에 참여하는 것은 신문명에 대비하는 의의가 있다는 것이다. 그러나 이 둘 사이에는 심각한 괴리가 있다. 앞에서는 자작지얼로 일본으로 가서 학병을 권유하게 되었다고 해놓고, 뒤에서는 그것을 정당화하고 있기 때문이다.

2) 이광수의 함입 대상은 일본이다. 그것은 구체적으로 '생활의 황민화'와 내선일체의 두 가지 표현으로 드러난다. 그는 생활의 황민화를 위한 여러 항목과 내선일체에 이르는 길을 제시한다. 그가 말하는 '생활의 황민화'는 비일본적인 것을 제거하고 일본적인 것을 代入 · 醇化하는 것을 의미한다. 그는 그것의 실천적인 예로 혼상예의의 일본화, 가족 친척 관념의 일본화, 경신숭조 천황 중심의 생활의 신건설 등을 제시한다.

「민족개조론」에서 이광수는 지금까지 조선 민족의 오랜 시간에 걸친 변화는 "자연의 변천, 우연의 변천"에 불과한 반면 고도의 문명을 가진 민족은 설정한 목적을 향해 자기를 "의식적으로 개조"해 나감을 지적하고, 조선 민족이 의식적인 자기개조를 수행해가는 데 필요한 구체적인 방책을 제안한다. 또한 그는 「나의 고백」에서 "전쟁이 끝날 때까지 나는 일본이 요구하는 대로 협력하는 태도를 취하리라"라는 결심을 표명한다.

3) 왜곡이란 비현실적 과대망상적 신념, 환각, 소망 충족 망상에서 오는 마음 내부의 필요에 맞추려고 외부 현실을 대폭 새로 짜고, 그래서 망상적 우월감을 유지해 나가는 것을 말한다. 김동인이 산문에서 보여주는

왜곡의 실상은 다양하다. '내선일체,' '일본신민'은 물론 '忠'과 '孝'까지 포함되고 잇는 것이다.

「亡國人記」에서 김동인은 선전력 · 선동력에서 문학의 기능을 찾고 있다. 즉, 문학의 기능을 왜곡하고 있는 것이다. 원래 유미주의적인 소설을 썼던 그가 선전력이나 선동력에서 문학의 기능을 찾은 것은 일단 일제강점기라는 시대적 강압에서 비롯된 일이지만, 한편으로는 그런 시대를 살 수밖에 없었던 그의 정신세계와도 관계가 깊다.

관념의 모방과 상징적 상상력

–양창보 산수화의 또 다른 해석

Ⅰ. 프롤로그

영국의 비평가들이 그림의 성격에 대해 재검토 작업을 벌인 일이 있었다. 그때에도, 그림은 모방예술임이 확인되었다. '모방'의 개념을 자의적으로 설정하는 경우가 아니라면, 그림은 오늘날에도 여전히 모방예술로서의 확고한 지위를 차지한다. 그림에 대한 이야기를 '모방'에서부터 시작하는 것은, 그러므로 그림에 대한 이야기를 그림의 가장 근본적인 문제에서부터 시작하는 것과 같다.

모방과 함께, 이 글에서 필자가 다루고자 하는 상징적 상상력은, 오직 인간만이 소유하고 있는 능력이며 삶의 원리로 불린다. 겉으로 보기에, 그것은 모방의 반대쪽에 존재하지만, 실제로는 모방과 표리 관계에 있는, 예술에서의 대표적인 담론 대상이다.

이 글의 의도는 양창보 산수화를 모방과 상징의 시각으로 해명하는 데 있다.

II. 관념의 모방과 상상력

모방예술이라고 할 때의 '모방'에 대해 의문이 제기된 것은 18세기 때의 일이다. 영국의 여러 비평가들은 모방의 개념을 아주 면밀하게 적용한 후, 소수의 예술을 제외한 모든 예술은 엄격한 의미에서 모방예술로 분류될 수 없는 것들임을 깨닫는다. 그래서 그들은 모방은 음악 · 그림 · 시에 모두 공통적으로 존재한다는 종전의 주장을 부정하고, "성격상으로 볼 때, 모든 예술 중에서는 그림과 조각만이 모방적이고," 음악은 건축과 마찬가지로 "실물을 생산하기는 하지만, 자연을 복사하는 것은 아니며," 언어는 "소리와 동작을 모방하는" 경우에만 자연을 복사한다는, 성격상의 모방론을 내세우기에 이른다. 이 재검토 작업에 나중에 참여한 토머스 트와이닝의 주장은 매우 구체적이다. 그는, 매개체와 그것의 지시 대상이 유사하다는 점에서 표상적인 성격을 지닌 예술과, 관습에 의해서만 그것의 의미를 지니게 되는 예술을 구분하고, 복사물과 대상 사이의 유사성이 '직접적'이고 '분명한' 작품만을 엄격한 의미에서의 모방적 작품으로 인정한다. 그에 의하면, 언어로써 언어를 모방하는 극시야말로 '모방'이라는 말을 부여할 수 있는 유일한 종류의 시이며, 음악은 모방 예술의 목록에서 삭제해야 한다. 결국, 그는 그림 · 조각 · 도안예술을 "분명히, 그리고 본질적으로 모방적 성격을 지닌 예술들"로 결론짓는다.[1)]

유파와 경향에 따라 정도의 차이가 있기는 하지만, 대상을 모방하는 것은 예나 지금이나 움직일 수 없는 그림의 원리이다. 그렇다면 관념의 모방도 가능할까? 플라톤의 이데아설에 의하면, 그것은 어느 정도 가능하다. 플라톤에 의하면, 예술은 이데아의 이차적 모방이다. 어떤 사물이

1) M. H. Abrams, *the Mirror and the Lamp*(Oxford Univ. Press, 1971), pp.13~14.

아름답다고 생각되는 것은 그 사물이 절대적이고 영원하며 변하지 않는 하나의 이데아, 밝은 영혼이 볼 수 있는 하나의 이데아에 관련되기 때문이다. 특정한 사물의 아름다움에 대해 말하는 것은 적어도 우리가 아름다움이라는 하나의 공통된 이데아에 관여하고 있음을 의미한다. 이데아는 이데아에 대한 인간의 인식으로부터 독립하여 그 자체로서 존재한다. 이러한 조건 아래에서만 참됨과 참된 판단이라는 개념은 의미를 가진다.

산수화의 진경眞景이 닻을 내리려고 하는 곳과 이데아가 존재하는 곳은 동일한 곳이다. 진경[2]이란 일단 실경을 그린 그림을 의미하지만, 정확하게 말하면, 사진처럼 구체적인 형상을 그린 그림이 아닌, 현실세계에 존재하는 경치를 작가의 심안으로 새겨 재조명한 산수화를 가리킨다. 실경은 있는 그대로 묘사하면 되지만, 진경은 사상과 특성을 표출하고 자연의 근원적인 형태를 나타내야 한다. 다시 말해, 자연의 오묘하고 진실한 경색景色이 작가를 통해 다양하게 재현되어야 한다. 화합의 기氣는 자연과 인간이 어우러져 일체가 될 때 응축된 형식으로 화면에 나타나고, 직감으로 자연의 본질을 천착하는 작가만이 진경에 도달할 수 있다. 이를 위해, 작가는 자연조경의 원리를 파악하고 그 중에서도 진수를 골라서 그림으로 승화시킨다. 바로 그때, 경치와 자아가 일치하고 화합의 기가 발생한다.

현실 세계에 존재하는 경치를 심안으로 새겨 재조명하려 할 때, 작가는 원하든 원하지 않든 관념과 직면하게 마련이다. 양창보의 상당수 산수화도 그런 점을 드러낸다. 가령, 그의 산수화에서의 묵은 실경이 아닌, 작가의 내면에 간직하고 있는 관념적인 형상을 지향한다. 그것은 물론 작가의 의도에 따른 것일 터이다. 구체적으로 말해서, 시커먼 구름이 용

---

2) 이에 대한 내용은 양태석, 『한국 산수화 이론과 실제』(백산출판사, 2001), 63~67쪽에 의거.

의 모습을 보여 주고 있는 것은 그의 산수화가 관념에 기초한 것임을 말해준다. 결국, 그의 산수화는 관념의 차원이 실제로 존재하고 있음을, 그리고 관념은 세계를 '이해할 수 있'게 하는 데에 기여하고 있음을 각각 보여준다. 그의 산수화에는 시커먼 구름으로 상징되는 속세를 바라보고 있는 스님이 등장하기도 한다. 이런 의미에서, 그의 산수화의 관념은 어느 정도 종교적 성격과도 결부된다.

양창보 산수화는 궁극적으로 상상력을 통해 이데아적인 본질에 접근하는 것을 목표로 삼는다. '이데아적 본질'도 관념이므로, 그것 또한 관념의 모방이라 할 만하다. 이런 점에서, 그의 산수화의 관념과 상상력은 상호 의존적인 관계에 놓인다. 상상력은 단순히 이미지를 사용해 현실을 모방하는 것이 아니다. 상상력은 표상을 생산하는 과정이며, 정신 활동을 전제로 삼는다. 상상력은 어떤 대상이나 부재하는 존재만을 표상하지 않는다. 상상력은 관념들을 조합할 수 있거나 사건들을 기대할 수 있는 가능성, 더 나아가 현존하지 않는 것을 표상하고 상상의 세계를 생각할 수 있는 생산적 능력이기도 하다.

화가는 실존하는 경치를 스케치하기도 하지만, 육안으로 담아서 심상에 기억된 경색을 그리기도 한다. 양창보는 자연을 닮는 쪽보다는 자신의 특성을 살리는 쪽을 택한다. 그가 그린 산수화는 작가마다 자연을 관조하는 心眼이 다르다는 사실을 보여준다. 어떤 대상을 그릴 때, 그는 눈앞의 대상을 직접 그리지 않고, 기억해 두었다가 나중에 그것을 나중에 한 폭의 산수화로 펼쳐 놓는다. 여기에 관념과 상상력이 개입됨은 물론이다. 따라서 그의 산수화는 실경이라고 하기보다는 실경의 단계를 거친 의경이라 하는 것이 타당하다. 그러나 그렇다고 해서 그 실경과 의경이 완전히 다른 모습으로 바뀌었다고 할 수는 없다. 굳이 바뀐 정도를 말한다면, 그것은 의경을 위해 허용할 수 있는 정도라고 할 수 있다.

양창보 산수화에서 관념과 상상력을 돋보이게 하는 데에 기여한 기교적 측면들 에 대해서도 두루 논의할 필요가 있다.

먼저, 산수화의 기氣는 선에서부터 표출되고 형形은 선 자체에서 나타난다. 산수화의 형체는 농담을 조절한 선과 함축과 장단의 입체감 넘치는 윤곽을 통해 조성된다. 양창보 산수화에는 선으로써 시각적인 효과를 나타냄과 동시에 정신적인 묘경을 창출하는 경우도 여럿 있다. 아울러 그것은 선을 치는 속도를 조절하면서 개성을 드러내고 농담과 강약의 필선으로 정신세계를 구축한다. 동양화에서 선은 산수화의 핵이나 다름없고 모든 골격은 선으로부터 출발하는 것임을 그의 산수화는 잘 보여준다.

다음으로, 산수화의 용묵은 선에 못지않은 역할을 수행한다. 선을 통해 산수화의 윤곽이 완성된다면 내용은 묵으로 만들어진다. 묵의 운용은 산수화를 완성하는 데에 작용하는 필수적인 요건이다. 그리고 양창보 산수화에서 보는 사람의 눈을 오래 사로잡는 것은 작가에 의해 수행된 끊임없는 붓질이다. 얼핏 볼 때, 그것은 산만한 느낌을 주지만, 잘 들여다보면 오히려 그것의 반대임을 알 수 있다. 그 속에는 중후한 리듬이 들어 있고, 그것은 그의 산수화를 유지하는 데에 막대한 영향을 끼친다.

마지막으로, 양창보 산수화에서 산에는 수묵이, 바다에는 채색이 주류를 이룬다. 채색은 면의 역할을, 수묵은 선의 역할을 각각 담당한다. 평범한 실경을 표현한 것인데도, 보는 사람은 그 평범한 실경을 뛰어 넘어 색다른 느낌을 받는다. 그 느낌은 구체적으로 썰물 시간의 바다에 섞여 있는 작은 바위들이 무엇인가를 이야기하고 있는 것과 관련된 느낌일 터이다.

Ⅲ. 상징적 상상력과 구조적 전략

신호와 상징은 서로 다른 두 개의 논의의 세계에 속하는 바, 신호는 물리적인 존재 세계의 일부요, 상징은 인간의 의미 세계의 일부다. 신호는 조직자(operators)요, 상징은 지시자(designators)다. 신호는 신호로 이해되고 사용될 때에도 역시 일종의 물리적 혹은 실질적 존재요, 상징은 다만 기능적인 가치를 가지고 있을 따름이다.[3)]

물질적 존재는 신호이고, 기능적 가치는 상징이다. 전자를 실제적 상상력의 세계라고 한다면, 후자는 상징적 상상력의 세계라고 할 수 있다.[4)] 실제적 상상력이란 '그것에 관하여' 생각하는 것이 아니라 '다만 그것'을 생각함이며, 상징적 상상력이란 '다만 그것'을 생각함이 아니라 '그것에 관하여'를 생각함을 뜻한다. 그것에 관하여 생각함은 사물을 구체적으로 이해함이 아니라, 추상적으로 이해함이다. 그리하여 모든 사물을 있는 그대로 수용함이 아니고, 다른 어떤 체계 속에서 이해하려는 사고능력이 상징 능력이다. 카시러에 의하면, 이렇듯 한 사물을 사물로서의 구체적 존재가 아닌 어떤 다른 수준의 추상적 존재와 결합시키려는 원리는 인간만의 삶의 원리이다. 그것은 상징의 원리이며, 또한 마술의 열쇠가 된다. 상징의 원리는 인간세계의 차원인 공간의 차원에서 보다 세밀하게 천착될 수 있다.

양창보 산수화는 실제적 상상력이 아닌, 상징적 상상력의 세계를 보여준다. 그의 산수화에 나타나는 차경이 일단 우리의 삶을 영위하는 데에 밀접하게 관련되는 것들이라는 점이 그것을 증명한다. 그의 산수화에서 보여 주는 상징적 상상력의 세계는 대체로 다음과 같이 전개된다.

---

3) 에른스트 카시러, 최명관 옮김, 『인간이란 무엇인가』(서광사, 1989), 59쪽.
4) 카시러의 논의를 정리한 내용에 대해서는 이승훈, 『시론』(고려원, 1993), 203쪽.

양창보 산수화에서 산길을 걷고 있는 두 사람의 모습은 산수화 전체에 활력을 제공한다. 나무들 위를 덮고 있는 눈이 산수화 전체 분위기를 지배하고 있기는 하지만, 거기에 산수화의 주제가 들어 있는 것은 아니다. 산수화의 주제는 어디까지나 사람과의 관계 속에 들어 있다. 산수화 전체 분위기를 지배하는 눈은 산수화 속 많은 기호들 중의 하나일 뿐이다.

민가가 두 채나 있는 양창보 산수화의 지형은 그렇게 높지 않다. 당연한 구도이다. 그러나 민가의 주위가 산과 나무로 둘러싸인 것은 그곳이 마을과는 멀리 떨어져 있는 곳임을 의미한다. 그런데도 그의 산수화에서 외로움이나 쓸쓸함 같은 정서는 별로 없어 보인다. 왜 그러한가. 자연과 '삶'의 요소들이 조화를 이루고 있기 때문이다.

산수화에서 안개나 구름을 차용하는 것은 매우 자연스럽다. 현대적 실경을 그리는 작가들 중에는 안개나 구름을 이용하지 않고 실경 그대로만을 그리는 사람들도 있다. 양창보 산수화에서 원산 밑에 있는 안개는 보이지 않는 신비감을 드러낸다. 산수화의 심오한 매력을 보여 주는 것이다. 그는 대기를 표현하기 위해 안개와 구름을 차용한다. 그의 산수화에서 구름은 산 정상 부분에, 안개는 산 아래 부분에 각각 배치된다.

양창보 산수화에 나오는 폭포는 실재하는 폭포일 가능성이 많다. 큰 폭포 뒤에 작은 폭포가 있는 것이 그런 추측의 일차적 근거이다. 그러나 폭포가 차용된 것이든, 차용된 것이 아니든 그것은 크게 중요하지 않다. 정작 중요한 것은 산 · 나무 · 폭포 등이 서로 어우러져 빚어내는 자연스러움이다.

양창보 산수화에서 보는 사람의 시각을 고정시키는 것은 굵고 검은 선과 묵으로 이루어진 세 개의 화성암이다. 바다가 펼쳐지고 배가 떠 있으며 달빛이 비치고 있지만, 그것은 세 개의 화성암에 비할 때 다분히 부차적인 느낌을 주는 소재에 불과하다. 세 개의 화성암은 그러므로 위용을 드러낼 수 있는 것이어야 할 터이다. 그런데 실제로, 세 개의 화성암은 전혀 그렇게 보이지 않는다. 그 이유는 바로 산의 부드러움에서 기인한다.

날카로운 느낌을 주기 십상인 입산이 양창보 산수화에서는 일반적인 경우와 약간 다르다. 그의 산수화에서 입산은 부드러운 모습을 지니고 있다. 그것은 전적으로 달빛 아래 놓여 있는 입산 뒤의 조산이 입산을 부드러운 모습으로 유도하는 것과 관련된다.

상징적인 것은 또한 재현적인 것이다.[5] 이 명제를, 화가의 경우를 예로 들어 해명해 보기로 한다. '책상에 팔을 얹는 사람'은 현실적 행위의 세계이다. 그는 자기의 행위를 의식하지만 확실하게 모르는 부분이 있다. 곧 무한한 근육과 신경의 조절이 어떻게 행동을 동반하는가에 대해선 잘 모른다. 화가의 경우 「팔을 책상에 얹은 사람」을 그릴 때, 그리는 행위는 상징적 행위다. 그리고 이 행위는 책상에 팔을 얹은 사람의 특성을 재현한다. 왜냐하면 화가는 책상에 팔을 얹은 사람에게 "그렇지, 바로 그게 자네의 특징적인 자세일세"라고 말하면서 그 사람을 그리기 때문이다. 재현성은 있는 그대로 드러냄이 아니라, 사물의 본성 혹은 특성을 집약적으로 제시함이다. 이러한 제시에는 필연적으로 어떤 선택이 따른다. 무엇을 선택한다는 것은 벌써 어떤 관념이나 세계를 위한 전략으로 그것이 쓰임을 의미한다.

전략은 구조를 지향한다.[6] 작품은 전략의 구체화이기 때문이다. 모든 작품에서 우리는 이 구조적 요소로 '일련의 암시적 동일화'를 읽을 수 있다. 곧 모든 구조는 버크에 의하면 일단 '동일화 속의 상호연관 관계'로 파악된다. 따라서 작품을 형성하는 데에 작용하는 동기화의 구조는 그런 상호관계성 자체가 된다. '동일화 속의 상호연관 관계'가 바로 작가의 상

---

5) 이에 대해서는 위의 책, 225쪽에 의거.
6) 이에 대해서는 위의 책, 225쪽에 의거.

황이요, 상황은 동기의 동음이곡에 지나지 않기 때문이다. 결국 화가가 자신의 전략을 이행하는 방식, 곧 그림의 동기는 작가가 사건과 가치들을 배치하는 구조적 방식에 지나지 않는다.

양창보 산수화에는 구조적 전략의 성취가 두드러지다. 그의 산수화에서의 여백[7]은 산을 그리고 난 후의 빈 하늘, 산 아래 감도는 안개나 구름으로 처리된다. 경우에 따라서는 강이나 바다를 이용해서 여백미를 돕는 경우도 있다. 옛 그림에서는 백지 상태로 남아 있는 부분만 여백으로 여겨 왔다. 그러나 현대에 와서는 화면 전체를 색으로 채우거나, 주제를 전면에 그리는 등 서양화의 영향을 받은 산수화가 많이 나타나고 있다. 그래서 이제는 채색된 하늘이나 강도 모두 여백으로 간주된다.

동양화에서 여백 또는 공백은 허虛와 실實로 구분된다. 물상이 그려진 것은 실實이고, 여백으로 남겨진 것은 허虛이다. 허虛와 실實은 서로 상생의 관계에 있다. 허虛는 실實을 돕는다. 여백의 기능은 여기에 존재한다. 따라서 여백은 단순히 유무의 개념이 아니다. 여백은 실상을 뛰어 넘는 철학적 의미를 지닌다. 서양화에서는 수학적 균형을 유지하는 합리성을, 동양화에서는 주관적 철학을 바탕으로 정신성을 각각 요구한다.

여백은 서양화의 개념에서 보면 그림이 아니지만, 동양화 개념으로 보면 그림이다. 여백은 정신적인 미감을 창출하고 상상의 각도에 따라 여러 가지 형상의 역할을 수행한다. 형체가 없어도 하늘이며 물이 된다. 공백은 무한한 가능성을 내포하고 있다. 그런 산수화에서 공통적으로 중요한 기능을 발휘하는 것은 바로 둥근 달이다. 둥근 달은 나무 · 지붕 · 길에 쌓인 눈과 결합되면서 역설적으로 따뜻한 정서를 제공한다. 그것은 공중에 유유히 날아가는 새와 결부되면서 시간적 상상의 폭을 확대한다. 양창보 산수화에서 나타나는 이런 점들은 모두 여백에 의해 산출된 것들

---

7) 이에 대한 내용은 양태석, 앞의 책, 33~37쪽에 의거.

이다. 이런 의미에서, 그의 산수화의 여백은 창조적인 성격을 띤다.

IV. 에필로그

양창보 산수화에 대해서는 저마다 다른 생각을 가질 수 있고, 그 다른 생각은 어느 것이나 그 나름의 타당성을 지닌다. 비평은 작품을 다르게 이해할 수 있다는 원리 위에서 전개된다. 따라서 비평에서의 해석은 동일한 작품을 다른 사람과 다르게 이해하는 것이라고 할 수 있다.

이 글에서의, 양창보 산수화에 대한 해석의 내용은 다음 두 가지로 요약된다. 그것의 하나는 관념을 모방하면서 궁극적으로는 상상력을 통해 이데아적인 본질에 접근하는 것을 목표로 삼는다는 점이고, 다른 하나는 실제적 상상력이 아닌 상징적 상상력의 세계와 구조적 전략의 성취가 두드러지다는 점이다.

▪색인

인명

㉠

㉡

ⓞ

ⓩ

ⓒ

ⓚ

작품

ⓛ

ⓒ

ⓞ

작품집 · 논저

㉠

㉡

㉢

■김병택(金昞澤)

제주대학교 인문대학 국어국문학과 교수, 문학평론가.
저서로 『바벨탑의 언어』, 『한국근대시론 연구』, 『한국 현대 시인론』, 『한국현대시론의 탐색과 비평』, 『한국 문학과 풍토』, 『한국 현대시인의 현실인식』, 『현대시론의 새로운 이해』(편저), 『제주현대문학사』, 『현대시의 예술 수용』, 『제주예술의 사회사(상 · 하)』 등이 있음.

시의 타자 수용과 비평

초판 1쇄 인쇄일 | 2014년 7월 24일
초판 1쇄 발행일 | 2014년 7월 25일

지은이 | 김병택
펴낸이 | 정진이
편집장 | 김효은
편집/디자인 | 신수빈 윤지영 박재원
마케팅 | 정찬용 정구형
영업관리 | 한선희 이선건 이상용
책임편집 | 신수빈
표지디자인 | 박재원
인쇄처 | 월드문화사
펴낸곳 | **국학자료원**
등록일 2006 11 02 제2007-12호
서울시 강동구 성내동 447-11 현영빌딩 2층
Tel 442-4623 Fax 442-4625
www.kookhak.co.kr
kookhak2001@hanmail.net

ISBN | 978-89-279-0850-0 *93800
가격 | 20,000원